カズオ・イシグロに恋して

Falling in Love with Kazuo Ishiguro

臼井 雅美

Masami Usui

英宝社

目　次

序　文　3

第1章　越境する記憶 ―『遠い山なみの光』の光と影　11
    1　越境する記憶への旅　11
    2　原爆と隠れキリシタンの輪廻の語り　14
    3　教育イデオロギーの語り　23
    4　女性の人生の語り　30
    5　遠い山なみの光と影　47

第2章　戦争画と共に消去された記憶の再生
　　　　―『浮世の画家』における心の闇　49
    1　浮世の画家たちの記憶と忘却　49
    2　画家の大邸宅が内容するイデオロギー　52
    3　日本美術の誕生の裏に隠された画家の運命　61
        3-1　ナショナリズムの中で生まれた日本美術　62
        3-2　ナショナリズムに対立する退廃芸術　66
    4　戦争画家というもう一つの犠牲者　70
    5　記憶と忘却の中で翻弄する芸術　87

第3章　現代の寓話 ―『日の名残り』におけるホロコーストとの対峙　89
    1　人生の忘れ物を探して　89
    2　巻き戻される失われた時間　92
    3　再構築される失われた空間　101
    4　未来への序曲　117

第4章　アネクドートへの挑戦
　　　　―『充たされざる者』における都市が秘めた記憶　119
    1　充たされざるアネクドート　119
    2　越境する中欧、記憶する街、彷徨える都市文化　123
    3　個人の過去の記憶への扉　130
    4　家族をめぐる忘却と記憶の連鎖　138
    5　忘却の街の記憶　148
    6　現代音楽にみる未来性　157
    7　充たされざる21世紀　171

第5章　記憶の裏切り
　　　　―『わたしたちが孤児だったころ』の不条理な世界　173
　　　　1　負の連鎖が造る不条理な世界　173
　　　　2　裏切りの街、上海租界　176
　　　　　　2-1　上海租界という帝国主義の庭園　177
　　　　　　2-2　長崎―上海、憧れの航路の神話崩壊　194
　　　　3　異邦人の時代―負の歴史の中に存在する自我　207
　　　　4　母を求めて、幻想から現実へ　221
　　　　5　絶望からの帰還　231

第6章　クローン人間政治学
　　　　―『わたしを離さないで』における生命倫理の軌跡　233
　　　　1　クローン人間政治学への扉　233
　　　　2　文学におけるクローン人間創造の軌跡　236
　　　　3　生命倫理への挑戦　242
　　　　4　生命の証と怒りの行方　248
　　　　5　人間の尊厳を求めて　256
　　　　6　自律の原則への反抗　269
　　　　7　わたしを離さないで、わたしを抱きしめて　279

第7章　暴力のルーツを探る神話再構築
　　　　―『忘れられた巨人』の中に生きる私達　281
　　　　1　神話再構築の原理　281
　　　　2　記憶と忘却の繰り返しを内包する歴史　283
　　　　3　虚構と真実の葛藤を紡ぐ神話　293
　　　　4　忘れられた巨人が住むところ　304
　　　　5　21世紀の神話回帰　309

あとがき　313
参考文献　317

カズオ・イシグロ作品リスト（略題）

An Artist of the Floating World   *AFW*
The Buried Giant   *BG*
My Twentieth Century Evening and Other Small Breakthroughs   *TCE*
Never Let Me Go   *NLMG*
Nocturnes: Five Stories of Music and Nightfall   *N*
A Pale View of Hills   *PVH*
The Remains of the Day   *RD*
The Unconsoled   *U*
When We Were Orphans   *WWWO*

カズオ・イシグロに恋して
Falling in Love with Kazuo Ishiguro

序　文

　私はカズオ・イシグロに恋に落ちることはなかった。
　しかし、1982年にイシグロの処女作が発表されるや否や、日本においては日系作家がイギリスに誕生したということが大きな話題となり、多くの作家、文芸批評家、そして研究者たちがイシグロに恋に落ちた。時代の寵児となり、公の場に姿を現すことを躊躇しないイシグロは、新作を発表するたびに多くのインタビューをこなしてきており、彼の小説に対する姿勢やスタイルに関しては彼自身が十分に発信してきている。また、イギリスや日本、そして中国においてもイシグロ研究が活発となり、イシグロが新作品を発表するにつれて体系的な研究が構築されてきた。
　イシグロ研究を語る中で、特に、長い間イシグロ研究に携わって来たシンシア・F・ウォング（Cynthia F. Wong）やブライアン・W・シャファー（Brian W. Shaffer）の功績は大きい。また、ポール・リクール（Paul Ricoeur）の名著『記憶、歴史、忘却』（*Memory, History, Forgetting*, 2004）に基づいて、イシグロ作品の記憶というテーマに取り組んだユージン・テオ（Yugin Teo）の研究に、その後のイシグロの創作にさえ影響を与えたのではないかとも思える。リクールは、現代社会における記憶に関する議論において、現代の歴史認識が急速に進むグローバリズムの中で忘却の中に埋もれては、新たな、そしてより深刻な世界規模の破壊が起こっていることをより普遍的、そして包括的に論じている。イシグロは、リクールの哲学を、フィクションの世界に描いていると言える。この記憶を軸に、イシグロは、帝国主義や植民地主義から今世紀のグローバリズムがもたらした様々な大惨事を語る中で、ポストモダニズム、ポストコロニアル理論、ダーク・ツーリズム（dark tourism）[1]、生命倫理学（bioethics）等への理解

を作品の中で示している。イシグロの作品には現代社会の中で生まれ育まれてきた学際的研究が盛り込まれており、そこにイシグロ研究の可能性を見ることができる。

イシグロが処女作を発表した1982年、私は神戸女学院大学を卒業して同大学院に進学した。卒論から一貫してヴァージニア・ウルフ（Virginia Woolf）の研究をしてきており、当時イシグロの作品に関して興味を示していた英文学者が周囲に少なからずいたと認識している。そして、英文学者や文芸評論家がこぞって書評や小論を書き始めていた。イシグロが1989年に『日の名残り』（The Remains of the Day）で大ブレイクした時には、私はミシガン州立大学でヴァージニア・ウルフに関する博士論文を書き勉強を終えた後、同大学の英文学科客員研究員として在籍して職探しをしていた。

そして、博士論文を執筆中から、偶然遭遇した日系アメリカ人文学に興味を持ち始め、アンソロジー、小説、詩などの作品を手当たり次第に集めては、読み始めていた。またその頃、アメリカで作家として活躍し出していたキョウコ・モリ（Kyoko Mori）の作品と出会い、彼女が神戸女学院出身であることも知った。また、私自身も、大学時代から英語で創作を始めており、留学中には詩が3篇アメリカのジャーナルに掲載され、創作科の授業を受講したり、ブレッドローフ作家会議（The Bread Loaf Writers Conference）に詩を携えて出席していた。英語が母語となりアメリカ化された日系2世や3世は、1世が英語で表現することができなかったことを語り、新たな文学を生んだ。そして、キョウコ・モリのように、母語やその背後にある文化によって束縛されているものを英語という他の言語に解放させることで作品を生み出す作家も生まれた。

しかし、イシグロは、母語である日本語や日本の文化的背景を幼少期に持ち、外はイギリスであっても家の中では日本を守った環境の中で育った。その中で、母語が日本語から英語にスイッチし、成長と共にイギリスの文化の中で生きる術を学んでいった。そして、ごく普通にイギリスで大学に進学し、イギリスで生きる道を模索したのだろう。音楽のプロになるつもりだったイシグロは文学に身を転じ、たまたまその言語が英語だったのではないだろうか。

序　文

　一般的には、英語を母語としない作家や詩人にとって、英語圏の出版界は厳しい世界であることも現実として受け止めざるを得ない。ポーランド人のジョセフ・コンラッド（Joseph Conrad）が、母国ポーランドからロシアへ、そして船乗りとなって外国船で働くうちに多くの言語体験をして、最終的には英語で小説を書いたことは快挙である。イギリスにおいては、旧植民地や自治領に生まれたコモンウェルス文学の伝統があり、特にインド系の知識人はイギリス文壇や批評界においてすでに地位を確立してきた。2001 年にノーベル賞を受賞した V. S. ナイポール（V. S. Naipaul, 1932-）は、西インド諸島トリニダード出身のインド系でオックスフォード大学を経て BBC に勤め、作家に転身してからは第三世界を鋭く描くことで知られている。また、サー・サルマン・ルシュディ（Sir Salman Ruishdie, 1947-）はインドのボンベイ出身で，ラグビー校からケンブリッジ大学に進学した。さらにイシグロと同世代のティモシー・モー（Timothy Mo, 1950-）はイギリス人の母と中国人の父を持ち、香港で生まれ、10 歳でイギリスに移住し、パブリックスクールからオックスフォード大学へ進み、3 作品がブッカー賞の最終候補作品に選ばれている。ナイポールやモーは、植民地支配を真っ向から取り上げ、イギリス文壇に新たな声を投じたことで知られている。しかし、イシグロは、同じアジア系ではあるが、彼らとは異なり、イギリス対植民地という対立構造の中に身を置くことをしていない。

　しかし、それでも、イシグロの成功は特異なものだったと言える。何世代かにわたりアメリカ大陸に住みアメリカ化した若い日系三世作家のようでもなく、成人後に渡米したキョウコ・モリのような新日系と言われる作家でもない。イシグロは「日系」という系統がほとんどないイギリスで、しかも英語母語話者として作品を発表してきた。それはある意味、孤独な戦いであったに違いない。

　イシグロの作品をもう一度読み直す必要を感じたのは、生涯の研究テーマであるヴァージニア・ウルフともう 1 つの重要なテーマであるアジア系アメリカ文学に関する研究がひと段落した時であった。『日の名残り』と『わたしを離さないで』（*Never Let Me Go*, 2005）に関しては、個々の作品自体に興味を持ち、小論として発表した。そんな時に、9.11 やそれ

に続く世界を震撼させる事件が次々と起こり、日本では 3.11 により世界観が崩れる。世界規模で、民族、宗教や社会的バックグラウンドなどの違いを超えて、作家たちは現代社会に自分たちの思いを訴え続けてきた。テリー・イーグルトン (Terry Eagleton) は、『テロリズム聖なる恐怖』(*Holy Terror*, 2005) において、テロリズムは「人類の歴史と同じくらい古い」と指摘し、テロリストはどの時代にもいたと述べている（2 頁）。テロに関して語ることをイーグルトンは次のよう説明している。

> 本書は、テロリズムに関する増加の一途をたどる政治的研究の蓄積にさらなる一石を投じようとするものではない。そうではなくテロ／恐怖の思想を、これまでにない、かなりオリジナルな文脈となるであろうとわたしが望むもの、つまり「形而上的」とおおまかにいえる文脈に置いて考えてみようとするものだ。(vii 頁)

一見、これらの議論とは相反すると思えるイシグロの作品は、実はこの現代の様々な恐怖を呼び起こすテロを形而上化したものではないのかと思えるのだ。

　そして、私は、今後はよりグローバルでボーダレスな文学の軌跡を辿り、地球上の様々な場所に散らばる文学を集めてみようと思い、英語圏と日本語圏の作家を中心にリサーチを開始した。平成 26 年から平成 30 年にかけては、科学研究費基盤研究（C）（一般）（「ボーダレスな知的財産への道：グローバル文化・文学の共生ディスコースを探る」）の助成を得て、広範囲にわたりリサーチを行い、国際学会における発表も行うことができた。2015 年には、ドイツのグッテインゲン大学において開催された 2015 年 CISLE（Center for the International Studies of Literatures in English）学会とカナダのトロントで開催されたアメリカ学会（The Annual Meeting of the American Studies Association）、2016 年にはドイツ、デュッセルドルフ大学で開催された第 1 回 MLA 国際シンポジウム（International Symposium of Modern Language Association）とマレーシアのペナンで開催された 2016 年 ICLLC（International Conference on Linguistics, Literature and Culture）、2017 年には、英国オックスフォー

序　文

ド大学で開催された Oxford Symposium on Religious Studies、同大学で同年開催された第 13 回 Women's Leadership Symposia in Oxford、さらに京都のウエスティン都ホテルで開催された 2017 年 ICLL（International Conference on Languages, Linguistics, and Literature）、そして 2018 年にはロンドンで開催された 2018 ICHTHPR（International Conference on Heritage, Tourism, Historic Preservation and Restoration Conference）、オーストリアのグラーツ大学で開催された 2018 MESEA（Multi-Ethnic Society of Europe and Americas）学会、イギリスのシェフィールド大学で開催された The British Association of Japanese Studies Conference in 2018、チェコ共和国のプラハで開催された The 13th Multidisciplinary Academic Conference、さらに 2019 年にはポルトガルのリスボンで開催された第 2 回 MLA 国際シンポジウムなどにおいて、多様なバックグラウンドを持つ作家たちが発信し続けるグローバル文学作品に関して発表を行ってきた。そしてその一部を,『記憶と共生するボーダレス文学：9.11 プレリュードから 3.11 プロローグへ』（*Borderless Literature and Memory: From a 9/11 Prelude to a 3/11 Prologue*, 2018）というタイトルで 1 冊の本にまとめてみた。

　この様に研究をまとめている中で、2017 年の秋にイシグロのノーベル文学賞受賞のニュースが飛び込んできた。ノーベル文学賞受賞記念講演『特急二十世紀の夜と、いくつかの小さなブレークスルー（*My Twentieth Century Evening and Other Small Breakthroughs*）』において、イシグロは過去の自分の生いたちから作家としてのスタートとその後の創作に関して語った後に、「現在」と称して次のように語っている。

>　さて、現在です。ここ何年か私は泡の中に生きてきたことに、最近気づきました。泡の中にいて、周囲の多くの人々の苛立ちや不安に気づかずにいたようです。私を取り巻く世界は教養と刺激にあふれ、リベラルな考えをもつ皮肉っぽい人々が集まっている世界です。しかし、それは想像していたよりずっと小さな世界だった、といま思います。2016 年は、ヨーロッパとアメリカで驚くような――私には気の滅入るような――政治的出来事があった年でした。世界中で胸が悪くなりそうなテロ行為が頻発した年でもありました。私は子供のころから、リベラルな人道主義的な価値観を信

じ、その広がりは止めようがないと信じてきましたが、それが幻想だったかもしれないと認めざるをえなくなりました。（*TCE* 85 頁、87 頁）

　この「泡の中」に存在して外の世界に気付かなかったというイシグロの悔恨の念は、必ずしもその言葉通りではないだろう。謙遜というよりは、急激な世界の変化とそれに伴う残忍で過激な事件が毎日ネット上に挙げられていることに対してイシグロなりに警告を発信しているとも解釈できる。何故なら、イシグロはそれ以前から世界で起こってきた理不尽な出来事に対して真っ向から取り組んできた作家であると言っても過言ではないからだ。イシグロの作品には、常に「現在」があり、その現在は過去を映し出す鏡であり、また未来を予想する展望レンズなのである。2017 年までのイシグロは、2017 年以降のイシグロを創り上げる自己でもあり、その創造活動は彼の使命なのである。

　作家として成功を収めた後も、イシグロは自分の使命を探し求め続ける。東京での講演で次に書く小説に関しての質問を受けた時、イシグロは記憶への意識を明確化している。その質問は、イシグロの小説には「社会的・政治的に大きな混乱の時期を生きた人の物語が多い」と指摘したうえで、「その人物は自分の人生を振り返り、暗く恥ずべき記憶となんとか折り合いをつけようとする」が、今後もそのような小説を書き続けるのかどうかというものだった（*TCE* 67 頁）。処女作である『遠い山なみの光』（*A Pale View of Hills*, 1982）、『浮世の画家』（*An Artist of the Floating World*, 1986）、そして『日の名残り』は全て第二次世界大戦とそこに生きた人の記憶により成り立っている。そこには、個人の記憶と大きな影響力を持つ公の記憶、即ち権力者や国家の記憶との間におきるジレンマが存在する。その時イシグロは、自分が描いてきたのは、「忘れることと記憶することの間で葛藤する個人」であると思っていたが、「国家や共同体がこの問題にどう向き合うかをテーマに書いていきたい」と思ったと述べている（*TCE* 67 頁）。実はイシグロはすでに最初の 3 作品においても、国家の記憶に向き合っていたと言える。

　個人ではなく国家に焦点を当てた時点で、リアリズムの作品として読まれることに反感を抱くイシグロにとって、ある特定の国家、地域、歴史的

序　文

事象を描きイデオロギーに執着することは最も避けたいことであった。しかし、国家の記憶をどの様に捉えて構築するかということがイシグロの課題となる。

> 暴力の連鎖を断ち切り、社会が混乱と戦争のうちに崩壊していくのを阻止するためには、忘れる以外にないという状況もありうるのか。としても、意図的な健忘症と挫折した正義を基盤として、その上にほんとうに自由で安定した国家を築くことなどできるのか。（TCE 69頁）

イシグロは、表面的にはその手法やスタイルを変えながらも、実は個人と国家の忘却と歴史の葛藤に焦点をあててきた。『充たされざる者』（The Unconsoled, 1995）では特定の都市名や時代が明確ではないが中欧の魔都を、『わたしたちが孤児だったころ』（When We Were Orphans, 2000）では第二次世界大戦前後のアジアの魔都上海を舞台として、個人の記憶だけでなく都市の記憶を語ることにチャレンジしている。『わたしを離さないで』においては現代のイギリスに未来地図を重ね、『忘れられた巨人』（The Buried Giant, 2015）においては中世の伝説にまで忘却と記憶の葛藤の軌跡を手繰り寄せる。それらの小説にイシグロが込めた思いは明確である。

　イシグロの世界は今後も拡張し、深くなっていくであろう。その軌跡を今後も追っていくために、本著においてイシグロのこれまでの作品に関しての論をまとめてみた。

注

(1) ダーク・ツーリズムは、「ブラック・ツーリズム（black tourism）」や「グリーフ・ツーリズム（grief tourism）」とも呼ばれ、1996年にイギリス人研究者により名付けられて以来、一つの研究分野として確立してきた（Foley and Lennon）。

第1章　越境する記憶
―『遠い山なみの光』の光と影

１．越境する記憶への旅

　カズオ・イシグロの処女作『遠い山なみの光』は、国境だけでなく様々なボーダーを超えていき、9.11に始まるテロに対する脅威と限りなく続く境界を超える移民の波に慄く21世紀において、よりグローバルな視点で再評価するべき作品である。イシグロが何度もインタビューで語っている様に、イシグロの作品は歴史と対峙する越境する記憶が軸となっている。『遠い山なみの光』はその中でも、第二次世界大戦後の長崎を舞台としている点が常に議論の対象となってきた。

　1996年、吉田喜重監督がこの作品を映画化することを企画し、妻で女優の岡田茉莉子を主演として英国・仏国との共同制作で話が進んでいたにも関わらず、撮影直前に中止となった。岡田はインタビューで、理由は吉田が原爆をテーマにしたからではないかと回想している（30面）。イシグロが長崎出身であり、母親が被爆しているという事実は記憶の語りの中においてある意味で再構築されているが、実は越境する記憶においてはほとんど語られない。長崎は、「重層」する時間と空間が存在する特殊な場所であり、それは16世紀から続く隠れキリシタンの歴史と20世紀の原爆投下である（葉柳8-12頁）。

　戦後の長崎には、浦上天主堂を巡る原爆に関して語ることができなかった記憶、そして第二次世界大戦中に強制労働が行われていた軍艦島と呼ばれる端島炭鉱や三菱造船所という戦争責任を問われる記憶があるのだ（木村至聖45-46頁）。広島に次いで長崎に落とされた原子爆弾は、三菱重工業長崎兵器製作所住吉トンネル工場と三菱製鋼所長崎製鋼所第一工場のほぼ中間地点、浦上地区松山町交差点の上空で爆発した（太平洋戦争研究

会140頁)。その爆心地には、浦上天主堂、長崎医科大学とその附属病院、小学校2校、中学校1校、長崎商業高校、長崎工業高校、浦上第一病院があった(太平洋戦争研究会140頁)。

　そして、戦後70年以上経って、戦争の加害者としての長崎を語る軍艦島が、長崎の教会群と隠れキリシタンの世界遺産登録(長崎と天草地方の潜伏キリシタン関連遺産)の際に必要とされた。しかし、浦上天主堂は世界遺産登録から外された。長崎の記憶とは、1945年8月9日の長崎原爆投下という特定の時間に特定の都市に起こった断片的で共時的な単一のものではなく、長崎が数世紀もの間に構築してきた重層的で通時的なものであり、それを越境する記憶なのである。

　『遠い山なみの光』が出版された1982年は、イギリスでは1979年から1990年にわたるサッチャー政権下で、外交面では強固な政策が取られ、国内では新自由主義的な経済政策を促進した時代である。さらに日本では、1980年代以降に中国や韓国などのアジア諸国からの教科書批判を受け、第二次世界大戦が侵略戦争であることを認め、南京大虐殺や人体実験、慰安婦問題に関しての歴史的再検証が盛んとなった(歴史教育者協議会編5-6頁)。これら2つの時間軸を、コロニアルな言説とグローバルな言説が共存するという論もある(Horton 182-83頁)。

　イシグロは、その時代に、過去としての第二次世界大戦からの復興期にあった1950年代の長崎と時流から取り残された1980年代のイギリスのカントリーとの交差を描いた。その時間を繋げるのは、再婚してイギリスに移った日本人女性悦子であり、彼女の時間は戦後長崎で過ごした短い夏と、最初の結婚で授かり再婚してイギリスに連れて来た長女の景子が自殺した後の4月の短い春に凝縮されている。この時間は何を表わすのか、そして悦子の語りの中で何が実際に語られているのか、あるいは語られなかったか、それらを明確にすることにより、この小説が内包する記憶を紐解くことができるであろう。

　悦子の記憶の時間は、小説の中において、1950年代の混乱期が過ぎ去ろうとしていた限定されたある夏の日々にある。原爆投下直後の最も悲惨な時代は終わり、米軍占領下で復興の兆しが見え、大きく変わろうとしている長崎が舞台となっている。

第 1 章　越境する記憶

そのころには、すでに最悪の時期はすぎていた。朝鮮で戦争がおこなわれていたのでアメリカ兵の数の多さはあいかわらずだったが、長崎では、それまでにくらべると一息ついた穏やかな時期だった。世の中が変わろうとしている気配があった。（*PVH* 10-11 頁）

　この過去の記憶の中の長崎は、戦後 1945 年から 1952 年までの占領時代と 1950 年から 1953 年の休戦まで続いた朝鮮戦争による軍需景気に沸く時代が終わろうとしていた時期を中心に描かれている。その点に関しては、イシグロの研究者も議論の的としてきた（Cheng 162-64 頁）。1951 年には戦勝国との間でサンフランシスコ平和条約が調印され、日本政府は経済復興に力を入れ基幹産業に資金を投入し、特に電力、造船、鉄鋼などの産業を中心に投資を進めていった（横山 25 頁）。同時に、1950 年に入ると民間貿易が再開されており、長崎市も三菱などの工場が点在した港町であることから景気回復の期待に沸いた（四條 86 頁）。
　1950 年代半ばになると、「神武景気を迎え、日本経済は急速に成長」し、戦後続いた国民の苦しい生活も緩和され、1956 年の経済白書では「もはや戦後ではない」と記されている（横山 25-26 頁）。しかし、長崎では戦前から続く癒されない傷がえぐり出され、戦後の原爆による想像を絶する苦悩と困窮が続き、被爆者、戦争未亡人、戦争孤児など弱い立場の人々への救済も十分ではなかった。
　この時期、悦子が舅と共に訪れる原爆中心地の北側の丘にある長崎平和公園の平和祈念像は 1955 年 8 月 8 日に完成している。これらの点を考慮に入れると、この小説においては時間が混乱した戦後 10 年間が提示されていることになる。この混乱を背景に長崎の記憶の語りがこの小説には内包されているが、語りつくされていない記憶が根底に存在するのだ。
　この小説における長崎の記憶の語りには、原爆と隠れキリシタンという語り、教育勅語から解放されていく自由な思想の語り、そして女性解放の語りが交差しており、その記憶の語りにより変貌を遂げつつあり大きく塗り替えられていった長崎という空間が持つ神話の再構築が行われているのである。

2. 原爆と隠れキリシタンの輪廻の語り

　イシグロは、長崎への原爆投下を巡って、『遠い山なみの光』において語りの操作を行っていると言える。イシグロが5歳の時に離れた長崎は、彼の原風景であると同時に、長崎という独自の歴史、宗教、文化を持った特別な空間である。それは、広島が常に被爆地として脚光を浴びる一方で、長崎は影のような存在として戦後歩んできたという歴史と関連がある。「怒りの広島」に対して「祈りの長崎」と言われる様に、長崎への原爆投下には広島とは異なる言説があり、そこには浦上天主堂を巡る「歴史と語り」の逆説が存在する（四條29頁）。

　原子爆弾が浦上に落ちたことを神の摂理と捉え被爆を「人類の試練」と受け入れた「燔祭説」を称えたとされる長崎医科大学教員であった永井隆により、「祈りの長崎」という言説が誕生したと一般に知られている。「燔祭」とは、旧約聖書に記されている言葉で、「ユダヤ教の祭礼において、子羊などを焼いて神に犠牲として捧げるセレモニー」を表わし、永井は「そうした『神への犠牲』として被爆者を捉え」、「十六世紀より切支丹弾圧に苦しんできた浦上は、人類に平和をもたらすための犠牲として最もふさわしいもの」であると解釈した（福間、『焦土の記憶』250-51頁）。

　四條によると、戦前1932年に放射線医学を専攻して同大学の物理的療法科に勤務した永井は、1934年にカトリックの洗礼を受け、浦上キリシタンの家系であった森山家の一人娘と結婚した。中国に2度出征して1940年に帰還した後に、同大学の助教授として物理的療法科部長に就任した。その彼は1945年の原爆投下により妻を失い、自分自身も勤務先で被爆した。自らも重傷を負いながら被爆者の救助に尽力し、その惨事を科学者として『原子爆弾救護報告』としてまとめている。

　しかし、永井の『長崎の鐘』は被爆直後に書き始められたにも関わらず、1946年の刊行がGHQに認められず、最終的に1949年に、日本軍によるフィリピンにおける虐殺報告書「マニラの悲劇」と併載することで許可されたという経緯がある（黒古29-30頁：四條64-66頁）。その後も永井の作品がGHQの検閲を通過できたのは、原爆投下の責任が神への犠牲として変換され、「『神の摂理』としての原爆の肯定」があったからだという（福間、『焦土の記憶』252頁）。科学者であり、キリスト教徒であり、

第1章　越境する記憶

作家であった永井は事実を歪曲する意図があったわけではなく、生死をさまよい、絶望の淵にあった被爆者たちの心を和らげることを常に思っていた（福間、『焦土の記憶』254頁）。永井は原爆症で亡くなる1951年まで、被爆体験と信仰に取り組み描き続けた。『遠い山なみの光』というタイトルが表すように、イシグロの長崎には「祈りの長崎」の言説が込められている。

　さらに、長崎に2発目の原爆を投下した理由に関しては、「広島への原爆投下の悲惨な結果を確認したうえで、その直後に行われたソ連参戦の影響を最小限にし、日本の降伏はあくまで原爆投下によるものとするためであった」ことと「長崎原爆は広島に投下されたウラン型とは異なるプルトニウム型」であったこと、それらを考慮に入れると広島原爆と同様に「人体実験」であったという説が有力である（木村・ガズニック 25-26頁）。この人体実験説は、広島と同様、戦後の占領下において長崎にも日米合同で設立された ABCC（Atomic Bomb Casualty Commission、原爆傷害調査委員会）は、被爆者の治療ではなく実験データ収集が目的であったと批判されたことからも証明される（木村・ガズニック 27頁）。即ち、原爆投下により日本が降伏し第二次世界大戦を早期終結に導いたという原爆神話は、根底から崩れていたのである。イシグロは、長崎が内包する何重にも複雑にからみあう言説にチャレンジしていると言える。

　『遠い山なみの光』の中で、原爆投下された村において川と再開発地域の間にある空地の問題が繰り返し語られるが、この空地こそが長崎の原爆投下の語られない記憶を象徴している。悦子は次の様に思い出す。

> わたしと夫は、市の中心部から市電ですこし行った、市の東部にあたる地区に住んでいた。家のそばに川があって、戦前にはこの川岸ぞいに小さな村があったと聞いたことがある。だがそのうちに原爆が落ちて、あとは完全な焦土と化したのだった。すでに復興が始まっていて、やがて、それぞれが四十世帯くらいを収容できるコンクリート住宅が、四つ建った。わたしたちが住んでいたのはこの四つのうちのいちばん最後に建ったもので、復興計画はそこまでで一応終わりだったから、この建物と川のあいだはどぶと土埃ばかりの、何千坪という空地だった。この空地は健康に悪いという苦情がたえず、事実その排水状態はひどいものだった。(*PVH* 11頁)

原爆が落ちた川沿いの小さな村には、戦後復興期に団地が建設されるが、広い空地が無整備のまま放置されている。原爆が投下されたのはキリシタンの村として差別の対象であった浦上であり、長崎ではないという意識があったという。1945年8月9日の原爆により浦上天主堂は全壊全焼しただけでなく、天主堂にいた2名の神父と信者全員が死亡した。さらに、長崎市全体の原爆死者が6万人から7万人である中で、浦上教区の信者12,000人中、8,500人が亡くなったとされる（四條34頁）。

　廃墟となった浦上天主堂を遺構として保存する件に関して、被爆直後の1945年10月に市議会で保存が訴えられ、1949年には保存委員会が発足したにも関わらず、1958年には天主堂遺構の撤去が決定した。そこには、長崎市とアメリカミネソタ州のセントポール市との姉妹都市提携の終結のために、当時の田川務長崎市長が議会に対して撤去を決定したという政治的な取引があったと非難され語り継がれているが、真相を知る者はいないと言う（高瀬125-56頁）。このアメリカからの見えない圧力とそれに屈した長崎市は、爆心地の広島とは異なる遺構保存の道をたどることになった。

　小説の中で提示されている戦後10年経っても復興事業の対象とならずに放置されていた空地は、浦上天主堂の再建まで長崎の語りの記憶が中断されたことを物語っている。

　「祈りの長崎」は、浦上の歴史に象徴される様に16世紀に始まった隠れキリシタンの歴史と弾圧の上に20世紀の原爆が重なったことを表わし、長崎の原爆文学は記憶の語りであると言われている（小林103頁）。浦上は、キリシタン弾圧という試練と数々の迫害と差別に苦しみながらも信仰を守り続けたキリシタンとその子孫が住む土地であり、原爆投下まで浦上天主堂は長崎のカトリック教徒にとって中心的存在となっていた。

　1567年頃には浦上にも布教が行われ、1584年に領主であった有馬晴信がイエズス会に寄進したことにより、浦上はキリシタンの村となる。その後、キリシタンへの迫害が始まり、1587年には豊臣秀吉が伴天連追放令を発令した時に、浦上はイエズス会から没収されて、長崎と共に秀吉の直轄地となった。1614年の禁教令以降1873年のキリシタン禁制が解かれるまでの250年にわたり、キリシタンたちは地下組織を作り、仏教徒を装っ

第 1 章　越境する記憶

て隠れキリシタンとして信仰を継承してきた。

　この隠れキリシタンが受けてきた差別と被爆者差別を織り込んだ差別の重複構造を、井上光晴は、『手の家』と『地の群れ』において描いている（黒古 54-56 頁）。また、「祈りの長崎」の言説には、隠れキリシタンへの迫害と差別が根底にあり、その記憶こそが、語られない記憶としてイシグロの作品においては放置された空地として提示されているのである。

　戦後の長崎は、原爆投下からの復興と共に、エキゾチックな街として観光化に乗り出し、一般観光客だけでなく、沖縄と広島について修学旅行で訪れる街に変貌を遂げていく（松井 75-62 頁）。現在では、長崎は、教会群、平戸、中華街と異国情緒あふれる文化遺産が多くある観光のメッカであるが、その歴史には理不尽な殺戮や破壊が根底にある。戦跡は、戦後「大衆レベルの戦争観の形成に深く」関わり、広島、長崎、沖縄へは修学旅行生から一般観光客までが遺構や資料館を訪れることで戦争の記憶が形成されてきた（福間、『「戦跡」』5 頁）。戦争の傷跡は、戦後そのまま戦争の被害を風化させないために、過去の記憶を留めるシンボルとなっていった。

　原爆投下以前に、長崎には負の遺跡が存在し、過去の記憶の語りを象徴する隠れキリシタンの歴史がある。長崎は、アジアにおける貿易とイエズス会布教活動の拠点としてポルトガル商人により発掘され発展した土地であるため、長崎から五島列島までに教会群が存在する。これらの教会群の世界遺産登録の意義は、聖地巡礼とダーク・ツーリズムの観点からも、建築物の歴史だけでなく日本における特異なキリスト教の歴史への理解である（松井 31-52 頁）。

　さらに、ポルトガル人やスペイン人などのイエズス会の司祭や司教および隠れキリシタンを弾圧した後には、オランダ商人の入港を許した平戸の出島を中心に他国との交易の中心地となっただけでなく、長崎市対岸の稲佐は明治時代にはロシア艦隊の駐屯地ともなった。『遠い山なみの光』の中で、戦後の生活が改善されつつあったことを示すように、悦子と佐知子親子が稲佐山に半日の行楽に出かける。3 人は、長崎からフェリーで対岸の稲佐へ行き、そこからケーブルカーで山に登り、長崎の港を見下ろす景観が美しい丘陵地帯へと向かう。稲佐山はアメリカ人を含む多くの観光客

で賑わっており、3人は久しぶりに自由な時を過ごす。

　稲佐は、約50年間、ウラジオストックからロシア艦隊が長崎港に入港して越冬する駐屯地として賑わい、「ロシア村」と呼ばれ、現在でもロシア人墓地などの遺跡がある。『ながさき稲佐ロシア村』において、その歴史的特色が語れているように稲佐は長崎の地方史を語る上で重要である（松竹）。松竹によると、長崎最古の寺院である悟真寺は、キリスト教布教によって廃退の危機にあった仏教の復興を目指して再興され、1602年には唐からの商人が来日したことを機に唐人の菩提寺となった。その後、1649年にオランダ特使が埋葬されたことからオランダ墓地が造られ、さらに幕末からはロシア人墓地も開設されたという。稲佐の丸尾地区は、1855年、イギリス海軍の要請を受けて異国人休息所のために借り上げられ、オランダ、アメリカ、ロシアに貸与され、休息所だけでなく軍事訓練所も建設された。ロシア軍が駐屯するようになると、多くの遊女を囲った露西亜マトロス休息所も造られた。現在では史跡のみが残り、長崎ロープウェイの乗り場のある町として知られている。

　小説の中で悦子の言葉で語られる稲佐山からの眺めは、戦後急激に進む都市整備計画の中で変化していく長崎の街の全貌を表わしている。稲佐へ行ったことを悦子は楽しかった思い出として鮮明に覚えている。悦子は、日常の単調な暮らしと仕事に没頭する夫から逃れて、自由な時間を過ごすことができた。

　　佐知子が越す前に、一日どこかへいっしょに遊びに行こうという話になったのも、たしかこの時だったはずだ。そしてそれからまもなく、ある暑い午後に、わたしは佐知子母娘（おやこ）といっしょに、ほんとうに稲佐（いなさ）へ行ったのだった。稲作は長崎の港を見おろす、景色が美しいので有名な丘陵地帯である。わたしたちの住んでいる所からもそう遠くはなかったのだが——実はアパートの窓から見えたのも稲佐の山々だった——とにかくそのころのわたしはどこかへ行楽にでかけることなどめったになかったので、稲佐行きは大旅行のような気がしたのだった。何日も前から楽しみにしていたことを、いまだにおぼえている。おそらくそのころの幸せな思い出のひとつと言っていいだろう。
　（*PVH* 144頁）

第1章　越境する記憶

　戦後余暇を楽しむことなどしばらく無かった悦子が、稲佐を訪れることを心待ちにしており、それはケーブルカーの駅の広場にいた多くの親子にとっても同様であろう。小説では、このケーブルカーは翌年に山頂まで通ること、そして山頂にはテレビ塔が建設中となっていることから、一般市民の文化的生活が復興される変化が見られる。その建設途中のケーブルカーに乗って行楽を楽しむことが市民のささやかな楽しみであり、悦子たちはアメリカ人親子を案内している日本人親子とも出会う。長崎市内の復興と共に、長崎を巡る周辺の地域も整備され、その発展の最中に悦子たちは身を置いている。

　しかし、実際に稲佐山から長崎の街を眺める際、原爆投下を体験した悦子はその体験に関しては沈黙を通す。

　　「まるで何事もなかったみたいね。どこもかしこも生き生きと活気があって。でも下に見えるあの辺はみんな」──とわたしは下の景色のほうを手で指した──「あの辺はみんな原爆でめちゃめちゃになったのよ。それが今はどう」
　　（*PVH* 155 頁）

　この様に被爆者だと想定される人々が小説の中で原爆投下に関して具体的に語る箇所はほぼ皆無であるが、悦子自身も被災者そして被爆者であり、彼女の沈黙がその苦悩を物語っているのだ。

　「長崎ロープウェイ」の公式サイトによると、1957年に長崎市は稲佐山ロープウェイ建設を決め、1958年に事業を始め、1959年には営業を開始した。1958年に浦上天主堂の撤去を決定した長崎市長田川務による事業であった。天主堂の光が消え、観光開発のため「1000万ドルの夜景」がつくり出された。

　悦子は自分の被災体験を語らないが、うどん屋を切り盛りしている母の親友の藤原さんのことを語る。悦子は佐知子に藤原さんは原爆で夫と長男以外の子供4人を亡くしたことを教え、さらにその夫は長崎の名士であったことから、藤原さんの生活は原爆によって一変したことを語るのだ。それは、実は語られていない悦子の話と重なっている。それは、悦子自身が原爆で1人生き残り、家族も家も失って行き場がなくなり、ヴァイオリン

も諦めたことである。被災者である悦子はその悲惨さ、過酷さ、苦悩を決して語らない。しかし、稲佐山から眺める景色の中に、記憶の中の長崎、そして記憶の中の自分を見出していることは確かである。

　被爆体験に対して沈黙を守る悦子の苦悩は最愛の人々を失ったことであるが、その中で恋人の死を悦子が語る箇所が1カ所だけある。悦子は藤原さんのうどん屋を訪れた時に交わす会話の中で動揺し、その会話に悦子の記憶に留められた思いが垣間見て取れる。藤原さん自身が原爆で長男以外の家族を全員失い、夫が著名人であったにも関わらず、戦後生きていくためにうどん屋を始める。藤原さんと悦子には最愛の人を戦争で失ったという共通の悲しみがある。唯一生き残った息子の和夫が、3年間婚約していた女性を忘れられずにいることを母親の藤原さんは悦子に語る。その苦しみを悦子にも見出しており、「あなただって、悦子さん、一時は立ち上がれないほどだったわ。でも、切り抜けたでしょ」(*PVH* 107頁)と言う。その理由は、悦子にも婚約こそしてはいなかったが中村という恋人を失ったことにあるのだ。この最愛の人たちが何故亡くなったのかは暗黙の了解ということで明確に語られないが、原爆が原因である。

　悦子は藤原さんが周知の事実であるが故に、生き残った自分のことを次のように語る。

> 「ええ、でもわたしは運がよかったんです。あのとき緒方さんが親切にしてくださったから。そうでなかったら、どうなったかわかりませんわ」
> 「そうね、ほんとうに親切だったわね。おかげで、ご主人にもめぐり会ったわけだし。でも、あなたなら幸せになって当然よ」
> 「ほんとうに、緒方さんが引き取ってくださらなかったら、いまごろどこにいたかもわかりませんわ。でも、なかなかむずかしいだろうと思うんです――和夫さんのばあいは。わたしだって、いまだにときどき中村さんのことを考えますもの。仕方がありませんわ。目をさましたとき、わからなくなることもあって。まだここに、中川にいるみたいに、錯覚しちゃって……」(*PVH* 107頁)

被爆者として生き残り、支えてくれる人々とも出会い「幸せ（"fortunate"）」であったと語る悦子は、結婚して妊娠しているにも関わらず不幸に見える

第1章　越境する記憶

のである。彼女の心理の奥には、原爆により地獄となった長崎、特に小説において爆心地として提示されている「中川地区」のことが常に存在し、悦子は生きながらにして、彼女の魂は死んでいるのだ。

　悦子の原爆への沈黙は、悦子が義父と平和公園を訪れる際にその平和公園のあり方への批判となって破られる。第二次世界大戦後の日本において、特に戦争のモニュメントが負の遺構としてその意味が確立するまでには、多くの葛藤があった。被害者としてだけではなく加害者としての歴史認識をめぐる議論が加速する中で、「戦跡の戦後史を俯瞰することは、これら『歴史認識をめぐる闘争』が紡がれるプロセスを実証的に検証する」必要が問われることと関連づけられるようになる（福間、『「戦跡」』12頁）。

　義父と平和公園へ行き平和祈念像を目の前にして、悦子は心のうちに秘めていた批判精神に目覚める。

　　この公園はふつう「平和公園」の名で通っている。正式の名称かどうかはいまだに知らないが、事実、子供や鳥の声が聞こえてはいても、その広い緑地には一種荘厳な雰囲気がただよっていた。植え込みとか噴水といったふつうの公園の装飾を最小限におさえたので、厳粛な感じが生まれたのだ。広い芝生と高い夏空、それに肝心な祈念碑——これは原爆で死んだ人びとを祈念する白い巨像である——が醸し出す雰囲気が公園全体をつつんでいた。
　　巨像はたくましいギリシャの神に似ていて、座った姿勢からぐっと両腕をのばしている。右手で原爆が落ちてきた空を指し、もう一方の手を左にのばしているその像は、悪の力をおさえていることになっていた。目は祈るように閉ざされている。
　　わたしは以前からこの像の恰好がぶざまな気がしていて、原爆が落ちた日のことやそのあとの恐怖の数日とはどうしても結びつかなかった。遠くから見ると、まるで交通整理をしている警官の姿のようで、こっけいにさえ思えた。いつまでたっても、わたしにとってはただの像でしかなく、長崎の人たちも、たいていはある姿勢を示すものとして多少の意味はみとめているようだったものの、だいたいわたしと同じような気持ちではないかと思っていた。
（*PVH* 194-95 頁）

広島が原爆ドームを負の遺構として残したことに対して、長崎は浦上天主堂という負の遺構を残さず、その代わりにモニュメントを造った。

遺構として残された広島の原爆ドームは、実は戦後すぐにはその残骸を残すことに否定的な意見が多く、特に平和都市としての広島のシンボルにするには不似合とされていた。にも関わらず、世界文化遺産にも登録され、「戦後数十年を経て、原爆ドームという遺構にアウラや真正さが見い出される」ことになった（福間、『「戦跡」』10頁）。しかし、長崎の平和像は、現物としての遺構とは異なり、戦後新たに造られた記念碑や祈念像で、「過去の記憶を象徴的でシンボリックに指し示すものである」（福間、『「戦跡」』10頁）。そのために、記憶の語りとしての負の遺産を残した広島とは異なる議論が長崎において繰り広げられるのである。

　長崎平和公園は広島平和公園よりも早く、1955年8月8日に爆心地より北側に造られ、長崎出身の北村西望により造られた平和祈念像は、戦後を代表する戦争のモニュメントである。

　長崎市公式サイトに転載されている『長崎原爆戦災誌』からの抜粋によると、この祈念像は、長崎市が1,500万円の予算で4年をかけて完成させる計画を立てたが、結局は予算を上回る3,000万円が使われたという。この像は、神の愛と仏の慈悲を象徴しているとされ、原爆被害者への鎮魂の思いと世界平和を願っているとされる。天を指す右手は原爆の脅威を、水平に伸ばした左手は平和を示している。北村はこの巨大で健康美を誇示した男性像を巨大な仏像に勝るものとして造りたかったというが、悦子の語りにある様に、原爆の悲惨さや被爆者の思いを伝えているとは言いがたい。

　その祈念像のモデルが長崎に住んでいたこともある力道山だという都市伝説も生まれたというが、ギリシャ彫刻のような肉体美を持つ西洋的男性像が平和祈念碑に不適切であるという議論も起こった。その上に、この像のために当時長崎市の予算を上回る費用がかかり、苦しい生活を強いられていた被爆者への救済が必要不可欠な時代に、批判の対象となった。祈念像が完成した1955年頃は被爆者への法的援護がまだなく、被爆者自身が医療費の全額を負担しなければならなかった。国内外からの寄付金を全て祈念像に投じた長崎市に対して、福田須磨子が「ひとりごと」という詩で表したように、批判対象となったのだ。

　そして長崎では、占領期を過ぎた1950年代から、永井の燔祭説への批

判が強くみられる様になり、1970年代までに被爆の実態を歪曲し、原爆が信仰教理をキリシタンに確かめるために落とされたという永井の説を徹底的に否定する動きへと転じていく（四條49-50頁）。この論争は、カトリック教会からの擁護、そして学界からの擁護をも生み出すことになるが、同時に長崎における原爆投下の語りに存在した複雑性を証明することになる。そこには歴史の語り、記憶の語りが内包する葛藤があるからである。

　イシグロが描く長崎は、「祈りの長崎」であり、隠れキリシタン迫害と差別の歴史、浦上天主堂に原子爆弾が投下されたことによる燔祭説の誕生と試練、そしてその負の遺跡を破壊して造り上げたモニュメントである平和祈念碑批判、戦後の景気回復による長崎の復興と観光化への道が内包されている。

　21世紀になり、見送られていた長崎の教会群は世界遺産への登録が2018年にやっとかなうが、浦上天主堂は除外された。そこに21世紀の観点から新たな意味を加えるのであれば、浦上を含む教会群には16世紀から20世紀にかけて沈黙と祈りが繰り返されてきた記憶が内在することに注目するべきである。

3．教育イデオロギーの語り

　『遠い山なみの光』の光は、原爆投下のピカドンから戦後の復興への光であると同時に、戦後の民主化の中で矯正されていく教育改革の象徴でもある。

　1945年10月に、GHQは婦人の解放、労働組合の助長、教育の自由主義化、圧政的諸制度の撤廃、経済の民主化という5大改革を行った。特に、教育制度は新たな教育基本法の下で民主化政策の一環として改革される。「緒方さん」と悦子が呼ぶ義父の緒方誠二は、元教育者であり、戦後長崎から福岡へ引っ越していたが、突然長崎を訪問する。その訪問は、息子二郎や悦子に会うためではなく、戦前から戦中にかけて教師であった自分とその時代の教育者への批判に対峙するためであった。緒方と遠藤博士を批判する論文を『新教育ダイジェスト（"The New Education Digest"）』（*PVH* 206頁）という教育雑誌に掲載したのは、二郎の友人で教員の松田

重夫である。彼に現在の職を紹介したのは緒方であるにも関わらず、自分を裏切った松田に緒方は直接会うことを決意したからである。

　戦後、戦争協力者として公職を追放された者の中には教育者や学者もいた。しかし、戦後10年以上経った1950年代後半になって、松田はなぜ戦時中の国民教育を推進した緒方を批判することになるのか、そこには日本の戦前、戦中、戦後の歴史教育が辿って来た複雑な葛藤の歴史があるのだ。そして『遠い山なみの光』が出版された1980年代は、旧植民地である中国や韓国からの日本の教科書への批判と共に日本の歴史認識が問われ始めた試練の年であったことも重要であろう。

　緒方は、戦中に日本の国民教育に従事してきた自分と遠藤博士に関して教育雑誌に掲載された論文に対して、「じつに驚いた話（"Quite extraordinary"）」と言って憤慨する。

　　「じつに驚いた話さ。遠藤博士とわたしのことが書いてある。わたしたちの退職のことだ。わたしの誤解でなければ、松田はわたしたちが職を失ったのは当然だと言いたいらしい。それどころか、わたしたちは終戦と同時に追放されるべきだったという口ぶりなんだ。まったく驚いたね。」（*PVH* 39頁）

　この中で実際に緒方や遠藤博士の何が問題であるとか、なぜ彼らが戦後職を失ったかということに関して具体的な説明は何も無い。しかも戦後すぐに懲戒免職になるべきだったとも言われる。しかし、戦後の新しい教育雑誌において名指しで批判され、名誉さえも傷つけられた決定的な要因が緒方たちにはあり、その根底には個人を超え戦前の教育のイデオロギーが要因として存在する。この戦後の劇的な教育を巡る変化に対し緒方が繰り返し使う表現が「実に驚いた」あるいは「まったく驚いた」であり、この表現の中に戦後の教育界の混乱が象徴されている。

　日本帝国主義を支えてきたのは明治時代から1945年の第二次世界大戦終戦まで日本教育の柱となった教育勅語である。教育勅語は、1890年10月30日に明治天皇の勅語として発布され、1948年6月19日にGHQにより廃止されるまで大日本帝国の教学の最高規範書として君臨した。教育勅語は、大日本帝国憲法の発布直後に、日本国民の道徳規範と教育の根本

第1章　越境する記憶

的な理念を明示することを目的として、井上馨らが起草した全文315字の勅語である。教育勅語の趣旨は、家族国家観に基づいた忠君愛国主義と儒教的道徳であり、皇祖皇宗の遺訓とされ、学校教育の場において国民に強制された。発布後には、当時の文部省が謄本を制作し、それが全国の学校に配布され、学校儀式では奉読され、修身の授業をはじめとして教育の基本となった（佐藤 8-12 頁）。

　この教育勅語が帝国主義と軍国主義と結びつき、日本がアジアを制し、世界を制するという壮大な構想の下で発展する基礎を造り上げていく。そのもとで大日本帝国が明治から終戦まで継続して発展したことが、第二次世界大戦の敗戦により一挙に崩壊するのである。敗戦という最悪の結果を導いたにも関わらず、富国強兵の下で実施された軍事教育を絶対視した緒方のような教育者たちがいた。戦後の教育では自分の国のことをきちんと教えていないと述べる緒方に対して、二郎は自分が受けた戦前の歴史教育には「欠陥（"some faults'）」（*PVH* 92 頁）があったと断言し、次の様に思い出す。

　　「たしかに困ったことかも知れませんね。しかし、ぼくらが学校にいたころにも妙なことはありましたよ。たとえば、日本は神さまが造った国なんて教えられて。日本は神の国で、最高の民族だなんてね。教科書は隅から隅まで暗記させられたし。失くなってもいいものだって、あるんじゃないかなあ」（*PVH* 93 頁）

神格化された日本の歴史とそれを暗記させた教育に関して二郎は否定的であり、むしろ廃止を当然の如く受け入れている。それに対して緒方は、次の様に戦前の国粋主義に基づく国民教育の正当性を固辞する。

　　「… わたしたちは大事なものが次の世代に引きつがれていくように、子供たちが自分の国にたいしても、同胞にたいしても、正しい姿勢を身につけるように、身を捧げてきたんだ。昔の日本には精神があった。それが国民を団結させていたんだ。」（*PVH* 93 頁）

　第二次世界大戦に入ると、教育勅語は極端に神格化され、本来の趣旨か

ら乖離し軍国主義の経典として利用された。教育勅語の写しは、御真影と共に奉安殿や奉安庫に保管され、生徒たちは教育勅語の全文を暗唱することを強要された。緒方がその教育政策と実施に従事し、戦後もその価値を信じて疑うことをしないところにそのナショナリズム教育が与えた大きさが推察できる。

　特に戦争激化と共に1938年に国家総動員法が制定・施行されると、教育勅語はそれを正当化するために利用され、出征して「天皇陛下の御為に死ぬ」ことを望む少年たちを作り上げるようになる（佐藤 12-18頁）。教育勅語は、すでに植民地においても教育の規範とされ、1911年には朝鮮教育令が、1919年には台湾教育令が制定されていた。極端に神格化された教育勅語に基づく国史教育により、子供たちは自由な発想や生き方を失い、多くの戦争犠牲者を出すことになる。

　小説の中で、緒方や遠藤博士はこの国史教育の熱心な支持者であり、推進者であったのだ。彼らを批判した論文を発表した松田は、緒方を目の前にして神格化され子供たちから自由を奪った戦中の教育を批判する。

　　「…ただ、これだけは言わせてください。ぼくはたしかにあそこに書いたことを一から十まで信じています。今でもそれは変わりません。緒方さんの時代には、日本の子供たちは恐るべきことを教わっていました。じつに危険な嘘を教えられていたんです。いちばんいけないのは、自分の目で見、疑いをもつことを教えられなかったことです。だからこそ、日本は史上最大の不幸に突入してしまったのです」（*PVH* 207-08頁）

しかし、戦後10年経っても、緒方は戦中の教育が間違っていなかったと確信し、松田に向かって、自分たちは心から日本という国のことを思って、価値のあるものを守り、次の時代に伝えるように努力したと主張する。しかし、実際には誤った戦争イデオロギーを生み出し、それが子供たちにも浸透し、多くの犠牲者を出したのだ。

　戦中のナショナリズム教育により教育者間の間で大きな溝が生れ、反ナショナリストへの中傷、裏切り、密告による社会的抹殺が公然と行われた。戦中のナショナリズムを信奉する教育者は、第二次世界大戦中に神格化していく国史教育に抵抗する教育者たちを葬ろうとしたのだ。

第 1 章　越境する記憶

　小説の中で戦中に投獄されたり、戦後行方がわからなくなった教員の話が思い出され、緒方がそれに関わっていたことを松田が示唆する。戦中、1938 年の 4 月頃に投獄された教員がいたことを松田は緒方に思い出させるかのように語り、戦後釈放された彼らが新しい日本を背負って立っていると誇らしげに言う。

　　「じつを言いますとね、ぼくはあなたのお仕事のある面についても知っているんです。たとえば西坂の教師が五人、誡になって投獄されたでしょう。一九三八年の四月でしたかね。しかしその人たちも今では釈放されました。その人たちがぼくらに新しい夜明けを教えてくれるんです。」(*PVH* 209 頁)

松田は、戦中に国粋主義教育に対して反対運動をしたために弾圧され、戦後の民主化の中で新たな教育の在り方に取り組んだ教員たちの試練を指摘している。そして、大きな犠牲を払った弾圧に関して、緒方にその責任を問うように挑戦的に言い放つ松田の態度から、戦中の弾圧は記憶に新しく、当時の教育者にとって大きな傷になっていたのだ。
　さらに、戦後、藤原さんが昔息子が世話になった若い女性の鈴木先生と若く優れた黒田先生のことを緒方に語る時には、同時に戦中に教育者が置かれた厳しい状況を物語っていることになる。最終的に戦地に送られた黒田先生は、その後の消息がわからないと記憶されているが、緒方にとって黒田先生は戦中に音信不通となった多くの教員の 1 人でしかないのだ。

　　「黒田くんですか……」緒方さんは、まだ一人でうなずいていた。その顔に一筋の陽射しが当たって、目のまわりの皺がくっきりうかんでいた。「そう、一度、偶然会ったことがあったな。戦争になったばかりの頃です。おそらく出征したでしょう。それきり消息はありませんね。たしかに優秀な教師でした。あのころの人たちは、消息がわからない人ばかりですよ」(*PVH* 213 頁)

1950 年代の占領下において、教育界から追放された緒方と戦中に若かった教師たちとの距離は大きく開き、その溝は決して埋まらない。藤原さんが優秀であった若い教員が戦争の犠牲になっていったことを思い起こすのは、緒方との一筋の再会によってである。即ち、緒方の存在の裏には弾圧

された教員たちの姿があることになる。

　この戦中の国粋主義的・軍国主義的教育を根本的に批判した教師たちの運動は、1930年代初頭に始まり、教育労働運動（教労）と新興教育運動（新教）として展開し、それらが弾圧された後には、生活綴方運動や教育科学研究運動が起こった。非合法下の労働運等であった教労も、合法活動であった新教も雑誌『新興教育』を出版して新興教育同盟と改組した新教も非合法とされ、厳しい弾圧にあった（佐藤16頁）。この運動に共鳴して参加した教師たちは、歴史教育の自主編成を行い教育実践にも生かした。地方においてもこの運動は広まっていくが、それに伴い弾圧が激しくなり、1933年の長野県の教員赤化事件では徹底的な弾圧が行われ、その後全国の教労・新教に属する教員たちは最終的にその運動を追及され、組織は撲滅する（佐藤18頁）。その弾圧の後にも、生活綴方運動や教育科学研究運動が起こり、軍国主義教育の中で絶対的であった皇国史観の国史に対抗し、科学的で歴史学に基づく教育運動を繰り広げる。

　1940年の『日本書紀』における桓武天皇即位から「紀元二千六百年」という年には、反国粋主義運動はさらに厳しい弾圧にあう。これらの運動は少数派による運動で、運動に参加した教員たちへの弾圧も歴史上大きく取り上げられることは無かったとも信じられているが、日本古代史の学者である津田左右吉が科学的歴史観に基づく著書を出版するや出版禁止となり弾圧された際には、彼を守る上申書に約60名の大学教員が署名したという事実がある（佐藤23頁）。結果、津田は大学から追放され、研究者が訴えた学問の自由と真理は徹底的につぶされ、教育界では『北方教育』や『生活学校』の同人誌が検挙された（佐藤23頁）。これらの教育者たちの組織と運動が発掘されて研究されるのは、1960年代を待たなければならなかったという（佐藤18頁）。科学的根拠に基づく歴史と教育観を主張した教育者たちは、巨大な国民強化の力の中で、弾圧され抹殺されたのである。

　1940年の「紀元二千六百年」により、国粋主義・軍国主義に反対する教育者が徹底的に弾圧され、それと同時に日中戦争から大東亜戦争への国家戦力の拡張が行われ、新たな政策や戦争神話を生み出していった。政府は全国の学校児童から学生を勤労奉仕に駆り出し、全国に隣組を組織化し

て思想監視を行い、戦時国債を強制的に割り当て、小学校は国民学校と改名し、それらが集結して天皇のために自爆となった「神風特攻隊」という戦争神話を創り出したのだ（佐藤 24-25 頁）。

　明治から大日本帝国の崩壊までに富国強兵に利用された教育勅語は、1945 年 8 月 15 日の敗戦とそれに伴うポツダム宣言に基づく日本の軍国主義勢力の一掃の決定により、アメリカ軍占領下の民主化改革においてそれまでの価値観が 180 度転換した。戦犯容疑者が逮捕され各界の軍国主義者が公職を追放され、農地改革や財閥解体が行われ、思想と言動の自由が約束されていく。敗戦から約半年で、それまでの教育思想は徹底的に解体される。教育の現場においては、敗戦の翌日、8 月 16 日に学生や生徒の軍事工場への勤労奉仕と学童疎開を解除する方針が出され、21 日には戦時教育令廃止が決定され、文部省から国民学校に国語、さらには算数の教科書の黒ぬりが通達される。即ち、敗戦まで絶対的と教え込まれていた神国日本と天皇制という価値観が完全に否定され、それまでの教育理念やそれを教えていた教員への信頼も崩壊する（佐藤 28-29 頁）。

　さらに、GHQ により徹底的な教育改革が行われ、10 月 30 日には教職者追放指令が出され軍国主義教員が追放され、12 月 15 日には神道指令が出されて学校や教科書において国家神道に関するものが排除され、12 月 31 日には軍国主義の精神性の要であった修身、日本史、地理の三教科の授業が停止され、教科書と指導書が没収された（加藤 30 頁）。しかし、日本における歴史教育の民主化への道は険しく、日本人教育者や学者の間で大論争となった。

　教育勅語が廃止され軍国主義教育が一掃された占領下には、GHQ と文部省の改革に対して新たに教科書問題が浮上し、1950 年代半ばには検定教科書制度を巡って論争が起きる。占領下における徹底した軍国主義の撲滅は、GHQ により先導されたが、同時に日本の若手歴史研究者、教員、学生による歴史教育の改革も始まり、様々な歴史研究会が発足して会合を持ち、さらには研究誌を発行し多くの論文が発表された（加藤 141-45 頁：佐藤 20-34 頁）。

　その中で、歴史学研究会の『歴史学研究』、日本史研究会の『日本史研究』、民主主義科学者協会の『歴史評論』が中心となり、戦後の歴史学会

を支えていった。彼らの運動は、戦後の文部省による歴史教科書改訂とその結果編纂されて刊行された『くにのあゆみ』（1946年10月）に戦中の国史が盛り込まれている点を批判し、その結果大論争が起こった。

　その論争の中で、『くにのあゆみ』の著者の1人である歴史学者の家永三郎は、反論を試みるも戦後の改革への認識の甘さを認め、「戦争中、高校の教壇に立ち、多くの学生を戦場におくることになったが、戦争に強く反対することもできずにおわったことを深く反省していた」という（佐藤40頁）。『遠い山なみの光』の緒方はこの家永と同様の体験を戦中にしているが、戦後、家永のようにすぐに改心することができず、自分が育てた松田に批判されることになる。

　『遠い山なみの光』には、戦中の誤った国粋主義教育と反国粋主義教育運動への弾圧、戦後のGHQによる教育改革、教科書検定問題など戦前から戦後にかけて途絶えることなく継続した教育理念と実践に関する議論が記憶の中で語られる。しかし、近代日本国家における天皇ファシズムは、1970年代まで影響力を持ち続けた（村井26-28頁）。それに代わるモデルが空白のまま、歴史教育の議論が続き、今日においても多くの課題を残している。

4．女性の人生の語り

　『遠い山なみの光』の中では、戦後の女性の人生が記憶の中から垣間見られるように描かれている。そこには、女性の生活が戦争によって大きく変わり、女性が新しい時代の中で翻弄される姿が浮き彫りにされている。戦後の民主主義に基づく教育と家制度の撤廃は女性の地位向上にも大きな影響を与えたと考えられている。しかし、GHQによる戦前の家制度の廃止に伴う女性解放という大義名分に踊らされる一方で、戦後、女性は新たな困難に直面していくのであった（豊田1-2頁）。『遠い山なみの光』の中で生きる女性たちは、女性として生きる困難、苦悩、迷いをも伴って時間と空間を超え、彼女たちの記憶の語りは重なり合って1つの流れとなっていく。

　教育と同様に、家族と女性改革は占領下に始まり、その後日本の女性の生き方は大きく変化する。しかし、GHQによる女性解放は、女性を家庭

第 1 章　越境する記憶

の中における役割分担を担わせるものでしかなかった。「戦後の家族イデオロギーの大きな転換は、新憲法の制定と民法・戸籍法の改正によって始まった」（横山 26 頁）と言われているが、家制度自体の解体は実現化したものの、戸籍制度は残り、国民の意識の中から家という概念が払拭されることは無かった。むしろ、1950 年代半ばには、改憲論と結びついて、家制度の復活論が出て来たほどであったが、結局、封建的な家制度への回帰は実現化しなかった（横山 29 頁）。

　小説の中の二郎と悦子夫婦は、父親と別居して団地に住み、戦後の新しい模範のような戸籍制度の家を構築している。新しい戸籍は夫婦と子供から成る婚姻家族が基本となり、「社会の単位であることを眼に見える形で示したので、そのような規範的家族観は国民の抱く家族イメージとして次第に浸透した」（横山 29 頁）。さらに、1937 年の日中戦争から 1941 年の太平洋戦争突入に当たり、男性は徴兵され、軍工場などにおいて男性に代わる女性の労働力が必要不可欠となり、戦争の激化に伴い、女性労働者数は劇的に急増したにも関わらず（豊田 49 頁）、戦後は軍復員兵と外地帰還者の失業問題を解決するためにこれらの女性を大量解雇し、女性を家庭に復帰させる政府の方針が立てられた（豊田 62 頁）。

　1950 年代以降の急激な経済成長に伴い、核家族化が加速し、それに伴い「高度経済成長に適合的な性別役割分業家族」が誕生する（横山 30 頁）。戦後の緒方家の若い世代は、サラリーマン戦士として企業で働く二郎に対して、専業主婦として家庭を守る悦子を伴う様な新たな核家族を形成していく。

　戦後における核家族化の中で専業主婦として生きる悦子は、必ずしもその生活の中で精神的に幸福な姿として描かれていない。悦子の記憶の中で、その時期の不満や憤りは無いし、その新婚生活の中で何が決定的に起こったのかは悦子の語りの中では明らかにされていない。しかし、悦子が二郎と別れ、幼い景子を連れてイギリス人と再婚し、イギリスで新たな人生を送ったということが、悦子の反乱だと言える。悦子の不幸な最初の結婚に関して、実家に帰ってきた次女のニキが示唆するが、同時に悦子の 2 度目の結婚により景子が不幸になり自殺するに至ったことにも理解を示す。

悦子が記憶の中で語る長崎での新婚生活は経済的にも安定しており、大きな問題が起こったことは語られていない。しかし悦子は、「いま考えてみると、あのころ近所にいた女たちのなかに、悲しく辛い記憶をかかえた、苦労した人たちがいたことはまちがいない」(*PVH* 13 頁)と語っている様に、周りのごく普通の生活を送っている女性たちを見ても、戦争で苦しんだ人がいたと直感する。戦後、本当に女性たちは解放されたのかという疑問に関して悦子は語らないが、悦子を巡る様々な言説が戦後に女性たちが抱えた困難を物語っている。
　女性が抱えた困難は、戦後変化していった日本社会との対峙にある。小説の中で若い世代の間において女性参政権に関する議論がおこる場面では、女性が投票することに対する反感と夫の暴力が語られる。女性が参政権を獲得し、女性議員が誕生する一方で、女性が社会的弱者であり日本における女性蔑視が続いたことを若い世代である二郎が、同世代の会社の同僚が不意に訪ねて来た時に明確にする。
　緒方氏、悦子、二郎、そして二郎の友人との会話の中で、戦後の社会に温存された男性の父権制に基づく暴力的行為が暴露される。それは、戦後の経済成長の中で企業戦士の間におきた新たな戦争と、核家族化のなかで企業戦士が家庭において経験することになる妻との葛藤である。訪ねて来た同僚は緒方氏に、同世代でありながら出世頭の二郎のことを、「『ありがたいことですが、この人にはこき使われています。会社じゃ息子さんは暴君で通ってましてね。自分じゃ何もしないで、われわれを奴隷みたいにこき使うもんですから』」(*PVH* 85 頁)と告げる。
　戦後の急速な経済成長の中で新たに起こった戦争に若い世代の者たちは身を置くことになり、家庭の外が男性にとっての戦場となる。その様な新たな戦場で戦う男性にとって、戦後の核家族は自分の城であり、妻は専業主婦として夫を家の中で支えることが期待された。そのために、女性は夫により家庭の中に閉じ込められ、その中で起きることは夫婦間の問題としてのみ解釈されることになる。
　占領下において女性解放への改革が遂行され、1945 年 10 月に婦人参政権を含む GHQ による 5 大改革指令が、同年 12 月には労働組合制定のもとで労働組合が結成され、女性労働者の組合化も国鉄、全通、日教組

第1章　越境する記憶

において進んだ（米田80-81頁）。また、1946年の衆議院議員総選挙で女性の参政権が認められ、38名の女性議員が当選した（豊田1-2頁）。1947年には、労働局に婦人少年局が設置され、山川菊栄が初代局長となり、1949年には女性初の判事と検事補が任命され、女性の社会進出の大きな一歩となった。

　しかし、女性解放運動は、明治政府成立直後の自由民権運動の中で起こったにも関わらず、その後の女子教育は良妻賢母教育とされ、1885年には全国のそれに基づいた指導要綱が全国の女学校に配布された。その中で、1878年に日本で初めて起こった女性参政権運動は、1880年に一時的に高知県の区会議員選挙で認められたが、1884年に政府が「区町村会法」を改定して規則制定権を区町村会から取り上げたために、区町村における可能性を断たれてしまう。

　これに反論して登場したのが平塚らいてうを中心とする女性解放活動家であり、日本初の女性団体である新婦人協会も設立される。女性参政権の獲得には至らなかったが、様々な女性に不利な法律や政策の改訂に貢献した。しかし、1937年の日中戦争開始時に、平塚らいてうが戦時下において女性が家庭の外で国家的な仕事に就くこと、即ち「女性の国民化」を推進したことは、女性解放であると同時に女性が戦争の加害者にもなったことでもあった（上野60-63頁）。そして、ほとんどの先進国が第一次世界大戦後に女性参政権を認めたにも関わらず、日本は第二次世界大戦後に引き延ばされることになった。

　この第二次世界大戦後の女性参政権獲得は、GHQによる政策に基づいているが、戦前から続く日本人女性による女性解放運動と女性参政権運動は、敗戦によって継続されるにも関わらず、その実態は大きく変化したと言われている。即ち、戦前の市川房江らによる運動は、国粋主義を擁護した上での運動であり、女性が男性と共に戦争に参加することを前提とした運動であった。しかし、戦後は平和運動と一体となり、女性解放が平和への一歩となるという方向転換の上で成立し、推進されていく。その上、政府は戦後の男性失業対策の一環としても、女性は家庭へ復帰すべきと考えていた（豊田134頁）。

　即ち、『遠い山なみの光』の悦子が長崎で過ごした時期と、イシグロが

この作品を書いた時代との間において、根本的な問題が解決されていないことが示唆されている。1946年の女性参政権獲得は、戦後の日本人の意識の中で変わるには時間がかかった。

女性解放に関して男性の意識は戦前と変わらず、夫は家庭の中で妻の人権さえも認めない。『遠い山なみの光』の中で、二郎が同僚との会話において、その同僚の1人が妻の選挙権を認めずに暴力を振ったことを暴露する。妻が夫とは異なる吉田茂に投票すると言うと、ゴルフのクラブで殴ると脅したというもので、それを二郎は会社で人づてに聞いたことを言う。二郎は、「このまえの選挙のとき、あんたは奥さんがあんたの言うとおりに投票しないとゴルフのクラブで殴るって言ったんだって？」と相手に詰め寄る（*PVH* 87 頁）。

この人権侵害と家庭内暴力に対して妻が取った行動こそが戦後の女性解放を示すものであった。「それで奥さんは政治的弾圧だといって警察に電話しかけたっていうじゃないか」（87 頁）と言う二郎の言葉の中には皮肉が込められている。即ち、夫と妻は別の人格であり、政治的意見をそれぞれが持つ権利が守られているべきであるという戦後の男女平等を基本とした考えが女性にすでに根ざしていることを表わしている。しかし、この変化についていけないのは男性のほうで、彼は自分の妻が独自の政治的見解を持つ1人の人間として認めていない。

「むろん、物がわかってないからさ。女房は自分のおじさんに顔が似てるからというんで、吉田に入れるって言うんだ。いかにも女だよ。政治ってものがわかってない。一国の指導者を選ぶのに、ドレスでも選ぶのと同じでいいと思っているんだから」（*PVH* 88 頁）

吉田茂は、外務省に入り外交官として駐英大使などを歴任した経歴を持ち、1946年日本自由党総裁、首相となり、1948年から1954年にかけて5期にわたり首相を務め、戦後の日本の復興と対米外交の政治路線を定め、1951年にはサンフランシスコ講和条約に調印した。妻が吉田茂に票を投じたことが気に入らない夫の狭心性と嫉妬に近い感情は、家庭の中にいて自分だけのために生きるべき妻へ対しての反感である。

第 1 章　越境する記憶

　この戦後変わらない女性解放への反感は、戦前に深く根付いている価値観であることが緒方の意見でわかる。緒方は、戦後の教育が大きな変化を遂げることに対して繰り返した同じ表現である「まったく驚いた話だ（"Quite extraordinary"）」（*PVH* 90 頁）を、女性参政権獲得に対しても用いる。夫と妻が別々の党に投票することに関して、「二、三年前なら、考えられなかったことだ」（*PVH* 90 頁）と言ってはばからない。さらに、緒方は戦前の男尊女卑の精神が最も正当で家内安全の前提であったと信じ、戦後の民主主義による女性解放に嫌悪感を抱いている。

「ちかごろの細君は家を守るということがわかっていない。自分勝手で、気分しだいでは別の党に入れる。いかにも戦後の日本らしいね。何でも民主主義、民主主義で、自分の務めを忘れている」（*PVH* 91 頁）

　これらの言葉には、戦後 10 年以上経っても女性が家に属して家のために生きるべきであるという父権制が日本人の意識から消えていないことが示唆されている。そして息子で悦子の夫である二郎は、悦子に対して暴力を振ったことも、暴言を吐いたことも悦子の記憶の中にはない。
　それでは、悦子の中の記憶にある女性は誰かと言うと、自分ではなく佐知子という女性とその娘の万里子なのである。悦子が妊娠していた時期が 1950 年代後半と仮定し、佐知子はすでに 30 歳過ぎで 10 歳ほどの子供の母であることから彼女は戦後の混乱期に結婚をして子供を産んだことになる。悦子よりも大人の女性として戦争を体験し、すでに離婚をして、1 人で娘を育ててきている。
　佐知子を通してみた女性が、悦子にとって、そして彼女の語りから小説を読む読者にとって、等身大の女性ではないだろうか。自分とは異なる人生を送ってきた佐知子に対して記憶の中から自分の感情を探し出し、悦子は「わたしはそのとき佐知子に同情に似た気持ちをおぼえて、前に遠くから彼女を見たときに感じた、ややツンとした態度がすこしは理解できる気がした」（*PVH* 14 頁）と思い出す。そして、悦子は理性では説明不可能な共鳴する気持ちを抱き、彼女の人生の断片とも言える時間を共有する。
　その時間の共有が、将来の自分の姿へと引き継がれることを知らない悦

子は、年上で経験が豊かな佐知子に対して適度な距離を保ちながらも徐々に親密になる。そして、無謀で無責任とも見える佐知子の心配をする。その無謀さと無責任さが、女性が男性中心主義的な社会で生きていくことが困難であることの裏返しであり、それがそのまま悦子の無謀さと無責任さに繋がっていくのである。記憶の中にある佐知子と娘の万理子は、悦子の現在の中で語られる時に女性の人生として一体となる。

　悦子の記憶にある佐知子は、1950年代後半に長崎で1人娘と河原の古い家に住み着き、アメリカ軍人と交際している女性である。近所の主婦たちの噂の種であり、悦子以外誰も佐知子と親しくはならない。娘の万理子は学校に通っておらず、近くの子供たちと喧嘩ばかりをしている。復興しつつある日本において社会的に孤立した佐知子母娘は、戦後の日本が生み出した犠牲者である。佐知子は徐々に悦子に自分の身の上話をするのであるが、それが悦子自身の人生となっていくことが、戦後の女性が直面した困難が継続していったことを示唆している。佐知子は自分の結婚のことを、戦争によって焦って決めてしまったこととして後悔している。悦子もまた、戦前はヴァイオリンを専攻していたほど恵まれた環境に生きていたにも関わらず、戦争孤児となり、結婚という選択肢に飛びついたのである。佐知子と万里子、悦子と景子という4人の女性たちの人生を重ね合わせることにより、女性の人生の語りが構築される。

　佐知子のバックグランドは、短い夏の間に佐知子が悦子に心を開いていく過程において、徐々に明らかになるが、その佐知子の人生はそこで途切れてしまう。悦子が戦後の人生を受け入れた一方で、佐知子は戦後の人生を拒否し、反抗し、新しい人生を探そうと必死になる。佐知子は、悦子の一歩先を歩いており、その姿はその後の悦子なのだ。佐知子の話によると、佐知子の父は社会的地位が高く彼女に進歩的な教育を受けさせ、英語の必要性も説いていた。自分にはヨーロッパに親戚もいて、英語力だけでなく国際的な感覚を身に着けていると佐知子は自負している。しかし結婚により彼女の生活は一変し、愛国主義者で男尊女卑の考えを強く持つ夫により、佐知子は英語の勉強をやめさせられ、英語の本も取り上げられたという。

　結婚は佐知子の戦後の人生において彼女の意志や自由を奪うものであ

第1章　越境する記憶

り、幼い子供を連れての離婚という犠牲を払ってでも佐知子は自分の意志を貫こうとしていた。その結果が、経済的困難に陥り、成長を遂げていく万里子に学校教育も受けさせず、無責任なアメリカ兵と交際し、より豊かな国アメリカに憧れ、日本を去る夢を持つことだった。

　佐知子がアメリカに行って様々な困難に遭遇することを想定して心配する悦子に、佐知子は次のように言い放つ。

> 「心配なさるのはわかるわ。でも、たいした苦労はないと思うの。アメリカの話ならさんざん聞いているし、それほど外国っていう気もしないのよ。それに英語ならある程度しゃべれるし。フランクさんとわたしはいつも英語で話してるのよ。アメリカに行っちゃってすこしたてば、アメリカ人みたいにしゃべれるんじゃないかしら。心配する必要なんか、ほんとに何もないと思うの。何とかやれるわよ」(*PVH* 59 頁)

佐知子の楽観的で稚拙な思い込みにより、佐知子だけでなく娘の万里子がその犠牲者となっていくことを佐知子は認めようとしない。佐知子の中に内在する矛盾は、万里子をネグレクトしながら、彼女の将来や教育の機会獲得を願っていることに現われている。

　万里子の教育や福利のためにアメリカに行くということは自分が行くための口実であり、アメリカでの生活には「大きな変わり方（"an enormous change"）」(*PVH* 59 頁) が伴う現実を悦子は心配するが、佐知子は次のように反論する。

> 「娘の幸せは、わたしにとっていちばん大事なことなのよ。娘の将来を不幸にしかねない決心なんか、するはずがないわ。何もかもよく考えてみたし、フランクとも話し合ったのよ。万里子はぜったいに大丈夫。問題なんかありゃしないわ」(*PVH* 60 頁)

佐知子の言葉の裏には、万里子を盾に自分の幸せを願う姿が垣間見られる。この万里子の人生こそが、悦子の自殺した長女景子の人生に重なるのである。

　万里子が生まれてから 10 年ほどの彼女の人生は、戦後の日本が体験し

てきた物理的・精神的な苦悩と傷を象徴している。食糧難などの最も困難な時代に乳児期を送り、占領下の混乱の時期に幼児時代を過ごした万里子は、家庭においても社会においても様々な経験をする。両親の離婚により、佐知子と様々なところに移り住み、学校教育も受けていない。親子2人が食べていくことに精一杯である佐知子にとって、万里子に対して家庭教育も学校教育も与えるゆとりが無い。自分が戦前に英語教育を受けたことを自慢するにも関わらず、佐知子は万里子に成長に伴う教育を受けさせていないのだ。

　悦子が万里子に川岸で最初に出会った時、万里子は2人の子供と激しい喧嘩をして顔に怪我をしており、それを佐知子に伝えるが、佐知子は全く気にしていない。悦子は、万里子が学校に行かずに川の方に行ってしまったことを、万里子がずる休みをしていると思う。さらに、「それに、川にもずいぶん危ないところがあるわ。だから教えてあげたほうがいいと思って」(*PVH* 16 頁) と佐知子に告げる。佐知子は、悦子が「立派なお母さんになる」(*PVH* 16 頁、17 頁) と思うと2度も言って、最終的に万里子の面倒を見てほしいと頼むのである。知り合ってすぐの悦子に自分の子供の世話を昼の間頼む佐知子は、母親として無責任である。

　このネグレクトという児童虐待は理解されることも、通報されることも、また救済されることも無い。佐知子が万里子を放置している現実は、戦後の経済的な基盤が無い母娘の現実であり、定職がある夫がいて団地に住む悦子には、一見全く異なる世界なのである。

　佐知子が自分の娘に対して無関心で育児放棄しているように見えるのは悦子の語りの中でのことであり、佐知子がなぜそのような行動を取っているのかに関して理解が無い。佐知子は知り合ったばかりの悦子に万里子の世話を頼むだけでなく、藤原さんのうどん屋で働けるように取り計らってほしいと頼む。佐知子は経済的に困窮しており、プライドを捨ててでもうどん屋で働かざるを得ない状況であることがわかる。彼女が交際しているフランクさんと呼ばれているアメリカ兵は、東京で交際している時も彼女を騙したことがある。彼が長崎に赴任した後を追って、佐知子は長崎にやって来たが、最初は叔父の家に厄介になっていた。しかしそこでうまくいかなくなったために、万里子と2人で落ちぶれた生活をしている。佐

第 1 章　越境する記憶

　知子がすがりついているフランクというアメリカ兵は必ずしも理想的な相手とは言えないことを佐知子自身が理解しているにも関わらず、その時の自分にとって最後の選択肢と信じて疑わない。しかし、現実的に彼女には職に就くことが必要とされ、それがうどん屋でのアルバイトであるという佐知子の人生のアンバランスな状況に表れている。

　悦子が佐知子母娘と関わることには悦子がわの理由もある。悦子は緒方一家と出会うことが無ければどの様な人生を歩んでいたかということを彼女自身が思い起こすが、それは戦後の若い女性の人生は紙一重で不幸にも幸福にもなったことを意味している。悦子は佐知子だったかもしれないのである。悦子には妊娠を手放しで喜べない辛い過去があり、それは戦争で家族や婚約者と死別し、志していた音楽の道も諦め、目の前にあった唯一の生きる道を選んだことなのである。

　緒方家に居候することになった悦子が夜中にヴァイオリンを弾いては家族を起こしてしまっていた時のことを思い出して、悦子は「頭が変だと思われた」（*PVH* 80 頁）のではないかと気にし続ける。その頃のことを緒方は、「あんたはひどいショックを受けていたよ、あたりまえのことだがな。生きのこった人間はみんなショックを受けていたんだ」（*PVH* 80 頁）と言って悦子を慰める。緒方家に受け入れられ、その家の息子の二郎と結婚し、もうすぐ子供が産まれようとしているにも関わらず、悦子の中には満たされない感情が渦を巻いているのである。その気持ちを、悦子は佐知子母娘に投影するのである。悦子の中に現在の生活に満足できない自我があり、その気持ちが佐知子と万里子母娘へと向かわせるのである。

　悦子の悲観的な姿勢は、一見無責任で、楽観的で一歩先を行く佐知子より、無意識のうちに先導されており、戦後の女性のあり方の変化を物語る。悦子が佐知子に近づいていく過程の中で、子供を抱えて生活に困っている佐知子に対する優越感があることは確かである。しかし、悦子は佐知子の様に内的に開放されていないどころか、佐知子より困難と遭遇し、孤独な人生を送ることとなる。

　妊娠している悦子は未亡人の藤原さんに、「あなたの心構えでずいぶん違うのよ。母親は、どんなに体を大切にしてもいいのです。子供を育てるには積極的な生き方をしないとね」（*PVH* 30 頁）と言われるのであるが、

それは戦争によって死んだ人のことを考えたり、過去のことを振り返ってはいけないということを示唆している。この藤原さんのことが話題になった時、佐知子は悦子に藤原さんの言葉と同じような言葉を発する。過去に執着せず、子供を持つことで、「将来に希望」を持つこと、「楽天家」になることを佐知子は説く（*PVH* 156 頁）。

　佐知子母娘との関わりの中で、悦子がさらに確認する戦後の困難な時代は、佐知子母娘の体験において重なり合う。『遠い山なみの光』の中には2人の女性の自殺が語られる。1人は悦子の長女の景子で、もう1人が佐知子と万里子が東京にいたころに自殺した女性である。そして、万里子が取り憑かれている自殺した女性が万里子を通して、景子に投影されるのだ。東京に佐知子母娘がいた時に自殺した女性が自分に取り憑いているかのように万里子が思っていることが作中で語られる。東京で繰り返される空襲の嵐から逃げまとい、終戦は瓦礫の中で住む場所もなく、「東京にいた人間は、みんな嫌なものを見て」いて、当時5歳だった万里子も例外ではなかった（*PVH* 103 頁）。

　万里子が不可解な行動を取ったり、空想の世界の話をしたりするのは、この体験による。まだ5歳だった万里子は、東京での厳しい生活の中で、この自殺した女性のことしか思い出せないという。万里子の脳裏に刻まれたその残酷な場面を佐知子は次のように語る。

　「自殺したのよ。喉を切ったんですって。知合いってわけじゃないの。ある朝、万里子が家から駆け出したことがあってね、理由はおぼえてないけど、何かに驚いたんじゃないかしら。とにかく通りへ飛び出したんで追いかけたの。まだ夜が明けたばかりで人はいなかったわ。路地に入ったものだからわたしも追っていくと、その行きどまりに掘割があって、その女の人が肘まで水に浸けて跪いていたのよ。若い女でね。とても痩せていたわ。見たとたんに、何かあるなってことはわかったんだけど、その女がふりかえって、万里子ににこり笑ったの。わたしも変だなって思ったんだけど、万里子にもわかったんじゃないかしら、立ちどまったところをみると。初めはその女の人、目が見えないのかと思ったわ。そういう顔をしていたのよ。ほんとうは目が何も見えないみたいな。ところがその人、両腕を持ち上げて、水の中に浸けていたものを見せたのよ。それが赤ん坊でね。わたし、万里子をつかまえると、路地から飛び出したの」（*PVH* 103-04 頁）。

第1章　越境する記憶

　絶望のあまり自分の子供を水に浸して殺してしまった女性を見た万里子は、その後1カ月ほど失語症にかかる。やっと話すことができるようになったかと思うと、今度はその女性に取り憑かれて、その女性が来ると思い込み常に脅えている。万里子のトラウマは、悦子のトラウマに重なり、万里子の精神的不安定さは景子の精神的不安定さに重なる。佐知子と万里子の戦後の想像を絶する体験は、語られない悦子の体験であるのだ。

　万理子の不安定な精神状況は、佐知子がフランクと交際することにより、さらに悪化し、家出という形で万里子は自分の反抗を伝える。この万里子の失踪に関して、佐知子は他人事のように振る舞い、心配するそぶりを見せない。それどころか、まるで万里子がこのまま帰宅しないほうが良いと思っている様な冷淡な態度を取る。

　万里子がフランクのことを、「豚のおしっこ」とか「泥んこの豚」（120頁）と呼んで嫌悪感を露わにして佐知子に怒られた後に、夜、万里子は外に出て行って帰って来ない。夜に出て行った10歳の娘の心配もせずに、佐知子は「わたしにとっていちばん大切なのは、娘の幸せなのよ」（*PVH* 122頁）と悦子に言う。その上、佐知子はフランクが東京で彼女がホテルのメイドをして貯めた貯金を持って姿を消し、そのお金を全て使ってしまい、今度は他のバーの女と浮気していると告げる。佐知子はフランクとの別れを決め、一度は仲たがいをした叔父にもう一度援助を頼むとひと段落したところで、やっと万里子を探しに行く。万里子がフランクのことを「豚のおしっこ」と呼ぶことは、佐知子と万里子を何度も裏切っては2人を傷つけるアメリカ兵に対してできる子供ならではの精一杯の反抗である。しかし、佐知子には、戦後長引く経済的、社会的不安定な生活から脱出できるのであれば手段を選ばないという強い思いしかない。

　万理子の精神的不安性は、悦子が佐知子と知り合いになった後に起った万里子の失踪事件にも原因があることが、悦子の語りの中で示唆される。佐知子が夜に家に帰ったら万里子がいないと言って、悦子の家にやって来た時に、2人は万里子を探しに出る。佐知子はドレスを着て丹念に化粧をしており、アメリカ兵とバーに行ったことが佐知子の口から告げられる。その後、万里子は川の土手で水たまりに半身横たわり、腿の内側から出血した状態で発見される。

その時に、万里子の状況は異常であったにも関わらず、佐知子は警察に通報しない。この時の記憶を悦子は次のように語る。

　　こういう記憶もいずれはあいまいになって、いま思い出せることは事実と違っていたということになる時が来るかもしれない。だが暗くなってきた中で土手のやや下手に転がっているもののほうを二人で見ていたときの、呪いにかかったような不気味な気持ちは、かなりはっきりおぼえている。やがてその呪いがとけると、二人はそろって走りだした。近づいてみると、万里子は身を丸めた姿勢で膝をまげ、こちらに背中を向けて横に倒れていた。わたしは妊娠しているせいで思うように走れないものだから、すこし先になった佐知子にやっと追いついたときには、彼女は子供の前に立っていた。万里子が目をあけているのを見て、わたしははじめ死んでいるのかと思った。だが、そのとき目が動くと、妙にうつろな表情でわたしたちを見あげた。(*PVH* 55頁)

　佐知子が抱き上げて万里子が腿の内側から出血していることを悦子は確認するが、佐知子も万里子も沈黙を守り、悦子は彼女たちの無言の意志を無視できない。しかし、可能性として万里子は自分で転んで傷を負ったというより、他者により性的虐待を受けた可能性も否定できないことを悦子も佐知子も察しているのではないだろうか。

　万理子が夜の川岸で傷ついて発見された事件は、作品の中で語られる当時の不穏な連続児童殺人事件を連想させる。殺されることはなかったが、万里子は未遂に終わった事件の犠牲者である可能性が高い。悦子は当時子供を持つ親を震撼させた3人の子供の殺人事件を次のように語る。

　　空地の問題のほかにも、この夏には近所の人たちが夢中になった話題がいろいろあった。新聞にはまもなく占領が終わるという記事があふれ、東京の政界では他党の批判で沸き立っていた。アパートでもこの問題はさかんに論じられていたが、これも尾ひれのついた空地の噂話とおなじで、やはり自嘲的な口調だった。そんなことよりもっと深刻だったのは、このころ長崎を震えあがらせていた子供殺しの事件である。さいしょに男の子の、つづいて小さな女の子の撲殺死体が発見された。三番目に、こんどもまた幼女が木から吊るされているのが発見されると、この辺の母親はほとんどパニック状態に陥った。それまでの犯行現場が長崎の向こう側だということも、当然のことながらたいした慰めにならず、住宅地の周辺では、とくに夕方以降になると

第 1 章　越境する記憶

　めったに子供の姿が見られなくなった。（*PVH* 140 頁）

　戦後の復興期において幼児期を送った子供は、戦争が終わり平和になっていく過程で新たな悪をはびこらせる社会の犠牲者でもあった。人権を無視され、自我を抹殺され、未来を遮断された社会的弱者である子供は、万里子からその後に産まれてくる景子の姿でもある。悦子の心理の中では、無防備な万里子と「あの心も凍るようなイメージ」（*PVH* 222 頁）が一致し、記憶の中で 3 番目の最も悲惨な女の子の悲劇が悦子に襲ってくる。

　　記憶というのは、たしかに当てにならないものだ。思い出すときの事情しだいで、ひどく彩りが変わってしまうことはめずらしくなくて、わたしが語ってきた思い出の中にも、そういうところがあるにちがいない。たとえば、あの日に心にうかんだやりきれないイメージが、果てしなくつづく空白な時間にわたしの心を去来していた無数の白日夢よりもはるかに鮮烈なまったく別のものになったのは、あの日の午後に虫の知らせのせいだと考えたくなる。
　　どう考えても、あれはそれほどのことではなかった。木からぶらさげられていた小さな女の子の悲劇、これはそれまでの連続幼児殺害事件以上に悲惨なもので、近所の人びともショックを忘れられずにいたのだから、あの夏、こういうイメージに悩まされたのはわたし一人のはずはなかった。（*PVH* 221-22 頁）

　この悦子の恐怖感は、佐知子が万里子と共に最も安全で安定した叔父の庇護を受けると言っておきながら、それを裏切り、フランクと共に神戸に引っ越すことになったことへと連鎖していく。
　佐知子が不在の時に、従妹の川田靖子が 3 週間経ってもやってこないことを心配して佐知子を訪ねて来た時に、悦子はその事実を知り愕然とする。川田の家では佐知子がアメリカ兵と交際していることも知らず、また万里子がネグレクトに合っていることも認識していない。
　そして、川田の家に戻っていなかった佐知子は、驚く悦子に弁明をするが、最後に本心をさらけだすのである。佐知子自身、フランクとよりを戻せたことが現在のみじめな生活から解放されると自分を信じ込ませながら、同時に「わたしにだって、けっきょくアメリカへ行けないかもしれないということは、わかっているのよ。また、仮に行けたとしても、どんな

に大変かということも。そんなことがわからないと思った？」(*PVH* 242 頁) と現実を認識していることを言い放つ。佐知子の中にある矛盾を佐知子自身が悦子に語った後、神戸に連れていけない万里子の猫を水死させようとし、万里子が最後の反抗をする。その佐知子の姿は、万里子が見た赤ん坊を水に浸して殺した女の姿と重なる。万里子のフランクへの嫌悪感は尋常ではなく、その理由を知りながらも悦子は「新しいお父さんのようなもの」で「きっとうまくいく」(*PVH* 245 頁) と信じ込ませようとする。

　この悦子の態度は、その後に景子を連れてイギリス人と再婚する時の彼女の態度そのものであり、また最後に万里子が暗闇の中に走って消えていく姿は景子の姿そのものではないか。悦子はその後佐知子母娘がどの様な運命をたどったかは知らず、その行く末は悦子と景子の結末と重なるように、語られてはいない。

　最後に悦子の人生は次女のニキによってのみ語られる。それは、夫も亡くし景子も自殺した後に残された悦子に対して、ニキは悦子に自分の人生を後悔してほしくないと願い、母の人生を認めようとする。景子が 7 歳まで日本にいたということから、1960 年代半ばに悦子は夫と離婚し、景子を連れて再婚したイギリス人夫と共に渡英していると考えられる。悦子の人生に関して、ロンドンにいるニキの友人が悦子をモデルに詩を書いていることを悦子に告げることから、ニキが悦子を女性として尊敬していることがわかる。しかし悦子にとっては、景子の自殺という犠牲を払った人生であったことが語られる。それは、戦後の波乱に満ちた悦子の人生が、成長して自由な価値観を持って生きる娘から認められるまで、多くの困難に直面してきたことを示唆している。

　ニキは、「簡単じゃなかったはずよ、お母さまのしたことは。自分の人生に決断をくだしたのを誇りにしてもいいわ」(*PVH* 127-28 頁) と告げ、母の生き方が時代を超越し、ニキの世代の女性に感銘を与えると断言する。

　ニキは彼女の父親が書いた新聞記事を主な情報源としており、さらにニキの感覚は 1970 年代のイギリスの女性の感覚である。イギリスでは、不況の影響とサッチャー政権下の財政引き締め政策もあり、絶対的な性差別の解決にはならなかったが、1970 年に同一賃金法が、1975 年には性差別

第1章　越境する記憶

禁止法が議会を通過した（今井 76 頁）。この時代に生きるニキと日本の戦後を生きた悦子には差異が存在する。また、悦子のイギリス人の夫はジャーナリストであり、また日本に滞在して多くの記事を書いた人物だと思われる。しかし悦子が語っているように、夫は自分の事も景子の事も理解してくれなかった。

日本への原爆投下に関して、イギリスでは、当時の国防長官ヘンリー・スティムソンが当時の首相であったチャーチルに報告する際に、「赤ん坊は五体満足で生まれた」とその成功を讃えた（トリート 481 頁）。長崎出身で被爆者である悦子は、そのようなイギリス社会で孤立して生きたのだ。佐知子がフランクと共にアメリカに行くことを最終的に決めたことは、悦子がイギリス人の夫とイギリスに行くことを決めたことに重なり、その後の語られない佐知子と万里子の人生は悦子と景子の人生へと変換される。そして佐知子と万里子の話は悦子からニキに伝えられ、悦子と景子の人生に新たな解釈が加わるのである。

悦子の自分の人生の語りは極端に少ないが、ニキの賛美に対して、新たな人生への門出は必ずしも順風満帆ではなかったこと、そこにはイギリス人の夫の主張とは異なる現実があったことを悦子は思い出す。

> …だいたい彼女［ニキ］には、長崎時代のさいごのころのことなど本当はろくにわかってはいしないのだ。おそらく、父親に聞いた話から勝手なことを想像したのだろう。そういう想像はどうしても不正確なものになる。事実、夫にしても、日本についての立派な論説はいくつも書いているが、日本文化のいろいろな性格などわかっていないのだ。まして二郎のような人間のこととなれば、なおさらだった。二郎を懐かしむ気持ちはわたしにもないが、だからと言って、二郎はけっして夫が考えているような愚かな人間ではなかった。彼は家族のために一所懸命働き、わたしにも同じことを期待していた。彼は彼なりに誠実な夫だったのだ。そればかりか、娘と暮らした七年間は、娘にとってもいい父親だったのである。長崎時代のさいごのころには、わたしも他のことについては納得していたにせよ、景子が父親との別れを悲しまないとは、さすがに考えられなかったのだ。（*PVH* 128 頁）

引きこもりになり、さらに独居を強いられ、そのアパートで首を吊って孤独死した景子のことは禁句であるが、その根本的な原因が景子にとって

は義理の父親となったイギリス人の夫との関係にあることが語られる。イギリス人の夫はイギリスに来ることが景子にとっても最善だと思っていたにも関わらず、彼自身が、景子の性格が実の父親譲りだと景子を認めず、自分の血を引くニキと区別したことが景子の不幸の始まりであったと悦子の記憶に残っている。

> …、夫はどうしても認めようとはしなかったが、わたしの娘たちはじつによく似ていたのである。夫に言わせれば、二人は正反対だという。それどころか、彼は、景子は生まれつき癖のある人間で手のつけようがないとまで考えるようになっていた。しかも、はっきり口にこそ出さなかったものの、景子の性格は暗にその父親ゆずりだと見ていたのだ。わたしはつよく反論もしなかった。悪いのは二郎でわたしたちではないなどという解釈は、いかにも安易だったからだ。(*PVH* 133-34頁)

そこには、景子を理解しなかった夫への静かな怒りが存在する。景子とニキが小さい頃の性格が似ているにも関わらず、イギリス人の夫は景子とニキは異なり、景子の背後に彼女の父親の影を無理に押し付ける。そこに存在しない二郎に責任を押し付け、自分たちのエゴによって景子が不幸になっていったことを認めようとはしない。

悦子の夫にとって景子とニキはそれぞれ日本とイギリス、過去と現在を表わしていたが、悦子にとっての景子とニキはどちらも自分の娘であったのだ。姉妹たちが小さな頃は似たような性格であったにも関わらず、全く異なる人生を歩むことになったことを悦子は心の中で悔やんでいる。

> …二人はそろってかんしゃくもちだった。そろって執着心がつよく、いったん怒りだすとよその子とは違って容易なことではおさまらず、一日中機嫌が悪いくらいだった。それなのに、一人は明るく自信のある女になり──私はニキの将来を完全に信じている──一人はどこまでも不幸になっていったあげく、みずから命を絶ったのである。わたしには夫のように、その責任をかんたんに性格に帰したり、二郎に求めたりする気にはなれない。だが、こういうことはみんな遠い昔の話だ。いまさらむしかえしてみても何の役にも立ちはしない。(*PVH* 134頁)

悦子の希望は、最終的に命を絶った景子から未来があるニキへと託される。ニキの友人が詩に自分のことを描きたがっていることを知り、悦子はニキに参考にと長崎のカレンダーを渡す。そのカレンダーは過去の時間を封じ込め、おそらく悦子や景子が渡英する前の生活が埋め込まれたものであろう。

5．遠い山なみの光と影

　『遠い山なみの光』は、英タイトルである *A Pale View of Hills* からもわかるように、明確ではないどこかぼんやりとした風景が人の記憶のメタファーである。人は越境する記憶を辿るものである。異郷の地で母国での遠い過去を思い出し、その風景と風土、その空間での生活を語る中で、自分がその時に想像もできず行動することもできなかったことが今の時間の中にあることを確認する。悦子と佐知子の人生と、景子と万里子の人生とがそれぞれ重なり合っていく過程こそが、光と影を超越する記憶であるのだ。

第2章　戦争画と共に消去された記憶の再生
―『浮世の画家』における心の闇

１．浮世の画家たちの記憶と忘却

　『浮世の画家』は、1986年に出版されたイシグロの第2作目の小説であり、第二次世界大戦後の1948年から1950年の米軍占領時代に復興を遂げていく日本が舞台である。引退した画家の小野益次が語る話の本筋は、戦後の次女の破談とその後の結婚話であるが、その合間に本筋ではないと彼が信じる過去のことが思い出され、その記憶の断片が話の中心へと転化していくのである。なぜなら、戦後生き残り引退した戦争画家の小野は、戦前と戦中のことを回想しながら、過去の自分が犯した過ちが、戦後に生きる家族に与える影響をなんとか回避しようとするからである。その記憶は、否定の連続の中で揺れ動くが、個人を超えて、〈焚書〉により戦争画と共に消えていかざるを得なかった歴史の化身であるのだ。

　『浮世の画家』は、戦後の日本を舞台としており、戦後の日本人の記憶と対峙する語りが中心となっている点で、1981年に出版された処女作の『遠い山なみの光』に続く作品として論じられることが多く、北米の日系作家や多和田葉子などの越境する日本人作家と比較されることもある（Dasgupta 12-13 頁、19-21 頁：Shaffer 38 頁）。さらに、『浮世の画家』における小野の過去への回帰を、『日の名残り』のスティーブンスの過去への回帰と比較した論も出た（Drag 35 頁：Wong, *Writers* 38 頁）。しかし、『浮世の画家』とイシグロの他の作品と決定的に異なる点は、記憶に絵画が関連していることである。イシグロはインタビューで、画家を主人公に設定することで、時代に翻弄された結果、芸術家が自らの才能を知らないうちに誤使する危険性を描いたと語っている（Shatter and Wong 7 頁）。小野が創作した絵画も消えていく中で、その記憶と相反する新たな世界観が

確認される。歴史において、また個人の人生において、消えた絵画と記憶の再生が、『浮世の画家』のテーマである。

　『浮世』はタイトルからしても日本をテーマとしていることが明確であり、『遠い山なみの光』と共に、イシグロの作家としての出発点となった作品であることに間違いない。多くの書評家や批評家は、イシグロがこれら初期の2作の日本というテーマから離れ、『日の名残り』でイギリスを舞台とした作品を書いたこと、またその作品でブッカー賞を受賞したことに関して、彼がイギリス人作家として認められたと述べてきている。そして、『日の名残り』こそが、普遍的なテーマを扱っているという高い評価を受け、それ以前の2作品は、マイノリティ作家の多くが自分や家族の領域を創作の出発点とする限られたものだとも評されることにもなった。しかし、この初期の2作品はイシグロ文学のルーツであり、イシグロが今日まで探求し続けた過去の記憶と社会を真っ向から取り扱ったという点で重要である。特に第2作の『浮世の画家』は、『遠い山なみの光』に比べると、より顕著に日本の現代史の深淵を探った作品だと言える。

　『浮世の画家』には、明治維新から戦前に至るまでの日本画壇の分断、戦争画家や従軍画家の誕生、そして戦後のGHQによる戦争画と戦争画家が残した従軍記録の〈焚書〉が背景にある。この作品が占領下という背景に描かれている点を論じている研究（Lewis, *Kazuo Ishiguro* 49頁）はある。しかし、『浮世の画家』とGHQによる戦争画の没収（Confiscation）という名の〈焚書〉（溝口1頁）との関連性を指摘する論は無い。この絵画と政治との関連性を、ナチス・ドイツとの関わりという暗い過去を持つハイデッカーがその事実を卑劣にも否定したことにつなげた鋭い説もある（Tomkinson 59頁）。戦争が終わり、民主主義が確立し、言論の自由が保障され、平和が訪れた戦後の日本において、これらの〈焚書〉という事実は一度は抹殺された記憶なのだ。この過去の記憶を、イシグロは歴史という大パノラマの中で個人のレンズを通して辿ろうとしているのである。

　小野が戦争中にプロパガンダ戦争画家としてのし上がっていったことは戦争という誤ったイデオロギーに翻弄されたものであり、その過去は決して忘れ去られてはならない。これこそが、タイトルにある浮世、あるいは憂世であり、仏教的厭世感を前提とする無常で苦痛に満ちたこの世の中

第 2 章　戦争画と共に消去された記憶の再生

なのである。それはただ単に漂っているエデンの園（Sim, *Kazuo Ishiguro* 39 頁）という理解では不十分なのである。戦争という名のもとに、画家たちは芸術への純粋な精神性を否定せざるを得なかった。戦後の占領下においては、戦争絵画も戦争画家も抹殺され、小野は画家としての生命を完全に絶たれる。そこには戦争画家をめぐる過酷なイデオロギーがもたらす影響があったのだ。すでに美術界において認識されていることであるが、1951 年、従軍画家や戦争画家たちが描いた絵は GHQ により〈焚書〉の標的とされ、接収された 153 点はアメリカに極秘に送られた。それらは 12 年間行方不明の後、1963 年に渡米した日本人により発見され、1970 年には無期限貸与の形で日本に返還されたが、公開直前に中止されたまま現在に至るまで公開されていない（溝口 209-17 頁）。

　戦後の画家たちは公的には戦争責任を取らされることはなかったが、彼らの人生と足跡に大きな傷跡を残すことになった。戦後の GHQ の関心は、右翼と軍国主義者を完全に撲滅されることであり、美術界でも戦争画家の追放運動が起こったが、その追放者のリストは公開されることもなく、美術界においては公的には誰も追放されなかったと言われている（溝口 252 頁）。戦争画家たちが公的には責任を取らされることはなかったことは事実であるが、大きな役割を果たした横山大観は非難されることもなかったにも関わらず、藤田嗣治は戦争協力者として厳しく批判されて日本を去ることになり、画家たちの運命を大きく変えることになった。そして、これら戦争画と戦争画家をめぐる事実は、一度は記憶と歴史から消し去られ忘れられたのであった。

　『浮世の画家』は、戦争と芸術という最も難しい課題を取り扱っている。イシグロ自身は、『浮世の画家』には特定の舞台もモデルも無く、またリサーチもそれほどしていないと語っている（Shaffer and Wong 7-8 頁）が、作者自身がイデオロギーを回避することは不可能である。小野の記憶の断片を繋ぎ合わせることにより、何故彼の絵が消されたのか、そして何故彼は記憶と葛藤をしているのかが明確になり、その消されたイデオロギーが浮き上がってくる。そこで重要となるのは、画家の大邸宅が内容するイデオロギー、日本近代美術の誕生の中における画家の意義、そして第二次世界大戦における戦争画家の言説である。

2．画家の大邸宅が内容するイデオロギー

　『浮世の画家』は、1948年における「わたし」の屋敷の描写で始まり、画家である「わたし」が何故その大きな屋敷を手に入れることになったのかという経緯が語られる。この杉村明邸が売りに出されることは、過去の栄光を誇ってきた杉村一族の悲哀を物語っている（*AFW* 13 頁）。戦前、30年もの間、その土地の有力者であった杉村明という著名人が建てた大邸宅を、15年前、即ち1933年頃に、「わたし」、即ち画家である小野益次が買い取ったことが刻銘に語られる。そして、戦争中、その屋敷は画家と共に生き残り、一部戦災の被害に遭いはしたものの、それも戦後1年で物資を調達して再建可能という恵まれた環境にあったことが、小野の口から自慢げに語られる。しかし、戦後、この大きな屋敷は、引退した画家の独居と化していた。小野は戦争で息子を失い、終戦直前に空襲で妻を失い、娘2人は独立して家を出ており、画家としても社会からほぼ忘れられた存在となって屋敷にひっそりと暮らしているのだ。歴史ある邸宅は、孤独な画家が1人で住む荒涼館となっている。

　小野の屋敷は、戦後の復興と変貌が最も顕著に映し出される鏡である。『浮世の画家』の舞台を特定化しなかった理由に関して、イシグロは創作の自由性を挙げている（Shaffer and Wong 7 頁）が、同時に政治と芸術の中心である首都圏でなければ作品に意味を持たせることは困難であろう。『日の名残り』のダーリントン・ホールのように、小野の屋敷は、「そこに住む者の社会的地位や名声」を表わしており、小野の語りが始まり、過去の栄光を思い出す時にはこの屋敷のイメージが共にある（Drag 43 頁）。

　また、小野の屋敷は、戦争画家として戦後責任を回避した画家である横山大観の自宅を思い起こさせるような画家の美意識が詰まっている空間である。大観は、明治41年に上野の池之端に住み始め、大正8年に京風数寄屋造りの屋敷を建てたが、昭和20年の空襲でその屋敷は焼失した。しかし、大観はその屋敷を昭和29年に再建し、90歳で没するまでそこ住んで創作を続けた。現在は国の認定を受けて横山大観記念館として一般公開されている。

　『浮世の画家』においては、空襲で焼失し破壊された周囲と比べると、小野の屋敷の存在は特異である。そして、この屋敷こそが、戦争画家で

第2章 戦争画と共に消去された記憶の再生

あった小野の栄華と没落の表象であり、日本を象徴しているのである。戦後の復興期に、この丘のふもとには新しい住宅が建設され、会社の社員寮やコンクリートのビルの建設も進んでいる。そしてこの没落していく空虚な屋敷と対照的に、娘たちが住む団地が新たな生活空間の場所として造り出されていったのだ。小野の邸宅は、歴史の変化と価値観の変遷を表わす普遍的な空間なのである。

小野が1933年頃に買い取るまでの30年前、即ち1900年初め頃に建てられた旧杉村邸は、土地の名士杉村明が財力と自らの嗜好に基づき明治時代に造り上げた和風建築の邸宅であり、その家は規模の大きさや豪華さだけでなく、その家の持ち主の社会的地位と名声を象徴している。杉村は、戦前から近隣に住む者であれば、最も尊敬され影響力を持つ実力者の1人だと覚えているほどの人格者であり著名人であった。

旧杉村邸は、ためらい橋と呼ばれている橋から丘まで続く坂道を登ると、圧倒的な存在感で、丘の最も見晴らしがよい場所に建てられており、「堂々たる杉の門、がっしりとした石塀で囲われた広い敷地、優美な瓦ぶきの屋根、大空に張り出した風格のある棟木（むなぎ）」（*AFW* 10頁）を持つ伝統的で贅沢な造りの和風建築物として君臨している。敷地内には、母屋と東側に大きな3部屋からなる別棟があり、それらは長い廊下でつながっていて、杉村庭園と呼ばれるほどの凝った庭園がある。小野が屋敷を買い取る1年前、即ち1932年頃に杉村明は死亡していることと、相続した気位が高い娘2人がすでに白髪であることから、杉村は明治時代、あるいはそれ以前から続いている家系の名士という可能性が高く、杉村邸はその時代の大きな変遷を象徴している。

明治維新により欧米から様々なものが流入したが、それらは近代住居のあり方にも大きな影響を与えた。まず、洋風建築の導入により、伝統的な日本の建築は和風建築として対置された（小沢・水沼 6-7頁）。外国人居留地に建てられた洋館をモデルに、日本の上流階級の間に洋館を建てることが流行する。この洋館の導入は、同時に室内意匠にも連動し、部屋の機能と役割が固定し、椅子やテーブルといった家具の変化も付随したのであった。

しかし同時に、これらの上流階級あるいは成功者たちの中で、日本の伝

統を尊重する動きも加速し、和風建築の中に洋風の意匠を導入することにより、伝統的な日本の住宅を自分たちの好みや解釈で自由に造り替えた結果、和風住宅が誕生した（小沢・水沼290頁）。その和風住宅においては、外観は和風の様式でありながら、応接間や食堂と床の間がある書院風の和室を持ち、和風と洋風の際立った点が同じ空間に存在する。

　その明治時代の和風住宅の代表である横浜の豪商原富太郎が創り上げた私邸は、現在三渓園として一般公開されているが、個人が自らの財力と嗜好によって創り上げた新しい住居であったのだ。原は同時に古美術の収集家として著名で、多くの芸術家を育てたパトロンでもあり、彼の邸宅自体が「野外ミュージアム」だったのだ（小沢・水沼278頁）。日本の近代住居は、明治時代に新たな和風住宅という領域を確立し、西洋化の中で和洋折衷の文化を創り上げたのである。

　この様な明治時代の和風住宅の代表格として描かれている杉村邸は、彼の死と共に売りに出されることになる。彼の死により、杉村家は没落するのであるが、娘たちは経済的な理由がありながらも販売する価格よりも売る相手を吟味し、しかも戦後になっても白髪の老女は屋敷の様子を見に来るほど父親が建てて残した屋敷に対する愛着と執着を見せる。この大邸宅を所有することは、持ち主がこの屋敷を維持できる経済的基盤だけでなく、この屋敷に値する社会的地位や名声、さらには人格を持っているということが強調される。

　杉村家から大邸宅を買い取った小野益次は、杉村明の遺族である2人の娘に選ばれた2代目の持ち主である。そこを小野が購入するにあたって小野の社会的立場を巡る2つの要因があり、記憶の中にあるその2つの要因には大きな秘密が隠されているのだ。その要因の1つは、この屋敷を買うことになった1933年頃には小野は、「わが家の暮らしは月を追うごとに楽になっていくように思われた」（*AFW* 10頁）と思い出す様に、経済的にかなり裕福になっていたことである。また、小野の妻は、長女がまだ14、5歳の頃だったにも関わらず、娘たちに縁談がきた時のために、小野の「地位」にふさわしい家を催促するようになっていた。そしてちょうど杉村が亡くなり杉村邸が売りに出された時に、弟子の1人がその家を推薦したことが契機となり問い合わせることになったという。即ち、当

第2章　戦争画と共に消去された記憶の再生

時の小野には杉村邸を購入するに十分な経済的な基盤と地位があったことになる。

　小野はその時点で、杉村邸のような大邸宅は身分不相応だと思っていたと言うが、弟子の見立て通り、当時の小野の社会的地位と名声が杉村邸にふさわしいと判断される。その判断は、小野が思いもよらないことに、家を売りに出した杉村明の娘2人に下されることになる。杉村の娘たちは、家を買いたいという申し出を多く受けた結果、家族会議を開き、4名の候補者を人格と社会的功績によって厳正に調査・評価して選んだという。そして、その結果、娘2人がその有力な候補者としての小野を訪問して、正式な調査の結果最適であると判断したので買ってほしいと申し出た。その上、売買の条件として、杉村の娘たちは、小野が想定していた金額の半分の額での売買を持ちかけたのである。家督が死去して大邸宅の相続と維持が不可能となった時でも、彼女たちはプライドを棄てず、品位を保とうとする。そして、彼女たちは、4人の候補者が競争して値段を上げても無駄であり、人徳はせりに掛けられないと断言する。大邸宅の売却は金額の問題ではなく、その邸宅を継承する次の持ち主の社会的名声にかかっていた。

　そして、さらに杉村の娘たちは、他の3名と同様に小野をいかに高く評価しているかを言い残すのであるが、小野に対する評価と讃美の中に、彼が画家である点が述べられている。

>　「小野さま、父は教養人でございまして、画家の方々をたいへん尊敬しておりましたの。ええ、あなたのお仕事のことも存じておりました」
>　翌日から数日かけて自分で調べた結果、この女性の話にうそはないことがわかった。たしかに杉村明はなかなかの美術愛好家で、自分のポケットマネーで多くの美術展覧会を後援していた。(*AFW* 12-13頁)。

　娘たちは、小野のことをすでに著名人として認めており、さらに故人杉村明も教養人として画家を尊敬しており、その中で小野の画家としての業績を認めていたというのである。その後小野が調べた結果、杉村明は生前、美術愛好家として知られており、資産をつくってパトロンとなり、多くの美術展覧会を後援したことが判明する。即ち、杉村明は、日本画壇

が、明治の文明開化により西洋画が紹介されて大きな変遷を遂げていく過程に精通していたと考えられる。

　近代化を急ぐ日本において、それまでの浮世絵という伝統的な美術からの脱却が図られ、ヨーロッパから帰国した留学生が影響を受けた西洋画が優勢となり、現在の東京芸大美術学部である東京美術学校における教育が1890年に始まり、新たな画家が生れていた。その一方で、政治官僚が中心となって国粋主義的な観古美術会が誕生し、それが1870年の竜池会となり、さらに宮内庁との繋がりを強めて日本美術協会と改称され、美術展覧会を開催することになった。そして美術教育や美術館形成への道を作っていったのが、九鬼隆一、岡倉天心、アーネスト・フェノロサ（Ernest Fenollosa）であったのだ。近代化が進む日本において、芸術は社会における地位を確立していた。日本近代美術が発展する過程でそのパトロンであった杉村明は、経済力と政治力だけでなく、時流に乗り、また新たな画壇の構築を理解していた人物として描かれている。

　小野が杉村の2人の娘を語る時に、「著名人の家族」と繰り返し言うように、小野は杉村明を地域の名士であると潜在的に認識していた。その後に小野が杉村と美術を介して接点があることが判明すると、杉村邸への興味が強まる。杉村のその著名人の娘たちから見た小野が画家として著名人であり、その家族の調査の結果、最終的に小野が最適な人物として判断されたと知らせを受けた時に、小野は自分が極めて「深い満足感」（*AFW* 14頁）を味わったことを明確に思い出す。1933年頃に、没落していきながらも家柄や道徳的規範、そして社会的功績を重んじた結果、杉村の娘たちが小野を選んだこと自体に社会的な要因がある。それはその時代の評価であり、その評価を小野は当然の如く受け入れ、戦後の思い出の中でも正当化している。家の価値は、国粋主義のイデオロギーを含み、持ち主はそのイデオロギーに正当化された者でなければならないのだ。

　杉村邸の購入から戦後の戦災による修復に関する小野の記憶に基づく語りには、杉村家の2人の年老いた女性との関係が断片的に繰り返し登場し、ある種の「苦痛」を伴いながらも、優越感に酔いしれていることが読み取れる。そこに、没落していく杉村家の年老いていく娘と時代の寵児として成功を収めていく小野の差異が明確に提示されている。家の売買に関

第2章　戦争画と共に消去された記憶の再生

する小野の苦悩とは、杉村家の高慢さであったと小野は回想している。それは、彼らが隠そうともしない「敵意」であり、小野にとってはその高慢さが或る意味、自分を最終候補として選んでくれた杉村家への賛美ともなる。なぜなら、小野は、杉村邸を手に入れることに関して次のように語っているからである。

> そして実際、この家は多少の苦痛を忍んでも手に入れるだけの価値があった。外から見れば威圧されるほどどっしりした建物だが、なかに入ると、木目の美しさで選んだ柱や板が、ごく自然でやわらかな雰囲気を醸し出すので、ここに住んだわたしたちはみな、この家のおかげでゆったりと落ち着くことができる、としみじみ感じたものだ。（*AFW* 14頁）

即ち、杉村家の娘たちの高慢な態度により売買契約が最終的に成立するまでのある一時期の「苦痛」を我慢してでも入手する価値があるのがこの杉村邸であり、小野は自分がこの大邸宅の持ち主になることにより、自らも高慢な持ち主になっていくことに気付いていない。

杉村邸が小野邸になっても、杉村家の人々にとっては自分たちのルーツとプライドが込められた空間であり、邸宅の状態や変化に関して無関心ではいられない。小野邸になって数年経っても、通りかかった杉村家の人は家の状態を問いつめたことを小野は覚えている。そして次に小野が杉村家の人に会ったのは、戦後すぐに杉村家の娘の妹のほうが、空襲の被害を確かめに訪ねて来た時であった。年老いて戦争の苦労も重なり見るからに困窮しているその女性は、戦争中に亡くなった小野の妻と息子へのお悔やみもそこそこに、旧杉村邸が受けた空襲の被害についての質問を次々と小野に浴びせてくる。一度は立腹するも、声を詰まらせる相手の心に秘めた邸宅への「激しい感情」（*AFW* 15頁）を察知し理解した小野は、この女性に同情し家の中を案内して回り、特に空襲の被害が著しかった東棟の修繕の予定を述べて、元の姿に戻すと約束までする。

> 爆弾の被害は主としてこの東棟に集中しており、庭からそのありさまを眺めている杉村明の娘の眼にはうっすらと涙がにじんでいた。わたしもこの老婦人に対するいらだちをすっかり忘れ、ここはなんとかして早いうちに修理し、

お父上が建てられた元の姿に戻しますと、ありったけの誠意を込めて約束した。(*AFW* 15-16頁)

　時代が変わり、世代が新しくなっていく中で、いまだに一族の宝として記憶されている屋敷は、小野邸ではなく旧杉村邸であり、その存在意義は他者が共有することができないものである。
　しかし、この旧杉村邸は、小野邸となって栄華をもう一度極めた時期も去り、戦後、年を取り隠居生活を1人で送る小野の身には、広すぎて不便であり、また管理することも大きな課題となっている。さらに、旧杉村邸は娘たちの将来の縁談のために妻が懇願して購入した邸宅であるにも関わらず、その役割を果たしていない。次女の紀子の縁談が破談となり、長女節子の意味ありげな口ぶりから、小野はその原因が彼自身の戦中の過ちのせいであると思い、あらゆる手段を使って次女の次の縁談をまとめようとする。小野一族にとって、旧杉村邸は地位と名誉を象徴する大邸宅であったはずが、その地位と名誉が戦後に逆転していったために、小野邸が裏切りと不名誉と恥の象徴となる。戦災の傷跡をいくら修繕しようと、邸宅に住む者はかつての品格と名誉を取り戻すことができない。旧杉村邸は、明治時代から第二次世界大戦後にかけて歴史に翻弄され栄華と没落を2度経験した建造物であり、最後には時代の流れの中で主人である戦争画家と共に忘れられた空間となる。
　この旧杉村邸が2度目に没落をしていく一方で、新たな空間として誕生するのが戦後の近代的なアパートである。この近代的な団地という空間は『遠い山なみの光』においても、戦後の新たな住居として描かれている。『浮世の画家』においては、長女節子は結婚をして8歳の息子一郎と家族3人で郊外のアパートに暮らしており、一人暮らしをしている小野を時折訪ねて来る。また、紀子も家を出て一人暮らしをしており、親子の話題は紀子の縁談である。その紀子が1年後には無事に結婚して、子供を産むことにまでなり、節子にも2人目の子供が生まれる。節子と紀子の結婚は、戦後のベビー・ブームを反映しており、それは同時に新たな価値観で家族を持つことを意味している。
　この戦後の近代的アパートは、戦前に建てられた特定の文化人を対象と

第 2 章　戦争画と共に消去された記憶の再生

したアパートではなく、戦後の日本で DK あるいは 2DK をキーワードとして、一般のサラリーマン層の家族が、高水準の設備の下で生活することを可能にした共同住居である（倉沢 18 頁）。そしてさらに、公団による団地建設の加速化により、団地族という新たな社会層を作り出し、その居住空間のみならず、ライフスタイルにおいて一般国民に大きな影響を与え、共同体の形成や活動などを通じて「下からの政治思想を生み出していく」（原 16 頁）きっかけともなるほど大きな変革であった。

　この団地は、DK により寝食分離、2DK により就寝分離というライフスタイルの変化をもたらしただけでなく、サラーリンマンの夫、専業主婦の妻、子供が 2 人という核家族の家族形態をもたらした。[1] この団地住宅と家族体制の相関関係を西川裕子は、日本住宅公団の発足を契機とした「住宅の五五年体制」であると述べている。その西川の論では、団地は、夫は外で働き妻は家庭を守るという性的役割分担を原則とし、団地住宅のサイズが家族のサイズを決定することになり、多様な家族の為でなく夫婦と子供から成る核家族が標準家族となる「逆立ち現象」の要因になった（原 55 頁）。

　しかし、同時に家電製品の普及に伴い専業主婦の時間が余暇に注がれた結果、団地生活の中で必要となる自治会などの組織造りに関わったり、保育園や幼稚園など子供に関する公的施設の建設を要求したりするなかで、団地は女性の政治参画基盤ともなった（原 55 頁）。戦中は 3 世代同居が一般的で、町内会や隣組は国策の 1 つで戦争協力を前提とするものであったのに対して、戦後の団地の核家族は、自治会も自発的に作ってその活動に関わり、行政に対する批判を積極的に行った（原 56 頁）。『浮世の画家』では、時代遅れとなった小野邸で、紀子の夫太郎が会社のことや戦後の日本の変遷と今後の発展を語る時には、節子と紀子もその議論に参加して自由に意見を述べている。太郎は戦後の日本の変化を次の様に評価する。

「…。例えば、ぼくらはここ数年のあいだに民主主義や、個人の権利などについてずいぶん理解を深めてきました。それどころか、ぼくはこの日本が、輝かしい未来を築くための基盤をようやく据え終わったとさえ思っているんです。だからこそ、うちみたいな会社が最大の自信をもって将来を展望できる

のです」(*AFW* 276 頁)

　節子もまた、夫の素一を代弁しているが、その意見に同意するかの様に、そして父親に対して当てつけの様に自分の意見を述べる。戦中までの価値観にしがみついている小野益次のみがその会話から取り残され、時代の変化を痛感するのである。
　節子の夫の素一も紀子の夫の太郎も、戦後の日本復興を担っている若い世代であり、それぞれが「日本電気」と「KNC」という日本の経済変革と急激な成長を代表する架空の日本企業のサラリーマンである。彼らの価値観は、敗戦によって学んだ体験から脱却して、アメリカにより導入された民主主義や個人主義という新たな政治思想を物語っている。素一は「日本は四年間の混乱ののち、ようやく未来への展望を持てるようになったという自説を述べて」(*AFW* 276 頁)おり、妻の節子は彼に影響を受けている。さらに、作中で紀子と結婚して小野家の家族となった太郎は、会社の将来性に関して次のように語る。

　「終戦後のいろいろな変革の努力が、会社のあらゆるレベルでようやく実を結んできたんです。ぼくらは会社の将来にとても明るい見通しを持っています。もし全力を尽くせば、今後十年以内に KNC の名は日本全国はおろか、世界じゅうに知れ渡りますよ」(*AFW* 274 頁)

　空間の変化は思想の変化をもたらす。戦前は小野邸のような豪邸は別として借家住まいが一般的であったが、戦後のマイホーム・ブームへと移行する上で、この団地の存在は不可欠であった。この団地をルーツとして構築されたマイホームという概念は、若い世代のプライバシー概念の確立と連動しており、『浮世の画家』における時代変遷を理解する上で重要である。
　1948 年 8 月 10 日から 1950 年 6 月までの間に、戦災を受けて修理をしている小野邸が社会的にも家族にとっても意味が喪失していく中で、小野の戦前から戦後の記憶もまた定かでないことは、この邸宅が内包するイデオロギーに住人が翻弄されたことによる。この間の思い出が小野によって

語られ、その思い出の中でさらに自分の画家としての半生が思い出される。記憶は邸宅と共に忘れ去られ、またその意義さえも失っていく。しかし、新たな空間が生れ、次の世代が戦後の日本を復興させるという経済変革の中で、家族のあり方や政治的姿勢も変化していくのである。

3．日本美術の誕生の裏に隠された画家の運命

　小野の存在は、彼の師から弟子に至るまでの時代を入れると、日本の近代美術が発展し、大きな転機を迎える時代を表わす。日本の近代美術は、明治維新によって起こった西洋化と近代化と共に生れて発展したと一般に知られている。その過程で、美術や芸術といった語を含み、現在一般に使われている最も基本的な美術用語の多くが近代に造られた（佐藤6頁）。近代美術研究の第一人者である北澤憲昭は『眼の神殿』の中で、近代日本美術は、その作品や制作だけでなく、「美術史、博物館・美術館、展覧会、美術学校といった機構にいたるまで、西欧から移植された『美術』という概念にもとづく"美術の制度化"として捉えられる」と述べている（佐藤8頁）。

　しかし、日本の美術——広義では芸術——は西欧化という近代性と、明治新政府が目指した中央集権国家の中心である天皇制という反近代性という矛盾の中で創り上げられていった（吉荒176頁）。そして、帝国主義と植民地主義が西欧を中心として世界的浸食に身をこなしていく中で、日本という後発国は、天皇を頂点とした大和民族というナショナル・アイデンティティを構築していき、アジア圏のなかで西洋文明一元主義を日本文明一元主義へと移行させて、アジアにおける他者との差異を作り上げたという（吉荒178-80頁）。

　小野の記憶の中には、この日本近代美術がナショナリズムの中で生まれ、軍国主義や帝国主義の中で退廃芸術として芸術の本質そのものが批判され、そして最終的に美術の分裂が、画家たちの人間性の分裂を導いていくことが、消し去りたかった過去として漂っている。

3-1　ナショナリズムの中で生まれた日本美術

　戦中から戦後にかけての日本画壇は、全体主義と帝国主義に侵された戦中を境に大きな変遷を遂げたが、小野はその証人であり、戦争の加担者でもあり、同時に戦争の生存者として作品の中に存在している。画家という職業が、明治政府により天皇を頂点としたナショナリズムの上に確立され、変化してきた過程が、小野という1人の画家の人生に投影されている。画家になることへの父親の反対、美術貿易に関わる絵画を作成する商業画家としての経済的基盤の確保、有名画家への弟子入り、そして戦中の戦争画家への転身という変わり身の早さ、そして意味ありげな戦後の沈黙と葛藤が、小野の人生の中に詰め込まれており、彼は記憶の片隅にあるその断片を語る。

　イシグロ自身が、恩師と弟子との関係を繰り返し提示することで日本を比喩的に描いている（Shaffer and Wong 10頁）と語っている点は興味深い。恩師から弟子へと伝達されるのは、絵画という純粋な芸術に対する姿勢やスタイルではなく、絵画が社会とどの様に関わっているか、画家と周囲の人々がどの様な運命に翻弄されるかということなのだ。特に明治維新から変貌を遂げた日本画壇の基盤を分析することは、小野益次に代表される日本画家を理解する上で重要である。

　隠居した小野が広い邸宅を無意識にも徘徊する中で、放心状態のまま客間に入り、そこで12歳の自分と自分の父親とのエピソードを思い出す場面がある。そこで彼は画家を志した時のことを思い出すが、小野が純粋に美術を志した若い自らの肖像が語られる。地方で商売をしていた父に見習いの訓練を受けていたのが客間であり、小野は着実に家と商売の後継者として教育されていく。当時の小野は、東京から離れた地方という閉鎖的な社会に対してだけでなく、細かい銭勘定を毎日繰り返す単調な仕事に対して、新たな可能性を模索していた若き日の芸術家の肖像であったのだ。

　その記憶の中の決定的事件は、小野が15歳の時に父に客間に呼ばれ、当時制作した絵画やスケッチを全て持ってくるように言われたことに端を発する。絵を本職にしたいという意志が生れていた小野に対して、父は反対する態度を一貫して崩さず、最終的にそれらの絵を燃してしまう。父は息子に対して、内面的に弱く、怠慢で意志が弱く、実務という「有益な

第 2 章　戦争画と共に消去された記憶の再生

仕事を嫌う性格」を指摘して、小野の志望を認めることはない（*AFW* 68 頁）。それに加え、父には画家に対する偏見があり、芸術家は「人々を意志薄弱な貧乏人に堕落させようとする誘惑でいっぱいの世界に生きている」者たちとして（*AFW* 69 頁）と批判する。

　小野は絵を全て燃やしてしまった父の暴力的行為を受け入れざるを得なかったが、小野の画家になる野心を知る母に対しては、父親が火をつけたのは絵画にではなく、自分自身の「野心」（*AFW* 71 頁、72 頁）にだと断言するほどの意志の強さを持っている。その野心とは、父親のような利益のみを追求する生き方を超えたいということであり、純粋に自らの意志を通して画家になることであった。この 15 歳の時の体験が小野にとって決定的となり、彼の人生の始まりを約束するものであったのだ。

　小野が故郷を出て低所得者が多く住む古川地区の屋根裏に住み始めた 1913 年には、彼は武田工房というところで海外への輸出向け絵画の大量生産の仕事を始めており、この画家としてのスタートに、日本画壇の背景を見ることができる。

　小野はこの時期のことについて、荒川地区の市電の開発と共に歓楽街として賑わい始めた「古川の東」と呼ばれた地区にあった山縣屋という名の飲み屋を思い出す。この飲み屋が後に「〈みぎひだり〉（'Migi-Hidari'）」として再出発することにも小野は関わっていた。この〈みぎひだり〉という名前には、単に皮肉が込められている（Shaffer 54 頁）だけでなく、この時代から現在に至るまでの日本における右派と左派の対立が示唆されている。山縣屋との出会いは、まだ寒々としていたこの地に移り住んだ若い頃のことだった。

　小野は、狭くて不便な屋根裏暮らしをしながらも、当時の小野は画家として生計を立てられていることに十分満足し、同じ古川地区にあった武田工房のアトリエで 15 人ほどの絵描きの 1 人として働いていた。貿易船が出向するまでに注文された絵が完成しなければ他の工房に仕事が奪われることを恐れて、武田工房は短期間に大量の絵画を制作することを優先事項としており、小野たちは奴隷の様に昼夜を問わず制作に没頭する。

　この工房で小野はその期待を一身に受けて、自分の作品が質量ともに 1 番で仲間から尊敬されていたと回想するが、そこには小野の自己欺瞞が潜

んでいる。自分たちの工房の雰囲気を思い出して、次のように述べる。

> みんなは、堂々として築き上げた工房の名声を維持するために一致協力して時間と格闘している、という意識を持っていた。われわれはまた、注文に応じて描いているもの――芸者、桜の花、池の鯉、寺院など――の最も肝心な点は、輸出先の外国人の目に「日本らしく」見えることだと理解していた。微妙な画風などはどうせ見逃がされるだろうと、たかをくくっていたのだ。そんなわけだから、その日の言動が、後年大きな敬意の的になったわたしのひとつの特性――つまり、百万人に反対されようとも、自分の頭で考え、独自の判断を下すという能力――をいち早くかいま見せていたとしても、若き日のわたし自身をいわれなく自慢したつもりはさらさらない。(AFW 103頁)

小野自身が、この過去の記憶に対して正確さが欠けると言っているにも関わらず、真実ではない可能性もある忘れかけた思い出の中で、自分が武田工房では誰よりも優れていたと確信している。

　この武田工房は、20世紀初頭にヨーロッパのジャポニズムを支えた重要な輸出産業が確立したということを証明するとともに、多くの若い画家の卵たちが消費文化としての日本美術に携わったことを表わしている。

　明治維新により日本が欧化政策を取るようになった結果、政治や軍事のみならず、すでにヨーロッパで流行していたオリエンタリズムに拍車をかける形で、本格的なジャポニズムが展開するようになり、その結果、日本の美術工芸品を世界に流通させる美術貿易が盛んとなった。美術行政として、国家が国策として美術を取扱い、「美術」が官製の概念として作り出され、美術の制度化が政府主導で進められたのである（佐藤171頁）。

　すでに江戸時代にオランダによってヨーロッパに持ち出されていた浮世絵、伊万里などの陶磁器、漆器などが高く評価されて人気があったことが基盤にある（柴崎34頁）が、その契機となったのは、1872年にウィーンで開催された万博で、1900年のパリ万博の時には、20世紀の幕開けとしての万博の可能性が拡大する中で、日本の美術工芸品から特産品までが輸出産業の要となることが証明された。明治10年代後半から20年代の美術工芸品の輸出額は、総輸出額の約10分の1だったことからもわかるように、大量の美術工芸品が輸出された（佐藤175頁）。

第 2 章　戦争画と共に消去された記憶の再生

　日本の美術教育の始まりを告げることとなった 1876 年に開校された工芸美術学校は、工芸に力を入れ、国家富強のために殖産興業を促進する目的で創設された（橋本 13 頁）。政府は貴重な古美術品に関しては海外流失を防止し、当代美術工芸品に関しては積極的に輸出を図り、粗悪な美術工芸品を大量生産して売りさばいたのだった（佐藤 207-08 頁）。そして同時に、大量生産された日本の美術工芸品は、小野たちの様な多くの美術家の才能を食い潰すという犠牲を払って初めて可能となったのである。

　美術貿易が美術行政の中で確立する背景には、近代日本が西洋美術といかに対峙し、また同時に、西洋において日本の伝統工芸や美術品がどう評価されたかを知る必要がある。工芸美術学校が 6 年で廃校となった後、1889 年に東京美術学校が創設され、岡倉天心が校長に就任した時には、西洋画科は設置されなかった。それは、徹底したナショナリストであった岡倉が、フェノロサにより西洋の影響を受けながらも、井上馨の欧化政策に反対し、西洋美術を模倣する当時の日本美術界の風潮に真っ向から対立したことによる（伊藤 67 頁）。

　それと同時に、純正美術と工業美術という対立の中から、芸術と生活の融合としての日本の民芸や民衆芸術が、イギリスのウィリアム・モリス（William Morris）のアーツ・アンド・クラフツ運動やフランスのアール・ヌーヴォー、ドイツのユーゲント・シュティールなどに受け入れられ、高く評価されたことも美術貿易が盛んになり日本画壇に影響を与えた点に関して重要である。

　この武田工房での経験を、小野は、画家として地位を確立したおそらく 1930 年代頃に思い出し、〈みぎひだり〉において、若い弟子たちに若い頃の自分の体験が「人生の初期に大事な教訓を与えられた」（*AFW* 109 頁）と告げる。その教訓とは、「決して群集に盲従してはならぬ、自分が押し流されていく方向を注意深く見直せ」（*AFW* 109 頁）というもので、「時勢に押し流されるな」（*AFW* 109 頁）ということだった。

　小野はここで日本国民の精神をむしばんでいる退廃的気風を批判しているが、これこそが芸術の価値を見失った彼の本質なのである。即ち、小野自身が、ナショナリズムに盲従し、時勢に押し流された張本人であるのだ。

3-2 ナショナリズムに対立する退廃芸術

　生活のための武田工房の仕事を辞めて、版画家として高名な森山誠治画伯にスカウトされた小野は、より純粋で高度な芸術活動の入口へとたどり着く。森山画伯は、浮世絵という江戸時代から続きその独自性からジャポニズムの旗手ともなった伝統的版画を基調として、新たな画風を創り上げようと試みる芸術家である。この森山画伯の世界が、小説のタイトルでもある〈浮世〉と表現され、〈浮世〉こそが国粋主義に基づく芸術に対峙していく画家とその芸術観を内包している。

　小野が武田工房を出た後に住み込んだところは、森山画伯の別荘であったが、純粋に芸術を追求し退廃芸術家であると批判にさらされる様になる森山画伯に対して、小野はナショナリズムに走り、戦争を支持する絵画を描いて森山画伯を裏切ることになる。他の10名ほどの弟子たちと共に芸術論に関しても生活様式や価値観に関しても森山画伯に陶酔していたはずの小野は、最終的にはそれを拒否し、画家として真っ向から対立する立場を取ることになるのだ。

　森山画伯の下での修業は、その別荘の栄華と荒廃を体験することに象徴されるように、自分にとって芸術家の明暗をわける体験となったと小野は思っている。小野が別荘のことを思い出そうとする際に浮かぶのは、「いちばん近くの村に通じる山道から眺めたその別荘の格別美しい光景」(*AFW* 202頁) であり、それは3つの棟が重なり合って中庭の三方を形成するという広々として豪華な造りであるだけでなく、堀と門によって庭自体が完全に外界から遮断された世界なのである。しかし同時に、小野が別荘に住むようになった時にはすでにその荒廃ぶりは目につくようになっており、屋根瓦が壊れ、窓格子も朽ちかけ、廊下さえも腐れかかり、雨が一晩続くと雨漏りがするという程、崩壊寸前のところまできている。内部も昔の美しかったことを思い起こさせるのは、多くの部屋の中で2、3室でしかなかったと述べられている様に、この別荘が持つ過去の栄光はすでに消えかけているのである。

　この別荘での7年間は、現世を肯定した享楽的な世界としての〈浮世〉の日々であり、10名ほどの弟子たちが、昼間から深夜まで酒におぼれては朝寝坊をし放題という放埒な生活で、退廃した芸術家の集団として世間

第2章　戦争画と共に消去された記憶の再生

から非難を浴びても仕方がない様な日々であった。日本が軍国主義に染まっていく中で、街に出て行ってはお茶屋遊びを繰り広げたり遊女と戯れたりするだけでなく、別荘には森山画伯の知り合いである旅役者や踊り子や劇団の訪問が数多くあったことを小野は覚えている。遊郭や妓楼が森山画伯の浮世絵版画には不可欠な場であり、それは画題であり、また画家が浮世を体験する場でもあるのだ。

　まず、森山画伯の芸術に関して、小野は森山画伯が「現代の歌麿」（*AFW* 207 頁）と呼ばれており、その画風はまさに歌麿の日本的伝統を現代化することに取り組んでいるものだと記憶している。

> 例えばモリさんは、墨色の輪郭線で形を表現する伝統的な技法をとうの昔に捨てて、ヨーロッパ風の色彩ブロックを用いたうえ、光と影で立体効果を出すことを好んだ。そして、疑問の余地なくヨーロッパの絵画からヒントを得て、モリさんの最も重要な原則――つまり、地味な色彩の使用という原則――をうち立てたのである。モリさんの念願は、描いた女たちのまわりに、ある種の愁いを帯びた夜の雰囲気を醸し出すことであった。私が弟子として学んでいた何年かのあいだ、モリさんは行燈や提灯の明かりの感じを再現するため、盛んに色彩の実験を重ねていた。（*AFW* 207-08 頁）

　森山画伯の作風は、浮世絵という日本の伝統工芸から脱却して、印象派の影響を受け、それを、作中に取り入れようとしている。その一方で浮世絵は、西洋美術にはない「新奇な視覚世界」を持つ芸術として高く評価された（橋本 201 頁）。

　これは、その後、裸婦を追求することになる黒田清輝と藤田嗣治の確執に重なるところがある。旧家の出である藤田は幼い頃から版画を習い、北斎の影響を受け、14 歳で描いた水彩画を 1900 年のパリ万博に出品している。その頃には、すでに日本画壇に印象派が輸入されており、東京美術学校においてもフランスで印象派の影響を強く受けた黒田清輝が洋画の指導を行い、1905 年に同校に入学した藤田はその洗礼を受ける。しかし、黒田の「外光派」と藤田の黒を基調とした古典的色調は合わず、黒田は藤田が卒業制作として描いた『自画像』を公然と批判した（柴崎 28 頁）。

　小説の中で、森山画伯の 1 番弟子でありリーダー的な存在であった佐々

木は、森山画伯の理念の理解者であり解説者であり、他の弟子の指導者でもあったが、その有能さ故に師の作品の短所を見抜き、自らの理念と見解を持つようなり、森山画伯によって不当にも破門される。佐々木は「裏切り者」（*AFW* 211 頁）としての烙印を押され、残った森山画伯の弟子たちの間で起こる論争においては、佐々木は最も効果的なアイコンとなる。絵画の本質を理解していたのは森山画伯ではなく、森山画伯の指導の下で自らの道を見つけた佐々木であったのだ。

　森山画伯を評価する一方で、その頃の思い出を語り出すと、小野は森山画伯を「モリさん」と呼ぶのであるが、それは、森山画伯の画壇での位置付けと小野との関係の変化にもよるものであろう。小野は、森山画伯のことを必ずしも肯定的には語っていない。むしろ、佐々木と同様に、森山画伯の作風と生活への批判をし、弟子がそれに従うことを当然とみる風潮にも反発し、そして森山画伯が画家としての地位を失っていったことも皮肉に満ちた様子で語る。近代日本の美術界において浮世絵を再構築しようとする森山画伯は、軍国主義に染まっていく世間とは乖離していくのだ。

　この時代の美術界は、躍進する前衛美術運動と思想統一との葛藤の時代に入り、新美術団体 NOVA の 1930 年の結成により新たな局面を迎えていた。以前の二科展落選者による未来派美術協会、二科展若手作家によるアクション、ドイツ帰国組によるマヴォ、それらが合体した三科造形美術協会など、美術界は躍進や分裂を繰り返してきたが、それ以降は政治指導運動へと移行したという（砂盃 250 頁）。1930 年には、独立美術協会が結成され、1934 年には新時代が誕生し、1936 年には小グループからシュルレアリスムの比較的大きなグループも結成されて発展していった。

　しかし、1929 年の昭和天皇即位に始まる時代は、世界恐慌の渦に巻き込まれながらも、その中で全体主義が徐々に力を持ち始めていた時代である。美術界でも、1920 年代から 1930 年代にかけては、美術館の創設とそれに伴う美術展覧会の開催が活発になり、近代美術館の形成期と言われている（五十殿 311-13 頁）。また、1936 年には、2.26 事件が起こり、政治色が濃くなったために美術界にも大きな影響を与えた（砂盃 256-57 頁）。1937 年 7 月の蘆溝橋事件を契機に日中戦争が本格化した後には、自由表現の規制に対して、大日本陸軍従軍画家協会が結成され、画家たちの従軍

第2章　戦争画と共に消去された記憶の再生

が増加し、戦争美術展も開催されるようになった。1941年に太平洋戦争に突入すると、シュルレアリスム弾圧事件が起き、軍部による思想弾圧は厳しさを増す一方であった（砂盃258頁）。戦前から戦後の日本画壇は、歴史に翻弄され、内部でも分裂を繰り返しながら、表現の対象とそのスタイルを模索していたのだ。

この二極化していく美術界において、森山誠治という表現者はヨーロッパの影響を強く受けているため、歌麿に陶酔している人々からは「偶像破壊者」（*AFW* 207頁）とみなされていたかもしれないと小野は回想する。森山画伯を批判しながらも、小野は表現者あるいはそのリーダーとしての彼に高い評価をしている。

> だが、もう一度言うが、けた外れの大望を抱いたことのある者なら、なにか壮大なことを成し遂げる立場に身を置き、自己の理念をできるものなら余すところなく他人に伝えたいと考えたことのある者なら、モリさんのやり方に多少は共感を覚えるはずである。師匠の後年にどういう変化が生じたかを考えれば、多少ばかげたことのように思われるかもしれないが、当時のモリさんは、この市で制作されていた絵画の本質を根本的に変革しようと志していたのである。モリさんはそれだけの大目標を持って、弟子たちを育成するために時間と富の大半をなげうったのだ。（*AFW* 212-13頁）

森山画伯を裏切り成功した小野の語りにおいて、森山画伯は大志を抱いて美術界の大改革を目指したにも関わらず、晩年は不遇であり、最終的には落伍者となるのである。森山画伯の美学は、遊郭や妓楼に代表される浮世の世界に基づいており、彼は「画家がなんとか捉えることのできる最も微妙で、最も繊細な美は、夕闇が訪れたあとのああいう妓楼(ぎろう)のなかに漂っている」と小野に教える（*AFW* 221頁）。森山画伯が高く評価している義三郎は、孤独で不幸な人生を送り、才能も枯渇して忘れ去られた人物であるが、森山画伯は彼を支持し続ける。森山画伯や義三郎と妓楼で遊んでいた小野は、そのような世界を非難し、師を模倣することのみが評価されることに反発し、最終的に森山画伯のもとを去る。

この森山画伯こそが戦争イデオロギーと対立して純粋な芸術を追求しようとしていた画家の代表である。森山画伯の美学と思想は理解されること

無く、退廃芸術としてレッテルを貼られるのである。森山画伯に代表される純粋な芸術は、小野が戦争イデオロギーに翻弄されて戦争画家になるきっかけを作り、小野が生涯戻ることができない世界となる。

4．戦争画家というもう一つの犠牲者

　第二次世界大戦は近代美術の発展を阻止しただけでなく、芸術家の人生を大きくゆがめたと言える。その代表ともいえる小野は、輸出用の美術工芸作品を大量生産する武田工房での数年間と森山画伯の別荘における7年間の修業を経て、最終的に戦争画家への道に進むことになる。

　その過程で、小野が記憶していることは、極端に自意識過剰で、自信家である自分の姿なのであるが、その裏には小野の犠牲となり小野の記憶から消し去られた人々がいたのだ。武田工房から森山画伯の別荘へと共に歩みながらも常に軽蔑の対象として存在したカメさんこと中原康成、森山画伯の別荘にいる時に新進美術家を輩出していた岡田信源協会から小野を勧誘に来た松田知州、弟子で新たなカメさん役となった信太郎、そして戦中に軍歌を作って戦後自殺した作曲家の那口幸雄、そして最後に最も優秀な弟子であり小野の精神性を受け継いだために獄中生活を送った黒田を、小野がどの様に覚えているかということが、この語り手の人生を知る上で重要なのである。

　第二次世界大戦は、多くの参戦国の芸術活動に大きな影響を与えた。ヨーロッパでは、1930年代から1940年代にかけて、ヒトラーの近代美術絶滅作戦により、多くの近代芸術家がヨーロッパを去り、ロシア、南アメリカ、カナダにまで亡命をした（Barron 11頁）。1937年には、ヒトラーによりドイツ芸術の家が完成し、ナチス・ドイツが推奨するドイツ人芸術家の作品を集めた『大ドイツ美術展』が開催された（勅使河原 48-55頁：関 9-12頁）。そして、同年、『頽廃美術展（Degenerate Art Exhibition）』を開催し、「展覧会という強制収容所にすべてのガラクタをあつめ、思う存分辱めを受けさせた後、これを大量に処分・焼却・安楽死させる」という近代芸術の大量虐殺を行ったのだ（勅使川原 63頁）。ユダヤ系やコミュニストの芸術家以外でも、ナチス・ドイツにより表現の自由を奪われた芸術家たちが被害者となった（Petropoulos 217頁）。1939年以降、こ

第 2 章　戦争画と共に消去された記憶の再生

のヒトラーの戦争芸術政策の中心となったのは、第一次世界大戦の戦争画家であったルイトポルド・アダム（Luitpold Adam）と言われている（McCloskey 50 頁）。ヨーロッパにおけるナチス・ドイツの芸術政策は、恐怖政策であり、芸術家だけでなく芸術そのものの真価さえも抹殺したのであった。

　日本においても第二次世界大戦は画家の運命を大きく変えていった。日本における戦争画は、日清戦争、日露戦争の時代からあったというが、1937 年に文展（文部省美術展）に出品された浅井閑右衛門の『通州の救援』が発端であったという説がある（針生 27 頁）。1937 年末には、二科展の画家数名が志願して従軍したが、翌 1938 年には国家総動員体制により陸軍は有力作家を報道班員として戦地に動員して、『作戦記録画』の制作に従事させた。その中に、藤田嗣治、橋本関雪、小磯良平などがいた。

　それと同時に、1936 年、日本とドイツの間に文化交流が調印され、1939 年のヒトラーのポーランド侵入前夜には、ベルリンでの展覧会に日本が作品を送ることになる（McCloskey 115 頁）。この中で国家戦略の最も近い位置にいたのが横山大観であった。大観は、1928 年にはムッソリーニに『立葵』を献呈しており、1938 年には日本を訪問していたナチス・ドイツの少年団ヒトラー・ユーゲントに日本美術の講演を行い、同年にはヒトラーに献呈するための『旭日霊峰』を制作している。大観は、従軍画家やプロパガンダ画家とは異なり、一貫して日本の雄大な富士などを描くことによりナショナリズムを表現した。そのために、大観が戦争画に関わったことに触れられることが少なかった。日本画壇は、明治維新に始まる西洋化と共に、確立され、分断し、そして発展していったが、この時代の対立は、戦後の戦争画責任をめぐる藤田と大観の対立でもあり、2 人の戦後の分断でもあり、戦後の日本の美術界に大きな影響を与えた。

　戦争画家へと変貌を遂げる小野は、日本画壇が戦争画へと移行する際に起きた精神性の負への変貌を象徴している。それは、小野の人一倍強い優越感、その反面内在する劣等感、自己保身、そして最後には現実逃避に見られる。小野は、常に自らを誰よりも優秀であると何度も語っている。その歪んだ精神性は、彼がどの様に周囲の人間と関わってきたか、そして戦争画家になり、最終的に 1 枚の絵も残すことができないまま、過去の名声

に固執して、さらには恩師や弟子さえも裏切り、自分に都合が悪いことは全て忘却の沼に葬り、精神破綻に近い状態に陥ることで表現されている。

　小野の優越感は、武田工芸と森山画伯の画塾で共に過ごした時代に決定的となるが、それは実は劣等感の裏返しであり、生涯変わらないものとなり、自分が画塾を開いた時には弟子に対して優越感が最も優先するに至る。逆に、何事にも遅く、自分のスタイルを一貫して持ち続けるカメさんと呼ばれた中原康成は、小野が持っていない芸術家としての精神性とその才能を持ち続ける。

　武田工房で、新入りの中原があまりに作業が遅いためにカメさんというあだ名をつけられ、ほかの仲間から非難され疎んじられていた時に自分だけが味方になったことを小野は思い出す。その中で、カメさんが謙虚で、臆病でありながら、実は「一種の高尚で知的な雰囲気が自分にある」（*AFW* 100 頁）と信じている「芸術的な良心の持ち主だと」（*AFW* 102 頁）小野は彼の知性の高さと芸術家としての良心を擁護するのであるが、心の中では彼の出目がカメさんの謙虚さの理由だと察知している。小野は武田工房でカメさんをかばった自分の勇気と誠実さをカメさんが評価していたと回想する。小野は、「もちろん、すべては何年も前に起こったことだから、その朝わたしが正確にそう言ったと断言するわけにはいかない」（*AFW* 102 頁）と言っている様に、それは、もしかしたら真実ではない忘れかけた記憶である。しかし、カメさんは武田工房での大量生産についていけないが故に、美術の世界から遠のき、たった1枚の優れた肖像画を残して画壇から消え、中学の美術教師となり、戦中から戦後にかけてその地位に留まっているのだ。そのことを半ば軽蔑して述べる小野は、実はこの中原の才能に嫉妬していたのではないか。社会の波に乗っていくことができなかった中原こそが、高い精神性を持つ真の芸術家なのである。

　小野は武田工房を去って森山画伯の画塾に行く際に中原を誘い、中原を自分と同罪の身に置くことにより、小野は彼に優越感を持ち続ける。武田工房を辞める際に中原を誘ったことを小野が思い出す時、自分がスカウトされたという優秀さを誇示するだけでなく、そこには、カメさんという、抜けても武田工房には何も問題が無い中原を同罪とすることで、自分の裏切り行為を軽くするという意図が見え隠れする。自分を寛大にも雇い入れ

第2章　戦争画と共に消去された記憶の再生

てくれた恩人である武田氏を裏切ることができないと中原が主張したことを小野は思い出すが、自分が言った言葉は「正確な再現ではないかもしれない」(*AFW* 107 頁) と疑念を抱く。なぜなら、この時のことは何度も人に話す必要があり、何度も話しているうちに話が固定してしまったことを示唆しながらも、そこで引用した言葉は「人生のその時点におけるわたしの態度や決意を正確に反映していると見て差し支えあるまい」(*AFW* 107 頁) と断言する。カメさんをスケープゴートとする記憶の矛盾の上に創り上げられた小野の英雄伝は、小野の弟子たちの間で語り継げられることとなる。

　小野によってつけられた「カメさん」というあだ名は、確固としたアイデンティティの欠落を示唆している (Beedham 38 頁) という解釈もあるが、果たしてそうであろうか？実は、小野は中原の才能を高く評価していた。

> 「…、わたしは絵描きの仲間のうちでカメさんほど徹底して正直に自画像をかける人はひとりもいないと思う。鏡に映った自分の表面的なイメージを細部に至るまでいくら忠実に描き込めるとしても、自分の人柄まで他人の目に映るとおりに再現できることは、ごくまれなのだ」(*AFW* 100 頁)。

小野は中原が描いた自画像を思い出し、中原の心理の深淵に、その時の自分には無い様な魂の叫びと芸術家の本質を見出している。自画像とは、「ある種の自己検証」であるが、それは芸術家の「内部で分裂をおこしている感情の動きや心理の分析ではなく、絵に描いてはじめて自覚されているような、自己の内部と外部の関係にたいする検証であり」(酒井・橋 28 頁)、また「矛盾撞着の中に自画像は存在する」(酒井・橋 29 頁) ものだという説がある。中原の中には、輸出用の美術品を大量制作する中で自らの芸術観が破壊されそうな葛藤が内在し、その魂の叫びが自画像に込められているはずである。

　イシグロが、小野に記憶を辿らせて、自分の自画像を言葉で描かせていることは皮肉でもあり、また矛盾の中にある自己を表現させているのであるが、実はその像は中原の中にすでに内在していたのだ。そして、中原の

才能を認識しながらも、他の者から無能者扱いされていじめの対象となる中原をかばうことで、小野は常に優越感を持つ。

  もちろん、すべては何年も前に起こったことだから、その朝わたしが正確にそう言ったと断言するわけにはいかないが、カメさんの味方としてそういうふうなことを言ったことだけはまちがいない。わたしのほうを向いたカメさんの感謝と安堵(あんど)の表情や、その場にいたほかのみんなの驚きの目の色だけは、いまもはっきりと思い出せる。わたし自身が——作品の質量ともにだれにもひけもとらなかったので——仲間からかなりの尊敬をかち得ていたから、わたしの干渉によってカメさんいじめは、少なくともその日の午前中は、中止されたはずである。(*AFW* 102-03 頁)

小野は、武田工房では誰よりも尊敬されている自分の「勇気と誠実さ」(*AFW* 105 頁)が中原を救い、森山画伯の画塾に入る時にも、森山画伯に中原を特異で「例外的な存在だ」(*AFW* 106 頁)と推薦することで、優越感に浸る。

 小野の優越感は、劣等感の裏返しである。それは、中原の一貫した高い芸術性と美術に関する信念に対する小野の嫉妬、不安、そして羨望から見て取れ、そのために小野は中原に執着するのである。同世代で、同様に日本美術の近代化の中で美術製作の中で生き残り、より高い芸術性を見出そうとしたにも関わらず、計算高く変わり身の早い小野は中原をスケープゴートにすることによって生き残ることができた。しかし、小野が覚えているのは、いかに自分が中原を理解し、彼に影響を与え、助けたかということである。

 しかし、森山画伯の画塾で、小野は師が目指す方向とは真っ向から対立する戦争画家への道を歩み始めていることを中原だけが敏感に察知し、その危険に満ちた創作活動を非難して、小野を「裏切り者」と呼び、牽制する。中原という良心の芸術家と共に歩みながら、小野は誤ったイデオロギーに陶酔し、最終的に画家としての精神性を喪失するのである。

 小野は、国粋主義の岡田信源協会に務める松田に感化され、国粋主義的絵画の試作『独善('Complacency')』を描いて森山画伯のアトリエを出て、最終的に〈独善〉の改作である『地平ヲ望メ('Eyes to the Horizon')』に

第 2 章　戦争画と共に消去された記憶の再生

おいては国粋主義的画家に完全に変貌を遂げたことになる。小野は、森山画伯だけでなく松田も土台として、のし上がっていったのである。この初期の作品『独善』は、松田に連れていかれた悪臭と貧困に満ちている西津留地域を訪れた際に見かけた 3 人の子供たちが棒切れで小さな生き物を虐待している様子に触発されて描いた絵である。小野はこの貧しく卑劣な男の子たちを、戦いを始めようとする少年たちに描き替える。その上、背景にはみすぼらしい掘っ建て小屋ではなく、豪華なバーで酒を飲みながら卑猥な話を楽しんでいる 3 人の男たちがぼやけて描かれている。そして、この対照的な 2 つのイメージが日本列島の海岸線の中にはめ込まれ、タイトルの『独善』に加えて、「ソレデモ若者ハ自己ノ尊厳ヲ守ルタメニ戦ウ覚悟ヲ決メテイル」（*AFW* 250 頁）というメッセージが追記されている。この時点で、小野の絵は近付きつつある日独伊の三カ国同盟の下に若い兵士たちが戦争に向かっていくことを鼓舞している。

　森山画伯はこの絵を見つけ、そしてかつて小野の父がした様に、小野が描いた絵を全て持ってくるように命じ、思想検査を行う。小野の森山画伯へ対する反抗は、父への反抗と同様、自立を妨げようとする力への抵抗であったが、小野は誤った方向へと進んで行くことになる。

　そしてさらに 1930 年代に評判になった改作の版画『地平ヲ望メ』は小野の代表作となり、戦争中に小野が住む町の住民の多くがこの作品をみているはずだ、と小野は自負してやまない。その改作は、『独善』の対照的なイメージの合体、日本の海外線のモチーフの中におさまっている点は同じであり、3 人の男たちは当時の著名な政治家に似ており、立派な服装で会談をしている。そして 3 人の少年たちは、軍人の姿に変わり、そのうちの 1 人は将校で、日章を背景に西のアジア大陸に向かって日本刀を突き出している。タイトルと共に、「空論ヲ重ネル時ニ非ズ。日本ハ今コソ前進スベシ」（*AFW* 251 頁）と新たなメッセージが書かれてある。

　この作品は小野が戦争画家として成功したことを意味している。この絵に対して、小野は当時いかに賞賛されたかを覚えている一方で、それが「時代遅れになった精神を絵画化」した以外の何物だけでなく、その「精神はおそらく非難に値する」ことも認めている（*AFW* 251 頁）。そしてこれを、自分の過去の過ちであり、自分はそこから目をそむける臆病者では

ないと言い切る。なぜ小野は過去の過ちに対して認めながらも、自信に満ち、彼に回心している様子は見せないのか。その理由は、彼の思い出の中にあるのは、1933年か1934年頃の名声を博して、人脈が豊富で愛国精神に満ち、「陛下への忠誠心において、揺るぎない作品を世に送っている人物」（AFW 95頁）としての自己だからである。

　しかし、小野は、敗戦により画家を辞めなければならなかったこと、そして小野の絵は存在しないことを認めざるを得ない。小野の戦争画家としての成功は、愛国精神を推進する画家の代表としての成功であり、画家としての本質的な成功でなかったどころか、人間としての尊厳を喪失することだったのだ。

　この戦争画家としての過去は、次女紀子の結婚話に障害となると小野は信じ込んでいるため、小野は自己防衛の策を練る。小野は、彼の過去を熟知している松田、そして小野を恨んでいる元弟子で最も優秀だった黒田に再会することを決意する。小野と松田、そして小野と黒田との対話の中で、小野の過去がより深くえぐり出される。しかし、同時に、彼が戦争画家としてナショナリズムに傾倒し、戦争を肯定し鼓舞したことと、彼の長男の戦死、空襲による妻の死、そして長女の夫素一が満州から帰還して以来栄養失調などの後遺症で苦しんでいることなどが、矛盾して彼の中に存在している。

　戦争での名誉の死を信じて疑わない小野に対して、素一は反発し、また同世代で紀子の交際相手だった三宅二郎は、小野に代表される責任を逃れた戦犯に値する者への批評をして、紀子との縁談を辞退した。戦争画家でありながら戦犯として処罰されることもなく生きている小野は、戦争責任を逃れたが故に起こる人間の内的葛藤を表わしている。

　戦後、戦争責任に関する公的な裁判と共に、戦争に様々な形で加担した人々の苦悩が始まり、それが2人の人物の自殺によって表象される。1人は三宅が勤める職場の親会社の社長で、彼が戦争中に関わった事業に対して自殺というかたちで社会に謝罪したということを、三宅は小野に伝える。それに関して小野と三宅の間に論争が起こる。しかし、その後、戦争中に犯した過ちを隠して責任を負わずに生きている「卑劣な人間」（AFW 83頁）が他にいる、という三宅の言葉が、三宅の言葉だったのか素一の

第2章　戦争画と共に消去された記憶の再生

言葉だったのか小野は正確に思い出せない。それは、三宅と素一の思想が同じであり、2人の言葉がオーバーラップして、小野の中で一体化していくためである。

> 「でも、わが国を誤った方向に引きずり込んだ人々がいることは確かです。彼らが自分の責任を認めるのは、ごくあたりまえのことではないでしょうか。彼らが過ちを認めまいとしているのは、卑怯です。そして全国民にそういう過ちを押しつけた人々の場合は、それこそ卑劣きわまる態度です」（AFW 84頁）

この罪を償っていない戦犯である卑怯者とは、自分に対して発せられた言葉だと小野は感じながらも、一般論としてひたすら反論し続ける。

また、小野の孫でまだ子供の一郎が、作曲家の那口幸雄が自殺したことを小野に告げる。彼は、戦争中に軍歌を作曲した罪から逃れられずに自らの命を絶つ。一郎が自分の母親がしていた話を小野に告げるのであるが、一郎は自殺した那口と小野を同一視する。小野はそれに対して、その話題は紀子の夫となった太郎の言葉が発端になっていると思う。小野は一郎と次の様な会話を交わす。

> 「那口さんがおじいちゃんみたい？　さあね。少なくとも、おまえのお母さんはそう思っていないらしい。もとはと言えば、いつだったか、おじいちゃんが太郎おじさんに言ったことだ。なんでもないことさ。それをお母さんはあまりにも生真面目に受け止めたらしい。そのとき、太郎おじさんになにを話していたか、もう覚えていないが、おじいちゃんがたまたま、太郎おじさんにひとつふたつ那口さんみたいな人々と共通したところがあるようだと言った。それだけだ。ところで、一郎、きのうの晩、おとなたちはみんなでなにを言ってたんだね？」
> 「おじいちゃん、なぐちさんはなんでじさつしたの」（AFW 229頁）

父を心配する節子が、那口の自殺を話題にしたことは確かであり、それを「誤解」しているという小野の心理に相反する懸念があるのではないか。小野が自宅にこもり、世間との関係も断っている姿は、長女の節子にとっては不安の種なのだ。小野は最後に、那口を自分の過ちを認めた勇気

ある人と認めるが、それを自己投影に至るまでには何層にもわたる小野の深層心理に到達する必要がある。

そして、この自殺者の話が交差する中で、もう1人イデオロギーに放浪された弱き犠牲者の話が語られる。その人物は、自殺することにより戦争責任から逃れることもできず、軍歌が何を意味していたかということも理解できていない。自殺して責任から逃れた軍歌の作曲家に比べ、「平山の坊や」（*AFW* 89 頁）呼ばれた男性は、推定 50 歳だが精神年齢は幼児で、戦争中はカトリックの修道女の世話を受け、歓楽街で歌ったり愛国的演説を真似したり、軍歌を歌って戦争スローガンをわめいていた。しかし、平山の坊やは戦後もその時に覚えた軍歌をまだ歌っているために、リンチに遭っている。

この平山の坊やは、皮肉にも、小野が戦争責任に盲目であり、純朴そうに見えて実は罪深い人間であることを遠回しに例証している存在（Shaffer 47-48 頁）という見方がある。しかし、むしろ、戦争が人間の変わり身の早さを押し、変身させるという悲劇を、この無力な精神障害者は一身に引き受ける点で、小野とは大きく異なる。人の残忍さと無責任さは、社会的弱者である平山の坊やに向けられ、それの状況を黙認している社会が実は最も残忍であることに、誰も気が付かない。

戦争を美化し、戦争による犠牲を名誉と言ってはばからない小野自身も、捻じ曲げられた戦争の犠牲者であるとも言える。しかし、小野の中で起こっている自己分裂は、戦争画家としての自分への贖罪なのであろうか。

『日の名残り』のスティーブンスの語りが「謝罪（"apology"）」であるならば、小野の語りは「告白（"confession"）」だという論がある（Drag 58 頁）。小野は長女が心配しているように自殺願望もなく、戦争責任に関しても認めようとはしない。それは、彼の記憶が年齢とともに定かでなくなり、判断能力が落ち、自らの行動を管理することもできなくなっていることにもよる。そして、小野の語りは単純な告白ではなく、小野が記憶を紐解く過程とその記憶が持つ意味を自問自答する際に起こった性格破壊と自己分裂の証なのである。

松田は小野の過去を最も熟知している人物であり、それを「いちばん忘

第2章　戦争画と共に消去された記憶の再生

れてほしいことを、おれが褒めそやすと思って心配してるんだな」(*AFW* 140頁) と予想したうえで、「万事傷のつかぬように最善を尽くす」(*AFW* 141頁) と小野に言い切る人物である。その松田自身も戦中に極端な思想に走り、日本が一大強国であり、「この大アジアにおいて、日本は小人どものなかに立つ巨人」(*AFW* 258頁) だと主張していた。しかも、松田は小野に「多少気まずい別れ方をしたような覚えがある」と何度もほのめかすが、小野は覚えていない。

　松田は小野よりも客観的に小野の過去を知る人物たちを指摘して、その中で最も注意すべき人物として黒田をあげる。松田は、小野の過失の重要性を認識しているだけでなく、小野と弟子であった黒田との間に起こった事件を記憶しており、小野にそれを思い起こさせる役割を担っている。小野自身は自分の理解者として疑わない松田と再会するまで、黒田と自分との確執を十分に認識しようとしなかった点が重要である。しかし、それ以上に松田自身が戦後衰弱して力も失っており、黒田以上に最も危険な人物となっている。

　小野の画塾は、戦争中の画壇をそのまま反映し、小野と弟子との関係は、森山画伯と小野との関係よりも、大きな亀裂を生むことになる。弟子の中で最も優秀であった黒田と対照的にカメさんの役割を果たした信太郎の2人との関係により、その亀裂の様子が示される。

　戦後、黒田は小野との関係をきっぱりと断っているにも関わらず、信太郎はまだ小野と交際を続けている。しかし、鈍感で礼儀知らずだと小野が覚えている信太朗さえも、戦後になると小野と距離を置くようになる。彼が小野のお供として焼け跡に残った昔の歓楽街にあるマダム川上のバーに来なくなったのは、教職に就く際に師の過去と自分との関係が障害となる可能性があると悟ったからである。信太郎の弟の就職の世話までして、信太郎に恩を売った小野は、信太郎をある意味で便利な召使のように扱う。小野は、信太郎が戦後もまだ自分を信奉していることを疑わない。

　しかし、占領軍当局や大学の任用審議会に何の問題も残すこと無く、新設高校の美術の教員になるために、信太郎は『シナ事変のポスター ("the China crisis posters")』に関わって作成した自分の作品に関して、小野の助言に抵抗したことを証明してほしいというのである。

> お願いです、先生、あの小さな意見の不一致をなんとかして思い出してください。わたしは先生のご指導のおかげで多くのことを学べて、ありがたいと思っていました。いまでもそうです。が、実際には先生のお考えにいつも同意していたわけではありません。そうです、あの当時わたしたちの画塾が進もうとした方向に対して、わたしは強い疑いを抱いていたと言っても、過言ではないと思います。(*AFW* 153 頁)

　彼の懇願は、ある意味、小野の指導の下で信太郎は戦争画に手を染めたことを後悔し、次世代を生きる自分の人生がそのために壊されてしまうという恐怖に駆られていることを示している。信太郎が言う 2 人の間の意見の不一致という事実を覚えていない小野に対して、信太郎はその場所やどのような状況下で会話をしたことなどを小野に伝えて思い出させようとする。信太郎の執拗な要求は小野に抑圧されていた自我の裏返しであり、小野が抱えていた不確実性を象徴している。

　弟子の中でのカメ役として軽んじていた信太郎に小野は問い詰められ、憤慨するのであるが、その根底には小野が戦後になっても捨て切れていない戦争画家としてのプライドとそれを正当化しようとする意識がある。この時点で 2 人の分岐点となるのは、大日本帝国の中国大陸侵略である。1937 年の 7 月の盧溝橋事件をきっかけとして日本と中国の間で全面戦争へと拡大し、当時シナ事変と呼ばれた日中戦争を皮切りに、プロパガンダ・ポスターの制作が本格化する。信太郎はこの日中戦争のプロパガンダ活動に関わり、『シナ事変のポスター』を小野の指示に従って制作していた。信太朗は最終的には小野に従ったが、彼自身は疑問を抱いていたこと、その意を小野に確かに伝えたことを主張する。小野は「すまないが、信太郎、なんのことを言っているのか、わたしには思い出せない」(*AFW* 152 頁) と言いながらも、記憶を辿っていくうちにそのポスターを思い出す。その時は「国家存亡の危機」であり、「国家になにが必要かを決断すべき時」(*AFW* 153 頁) であり、小野は戦争ポスターを創ったことを正当化しようとする。そして、小野は思い出すや否や、信太郎のポスターを褒めて、誇りにさえ思う。そのポスターは戦中の成功の証であり、名誉も賞賛も得たことにより、過去の栄光を象徴しているにすぎない。

第 2 章　戦争画と共に消去された記憶の再生

　その一方で、職を得るために小野に自分との意見の相違を証明する手紙を書いてほしいと嘆願する信太郎のことを、巧妙に戦争を逃れた狡猾な人間だと小野は非難する。小野は、さらに信太郎が足が不自由なために兵役を逃れ、戦争によってほとんど被害を受けていないことさえも思い出して責める。障害者であるために兵役に就けない信太郎を戦争ポスター制作に携わさせた小野は、それが正しい選択であったとし、その中心人物であった自分に対して最大限の自己評価をする。

　戦争ポスターは、展覧会に展示する絵画とは異なり、大量に印刷され、全国に配布されることにより、戦時体制を強化して、同時に従軍や戦争への積極的な参加を奨励した。ポスター画家たちは生活のために、あるいは画家として成功を収めることができなかったが故に、戦争ポスター制作に従事したという（田島 4-5 頁）。戦争ポスターにも、従軍画家による戦争画と同様、戦後には GHQ の追求を恐れて焼却命令が出された。

　しかし、長野県阿智村から奇跡的に、この焚書から逃れて戦後こっそりと隠されていた 135 枚の戦争ポスターが発見されたことで、第二次世界大戦のプロパガンダ・ポスターの姿が蘇った。

　これらのポスターは、1937 年から 45 年にかけて阿智村の村長を務めた原弘平氏が収集して自宅の土蔵の天井に保管していたものである。亡くなった原氏の遺志は、息子、そして孫に託された。戦後 50 年である 1995 年に阿智村の平和記念誌である『平和への道』が編纂されることが決まり、1997 年に刊行された際には、このコレクションが掲載され、展覧会でも公開され、2010 年から 2011 年にかけてはマスコミにも取り上げられた。

　これらのポスターの中では、募兵ポスターより、戦争続行のために必要不可欠であった基金を募るため、1937 年以来ほぼ 2 カ月おきに発行された「"支那事変ノ国債"」の発売告知のポスターが圧倒的に多かったという（田島 9 頁）。これら「負の遺産」としてのプロパガンダ・ポスターは、その図柄が絵葉書、パンフレット、雑誌の表紙、たばこやマッチのパッケージにも転用され、戦時体制下の思想統一と啓蒙強化に大きな役割を果たした（田島 11 頁）。

　こうした史実を考慮に入れると、作中で小野と信太朗が関わったとされ

ている『シナ事変のポスター』は、日本国中の戦時下の国民の洗脳に大きな効果を残したのである。

　カメさん役の信太郎とは異なり最優秀であった黒田が歩んだ道のりもまた想像を絶するほど険しいもので、小野は自分が黒田にした裏切り行為の重大さを半ば忘れながらも、その黒田こそが小野が最も避けている人物であり、自分の過去の過ちを決して容認することができない人物であると認識している。

　紀子の結婚と自分の過去のことを心配する小野に、松田は「紀ちゃんの先行きを案じるのなら、黒田を探し出すのがいちばんだろう。骨が折れるかもしれんが」（AFW 141 頁）と黒田を探すべきたと助言し、小野は探すことを本気で決意する。黒田は、小野の画家としての過去の名声を知る中で、最も恐れるべき存在で、最も危険な人物として語られている。小野が戦後の黒田に関して全く消息を知らないという事実が、2 人の決別を語るものである。そして、小野にとって、黒田の消息を探り黒田の顔色をうかがうことが、いかに重要かということが暗示されている。

　何よりも、次女の紀子が三宅二郎という若者と縁談が突然破談になり、紀子の新たな縁談が進展する段階で、松田に指摘される前に、小野は黒田のことを思い出していた。小野は戦後、偶然黒田を見かけた時に、「異様なショックを覚え」（AFW 115 頁）、話しかけることができなかった。その時は黒田が自分から遠ざかっていった敗者の 1 人であるという優越感に浸り、全く罪悪感も沸き起こって来ない。しかし、次の縁談相手の父親である斎藤博士から偶然にも黒田の名前が出たこと、さらにそれをきっかけに長女の節子から、昔の知り合いを訪ねるべきだと言われたことにより、小野は内心動揺するのである。小野にとって黒田はキーパーソンであり、戦後の黒田を知ることが小野にとっての贖罪なのである。

　小野が知った黒田の戦後の様子は極度に楽観的に描かれており、黒田の戦後の「順調な出世ぶり」（AFW 162 頁）を喜ぶことに皮肉が含まれている。小野の無神経さは、自らの過ちに蓋をして生きて来た卑劣さと傲慢さから来ている。小野は黒田が職を得た大学の教授から聞かされた黒田の消息に対して、傲慢とも嫉妬とも取れる反応をする。

第 2 章　戦争画と共に消去された記憶の再生

　黒田は終戦に伴う釈放のあと、悪くない暮らしをしていたらしい。何年もの獄中生活が黒田にとって大きな名誉になった。それが現代社会の風潮であり、ある種の団体はいつも彼をもてはやし、生活の面倒まで見ていた。こうして黒田はあまり苦労することなく仕事——主として少人数相手の個人教授——と、彼自身の画業を再開するのに必要な画材とを手に入れることができた。そして、昨年の初夏に上町大学の美術専任教員の職を与えられたのである。（*AFW* 162 頁）

　ここで語られる黒田の数年に渡る獄中生活に関して、小野は黒田の人格に与えた影響も心理に与えた傷も理解しておらず、それが名誉なことであり、そのことで恩恵さえも被っていると語る理由は、小野にその責任があるからである。この時点では、自分を正当化しようとする小野の滑稽な姿が描かれている。

　小野の滑稽さと無神経さが大きく覆されるのが、黒田の住居を訪ねた時に小野が受けた黒田の弟子からの冷遇と非難である。黒田の住居は下町に新しく建てられた小さな共同住宅であり、決して豊かではないにも関わらず、下宿を追い出された弟子の 1 人である円地という若者を下宿させている。黒田の留守中にこの弟子が小野を、黒田を支持している「コードン協会（"the Goldon Society"）」からの者だと勘違いして招き入れるのであるが、小野が自己紹介をしたとたんに態度を急変させて、小野を痛烈に非難するのである。そして黒田が帰宅するまで待とうとする小野に対して、怒りを露わにする。その怒りの原因を察知した小野は、若い円地に、「黒田君とわたしがはじめて知り合ったころ、きみはほんの子供だったに違いない。だから十分な事情を知らない事柄について早急な結論を出さぬようお願いしたいな」（*AFW* 168 頁）と言い放つのである。

　この無神経な小野の言葉に、円地は、「国賊（"Traitor"）」として黒田が獄中で何度も受けた拷問とその隠ぺいによって黒田が負った心理的および肉定的傷の深さを認識させようとする。小野こそが黒田の背後にいたにも関わらず何の罪にも問われなかった本当の国賊である、と円地は示唆する。黒田は、小野の代わりに底なしの苦しみを味わったのである。円地が小野を、本当の国賊と名指しするにも関わらず、黒田に責任を押し付けて生きている小野にとってそれは大きな意味をなさず、小野の心に「影のよ

うなものを落とした」（AFW 171 頁）としか語られていない。傲慢で無神経な小野でさえ、この訪問に後味の悪さを感じる点から、自分が無責任にも愛弟子を自分の地位と名誉のために切り捨てたということは理解できているようである。

　小野が黒田を記憶から消そうとしても消せない理由は、小野が黒田に対して抱く不安や懐疑心だけではなく、黒田の絵という物質的な証が小野の家にあるという事実によるものである。黒田の『愛国心』（'The Patriotic Spirits'）というタイトルの絵は、小野が弟子たちを連れて出入りしていた〈みぎひだり〉での常連たちの酒席を描いたものであるとされている（AFW 110-11 頁）。そこにはかろうじて愛国的な旗飾りや標語が描かれており、小野はその絵に描かれた〈みぎひだり〉が自分の名声と影響力の証であることに満足する。しかし、小野は黒田についての記憶の中にある最も暗黒に近い部分には触れない。

　小野と黒田の過去の闇が暴露されることで小野の社会的地位や名誉が揺るがされるために、小野は自己防衛に入り、記憶の中からその正当性を発見しようとする。紀子の見合いの場で、見合い相手の青年の斎藤満男が小野と黒田の関係を話題にした時、小野は自分の戦争中の立場を正当化しようと躍起となる。まだ若い満男が戦後の日本を象徴するように思える小野は、彼に黒田の弟子である円地と同じ空気を感じる。満男には上町大学に黒田との共通の友人がいることが話題となった時に、小野は自己弁明を行う。直接黒田を知らない満男から、友人から黒田が小野の話を頻繁にすると聴かされた小野は、狼狽し、自分が社会に悪影響を及ぼしたと非難する者がおり、黒田もその 1 人ではないか、と相手が期待もしていないことを強調して言ってしまう。

　さらに、満男に対してだけでなく、父親で美術評論家の斎藤博士の顔色を伺いながら、小野は次のように自分の潔白を遠回しに弁明する。

　　「わが国に生じたあの恐ろしい事態については、わたしのような者どもに責任があると言う人々がいます。わたし自分に関する限り、多くの過ちを犯したことを率直に認めます。わたしが行ったことの多くが、究極的にはわが国にとって有害であったことを、また、国民に対して筆舌に尽くし難い苦難を

第2章　戦争画と共に消去された記憶の再生

もたらした一連の社会的影響力にわたしも加担していたことを、否定いたしません。そのことをはっきり認めます。申し上げておきますが、斎藤先生、わたしはこうしたことを事実としてきわめて率直に認めております」（*AFW* 185頁）

　繰り返し自分の過失を認めると主張し続ける小野に対して、斎藤博士はその真意が理解できず、小野の一見情熱的ともとれる自負の念は空振りに終わる。この件がもたらした苦悩は、小野自身が、過去の過ちを認めることを拒否して責任回避する無責任な人間であったことに内心気付いたことである。

　小野と黒田の決別の記憶は、森山画伯と小野の決別の記憶と重なり合い、小野の意に反して徐々にその真相に辿り着くことになる。森山画伯との見解の相違による議論が起こった場所と開戦間近に小野が黒田と最後に話した場所が、同じ高見庭園の平和記念碑近くのあずまやであるのは、皮肉である。そして何より重要な点は、小野は森山画伯にとっての、そして黒田は小野にとっての、最も才能に恵まれて育てた愛弟子であったことである。

　かつて父親にされたように森山画伯が小野の絵を隠し、小野が行く方向を非難した。そして、森山画伯が使った同じ表現、「不思議な道を探っている」（*AFW* 263頁）と言って、小野は黒田を非難した。森山画伯はナショナリズムと軍国主義に心酔して戦争画に向かっている小野を責め、小野はその軍国主義に対抗して絵画の道を探った黒田を責めたのだ。森山画伯は右翼である小野を牽制し、小野は左翼である黒田を牽制した。まさに、彼らの軌跡は純粋な芸術の活動上の決別ではなく、〈みぎひだり〉に象徴されるように政治的な決別であった。

　彼らの政治的葛藤には皮肉が隠されている。小野が森山画伯に対して憤りと怒りを激しく感じ、侮蔑するにも関わらず、黒田が小野に抱いた感情を理解しようとはしない。森山画伯の傲慢さと支配欲は、そのまま小野が黒田に対して持つ卑劣で独断に満ちた支配力へと移植される。

　森山画伯が小野に誇示した支配的態度を思い出して遺憾の念を抱いた直後に、小野は黒田が連行された冬のある日を思い出す。黒田はすでに連行

されており、小野は黒田の母親を怒鳴りつけている警官に対して、「あなたがたがここに来られたのは、ほかでもなくこのわたしが提供した情報のせいです。わたしは小野益次。画家でして、内務省文化審議会の一員です。それに、非国民活動統制委員会の顧問にも任命されている」（*AFW* 270 頁）と悪びれる様子もなく、自慢するように自己紹介をする。黒田の絵が代表作の１点を除いて全て焼却され、警察官は「非国民のクズめ（"Unpatriotic trach"）」（*AFW* 272 頁）と言ったように小野には聞こえたことを覚えている。この時点で、小野の家に残っている黒田の絵は、この時にかろうじて焼却されることを免れた１作品で、黒田の代表作であることがわかる。

　小野が決定的に黒田を裏切り、非国民として通報したことにより、黒田が連行され、彼の母が尋問され、最終的に黒田の絵が焼かれた時のことを鮮明に思い出すにも関わらず、小野の中には過去にも現在においても罪悪感はない。それどころか、黒田の人生を大きく変えた小野の裏切りは決定的であったにも関わらず、次女の紀子の結婚話という本筋に無関係だと言い切る。しかし、小野は黒田のことを徐々に記憶の淵から浮き上がらせていく過程で、自らの愚業とその責任の重さから逃れることはできない。

　紀子が無事に結婚した後で、長女の節子が小野との間に持っていた不安は、小野が軍歌を作曲した那口のように自殺するのではないかということだと判明する。即ち、小野の過去の過ちは紀子の縁談に障害となってはおらず、そもそも小野の画家としての経歴すら斎藤博士は知らないことが判明し、そこには誤解があったことに小野は愕然とする。しかし、その誤解を受け入れつつ、小野は記憶から断片を探し出していき、その過程の中で自尊心や傲慢さという小野自身を縛り付けていたものから徐々に解き放たれる。小野は、最後に過去の偉業や信念を証明しようとしても、占領下において物理的な面だけでなく精神面においても全てが再構築されていく過程の中に自分の居場所はないことを受け入れざるを得ない。

　戦後の美術界の再建の中にも小野の存在はない。それどころか、小野が戦中に創作した作品も残っていない。戦後の画壇は世代が替わっただけでなく、美術界全体の変革により小野の居場所は完全に無くなる。しかし、小野は過去の名声にしがみつき、人生の勝利感を持ち続ける。小野が戦中

第 2 章　戦争画と共に消去された記憶の再生

に持った名声と社会的影響力は、小野が思っているほどではなかったのではないか（Shaffer 60-61 頁）とも考えられる。しかし、最後に小野が何度も思い出すこととして、1938 年に重田財団賞を授与され、新日本精神運動が終了して大成功を収め、愛国画家なることを拒否して没落した森山画伯の別荘に訪れた時に勝利感に浸ったことが挙げられている。これは幻でも誇張でもなく、小野の人生の中で起こったことなのである。

　戦後から占領下の美術界において、官展反対運動が起き、自由公募による展覧会の必要性が説かれた。1946 年、発足当初の日本美術会は、文部省に芸術院会員や戦争指導者を美術行政から締め出すことと日展の改革を要求した（針生 46 頁）。しかし、文部省はこれを先取りして審査員公選と公開審査を上からの民主化として断行し、これが派閥争いをより激しくさせる結果となった。

　この民主化の中に小野のような戦争画家は必要なく、すでに忘れられた存在なのである。町が復興して急速な変化を体感しながら、小野は「わが国は、過去にどんな過ちを犯したとしても、いまやあらゆる面でよりよい道を進む新たなチャンスを与えられている」（*AFW* 306 頁）と思う。日本が犯した過ちから立ち直ろうとする道を小野が認めたことが、戦争責任を全うすることなのではないであろうか？

5．記憶と忘却の中で翻弄する芸術

　『浮世の画家』とは、最も過酷な時代を生きた画家というモチーフの中で、移り行く世界に身を置いたことにより、それが変貌するや否や新たな身の振り方を模索しなければならない人間の姿を描いた作品である。個人は歴史という波に打ち勝つことができず、その中で強者と弱者という構造が生れ、葛藤が起こり、個人が歴史の中で変貌を遂げる。現在においても戦争テーマの展覧会は政治的に難しいとされ、東アジアへの配慮、左派と右派のイデオロギーの対立、そして何より加害国としての日本が残してきたアジア諸国への戦争責任を戦後隠ぺいして温存してきており、多くが語られないままであることが、その理由であるとされる（飯田 64-68 頁）。

　浮世とは、移り行く世界を象徴しており、イシグロはそれを戦後の日本に投影している。小野は「歴史の苦悶に捕らわれ、自らの行動が起こ

した重大な結果を広い視野に立って見ることができない」（Teo, *Kazuo Ishiguro* 109 頁）人物として提示されている。しかし、小野は、大日本帝国の中で人生を翻弄された日本人を代表しているだけでない。イシグロは、権力者が支配下にある者に対して信じられないほどの心理的な支配力を持つことになる世界を描き、その世界が崩壊して支配下にあった者が自由を獲得した時に、手に負えないほどの制裁を下す事態になることを、自分のニーズに合致する "a Japan" を創り上げることで描いたと語っている（Shaffer and Wong 8-9 頁）。

即ち、浮世は全ての世界で起っていることであり、歴史自体が浮世であるとも言える。

注

本論は、『同志社大学英語英文学研究』99 号（2018 年 3 月、pp.29-78）に掲載された論文「戦争画と共に消された記憶の再生：カズオ・イシグロの『浮世の画家』を読む」を、引用を英文から邦文に書き換え、修正を加えたものである。

（1）戦後のプライバシー確立を共通概念として持っている団地のライフスタイルが、アメリカのライフスタイルを模倣したものであり、ダイニング・キッチン（DK）、浴室、トイレ、浴室という基本的間取りと、家電製品やキッチン・テーブルや椅子などの洋式の家具の普及により、新たな生活スタイルが確立していく。この小さな空間は、アメリカンサイズとは程遠いが、戦後の日本復興に大きな役割を果たした。その空間では、外側に対するプライバシーとともに、内側での家族構成員のそれぞれのプライバシーの確保が可能となり、外に対しては「鉄の扉で内側の密室性を確保」し、内側では夫婦の主寝室と子供部屋というプライバシーが確立され、特に夫婦の寝室の確保は戦後の人口増加のために必要不可欠な要因だった（原 31 頁）。

第3章　現代の寓話
―『日の名残り』におけるホロコーストとの対峙

１．人生の忘れ物を探して

　イシグロの『日の名残り』は、第二次世界大戦前から大戦後のイギリスの貴族の館が舞台であり、その館の領主であるダーリントン卿（Lord Darlington）はナチス・ドイツを擁護したことが原因で、戦後死去して、ダーリントン・ホールは後継者も無く、売り渡される。それ以上に、この作品は、第2のホロコースト、即ち20世紀から21世紀にかけてグローバル化がもたらした新たな破壊的社会において自我が抑圧され、精神的に閉じ込められていく状態を予期している作品である。

　日本を舞台とした前2作に対して、『日の名残り』はイギリスを舞台としただけでなく、この作品でイシグロはブッカー賞を受賞し、イシグロの作家としての名声は不動となる。ベストセラーとなったこの作品は、アンソニー・ホプキンズ主演で映画化され、世界的に注目を集めることになった。イギリスを舞台にしながらも、『日の名残り』には日本的な価値観が存在することを指摘する議論もされ、特に禅との関係を紐解いた論文もある（Rothfork）。しかし、イシグロは国や民族の差異を超えて、普遍的な価値観を描きたかったのではないか。イギリスのみならず、アメリカにおいても評価され、辛口のミチコ・カクタニはスティーブンスの「感情の抑制と誤った忠誠心（"both emotional repression and misplaced loyalty"）」の行きつく果てを表わしていると結論付けている（"An Era" C33頁）。

　この作品において、貴族の館ダーリントン・ホールの使用人たちは、その役割と身分を徹底的に仕込まれ、厳しい監督下に置かれ、その中で知らないうちに盲目的に管理され、最終的には大英帝国というより大きな組織の中に閉じ込められている。執事（butler）としてのミスター・スティー

ブンス（Mr. Stevens）と女中頭（housekeeper）としてのミス・ケントン（Miss Kenton）は、プライバシーを奪われ、イギリス中世から続くマナー・ハウスという公の館に閉じ込められた囚人と同様なのである。『日の名残り』は、言い換えると、20世紀のポストコロニアル、ポストインペリアル言説の中で、避けることができない、そして〈遺失物取扱所〉のような残酷にも排斥され忘れ去られた空間を表していると言えよう。[1]

この〈遺失物取扱所〉において、語りの声は、ホロコーストの中で一度は掻き消されて喪失するにも関わらず、再び息を吹き返すのだ。一般に、ホロコーストとは、特に1941年から1945年にかけて全体主義、アーリア人優越主義を掲げるナチス・ドイツによるユダヤ人をはじめ少数派民族や心身障害者への迫害と大量殺人を表すが、グローバル社会に起こる様々な破壊的事情の中でポストコロニアルの視点に基づいて、再検証すべき事柄なのである。

特に重要な点は、イギリスはアメリカに次いでユダヤ系移民が多く、第一次世界大戦前にはすでに12万人近いユダヤ人が居住しており、その大半が東ヨーロッパの出身者であったという。しかし、「イギリスのユダヤ人たちは深刻な反ユダヤ主義の被害も被らず、ホロコーストがイギリス海峡を超えて上陸し猛威を振るった時でさえ影響はさほど無かった」（Garter ix頁）とある様に、イギリス国内にいる限りナチス・ドイツのホロコーストの犠牲になることはなかった。しかし、ヨーロッパ大陸から遮断されているために、イギリスのユダヤ人たちは近現代イギリスにおいて、「ヨーロッパからの輸入」ではなく「すでにイギリスに実在するイギリス産」としての反ユダヤ主義運動の犠牲となった（Feldman 13頁）。アウシュビッツなどが示す強制収容所あるいは戦争中の隔離政策のコンテクストは、近現代イギリスにおける公的領域――即ち『日の名残り』におけるダーリントン・ホール――に移植されたと言っても過言ではない。

時は1956年、『日の名残り』はスティーブンスの過去への旅で幕を開ける。その過去とは、ダーリントン卿が、アマチュア外交官と呼ばれながらも、ダーリントン・ホールで影の国際会議を開いたという戦前から戦中にかけての時代である。第一次世界大戦で大きな傷を負ったドイツに対して、ドイツ人旧友の死を知った後に、ダーリントン卿は個人的に憐憫の情

第 3 章　現代の寓話

を抱くことになり、さらにはナチス・ドイツに共鳴していき政治的に利用されることとなる。その口でダーリントン卿は、反ユダヤ主義者となり誤った道を歩むのである。

　中でも最も象徴的なエピソードは、ダーリントン卿がダーリントン・ホールに勤める2人のユダヤ人メイドを独断で無慈悲にも解雇したことだった。ホールにドイツからの客人を迎え入れるために、ダーリントン卿はユダヤ人を館から追い出したのである。この卿の決断に対し、ミス・ケントンは大きな憤りをスティーブンスにぶつけるが、彼は使用人として、また執事としてダーリントン卿の決定に逆らうことはない。このユダヤ人メイドの解雇事件は、ミス・ケントンとスティーブンスの間に深い溝をつくることになる。ミス・ケントンが民族的な理由での解雇は不当であるという見解を示したように、ダーリントン・ホールにはダーリントン卿のナチス・ドイツ傾倒という誤ったイデオロギーに危機を感じる者がいた。それはアメリカ議員であるルイス（Mr. Lewis）とダーリントン卿の後継者とも言えるレジナルド・カーディナル（Mr. Reginald Cardinal）である。ダーリントン・ホールは最も大きな議論を呼んだ政治問題を抱える館となり、それがミス・ケントンとスティーブンスの2人の間の葛藤に決定的な影響を与えたのだ。

　しかし、語り手であるスティーブンスは、この過去への旅の中で、自分自身の人生を決定的に左右した誤ったイデオロギーを直接批判することはない。なぜなら、語り自体が、中世から続くイギリス貴族の館とそこに付随する帝国主義と植民地主義により構築された価値観の中に居住しているからである。この点に関して、スティーブンスは、「共感できる（"sympathetic"）」語り手の1人であるとも考えられるであろう（Cooper 107頁）。まるでイギリス紳士を陳列する博物館であるようなダーリントン・ホールは、政治、法律、経済、社会をめぐる様々な葛藤が渦巻き、同時に文化、性差、そして階級問題も埋め込まれている場である。

　ミス・ケントンとスティーブンスの間に生まれた職業上のライバル意識は、この公的領域の中で生まれたものであるが故に、個人的な感情さえも2人のプロ意識の中に閉じ込められてしまうのだ。このイギリス帝国主義が生み出したプロ意識の見本のようなスティーブンスの人生は、まさに

〈遺失物取扱所〉に根付いているのである。戦後、ダーリントン卿が亡くなり、ダーリントン・ホールが人手に渡った後の1956年にスティーブンスがミス・ケントンに再会することを夢見て旅をすることは、彼の失われた自我を回復し、失った愛をもう一度手に入れようという最も個人的行為なのである。

　この〈遺失物取扱所〉から回収され回復していく声こそが、もう1つのホロコースト――即ち今世紀において急激に変貌を遂げ破壊的な要素を次々と抱えていく現代世界――において、生きる意義が永遠の課題であるという印なのである。『日の名残り』は、人生において失ったものと再発見されるものの間に存在する緊張状態を理解することを可能とする作品である。失った時間、失った空間、そして失った自我は、物理的に現実世界において取り戻すことはできないかもしれないが、人間の心の中で永久に回復されるべきものであり、それを現代に生きる者が確認していくべきなのである。

2．巻き戻される失われた時間

　ホロコーストを語る上で最も重要な要素の1つとして最初にあげられるのは、失われた時間である。なぜなら、時間は人生そのものであるからだ。『日の名残り』には、まさに語り手であるスティーブンスが人生の幕が引こうとしている時に、その人生の中で失われた時間を探す旅が根底にある。スティーブンスには思い出に残るような子供時代と青年時代が無かっただけでなく、中年と壮年時代の失われた時間に捕らわれる点が作品の中で強調されている。『日の名残り』は、歴史的観点から考察するとある一定の時間の中に描かれているが、それは言い換えると、時間という概念が従来の概念とは異なり、それと大きく対立し、克服されるほどの新たな概念として注目を浴びる時代に描かれていることでもある。この作品の中での失われた時間とは、公的領域に流れる時間とは相反する個人の時間の中において、留まることを許された時間なのである。

　『日の名残り』において、この失われた時間は、スティーブンスのもとに届けられた結婚してミセス・ベン（Mrs. Benn）となったミス・ケントンの手紙によって、回復されていく。この時点で、ダーリントン・ホー

第3章　現代の寓話

ルは、アメリカの戦後の発展を象徴する資本家であるファラデイ（Mr. Farraday）という新しい持ち主のものとなっており、館と共に売りに出されたスティーブンスにミス・ケントンが意味深な手紙を送る。このミス・ケントンからの手紙により、スティーブンスは、最初で最後の旅に出ることになる。それは、ミス・ケントンこそが失われた時間を取り戻そうという思いに捕らわれ、スティーブンスにちょっとした策略をしかけたからであるのだ。この小説自体は「スティーブンスが自分の過去を理解できるにはどの様に語らせたらよいかを探求する記録」（Hammond 97頁）であると指摘されている様に、そこに提示された時間は、神話の世界の様に架空であり、また矛盾を含んでいる。

　旅の途中でもスティーブンスは何度も何度もミス・ケントンからの1通の手紙を読み返しては、自らの失われた時間を取り戻そうという強い願望に取り憑かれていくのだ。そして、その手紙の主であるミス・ケントンは、スティーブンスがミス・ケントンに秘めたる恋心を抱いていたことを巧みに利用して、彼を過去への旅へと向かわせるのである。しかし、その失われた時間が空想と虚構の上にあることにより、スティーブンスにとっての失われた時間は決して取り戻すことができないものとなる。

　ダーリントン・ホールの栄華極まる時代は、その持ち主であるダーリントン卿だけでなく、その館を訪れる客人や館の使用人にとっても、そして究極的には大英帝国にとって最も議論を呼ぶ時代であった。小説では、ミス・ケントンが女中頭の面接に初めてダーリントン・ホールを訪れた1922年にその繁栄のピークが設定されている。小説はダーリントン・ホールの表舞台ではなく、裏舞台である使用人たちのことから時代を映し出しているのだ。その時、スティーブンスはすでに執事としての地位を確立しており、館に勤めていた副執事と女中頭が駆け落ちして同時に辞職したことで、この2つの人事に携わるのだ。元執事として44年間様々な館で働いてきたスティーブンスの父が70代でもまだ仕事と居場所を必要としており、スティーブンスはダーリントン卿に頼んで高齢の父を副執事としての仕事に就かせることに成功する。そしてまだ若いミス・ケントンは、キャリアアップを目指し、ダーリントン・ホールに女中頭としての職を求める。

その1年後、1923年、館の主であるダーリントン卿は、50代半ばで、政治に深く関わるようになっており、自分の屋敷で会議を開くようになっていた。1923年から1935年か1936年の間に、ダーリントン・ホールは大きな転換期を迎えることとなる。「イシグロの『日の名残り』は、1930年代のイギリスが政治的には融和政策を推し進めていたことと、貴族の間ではドイツとイタリアのファシスト党員への支援を惜しまなかったこと」(Christine Berberich　118頁) と論じられている様に、イギリス貴族の中にドイツやイタリアのファシストの擁護者が多く出てきていた。

　この様な時代に誤った舵取りの下でダーリントン・ホールが最も栄えたことは皮肉であると同時に、そこで働く使用人たちも誤った時の中に生き、誤った館に縛り付けられていたことになる。屋敷に仕える使用人たちは館の主の意向通りに仕事に従事することを訓練され、ある種のマインド・コントロールの下で、館の主の決定や判断に従うことが使命であると信じていたのだ。

　そして、ダーリントン・ホールにとってもスティーブンスにとっても、その20年間のダーリントン・ホール最盛期の後、その傷から回復するのにさらに20年経っているのだ。1956年、スティーブンスが過去への旅に出発する時、帝国主義と植民地主義で肥大した大英帝国はすでに大きく傾きかけていた。それは、1956年にはスエズ運河会社 (the Suez Canal Company) がエジプトによって国営化に移行したことに象徴される様に、1956年は、「イギリスの国家アイデンティティが個々に再構築された時」(Wong, "Kazuo Ishiguro's *The Remains of the Day*" 494頁) でもあるのだ。なぜなら、このスエズ運河危機は、「イギリス帝国の権力と野望が象徴的にもまた公的にも崩壊した」(Lang 152頁) ことであると述べられている様に、イギリスの植民地支配の崩壊を意味していたからである。

　そして、没落していくダーリントン・ホールは、1955年の春に、イギリスという国の没落を象徴するかの様にアメリカ人富豪のファラデイに売却される (McCombe 80頁)。しかし、この歴史事象に関してイシグロ自身が「半世紀、あるいは一世紀ごとに、様々な文化において起こる重大な出来事について書くことに興味がある」(Krinder 153頁) と述べている様に、大きな地球上に半世紀期ごとに起きる様々な事象の1つであろう。

第3章 現代の寓話

この大きなレベルでのポストコロニアル言説において、一度は破壊されながらも再認識される政治的訂正の語りこそが、イシグロが目指していることではないだろうか。誤ったイデオロギーを内包する館は、個人のストーリーを排斥する。そして大英帝国という家に流れる時間は、支配され、その結果喪失していくのだ。

スティーブンスがダーリントン・ホールに盲目であり、私利私欲もなく忠誠を誓ったことによって失った時は、彼が愛する人々——父とミス・ケントン——との関係に影響を与えた。1922年に父を副執事に、ミス・ケントンを女中頭に迎え入れた時、この2人がスティーブンスの行く末を決めることにスティーブンス自身予想もしなかった。

スティーブンスの父は、長年名家で執事として働いた後、一度は仕事を辞めたが、70代という高齢で、息子であるスティーブンスの口利きで何とか副執事の職を得た。彼は、貴族の館を頂点とする屋敷の使用人の歴史を物語る人物である。父の人生は、イギリスの名家に注がれ、その結果、ダーリントン・ホールの牢屋のように狭い屋根裏の一室で人生を終えることになる。スティーブンスも彼の父も、本質的なプライベートな時間を持たない。それどころか、大きな館の時間と共に人生を送ってきた。スティーブンスと彼の父との最後の会話は、2人がやっとつかんだプライベートな時間で、親子として交す最後の対話の時となる。父は次のようにスティーブンスに語り掛ける。

> 父はまだ両手を見つづけていました。そして、ゆっくりと言いました。
> 「わしはよい父親だっただろうか？ そうだったらいいが……」
> 私はちょっと笑いました。「父さんの気分がよくなって、何よりです」
> 「わしはお前を誇りに思う。よい息子だ。お前にとっても、わしがよい父親だったならいいが……。そうではなかったようだ」
> 「父さん。いま、すごく忙しいのです。また、朝になったら話にきます」
> 父はまだ手を見ていました。自分の手に、なにやら腹を立てているようにも見えました。
> 「父さんの気分がよくなって、何よりです」私はもう一度言って、父の部屋を出ました。(*RD* 140頁)

スティーブンスの父は繰り返し自分が良い父だったかどうかを問うが、それに対してスティーブンスは答えを避ける。それは、彼の子供時代が決して幸福ではなく、父が子供時代に不在であったという表れであろう。ダーリントン・ホールでは新任ではあるが、経験豊かな執事として過去の栄光を誇り、父はローボローハウスでの15年間の執事時代で最も充実した日々やその時代の武勇伝を、若い使用人たちの前で雄弁に語っていた。
　しかし、スティーブンスは、執事としての父との思い出の中に子供として入るや否や、次の瞬間、「下僕（"a footman"）」として父の指導の下にいた自分が思い出される。即ち、スティーブンスと父との間には、職業上での強い繋がりはあるものの、親子の思い出は皆無に等しいのである。スティーブンスの母の不在もまた、子供時代の喪失、家族の時間の喪失と母の愛の喪失に繋がっている。スティーブンスの父の結婚生活は、スティーブンスにとっても父にとっても、幸福なものとして記憶されていないのだ。さらに、スティーブンスの父の孤独な老年期は、スティーブンスの将来を予想している様である。スティーブンスにとって、幸せな子供時代と家庭生活の欠如は、彼の終わりなき職業意識の追求と裏表一体なのだ。
　子供時代の喪失と同様に、スティーブンスには人生で最も輝くはずの青年期も人生で最も充実した中年時代も無かった。スティーブンスがミス・ケントンに抱く疑似的なロマンチックな感情とその時間は、職業を優先するスティーブンスのストイックな人生観がじゃまをするだけでなく、青年期に恋愛体験が欠落していたために、失われてしまう。
　スティーブンスとミス・ケントンにとって、時間は一連の葛藤の中で思い出され、解説されるものなのだ。例えば、スティーブンスの父が、高齢であるために様々なミスを犯していく場面でのミス・ケントンとのやりとり、ミス・ケントンがスティーブンスの部屋に花をもってきて侵入する場面、メッセージのみでコミュニケーションを取る2人の間の確執、そして仕事の反省会と称してココアを飲みながら過ごす夜のミーティングなどは、プライバシーに対して異なる認識を持っているからこそ起こる葛藤なのである。独身を貫いたスティーブンスは、家族も子供も持たない。父の死後も、独身主義を貫き、それがますます執事としての職業意識への執着となっていく。スティーブンスにとって、時間とは、偉大な名士の館、特

第3章　現代の寓話

にダーリントン・ホールの中にのみ存在する人生と様々な事柄の中にしか流れていない。

　スティーブンスと類似していながら異なる存在として、ミス・ケントンはスティーブンスの時間の喪失に大きく関わる。ダーリントン・ホールでの女中頭の地位を確立したミス・ケントンを、勤勉で有能な人材として、評価が厳しいスティーブンスも認めざるを得ない。非常に強く一貫した職業意識があるミス・ケントンは、結婚もせず、訪ねてくる男性もいないという、理想的な女中頭である。しかし、スティーブンスとは異なり、彼女は次第に他人の館で女中頭として働き続けることで失っていく自分に悩み、他の道を考え始める。この時、ミス・ケントンはまだ30代の半ばで、結婚して子供を持つ可能性が十分にある魅力的な女性であった。彼女が結婚を決意し、ダーリントン・ホールを去って行ったことは、彼女が一度は失いかけた時間を取り戻し、自分自身の人生を歩むことを決めたことだったのだ。

　たった1人の肉親である叔母が亡くなり、帰る家も家族もなく、ミス・ケントンは、家庭を持ちたいと強く思う。たった1人の肉親である父を亡くして家も家族もないスティーブンスは、ミス・ケントンの苦悩や悲しみを共有できるはずであるにも関わらず、彼はそれを個人的なレベルで感じ、受け入れることができない。叔母の死後、ミス・ケントンは孤独な彼女に巧みに求愛する元同僚の求婚を受け入れて、スティーブンスに対して当てつけるように、ダーリントン・ホールを出て行った。そして1936年、彼女は結婚して相手との新しい生活を始めるためにコーンウォールに移り住み、ミス・ケントンは人生で一度は失った時間を取り戻す。その結果、スティーブンスはダーリントン・ホールに残留し、その孤独な時間の中に1人取り残されるのである。

　スティーブンスにとって最も決定的な時間の喪失は、皮肉にも、彼の旅の最後にミス・ケントンと再会する場面にある。高齢となり、定年を目前に控えるほどのスティーブンスが、ミス・ケントンの告白文ともとれる手紙によって、一度失った時間を取り戻そうとするのである。彼女との手紙のやり取りは頻繁ではなく、クリスマス・カードを除いては過去7年間で初めてである彼女からの手紙を、特別なものとして受け取る。

スティーブンスの旅は、表向きは新たな主人と共に生き残ったダーリントン・ホールのスタッフの問題を解決するためである。しかし、実際は人生の最後にもう一度、ミス・ケントンを人生の最も信頼できる最愛のパートナーとして再認識し、新しい時代に新たなダーリントン・ホールで彼女との生活を夢見るスティーブンスの願望により、現実となったのだ。スティーブンスはミス・ケントンの手紙に対して、そこに書かれてある手紙特有の行間を自分なりに解釈して、自分の「喪失感が何かわかると、大急ぎでそれを隠そうとする過程」の中で、それらの言葉を利用し、その結果スティーブンスは、「その合図が腑に落ちないと思いながらも、それが重要な意味を持ち十分理解できるところまで行き着いた様に振る舞う」（Westerman n.pag）という無理な解釈をしてしまう。つまり、彼はミス・ケントンの手紙を自分の都合が良い様に解釈し、彼女が意図することを何の疑いもなく受け入れてしまったがゆえに、スティーブンスの時間を探求する旅は思う様な結果をもたらさないことになる。旅の途中で何度もミス・ケントンの手紙を読み返すことにより、この誤解の部分が拡大し、期待が妄想と架空のできごとになり、ミス・ケントンにますます傾倒していくのである。

　しかし、スティーブンスとミス・ケントンの間には時差を巡って、さらに誤解が生じる。ミス・ケントンが手紙の中で告白する中で、彼女自身の今後の人生が、「虚無となって広がって」（*RD* 67 頁）いると嘆き、その中で「『もどりたい』という五文字は入っていない」（*RD* 66 頁）にも関わらず、夫の元を去ってダーリントン・ホールに戻りたいのではないかという思わせぶりが読み込めるのである。

　この手紙を書いていた時のミス・ケントンの心理を考えると、夫との別居を突発的にした直後で、ミス・ケントンの中には心の奥から沸き起こった今までの結婚生活への不満や利己的な願望があったのではないかと思われる。しかし、この突発的に起こった感情に任せて書いた手紙の内容に関しては、スティーブンスが旅の終着点リトル・コンプトンで実際にミス・ケントンに再会する時には、彼女の熱も冷め、状況が大きく変わっている。ミス・ケントンが手紙を投函してからスティーブンスが到着するまでの間に、ミス・ケントンの一人娘に子供が産まれることがわかり、初孫

第3章　現代の寓話

のニュースに喜ぶミス・ケントンは、夫の元に戻り、人生の最後を家族で過ごす道を選んでいた。ミス・ケントンの結婚生活が必ずしも平穏ではなく、特に壮年期においては夫との確執に悩みながらも、ミス・ケントンは自分自身の生活に戻っていく。1週間かそこらで、ミス・ケントンの人生はリセットされ、安全な元のさやへ収まったのだ。

　彼女は、リトル・コンプトンで手紙のことを尋ねるスティーブンスに、そんなことは書いたはずがないと否定してごまかすが、まだあきらめきれないスティーブンスにはっきりと次のように言う。

　　「いえいえ、ほんとうに書かれたのですよ、ミセス・ベン。私ははっきり覚えています」
　　「いやですわ。でも、そんなふうに感じた日もきっとあったのでしょうね。でも、ミスター・スティーブンス、そんな日はすぐに過ぎ去っていきます。はっきり申し上げておきますわ。私の人生は、眼前に虚無となって広がってはおりません。なんといっても、ほら、もうすぐ孫が生まれてきますもの。このあと、何人かつづくかもしれませんし」（*RD* 339頁）

20年前にスティーブンスのもとを去り新しい結婚生活を始めたミス・ケントンは、今度は、「私たち」という主語を強調することで夫との関係を修復し、人生の最後に新たな目的を見つけたことをスティーブンスに語る。熟年の結婚生活における新たなヴィジョンに歓喜し、家族の絆の重要性を再認識するミス・ケントンの言葉と態度は、スティーブンスにはあまりにも残酷である。なぜなら、スティーブンスの失われた20年という歳月への思いと期待は、旅の間に高まりより強くなっていったはずであるからだ。

　郵便書簡を送った側と受け取った側に起こった時差は、2人の感情のギャップを広げることとなる。何よりも、20年間の結婚生活における葛藤をその時差の間で解決したミス・ケントンに対して、20年間喪失したままの時間を取り戻そうとして抱いた幻想がその間で消えたスティーブンスにとって、失った時間はあまりにも大きい。

　しかし、時間は、2人がバス停で別れる直前の短い時間に、最終的にそして本当の意味で回復する。ミス・ケントンが家に戻るためのバスをス

ティーブンスと共に待っている間、ミス・ケントンの真の告白と決意をスティーブンスは聞くことになる。もう二度とスティーブンスに会うことはないと自覚したミス・ケントンは、正直な気持ちをスティーブンスにぶつけるのである。それは、20年前の結婚が突発的に決めたことで、ただスティーブンスを困らせたかったということ、その後の結婚生活は不幸だったこと、その中で娘のキャサリンが産まれたこと、その後の何年もの結婚生活の中で夫へ対する感情が変わってきたことなどを、まるで20年の時間を巻き戻すかのように語る。その時間は、ミス・ケントンが、スティーブンスがいないところで過ごした時間であり、その中にスティーブンスは入ることはできない。スティーブンスとの結婚が無かったように、スティーブンスとの人生は無く、その不在の時間はどんなに求めても虚構なのである。

> とてもみじめになって、私の人生はなんて大きな間違いだったことかしらと、そんなことを考えたりもします。そして、もしかしたら実現していたかもしれない別の人生を、よりよい人生を——たとえば、ミスター・スティーブンス、あなたとのいっしょの人生を——考えたりするのですわ。そんなときです。つまらないことにかっとなって、私が家出をしてしまうのは……。でも、そのたびに、すぐに気づきますの。私のいるべき場所は夫のもとしかないのだ、って。結局、時計をあともどりさせることはできませんものね。(*RD* 343頁)

結果として、ミス・ケントンとスティーブンスの間に存在した時間のギャップはすでに拡大しており、中年から壮年にかけてそれぞれの人生の時を過ごした彼らは異なる人生の中に存在し、その失われた時間を取り戻すことはできないのである。

時間とは、残酷にも人間を裏切る。伝統的な時間の概念に基づいて現代の語り手が語ることには困難が伴う様に、時間とはチャレンジしがいがある。『日の名残り』において、時計の物理的時間の流れに基づく時間は、巻き戻されると、失った時間になる。時間がいったん失われると、もとの形で時間を取り戻すことは不可能となる。しかし、語り手が、変化しつつある社会で葛藤を繰り返しながら生きて語っていくことには新たな光が見

える。『日の名残り』は、時の名残りであり、時間の重要性は人生が終わろうとする時にのみ本当に認識されるのであろう。

3．再構築される失われた空間

　失われた時間と同様、失われた空間は、空間が自我と同義であることを考えると避けられない問題である。近現代における空間構築は、空間という概念の変容により、異なってきた。物理的にも、また精神的にも、空間の本質は歴史的およびイデオロギーから変化し、現代においてはより普遍的で神話的になっている。ダーリントン・ホールは、相反するイデオロギーを内包する空間であり、その館の住人は、植民地主義と帝国主義時代からポストコロニアルとポストインペリアル時代にかけて変遷を迎えた時代に変化した人間の心理を象徴している。この伝統的なイギリスの建築物は、語り手の思考、信念、心情、そして価値観を決定する軸であり、人間心理の中心にある。この確立された館と対立する形で、語り手が旅の最後に到着する目的地――『日の名残り』においてはコーンウォールのリトル・コンプトンという小さな港町――は、〈遺失物取扱所〉の役割を担っており、そこで語り手は精神的に開放され、失ったものを見つけることが課せられていると言えよう。

　『日の名残り』は、自我が奪われ、喪失し、そして完全には復活できないという人間の最も過酷な部分を浮き彫りにしている。語り手は、自分のために生きているのではなく、他者のために生きている。しかし、彼が愛情を注ぎ忠誠を尽くす者たちは、彼の無私無欲な生き方に必ずしも同調しているわけではない。スティーブンスはダーリントン卿に全ての点で逆らわずに一途に仕え、ダーリントン・ホールに徹底して貢献する高い職業意識を表象している。彼の同僚で、ひそかに思いを寄せているミス・ケントンは、そのようなスティーブンスを最終的に受け入れることができずに、ダーリントン・ホールを去る。スティーブンスのもとを去ることは、公的および職業領域の外の空間を肯定することであった。自我を探す旅は、人間にとって必然であるが故に、困難を伴い、失った自我と復活する自我との間に生じる葛藤がこの小説においてもキーとなる。

　『日の名残り』において、別れの場こそが戦いへの入り口であり、その

向こうに目的地がある。ダーリントン・ホールはイギリス史とその社会的および文化的アイコンを象徴する偉大なイギリスのマナー・ハウスである。ダーリントン・ホールが設立されてから継承されていく過程においてイデオロギーに支配され、決定づけられ、そしてその結果、館の住人たちは歴史を通じてその中に幽閉されてきたと言える。

　それに対して、リトル・コンプトンに象徴されるイギリスの西の風景は、権力から遠い端に位置し、閉ざされた自己を開放する役割を果たす。ダーリントン・ホールから一度も外に出たことがないスティーブンスは、作品の中でジェーン・シモンズ（Jane Symons）の『英国の驚異（*The Wonder of England*）』という本を読んでは、外にはどんな世界が広がっているのか想像してみる。それは、ダーリントン・ホールに確立された「イギリスの神話のモチーフ」（Teo, *Kazuo Ishiguro* 29 頁）が、スティーブンスにとっては自分の夢を実現させる窓の役割を果たしているからである。『日の名残り』においてはリトル・コンプトンにあるローズガーデン・ホテルがスティーブンスとミス・ケントンが再会する場所として設定されているが、その空間がダーリントン・ホールのような豪華な空間ではなく、居心地が良い空間として描かれている。

　　ローズガーデン・ホテルは決して豪華とは言えませんが、家庭的な居心地のよさは申し分ありません。ここに泊まるために少し余分な出費となりましたが、まずまずお金だけのことはあると申せましょう。村の広場の片隅に位置しておりますから、場所も便利です。ホテル自体は、かつて荘園領主のお屋敷ででもあったかと思われる、蔦に覆われた美しい建物で、三十人程度の泊まり客なら容易に受け入れられそうです。（*RD* 292 頁）

　イギリスの村とその村の居心地よい小さなホテルは、理想的なイギリスの風景と調和している。ホテル自体は、旅行者を受け入れる宿屋という役割だけでなく地元の村人たちの憩いの場として重要な役割を果たしている。上記の描写から、このホテルは、もともとは小規模なカントリー・ハウスか古い学校を改装して作られたホテルである様である。伝統的で荘厳な建築物が没落、衰退し、ホテルなどに建て替えられていった時代である。1970 年代後半には、当時のサッチャー首相の選挙運動の際に「偉大

第3章　現代の寓話

("Great")」なイギリスを復活させる方針を強調していたため、『日の名残り』は、「荘厳な貴族の館とカントリーの風景のイメージが、ある意味イギリス性の本質を表わす流動的なメタファーとしてどの様に使われているかを議論しているとも解釈できる」(Sim, "Kazuo Ishiguro" 98頁)。ダーリントン・ホールがイギリスを代表する1つの風景であり、その価値は不滅である。ダーリントン・ホールとローズガーデン・ホテルの空間は、実は同じルーツを持ち、イギリスの風景に不可欠な空間なのである。

　ダーリントン・ホールは、ある貴族の一族が代々受け継いできた館であるという設定であり、個人が所蔵する家であると同時に公的空間として地方政治、イギリスの国内政治だけでなく、国際政治に至るまで影響力を持ち続けてきた。数世紀に渡り、偉大なカントリー・ハウスは、イギリス王に対する貴族の忠誠心に始まり、その家と広大な私有地から生まれる利益と議席、そして様々な政治的、法律的、社会的、文化的な役割と義務を果たしてきた。しかし、その栄華も20世紀半ばになるとかげりをみせ、ダーリントン・ホールの様にその継承が困難になってくる。ダーリントン・ホールに関しては、ダーリントン卿が独身であり、後継者として公認されていたレジナルドは第二次世界大戦で戦死する。この様にカントリー・ハウスの後継者の不在、領主の経済力の低下、高くなる相続税などが原因となり、第二次世界大戦後には、カントリー・ハウスは衰退の一途を辿る。

　『日の名残り』の中では、このダーリントン卿の後継者であるレジナルドはこのダーリントン・ホールの衰退を予見するような存在として登場する。サー・デイヴィッド・カーディナル（Sir David Cardinal）の息子であり、ダーリントン卿の後継者であるレジナルドは由緒ある名家の出であるにも関わらず、ジャーナリストして新たな境地を開こうとしている若い世代を代表する人物である。特に戦争中の国際情勢に関するスクープを狙っており、ダーリントン・ホールに頻繁に出入りする理由は、ひとえにジャーナリストとしての使命感と義務感からである。そして彼は、ナチス・ドイツに傾倒していくダーリントン卿を非難し、一貫して真実を追求しようとする。

　第一次世界大戦時に、新聞は「一種の社会機構」として読者を世界の時

勢へと導く役割を果たし、その上、読者に「未知であるが理解したいと強く思う人々の間に実際に起こっている全てのことに関係する知性的な空間と時間」(Inglis 29頁)を与えたと言われている。レジナルドがこのジャーナリズムの役割を象徴しているとすれば、彼は誤ったイデオロギーに侵されつつあるダーリントン・ホールという空間において相反する立場で存在している。即ち、レジナルドはダーリントン・ホールの侵入者であり、陰で国際情勢を握りつつあるダーリントン・ホールでの密談を暴こうと思案している正義の密告者なのだ。

　レジナルドがダーリントン・ホールの侵入者であるという点は、レジナルドとダーリントン卿との対立に見られるのではなく、レジナルドとスティーブンスとの葛藤に見られる。そこで、キーとなるのが、「好奇心("curiosity")」であり、レジナルドはスティーブンスに繰り返し、一体ダーリントン・ホールで何が起こっているのか好奇心がくすぐられると言う。もちろん、スティーブンスは物事の核心には迫らないし、ダーリントン卿がこっそりやってきた大物政治家と話していることを小耳にはさんだとしても決して口外はしない。ここでスティーブンスは、自分の息子ほどの年齢であるレジナルドに様々な方法で試されるのである。この不屈の精神の持ち主であるスティーブンスが壁となって、レジナルドは、ダーリントン・ホールの空間が抱える危機的状況を完全に把握することはできない。

　レジナルドが頻繁にダーリントン・ホールを訪問した時のことに関して、スティーブンスは次の様に覚えている。

> あのときのことではないか……と。しかし、さらによく考えてみますと、やはり違うのかもしれません。この記憶の断片は、ミス・ケントンの叔母さんの死から少なくとも数ヵ月たってから、まったく別の脈絡の中で起こったことのようにも思われます。さよう、レジナルド・カーディナル様が不意にダーリントン・ホールに現われた、あの夜のことだったのかもしれません。(*RD* 304頁)

スティーブンスの中では、このレジナルドの不意の訪問は、ミス・ケントンの叔母の死と関連付けて思い出されているが、同時にそれはダーリントン・ホールが最も危機的な状況に陥っていった頃なのであった。一見、プ

ライベートなことと関連付けられてはいるが、そのミス・ケントンがユダヤ人メイドの不当解雇を訴えたことを考え合わせると、この時期がダーリントン卿のナチス・ドイツへの傾倒が浮き彫りとなり、ダーリントン・ホールが危機を迎えていたことが示唆され、レジナルドがジャーナリストとしての直感から予期せぬ訪問をしたことと一致する。

　ミス・ケントンがユダヤ人メイドの不当解雇に関してダーリントン卿を非難したことと、レジナルドがナチス・ドイツに傾倒していくダーリントン卿を批判したこととは偶然に起こったことではなく、大きな１つの意味を持つ。それは、このユダヤ人メイド不当解雇に関して、ダーリントン卿に完全に従ったスティーブンスに対して怒り、叔母の死により孤独に苛まれる彼女に心を寄せることもしなかった彼に失望したミス・ケントンは、人生の決断をしようと大胆な行動に出ていく。スティーブンスの記憶では、それは 1935 年か 1936 年頃起こったことで、ミス・ケントンがスティーブンスのパーラーに侵入した後のことであった。それは、２人の信頼関係に傷を残し、２人が築き上げたココア会議を終わらせることになり、そのような中でミス・ケントンは叔母の死とその後の自分の人生とに向き合うこととなったのだ。

　個人が虐げられ公的領域の中で使用人として働くミス・ケントンには、スティーブンスにはない個人の強い意志があり、彼女の一貫した考えは、レジナルドと同様に、揺らぐことがなかった。ミス・ケントンは、６年間もの間自分の下でスタッフとして勤勉に働いてきたユダヤ人メイドには、他の使用人と同等の権利があると主張する。当時のイギリスでは、移民としてイギリスに定住したユダヤ人の雇用状態は悪く、特に女性は限られた職場にしか職を求められず、それも低賃金での労働を余儀なくされていた（Feldman 203 頁）。館の女性スタッフに対して責任がある立場の女中頭であるミス・ケントンは、スティーブンスに対して強固に反対意見を述べる――「ユダヤ人だからルースとセーラを解雇する？なんということを……。わたしにはとても信じられませんわ」（RD 208 頁）。このミス・ケントンの意見こそ、当時のイギリスで大きな問題となっていたユダヤ人迫害が反映されるものである。

　この反ユダヤ主義がダーリントン・ホールに持ち込まれたきっかけは、

1932年の夏にダーリントン卿が親しくするバーネット夫人（Mrs. Barnet）が頻繁にダーリントン・ホールを訪れ、ダーリントン卿をロンドンのイーストエンドにある貧民街に連れ出したり、オズワルド・モーズレーの黒シャツ組織（"Sir Oswald Mosley's 'blackshirts' organization"）に関する話題を提供したことだった。

　このサー・オズワルド・モーズレー（Sir Oswald Mosley, 1896-1980）という名前に代表されるユダヤ人を巡る過去のトラウマは、1980年代のサッチャー政権に対しイシグロと同世代が持った批判的見解と重なる部分があるという論もある（Berberich 118-20頁）。しかし、『日の名残り』に出てくるこのモーズレーの黒シャツ組織とは、1932年に結成されたモーズレーの英国ファシスト連合（British Union of Fascists, BUF）というファシストのテロ組織であり、1935年から1936年にかけてロンドンのイーストエンドに住むユダヤ人を攻撃したことで知られている（佐藤239頁）。特に、1936年10月4日のケーブル・ストリートにおける衝突に際しては、イーストエンドに住むロンドン市民たちがラリーを組み、イーストエンド中でこのモーズレーの黒シャツ組織を打ち負かした（佐藤240頁）。このように増大しつつあったファシズムとテロリズムへの脅威に対して、ユダヤ人協議会（The Jewish People's Council）が設立され、ファシスト、特にBUFの反ユダヤ主義に抗議する集会も開かれた（Volz-Lebzelter 261頁）。

　さらに国際レベルでは、1936年にパレスチナにおけるユダヤ人とアラブ系の住民の間での抗争が激しくなりアラブ反乱（the Arab Revolt）が起こった。これは、1923年に国際連盟がイギリスの委託統治下においてパレスチナ自治区を形成したことにより起こったことであるが、この1936年の抗争により1939年にはユダヤ人の入植者に厳しい制限が課せられることになった（度会251-53頁）。

　このような国内外におけるユダヤ人問題に関して、ミス・ケントンは詳細を述べているわけでも、政治的な意見を述べているわけでもない。しかし、世間を震撼させたイギリス国内のユダヤ人狩りとも言えるモーズレーの黒シャツ組織の事件やユダヤ人をめぐる国際的な情勢に関して、ミス・ケントンは一般市民として熟知していたであろう。まさに、新聞がもたら

第3章　現代の寓話

した一般市民への情報の開示が生み出した結果である。階級や性差別が蔓延するイギリスの社会の縮図とも言えるダーリントン・ホールにおいて、ミス・ケントンのユダヤ人メイドの不当解雇に関しての個人的な意見は、広義において人種差別、テロ、軍事主義といった誤ったイデオロギーに対する声であったのだ。

　このミス・ケントンが女性からの見解を示唆しているとすれば、次の若い世代の意見を代表しているのがレジナルドであると言えよう。ミス・ケントンが思いを強く持ちながらも、それをダーリントン卿に直接ぶつけることもできず、ましてや公表するなどできない立場にいたことに対して、その彼女の意思を継ぐかのようにレジナルドはより強硬な態度に出ていく。このレジナルドのダーリントン卿批判は、ダーリントン・ホールの客間において、スティーブンスを前に、行われる。

> 「…この三年間だけで六十人……何の数字かわかるかな、スティーブンス？卿の働きかけでベルリンとの間に密接な関係をもつに至った、この国の有力者の人数さ。ナチにとっちゃ、こたえられんだろうよ。ヘル・リッベントロップには、イギリス外務省なんて存在しないも同じことだ。さて、ニュルンベルク決起集会も終わったし、ベルリン・オリンピックも終わった。今度は何だ？やつらは卿を使って何を企んでいる？　いま、あの部屋で何が話し合われているか、君にはわかるかい、スティーブンス？」（*RD* 324 頁）

　ダーリントン卿に最も近い関係であり次世代を担っていくこの若者こそが、皮肉にもキー・パーソンとしてダーリントン・ホールに潜りこんでいたのだ。そしてナチス・ドイツを巡るダーリントン・ホールの危機が明確に話題となり、その館の客間において議論される。ジャーナリストとしてのレジナルドには揺るぎない信念があり、ダーリントン・ホールのことをナチス・ドイツのイギリス部隊とも名指しで呼び、ダーリントン卿が置かれた立場を次のように表している――「ここ数年間というものはだね、スティーブンス、卿はヘル・ヒットラーがイギリス国内に確保している最も有用な手先だったんだよ」（*RD* 324 頁）。

　そしてレジナルドが客間で語るなかで重要なポイントとなる事件が、オリンピックを巡る話題である。ここでレジナルドが示唆しているのは、

1934年6月のオリンピック・ラリーと1936年のベルリンオリンピックであろう。国家や民族の違いを超えて平和の国際的なスポーツの祭典として現代のオリンピック、即ちIOC（International Olympic Committee）が公式に設立され、第1回のオリンピックが1896年にアテネで開催された。しかし、それ以来、オリンピックは様々な危機的な時代を体験し、政治的摩擦によりボイコットされることもあった。『日の名残り』の中でダーリントン・ホールが最も栄えた時代には、1936年ベルリンにおいてオリンピックが開催された。そしてダーリントン・ホールが衰退する20年後の1956年にはメルボルンにおいてオリンピックが開催されるが、これらの2つのオリンピックはオリンピック史上最も議論を呼んだものであった。

レジナルドが示唆している1934年のオリンピック・ラリーは、モーズレーの黒シャツ組織が初めてユダヤ人に対して暴力的行動に出たことにより触発されたものであり、この事件はBUFが影響力を増している表れだと考えられた（Volz-Lebzelter 205頁）。さらに、1936年のベルリンオリンピックにおいては、1931年のIOCにおいて開催が決議されたわけであるが、「第一次世界大戦で敗戦した後にドイツが世界社会に復帰した証」（United States Holocaust Memorial Museum, n.pag）だという歴史的意義があったと言われている。しかし、1933年から1936年の間に、ヒトラーのファシズム運動は極端なナショナリズム、軍国主義、民族差別、そして反ユダヤ主義を掲げ、破竹の勢いでドイツに広まっていったのだ（USHMM n.pag）。ベルリンオリンピックは成功を収め、平和なドイツというイメージを残すことになるが、実際は「ドイツの勢力が拡大してユダヤ人や他の『反ドイツ』を迫害することが加速して、最終的に第二次世界大戦とホロコーストが起こった」（USHMM n.pag）と論じられている様に、その表の顔とは裏腹にホロコーストへの道が急速に準備されていたのである。ナチス・ドイツがオリンピックを政治的プロパガンダとして利用し、本来のオリンピックの意義を覆す最初の脅威となった。

そして、1956年、メルボルンオリンピックにおいて再び、3つの政治抗争によりボイコットが起こるという、1936年以来のオリンピックの危機が再び訪れることになる。冷戦時代において、ハンガリー独立運動をソ連が抑制したことに抗議して、オランダ、スペイン、スイスがオリンピッ

第3章　現代の寓話

クをボイコットする。さらに、1956年のスエズ運河危機が引き金となり、カンボジア、エジプト、イラク、レバノンがボイコットを実行することになった。そして、台湾がオリンピックの加盟国となると、中国がボイコットすることになる（Buchanon and Mallon n.pag）。レジナルドのダーリントン・ホールへの侵入と密談の偵察は、1930年代のオリンピックを巡る議論、ひいてはナチス・ドイツの反ユダヤ主義という世界平和を脅かしつつあった危機を探り、真実を知り、それをジャーナリストとして読者に伝え、社会的影響を与えることが目的であった。そして、それは、このダーリントン・ホールとダーリントン卿が第二次世界大戦後に直面する絶望的な将来、さらには20年後の世界さえも予見するほどの重要な事柄だったのだ。

　一般に経済的および相続上の様々な難問に直面していたカントリー・ハウスであるが、レジナルドが予知しているように、ダーリントン・ホールは戦中にナチス・ドイツ側についたことで社会的責任が追及されるだけでなくダーリントン卿の名声も地に落ち、戦後最も厳しい状況に置かれることとなる。しかし、戦後のダーリントン卿の苦境とそれに続く死は、単にダーリントン・ホールの終わりではなく、大英帝国の帝国主義と植民地主義の1つの時代の終焉であった。ダーリントン・ホールが主を失い、その意義も批判にさらされた結果、その伝統、社会的義務、そして威厳さえも泡と化し、ダーリントン・ホールは空虚な館となってしまう。

　このダーリントン卿の没落を最も顕著に表している事柄は、新聞や人々の噂での非難や嘲笑ではなく、ダーリントン卿を最後まで信じ、その一挙一動を支えてきたスティーブンスが、旅の間ダーリントン卿のことを隠し、ダーリントン卿に仕えたことさえも秘密にすることである。その内的葛藤をスティーブンスは、リトル・コンプトンで再会したミス・ケントンに次の様に伝える。

「…、卿は訴えを起こされました。正義はわれにありと、心から信じておられたのです。しかし、結果は、ご存じのように、あの新聞が発行部数を伸ばしただけのことでした。そして、卿の名誉は永遠に汚されてしまったのです。あのあと、卿は廃人も同様でした。お屋敷も死んだように静かになってしま

いました。私が居間にお茶をもって上がりますと……、ミセス・ベン、まことに……まことに悲劇的な光景でした」(*RD* 336-37 頁)

　ダーリントン・ホールの栄華と衰退、そして最後を見届けた唯一の証人であるスティーブンスは、旅の間に偶然立ち寄り一晩を過ごしたモスコム (Moscombe) という小さな村で、執事としての自分と個人としての自分の意義を自問自答することとなる。スティーブンスは、車が故障したために村の医者に助けてもらうが、その高級な車とスティーブンスの紳士的装いと振る舞いから、村人たちにどこかの館の主と間違われてしまう。最初は、ダーリントン・ホールという名前を伏せて、館での様々な経験をまるで自分が中心人物であったかの様に語っては村人たちを驚嘆させる。戦後、このような小さな村にも政治に対する意見が飛び交うようになり、民主主義の波が押し寄せていることがわかる。
　この状況の中でスティーブンスは、1935 年頃、ダーリントン・ホールで、客人に政治的意見を聞かれ、嘲笑の的となったことを思い出すのだ。その時のスティーブンスはどれだけ意見を求められても、自分は執事であり個人の意見を言う立場ではないという姿勢を貫いただけでなく、政治という世界に介入できない階級制度がつくりあげた見えない壁を打ち破ることさえなかった。しかし、1956 年、スティーブンスは、ダーリントン・ホールの外の世界で、すでに民主化が始まっていたことを確信する。そして彼は、執事は主人に「批判的な意見」を述べることなどできなかったという、民主主義の周縁に長い間いたことを再認識するのである。

　　…、時間の経過の中で、ダーリントン卿のさまざまなご努力が過てるものであり、愚かしいものであったことが明らかにされたとしても、それは執事まで責められるべき筋合のものでございましょうか？
　　ダーリントン卿にお仕えした長い年月の間、事実を見極められるのも、最善と思われる進路を判断されるのも、常に卿であり、卿お一人でした。私は執事として脇にひかえ、常にみずからの職業的領分にとどまっておりました。最善を尽くして任務を遂行したことは、誰はばかることなく申し上げることができます。(*RD* 291 頁)

第3章　現代の寓話

　プロフェッショナルな観点からみると、ダーリントン・ホールはスティーブンスによって実質上運営されている。しかし、この空間は、彼の個人的な人生や階級、社会的地位とは全く相反するものなのだ。モスコムの村人たちは、そんな彼に、自分が信じてきたダーリントン卿が誤った方向に進み、その結果館が没落したことを悟らせるだけではない。なぜ、自分は個人的な意見を持つことができなかったのか、また、なぜダーリントン・ホールが没落する前に、館が抱えていた誤ったイデオロギーを認識することができなかったのか。それは、村人たちの前で素性を隠して、ダーリントン卿のことを知らないと嘘をつくスティーブンスの心理に表れていると言える。

　モスコムの村で出会った人々の中で、スティーブンスの嘘を見抜いたリチャード・カーライル（Richard Carlyle）という若い医者が、第二次世界大戦後のイギリス社会の変化を図る役割を果たしている。村で唯一高等教育を受け知識人として尊敬されているカーライル医師は、1949年、社会主義者となり、全国民に最良の医療をという理想を掲げ、熱意に燃えて村にやって来たという。彼はスティーブンスの嘘を見抜いただけでなく、彼が大きな屋敷で働いたことがある召使だとその正体をつきとめたのだ。その背後には、この小さな村が、長い間大英帝国に抑圧された無名で無力な国民の集合体を象徴していたことが伺える。饒舌な村人ハリー・スミス（Harry Smith）は、第二次世界大戦でイギリスが勝利を収めたことにより、真の民主化への道が始まったと述べる――「だからヒットラーと戦って、やっと守ったんだ。自由な市民でいる権利をね」（*RD* 266 頁）。戦後の村には政治談議をする開かれた空間が生れ、その空間に身を置いたスティーブンスは、その議論に耳を傾け、その会話の中に入っていこうとする。自分には個人的な意見を述べることができないと確認しながらも、1930年代にダーリントン・ホールで起きたエピソードを思い出す。そこには、ミス・ケントンやレジナルドが主張したダーリントン卿と相反する意見、即ち個人の意見があり、それと対立する様にスティーブンスの個の不在があった。

　スティーブンスに代表されるダーリントン・ホールにおける召使いの個の不在は、彼らの部屋――スティーブンスのパーラー、ミス・ケントンの

パーラー、そしてスティーブンスの父の屋根裏部屋に象徴される。召使の頭であるスティーブンスとミス・ケントンのパーラーは、召使の部屋の中では最高の部屋であろう。かなりの広さの個室で、ある程度の自由が許され、プライバシーが確立されている。しかし、これらのパーラーでさえ、この館に個人的に属さない召使にとっては、自分の家でも個人の空間でもなく、仮の宿でしかない。

　そして、スティーブンスの父の屋根裏部屋は、まるで独房のような狭さと乏しさを代表する空間で、当時の召使の社会的地位の低さを表しているだけでなく、排斥と孤独を象徴している。72歳になったスティーブンスの父は、名目は経験豊かな副執事としての再就職をするわけであるが、実際は老後を過ごす家もなく、スティーブンス以外は支えてくれる家族も無い孤独な高齢者なのである。しかし、館の中で、スティーブンスは、多忙な執務に全身全霊で取り組み、自らのプライバシーを封じるストイックな生活に固執するあまりに、すぐ近くに身を置くことになった高齢の父との時間さえも持たず、体力的に限界になるまで父が独房のような屋根裏部屋で過ごしていることに全く気付いていなかった。父が職務中に倒れ、その父のもとをついに訪れて初めて、その悲惨さと孤独さに打ちのめされることになる。

　　これ以前に、父の部屋をのぞく機会などほとんどありませんでしたが、こうして入ってみて、それがいかに小さく殺風景であるかに、あらためて胸をつかれる思いがいたしました。刑務所の独房に足を踏み入れるような錯覚さえ起こしましたが、これには、部屋のサイズとむき出しの壁もさることながら、早朝の薄暗さが影響していたのかもしれません。（*RD* 90 頁）

この小さな独房のような屋根裏部屋が、54 年もの間名家の館に仕えてきた名執事が最後を迎える部屋であり、そこは過去の栄光とはほど遠い空間なのである。そして同時に、スティーブンスの将来を映し出す空間でもあるのだ。

　この父の屋根裏部屋と同様、表面的には相反して見えるスティーブンスのパーラーもまた、彼の空虚な生活と孤独を象徴している。彼は執事とし

第3章 現代の寓話

て召使の中では最上級の部屋を与えられているが、その部屋は個人的な生活の場としてはごく限られた役割しか果たしていない。それをミス・ケントンは、「刑務所の独房」と皮肉を込めて呼び、次のように指摘する。「あそこの隅にベッドでも置いてごらんなさい。まるで死刑囚が最後の数時間を過ごす部屋のよう」(*RD* 234 頁)だと辛辣な比喩でスティーブンスを追い詰める。ワーカホリックとも言えるスティーブンスの生活を支えるためにも、彼のプライバシーはこの恵まれたパーラーという個室で守られなければならないはずである。

しかし、彼がプライベートな時間を過ごす上での唯一の楽しみは、館に所蔵されているセンチメンタルなロマンス小説をこっそり読むことだった。実生活ではかなえられないロマンスを、読書によってのみ解消しようとするスティーブンスの秘密を知ったミス・ケントンは、彼の弱い人間的な部分を知るが、それでもスティーブンスは自分の感情を彼女に見せることはしない。簡素でそっけないスティーブンスのパーラーにミス・ケントンが花を飾ろうとした時には、それを無下に断り、花などの飾り物は自分の部屋には必要ないと異常なまでにミス・ケントンを拒絶する。この拒絶こそが、自分のささやかなプライバシーへの侵害であり、自分が積み上げてきた価値観への脅威であるとするスティーブンスの抱く恐れなのだ。何よりも、異性としてのミス・ケントンを意識し、彼女に対するロマンスの可能性さえも否定するスティーブンスの強固な態度は、スティーブンスをさらに孤立させることになる。スティーブンスのパーラーは、彼の30年間にわたり蓄積されたダーリントン・ホールにおける地位を表すものであり、それは同時にプライバシーを一切排除しようとする彼の非利己的な人生そのものを表す空間であろう。

スティーブンスのパーラーとは異なり、ミス・ケントンのパーラーは、プライバシーが確立され、より彼女自身の人生や自我が許されている空間となっている。スティーブンスとミス・ケントンが互いのプロ意識の下で関係を確立した証として持つこととなったミス・ケントンのパーラーでのココア会議は、2人の関係が構築される上で重要な役割を果たす。

この会議の場は、高齢でミスが目立っていくスティーブンスの父を巡り異常なまでに対立するスティーブンスとミス・ケントンが、スティーブン

スの父の死によって、互いに尊敬し認め合う関係を持つようになり、初めて持たれるようになった重要な空間である。

> …、当時、私どもは一日の終わりにミス・ケントンの部屋で顔を合わせ、ココアを飲みながら、いろいろなことを話し合う習慣ができておりました。もちろん、ときには軽い話題もなかったとは言えませんが、ほとんどは事務的な打合せです。そのような習慣ができた理由は、簡単なことでした。私もミス・ケントンも、それぞれきわめて忙しい日常を送っておりまして、ときには何日間も、基本的な情報交換の機会もないまま過ぎてしまうことがありました。そのようなことでは、お屋敷の運営に支障をきたしかねません。二人ともその点では認識が一致しておりましたから、最も直接的な解決策として、毎日十五分程度、誰にも邪魔されないミス・ケントンの部屋で打合せを行うことにしたのです。繰り返しますが、この会合はきわめて事務的な性格のものでした。（RD 206 頁）

職務が落ち着いた夕方のほんの短い時間であるが、ミス・ケントンのパーラーでともに過ごすという職務上の必要性は、スティーブンスがミス・ケントンを認め、ミス・ケントンがスティーブンスを受け入れたということによって生まれたことであろう。このプライバシーをめぐる空間の確立が一歩前進したかのように見えたが、個人の心の深淵に至るまでの理解はこの空間によっては生まれなかった。

　このココア会議が無くなった原因は、スティーブンスとミス・ケントンの間に起きた２つの葛藤によるものだった。１つは、ダーリントン卿のユダヤ人メイドの解雇事件、もう１つはミス・ケントンの唯一の肉親である叔母の死である。この２つの事件はスティーブンスの語りの中では、それぞれが断片的に語られており、２つの事件の関連性は示唆されていない。しかし、ミス・ケントンとの間に起きた様々な確執を繋ぎ合わせていくと、この２つの事件は繋がっているのだ。なぜなら、ユダヤ人メイドが不当に解雇されたことに失望したミス・ケントンは、その後彼女自身が辞職することになるからである。反ユダヤ主義のために解雇された若いユダヤ人女性２人に対し、ミス・ケントンはその不当性を訴えるが、ココア会議で信頼を構築してきたスティーブンスに理解してもらえると思っていたにも関わらず、決して受け入れてもらえない。同じ女性の使用人とし

第3章　現代の寓話

て、また女中頭として、ミス・ケントンは必死にスティーブンスに理解を求める。

　しかし、失望のあまり辞職さえも考えて思い詰めるミス・ケントンには、すぐに職を辞めて転職することを決意する勇気がない。なぜなら、ミス・ケントンにはスティーブンスと同様に、帰る家もなく、叔母以外は支えてくれる家族もいないからである。

　「臆病だったのですよ、ミスター・スティーブンス。私が臆病だっただけですわ。どこへも行く当てがありませんでしたからね。家族がおりませんし、叔母一人だけでしょう？　叔母のことは心から愛しておりますけれど、でも一日いっしょに暮らしていると、もう、人生全部が無駄に過ぎ去っていくような気がして……。もちろん、自分に言い聞かせておりましたわ、すぐに別のお屋敷を見つけるんだ、って。でも、怖かったのですよ、ミスター・スティーブンス。お屋敷を去ることを考えるたびに、見知らぬ土地へ行って、私を知りもしない、構ってもくれない人たちの間に一人いることを考えますとね、とても怖かったのですわ。私の主義主張なんて、どうせその程度のものです。」（*RD* 214頁）

　プライドも投げ捨て、本心をさらけだすミス・ケントンは、自分の将来に不安を抱く1人の女性であり、1人の人間である。職業上は成功を収め、若くしてダーリントン・ホールの女中頭となり、職務をまっとうして、浮いた噂ひとつないミス・ケントンは、心の奥に孤独感や恐怖心を秘めているのである。その真意をスティーブンスに投げかけるのであるが、自分の思いを一番に理解してくれるであろうはずのスティーブンスは理解を示そうとしない。

　さらに失望するミス・ケントンが決断したことは、叔母が亡くなったという知らせを受け、悲しみに打ちひしがれるミス・ケントンに歩み寄ることもしないスティーブンスに当てつけるようにした結婚であった。ミス・ケントンは度々外出し、スティーブンスの知らないところで、彼女に思いを寄せていた元の同僚と会っていたのだ。このミス・ケントンの変化に気付きながらも、そのプライバシーに介入しないスティーブンスは、執事仲間のミスター・グラハム（Mr. Graham）に次のように指摘される──「お

宅のミス・ケントンは、いまいくつですか？　三十三？　三十四？　子供を産むのに最適な年齢はもう過ぎているわけですが、まだ間に合いますからね」（RD 241 頁）。即ち、年齢的に妊娠と出産の可能性がまだある 30 代半ばのミス・ケントンには、結婚願望があって当然であり、そのために男性と交際するのはごく自然の成り行きなのである。ミス・ケントンはスティーブンスが女性としての彼女に個人的に歩み寄ってくれないことで傷つき、叔母の死によってより精神的に落ち込み、ほぼ自暴自棄になって男性と交際していることを、最後までスティーブンスは理解しようとしない。

　ミス・ケントンの心理的空虚さは、スティーブンスが訪れることさえしなくなったミス・ケントンのパーラーに反映されている。スティーブンスはドアの向こうから聞こえてきたミス・ケントンの泣き声に気付きながらも、気付かないふりをして、その場を立ち去ってしまう。その結果、ミス・ケントンは結婚を決意し、ダーリントン・ホールを永遠に出ていくことになるのだ。彼女が婚約の報告をスティーブンスにパーラーでする行為は、表面的には職業上の報告であるが、スティーブンスの心を奮い立たせるような個人的な告白だったのだ。スティーブンスのパーラーが執事の特権的な職業領域とその地位を確固として守るものであるとすると、ミス・ケントンのパーラーは、彼女の内的苦悩やプライベートな生活を守る砦であった。女中頭のパーラーに主が不在になったということは、同時に、その公的領域からミス・ケントンが解放されたということを意味する。

　大英帝国の権威がイギリスの牧歌的風景の中に組み込まれたダーリントン・ホールの空間は、独自の空間を構築してきた。しかし、ダーリントン・ホールが主を失い、館の全ての機能が麻痺し、召使だけでなく全ての価値を失い、決定的な没落という危機を迎えた時に、新たな時代を迎え、ダーリントン・ホールが生まれ変わる。ダーリントン卿の主寝室から執事や女中頭のパーラーに至るまで、全ての部屋はその住人を失い、公的空間としての役割から精神的な意味までが失われてしまう。新しい時代の幕開けに、ダーリントン・ホールは持ち主を失い、相続人も失い、召使を失い、アメリカ人のファラデイに買い取られてしまう。

　旅に出るスティーブンスは、その時の館のことをダーリントン・ホール

が2世紀前に建てられて以来初めて、「無人の館」になるという危機的な状況になっていたと悟る。2世紀かけて構築され、受け継がれ、守られてきた伝統と価値観が急速に変化したのだ。スティーブンスの旅の出発点であるダーリントン・ホールと対照的に、彼の旅の終着点であるリトル・コンプトンは、1936年にミス・ケントンが結婚してコーンウォールに去っていった後、スティーブンスにとっては想像上の特別な場所、即ち幻想であった。

　1993年のインタビューでイシグロは神話（myth）の重要性を説き、特に偉大なイギリスにとって「神話的な風景（"mythical landscape"）」が不可欠であり、「実在しなかった時を差しさわりない程度に郷愁の念にふけること」（Vorda 14-15頁）が必要であると考えている。歴史的小説を書くのではなく、イシグロはイギリスという空間を神話化し、その変遷を描いたのだ。上記のインタビューと関連して、『日の名残り』は、歴史を追いながらも、そこから生まれてきた寓話なのである。

4．未来への序曲

　イシグロは常に時代を意識してきた作家であり、過去への回想によって、人間は今を生き、未来に向かっていくことを願っている。それは、彼が長崎という自分の故郷を背負っており、原爆投下という紛れもなく起こった歴史的事実が心の底に刻まれているからである。イシグロの過去への回帰は、単なるノスタルジアではなく、忘却の淵に追い込まれていく記憶を呼び起こし、記録されなかった歴史を再構築して、その中で生きた人々の声を掘り起こすことなのである。20世紀から21世紀にかけて、広義のホロコーストが繰り返される中で、私たちが忘れてはいけない歴史からの学びは必ずしも生かされていない。イシグロが常に対峙している人間の精神性のあり方は、そのような忘却と記憶という矛盾するコンテクストの中で描かれている。歴史とは物語で、そして寓話でもある。なぜなら、そこにはその時代に生きた人の声が秘められているからなのだ。

注

本稿は、2015年7月30日にドイツの University of Gottingen において開催された CISLE (Center for the International Study of Literatures in English) 2015: Transgressions, Transformations: Literature and Beyond において口頭発表した論文 "'Lost and Found': A Voice Retrieved from the Holocaust in Kazuo Ishiguro's *The Remain of the Day and Never Let Me Go*" を加筆修正したものである。また、この論文の一部は、2015年9月10日にシンガポールで開催された ICELLL 2015: International Conference on English Languages, Literature and Linguistics において口頭発表した論文 "A Voice Retrieved from the Holocaust in New Journalism in Kazuo Ishiguro's *The Remains of the Day*" を書き直したものである。また、本論は、英文論文 "'Lost and Found': A Voice Retrieved from the Holocaust in Kazuo Ishiguro's *The Remains of the Day*"(『同志社大学英語英文学研究』(同志社大学人文学会) 95号、2015年10月、69-93頁)を一部修正し、日本語に訳したものであり、著書『記憶と共生するボーダレス文学』の第2章に転載したものがもととなっている。

(1) この〈遺失物取扱所〉は、英語で "Lost and Found" であるが、このフレイズはイシグロの『わたしを離さないで』の書評において繰り返し使われている。『私を離さないで』の中では、クローンとして生まれたヘールシャムの子供たちが、地理の授業で失ったものは必ずノーフォークにある "a lost corner" に集められると学ぶのであるが、ヘールシャムにもあるこの落とし物コーナーは、クローンとして成長しながらも他者のために臓器を提供するという人生を送る中で失って忘れてきたものを探す旅で最後に到着する場所として描かれている(臼井、「クローン人間創世記」280-86頁)。詳しくは、第6章参照。

第4章　アネクドートへの挑戦
——『充たされざる者』における都市が秘めた記憶

1. 充たされざるアネクドート

　1995年に出版されたイシグロの第4作『充たされざる者』においては、現代に至るまで最も頻繁にそして最もラディカルに、国境だけでなく様々なボーダーを超えて存在する中欧の架空の街が舞台とされている。原書は500頁を超える大作で、読み続けることにはかなりの忍耐力を要する。イシグロが創り上げようとした新しいスタイルを理解することは、第7作『忘れられた巨人』に受け継がれた時代と空間を超越した記憶と忘却の連鎖を認知することであり、『充たされざる者』はその分岐点に位置付けられる。

　出版以来、この作品の難解さに批評家たちは悩まされてきた。その理由は、主に、『日の名残り』と共通する公私の葛藤が描かれているにも関わらず、『充たされざる者』は大作ながら混沌としている点である（Shaffer 118-20頁）。また、この作品への反省から、次作の『わたしたちが孤児だったころ』においてはリアリズムに戻ったとも言われている（Anastas 62頁）。しかし、イシグロが取り組んだ新たなスタイルは、『日の名残り』等の作品が「歴史的リアリズム（"historical realism"）」に基づく（Anastas 62頁）とすれば、「幻想的リアリズム（"fantastic realism"）」（Adelman 168頁）とか、イシグロのインタビューを受けて「形而上学（ontology）」に基づく「夢幻的リアリズム（"oneiric realism"）」と名付けて（Fairbanks 617頁）評価する議論が活発に行われてきた。一方で、イシグロは大学の創作科で学んできた様な優等生的なイギリス小説のルールを意図的に崩そうとしている（O'Kane 391頁）としてイシグロを擁護する意見もある。

　この様に『充たされざる者』の評価を試みる説が出る中で、ある種の象

徴的な「国家の喪失（"nation's loss"）」（Reitano 375 頁）や「現代の社会形成（"social shape of our age"）」（Quarie 363 頁）を描いている点は指摘されているが、具体的な社会性、時代性、イデオロギーに関する議論は皆無に等しい。それは、ある意味、イシグロ自身が否定し、曖昧性は形而上的意義の裏返しであることから、さらに新たな議論へと発展することはなかった。

　作品の中で、今世紀最高の著名なピアニストとされるライダー（Ryder）が中欧のある地方都市に到着してホテルにチェックインした時に、彼を待ち受けていた年配のポーターのグスタフ（Gustav）が、この街に来たのならぜひ旧市街のハンガリアン・カフェ（Hungarian Café）に行って、「ポット入りのコーヒーとアップル・シュトルーデル（"a pot of coffee and a piece of the apple strudel)」（U 54 頁）を注文すると良いと勧める。コーヒーもアップル・シュトルーデルもオスマントルコ時代にトルコ人がオーストリアに伝えたという説が知られており、今やカフェも名物ケーキのアップル・シュトルーデルも、オーストリアやドイツを代表するものである。そしてそのアップル・シュトルーデルは、ウィーンの食のルーツがチェコにあるため、チェコのものだという説もある。しかし、それは現在のオーストリア、ドイツ、チェコという国を指すのではなく、多民族・多宗教・多言語・多文化の境界線が何度も塗り替えられていった中欧という独自の空間と時間を象徴するものなのである。

　小説の舞台はある特定の都市ではなく、この中欧の歴史が持つ夢幻性に注目した議論がある（Robinson, "Nowhere" 119-20 頁）。この中欧には、ロシアとドイツに挟まれて消滅したハプスブルク帝国の記憶を想起した上で、継承され続けた「精神的水脈」がある（大川 40-41 頁）。その水脈が流れる中欧が創りだしてきたアネクドート（anecdote）が『充たされざる者』に描かれているのではないだろうか。

　ライダーが滞在する中欧の都市は越境する空間と時間を表象している。ライダーは、旧市街で何度も迷い、その度に誰かに話しかけられて救われる。

　　ホテルから旧市街への道のりは徒歩で十五分ほどだったが、ひどく興ざめ

第4章　アネクドートへの挑戦

だった。町並みの大半は頭上にそびえ立つガラス張りの高層オフィスビル、おまけに通りは夕方の往来で騒がしかった。しかし川まで来て旧市街へと続く太鼓橋を渡りはじめたとき、これからまったく雰囲気の違う街へ足を踏み入れようとしているのが予感できた。対岸には、色とりどりの日よけやカフェのパラソルが見え、ウエイターやくるくる走り回る子供たちの動きも目に入る。近づいてくるわたしの足音に気づいたのか、岸壁で小さな犬が激しく吠えていた。

　数分後にはもう旧市街に入っていた。丸石を弾きつめた狭い舗道は、のんびりと歩く人たちであふれている。わたしは目的もなくしばらくそのあたりをぶらついて、何軒もの小さなみやげもの屋や、ケーキ屋、パン屋の前を通った。いくつかカフェの前も通りすぎ、一瞬、ポーターの言った店がみつからなければどうしようかと不安になった。しかしこの地区の中心にある大きな広場に出るや、ハンガリアン・カフェが目に飛びこんできた。広場の向かい側の一角を占領するように、縞模様の日よけの下の小さな戸口からあふれでたテーブルが並んでいる。（*U* 60頁）

　まるで迷路のような旧市街の中心には広場があり、その広場の周辺には多くのカフェや店が混然と立ち並ぶ。高層ビルやホテルが立ち並ぶ新市街と典型的なヨーロッパの中世から続く旧市街とのコントラスト、広場を中心として広がる旧市街の特徴や様々な建築様式がひしめく都市の様子が中欧の都市の特徴を表わしている。イシグロが敬愛するフランツ・カフカ（Franz kafka, 1883-1924）も家族と共に転居を繰り返したとされるプラハ旧市街の広場周辺は、「狭い路地が迷路のように入り組んでいて、しばしば方向感覚を」狂わされる（三谷、『世紀転換期のプラハ』6頁）という特徴そのものである。

　しかし同時に、ライダーは3日間の間に行動範囲を広げ、バスに乗って近代的な郊外の人口湖や巨大団地を訪れたり、誰かの車に乗せてもらっては特徴が異なる田園地帯や建築物群の中を移動して、ホテルに戻っていたり、コンサートホールに辿り着いたりする。そして、路面電車の朝の循環線に乗っているところで小説は終わる。インタビューでも繰り返し断言している様に、イシグロ自身が、『充たされざる者』における場所の特定化に関して一貫して否定的である（Krider 149-50頁）。都市のモデル探しには嫌悪すら感じるかもしれない。しかし、それは、イシグロが特定化を完全に否定しているのではなく、非特定化することでその都市空間の多層

性やコラージュ、そしてそこに独自のアネクドートを構築することができるからではないだろうか。

イシグロはこの中欧の街を「名前を付けられない（"unnamable"）」（Robinson, "Nowhere" 108頁）としてはいるが、読者がその謎解きをすることは必要不可欠である。そしてその上で、なぜ特定化する必要が無いかを考察する必要がある。イシグロが、作品で用いる登場人物の名前をドイツ名だけではなく、北方系の名前も付ける工夫をしたことをインタビューで述べているが、それがドイツという1つの国やドイツのある都市を表わすからでなくドイツ語圏を表わしているからなのだ。

そして、イシグロの『私たちが孤児だったころ』において舞台としている上海と同様に、『充たされざる者』の舞台もまた魔都であることも重要である。『充たされざる者』の中の都市構造は、ブタペスト、プラハ、ウィーン、グラーツなどに非常に似ており、その政治葛藤と文化構築は中欧のアネクドートを象徴する。ヨーロッパの地図は常に塗り替えられ、ヨーロッパにおける境界とは不確実なのである（Robbins 435頁）。この都市の特定化を重要視して、『充たされざる者』と音楽の都ウィーンとを比較研究した論もある（Brandabur 70頁）。一方で、オーストリア＝ハンガリー帝国のウィーンに並ぶ首都として発展したブタペストもまた、その越境する魔都としての特徴が顕著である。ドナウ川に掛けられたマルギット橋を渡ると、発展がめざましい官庁街や商業地域があるペスト側から、教会や王宮が造られたブダへと行くことができる（河野 119-20頁）。

しかし、プラハは他の中欧の都市とは異なり、商人の町から発展して迷路のように張り巡らされた「旧市街」、ヴルタヴァ川を隔ててカレル橋を渡るとプラハ城を中心とする「フラチャヌィ」、城下町の「マラー・ストラナ」という3つ街に加え、14世紀に造られた「新市街」が加わり、20世紀初頭に近代化が促進され郊外が統合されて「大プラハ」となるが、550年間プラハの大きさはほとんど同じである（田中 140頁）。そしてその中で、プラハの「新市街は」、ほかの3つの街とは異なり、広い道路が真っ直ぐに走り、路面電車や自動車の往来も多く、近代的な空間である（田中 140頁）。プラハの直線道路に沿って世紀末のアール・ヌーボーであるユーゲント・シュティールの建築群が建てられており、広い道路には

第4章　アネクドートへの挑戦

路面電車が走っている。そして何より、プラハはナチス・ドイツによる破壊から逃れて、街の歴史を形成するほとんど全ての文化遺跡や街並みが保存されている稀な空間なのだ。

　ライダーが滞在する架空の都市は夢空間の様でありながらも、その街はプラハの様々な要素を断片的に持ち合わせている。それは、プラハという都市が、「様々な要素の『断片』が立体的に多層化している」キュービズムの画家たちが考案した「コラージュ」という概念と共通するものがあり、都市というテクストの中に複数のイメージが揺れ動いて存在する（安部 15-16 頁）からであるとも言えよう。ライダーはその幻想的な都市空間を放浪することにより、越境して多層化する歴史、個人、文化、そして人間の意識と断片的に関わっていき、アネクドートをコラージュしていくのである。

2．越境する中欧、記憶する街、彷徨える都市文化

　グローバル化が加速する 21 世紀が抱える宗教問題、移民問題、越境は決して新しいものではない。むしろ、ずっと以前に歴史を通して、まさに中欧こそが、記憶が重層的に積み重ねられ、越境してきた空間として存在し続け、そして魔都プラハは、越境する中欧、記憶する街、そして彷徨える都市文化を象徴する都市空間と言える。

> 　現代チェコの代表的作家の一人シュクヴォレツキーは、プラハを「石の中の過去の夢」と言っているが、プラハは、目に見えない深み、記憶の深みを持つ町である。複雑な歴史と興味深い伝説に富み、プラハと結びついた芸術を持ち、そこに生きた人々の様々な物語と思いが塗り込められているのである。その深みは、プラハとチェコのことをよく知らないままやってくる外国人観光客には、見えない。彼らは、確かに現在のプラハの姿の表層的な美しさに感心はするかもしれないが、幾重にも記憶が積み重なった多時間的・多主観的なプラハの姿と意味を感じ取ることはできない。記憶の深みまで降りて行った時に初めて、プラハの象徴は個々人の主観の中で膨らんでいき、心に刻まれた心象と化し、自分なりの幻景と化すだろう。（石川、『黄金のプラハ』355-56 頁）。

この様なチェコの神話はなぜ生まれて来たのか？　アウトサイダーであり

ながらこの街に深く関わったと思われるライダーが、忘却の淵に身を置き、自分さえ理解ができない中で、中欧の魔都をさ迷い歩くからこそ、記憶の断片が蘇っては消え去り、都市伝説が最も曖昧な形で表象化するのである。

　中欧の近代史は、1526年にオーストリア・ハプスブルク家のフェルデナント1世がチェコとハンガリーの国王に選ばれ、3カ国が一種の国家連合となり複合王政になったことが発端となる。これはチェコ王とハンガリー王を兼任していたヤゲウォ家のラヨシュ2世がオスマントルコとの戦いで戦死し、彼と婚姻関係にあったフェルデナント1世がオスマントルコから両国を守るために王位を継承したことにある。それ以前は、ケルト系やユダヤ系が多く住んでいた。民族的にも非常に複雑なハプスブルク君主国では、言語・文化・宗教・法律などの越境が繰り返し行われ、国境線を変え、さらに住民の移動や流入、人口の増加に伴って、その内実も常に流動的であった（石川、『黄金のプラハ』vi頁）。19世紀以降は、近代的ナショナリズムの流れの中で、チェコ人、ドイツ人、ハンガリー人、スロヴァキア人の民族間に境界線が引かれるようになり、1867年にはハプスブルク君主国はオーストリア＝ハンガリー二重君主国となる。そして、第一次世界大戦中の大ドイツ主義運動によりドイツとオーストリア＝ハンガリーの結束が強化されて、スラブ系住民による独立運動が勃興し、第一次世界大戦の敗戦と共にこの多民族君主国は崩壊する。

　その後、1918年、巨体化していたハプスブルク君主国は、チェコスロヴァキア、ユーゴスラビア（セルビア人・クロアチア人・スロヴェニア人王国）、ポーランド、オーストリア、ハンガリーなどに分裂した。しかし、ヒトラー台頭により、1938年のナチス・ドイツのオーストリア合邦、ミュンヘン協定によるチェコスロヴァキアのズデーテン地方合併、1939年のチェコ保護領化に続き、1939年のポーランド侵入によって第二次世界大戦が勃発した。ナチス・ドイツは、優生学理論に基づき知的障害者とアーリア民族以外の民族であるユダヤ人やロマの人々を徹底的に撲滅しようとした。第二次世界大戦の終結とともに、ヒトラーによる全体主義がロシア革命により誕生したスターリンによる恐怖政治に入れ替わり、中欧は社会主義国ソ連の支配下に置かれて、新たな戦いが始まる。

第4章　アネクドートへの挑戦

　ドイツが東西に分裂し、1949年から250万人もの東ドイツ市民が西ドイツに脱出したため、それを遮断するために1961年に造られたベルリンの壁は冷戦下でのドイツと周辺諸国の東西分断を象徴するものとなる。東欧の民主化が進む中で東ドイツの共産主義政権も崩壊し、1989年11月9日、東ドイツは国境を開放し、ベルリンの壁も壊された。そして、中欧は、この間、大戦と冷戦下において西のナチズムと東のスターリズムにより破壊的ダメージを受け続けることになる（石川、『黄金のプラハ』vii-xiii）。『充たされざる者』と中欧に関しての議論もある（Robinson）が、その言説にはより複雑な記憶の語りがあると述べているにも関わらず、その深淵には到達していない。

　この中欧の記憶の語りは、アネクドート、即ち歴史から逸脱した周縁的語りなのである。チェコの評論家ヨゼフ・クロウトヴォル（Josef Kroutvor）は『中欧の詩学——歴史の困難』（*Potíže s dějinami: Eseje*, 1990）の中で、中欧におけるアネクドートに関して論じているが、もともとアネクドートはギリシャ語のアネクドトンを語源とし、未刊行の著書や「検閲によって抹消された歴史的出来事」を意味したと指摘している（70頁）。

　このアネクドートは様々な作家によって解釈されてきたが、ノヴァーリスの文学的考察においては、「哲学的アフォリズム、断片、アイロニー、ブラック・ユーモア、グロテスクに向かうロマン主義的傾向」と結びつき（クロウトヴォル73-74頁）、アネクドートが「集団意識の一部」であり「発話に備わった力の一部」となると解釈される（クロウトヴォル75頁）。

　このアネクドートは、中欧の歴史と語りを論じる上で極めて重要である。

　　中欧人にとって、歴史とは何よりもまず、苦い経験の集積である。内的な無理解と誤解にも事欠かない。歴史はきっと、私生活に押し入って来る、招かれざる客、侵入者を想起させる。中欧の人間は、もういい加減平穏を欲するが、まさにその平穏を、より高い権力が奪うのである。……
　　中欧の歴史は涙の理由であり、より幸福な場合はアネクドートの理由である。生は道徳主義によって守られるが、ユーモア、アイロニー、風刺によっても守られる。（クロウトヴォル41-42頁）

このアネクドートは、18世紀にロシアにも紹介された後、1917年のロシア革命後のソ連の樹立と巨大化する社会主義連邦、1953年のスターリン死去に伴う恐怖政治時代の終わりと雪解け時代に、独自の発展を遂げ、共産圏における政治風刺として確立する。さらに、1980年代後半のペレストロイカと1991年のソ連崩壊の中でアネクドート集の出版が増加した（塚崎15頁）。アネクドートは、単なる逸話でもジョークでもなく、数世紀に渡り蓄積されては書き換えられたり、忘れ去られた歴史をいかに語るかというチャレンジなのである。

イシグロがこの『充たされざる』を執筆し出版した時代は、旧社会主義諸国が1980年代末から1990年初頭にかけて政治革命の波に揺れ動き、その後に続く政治的・経済的転換期を迎えていた時代である。東欧革命後に中欧が新たな脚光を浴びることになり、その中で東ドイツ、ポーランド、ハンガリー、チェコスロヴァキアの4カ国における政治体制の変遷は大きな意味を持つが、時代を遡って近代史を語るならそれら4カ国に西ドイツとオーストリアを加える必要がある。さらに、その大きな文化圏の中において共通の現象、即ち芸術が要として存在することを認識することは極めて重要である。特に、繰り返されてきた残酷な歴史の犠牲のもとで、プラハの幻想的な美は多くの物語の中で語られ、芸術の源となって来た。

イシグロのライバルとも言える現代アイルランド作家バンヴィルは、現実と幻想が交差する作品『プラハ　都市の肖像』（*Prague Pictures: Portraits of a City*, 2003）の中で、プラハの魔都性と美を次の様に述べている。

　　プラハの美にてついてはすでに多くの言葉が費やされてきた。だがはたして「美」というのが、この神秘的で込み入った、幻想的かつ途方もないヴルタヴァ川畔の都市を表現するのに最適の言葉なのかどうか。プラハは、ヨーロッパの三大魔術都市の一つ——トリノ、リヨンと並ぶ——である。無論、愛らしさを湛える街ではあるが、その愛らしさは胸がときめくほどに汚染されている。アンジェロ・マリア・リペリーノは、著書『魔都プラハ』において都市愛の恍惚境をつづり、この都市を女誘惑者、娼婦、悪魔めいた毒婦になぞらえた——「彼女は骨董のような嬌態を見せて、自分が静物にすぎない

第4章 アネクドートへの挑戦

ようなふりをする。悠久の過去から静かに続く栄光、ガラスの球体の中に収まった生命を失った風景、これらは彼女の魔力をいやますだけだ。自分だけが鍵を握っている魔力と神秘を駆使して、彼女は狡猾に人の魂に近づこうとする」。(バンヴィル 18-19 頁)

このプラハを魅惑的な黒い女性のイメージに当てはめることは、多くの作家たちが行ってきたことである。さらに、「人間主体を脅かす『魔都』の表象」は、ナチス・ドイツのホロコースト以前のユダヤ人排斥であるプラハ旧市街の衛生化措置などを含み、そしてその中で語られるアネクドートこそが、プラハの持つ多重的意味と記憶のコラージュなのである。

　この中欧のアネクドートにおいて、様々な外的要素が越境する中で芸術が構築され、そして発展を遂げて来た。イシグロの『充たされざる者』は、その越境する歴史的変遷の中で、異質な分子が交差しながらも、創り出されてきた中欧の文化、芸術活動の流れの中で境界線を超越するピアニストにその世界を投影して、戦争の傷や家族の崩壊が忘却という暴力の犠牲となることを描いたと言える。イシグロが『充たされざる者』において新しいスタイルに挑戦したことが指摘され、物理的空間を超えたところにライダーが存在するという議論もある（Wong, *Kazuo Ishiguro* 73-77 頁）。また、イシグロが影響を受けたとされるカフカとの関連性に関しても論じられている（Chaudhuri 30-31 頁）。しかし、それよりも重要であることは中欧が持つ可視性と不可視性のアンヴィヴァレンスではないだろうか？中欧は、アイデンティティの「自由な発露を妨げられる」不条理に常に対峙し、その文化には「未分化性・半分化性」、「境界多重性・越境性」がテーマとして共在する（石川、「訳者序」x-xiii 頁）。イシグロは、イギリスという西ヨーロッパの大国中心の論理や理解とは相反する中欧の世界観と空間の中で、アウトサイダーの視点で、しかも音楽という表現芸術を枠にしてアネクドートを描いているのである。

　中欧におけるアイデンティティの問題は、文学者や音楽家にも大きな影響を与えて来た。その中でも、カフカは、現在のチェコ、当時のオーストリア＝ハンガリー帝国統治下のボヘミアの首都プラハで、商人の家に生まれたユダヤ系ドイツ語作家である。ドイツ語作家として自立をすべく一度

はベルリンに出るが、プラハに戻り、ウィーンへ移った。カフカと常に並び称される作曲家で指揮者のグスタフ・マーラー（Gustav Mahler, 1860-1911）もまた、現在のチェコであり当時オーストリア帝国支配下にあったボヘミアの寒村で生まれ、ドイツ語を母語とする無宗教のユダヤ人であった。その後ドイツ文化とドイツ音楽教育を受け、プラハへ出て、その後ウィーン音楽院、ウィーン大学で学ぶ。しかし、マーラーはウィーンで反ユダヤ主義勢力の攻撃を受けウィーン宮廷歌劇場を去り、最終的にニューヨークへ渡った。ヘンリー・A・リーは、ナショナリズムが絶対的な価値観となっていく時代に、「地理的にも心理的にも文化の境界領域に位置し、いくつかの文化の豊かな資源を利用しているマーラーの音楽は、カフカの小説のように、民族的・精神的な離散（ディアスポラ）の表現になっている」と述べている（73 頁）。精神分析学の祖であるシグモンド・フロイト(Sigmund Freud, 1856-1939) も、現在のチェコのプリボールであるモラビアのフライベルクで羊毛の商人のユダヤ人一家に生まれ、ウィーン大学医学部で学び、極貧の中パリへ留学し、さらにナチス・ドイツのウィーン占領下でロンドンに亡命した。彼らの人生と才能は、マージナリティ（周縁性）とトランスナショナリティ（民族横断性・超民族性）が両立する（石川、「訳者序」xviii 頁）空間で生まれ、その崩壊と分裂と亀裂が歴史上最悪の形になる前触れの 20 世紀初頭という時間に、すでに存在したことになる。

　この中欧の周縁性にいる芸術家や創造者は、人々の心を動かすものを創り上げてきたと言える。しかしその表現は迫害、排斥、抑圧、弾圧、殺戮と常に表裏一体だった。焦土と化し、迫害を受けても、中欧には音楽が途絶えることはなかった。1918 年の第一次世界大戦終結により 120 年ぶりに独立を果たしたポーランドは、1939 年 9 月のドイツのポーランド侵攻により第二次世界大戦が勃発した後、終戦の 1945 年までの間にワルシャワを始めほぼ完全に破壊された。しかし、焦土において、翌 2 月には各地でコンサートが開催され、1956 年からは「ワルシャワの秋」音楽祭が始まった（横井 124-27 頁）。

　ユダヤ系ポーランド人であるロマン・ポランスキーによって『戦場のピアニスト』として映画化もされたナチス・ドイツ占領下のワルシャワで

第4章　アネクドートへの挑戦

　生き延びたユダヤ系のピアニストであるウフディスワフ・シュピルマン（Władysław Szpilman）の『ザ・ピアニスト』（The Pianist）は、実際には1945年に Śmierć Miasta として刊行されたが、その直後に絶版処分となり、1960年代に復刊を試みるがスターリン専制下のポーランドではかなわない夢となった。しかし、1991年のソ連の崩壊とともに旧共産圏の社会が再構築され始め、1999年になって英訳版がイギリスで出版された。イシグロの『充たされざる者』の出版の4年後である。

　この50年後のイギリス出版に関して、息子のアンジェイ・シュピルマン（Andreas Szpilman）は序文の中で、父親は1945年以降再び音楽界に復帰して300曲にも及ぶポピュラーソングを作り、多くがヒットしたことを述べている。そして、1986年に演奏活動から引退して作曲活動に専念したが、それらの作品が西側ではほとんど知られていないことを次のように語っている。

　　ポーランドの人々は、父が作った歌とともに育ったのです。なにしろ、何十年にもわたり、ポーランドの大衆音楽の舞台を作り上げてきた人なのですから。しかし、ポーランドの西側の国境は、この種の音楽の〝壁〟となってしまったのでした。（シュピルマン iii 頁）

　『ザ・ピアニスト』の再生により、まさに長い間葛藤を繰り返してきた中欧の文化と芸術の壁が崩れたのだ。そして、新たな音楽が誕生した。そこには、境界を越えた真実があり、それまでの規制から自由になった人の心を動かすストーリーがある。さらに、『充たされざる者』の中で繰り返し議論される現代音楽こそが、それまでの規制の下にあったクラシック音楽の壁を崩した普遍的表現ではないだろうか。

　記憶はヨーロッパの近代史に遡り、そしてグローバル化が加速される現代社会にも受け継がれていく。時代の枠を超え、塗り替えられ続けた越境する空間において、無数の傷を抱えてきた魔都という空間の中で、その記憶の交差の中において繰り返される負の連鎖とそこに歴然と君臨する芸術を、イシグロは『充たされざる者』において基盤として設定している。

3．個人の過去の記憶への扉

　『充たされざる者』の中で基盤として設定された中欧の都市空間に、世界的に著名なイギリス出身と思われるピアニストのライダーは招待され3日間滞在するが、そこには彼が記憶の淵に追いやった様々な過去の暴力が存在する。このライダーの個人の記憶の忘却は、国家や支配者、権力者の記憶の忘却でもある。ライダーは、この街の音楽祭〈木曜の夕べ〉で演奏するために招聘されて来たはずであるが、彼がこの街にやって来た本当の理由が異なることに気付き始める。その真の理由は深刻で重要であるにも関わらず、彼の記憶は忘却の淵にあり、人々と交わる度に自分が彼らに大きな傷を負わせてきたことがわかってくるのみなのだ。ライダーが初対面だと思った人々は、実は昔に関わった人々であり、その中には彼の家族と思われる人々もいる。ライダーはイギリス名であるが、ライダーはイギリス人なのだろうか？　自分を取り巻く状況が予想していることとは違うことに戸惑いながらも、ライダーは記憶の中で自己を消されてしまった亡霊のように街をさ迷い、次第に自己を取り戻そうとする1人の人間の姿、そして1つの思想になる。

　『充たされざる者』の中で忘却の淵にあった記憶は、遠い過去の印象的な事象や人物がきっかけとなって蘇る。小説の中で現代に近い時間に生きる人々は、それが音楽家であれ、古典の音楽家以外は、架空の人物ばかりであるにも関わらず、なぜかサッカーのワールドカップのオランダ代表選手である実在の人物名のみが列挙される。また、その街に偶然移り住んでいるイギリス人の旧友に再会した時にも、ライダーは氏名をすぐに思い出す。サッカーのワールドカップの選手の名前が意味するものに焦点をおいた議論もある（Robinson, "To Give a Name" 68-70頁）。しかし、選手の名前という表面的な意味合いではなく、オリンピックと同様、ワールドカップの歴史とその意義を考察する必要があるのではないか。

　飛行機での長旅で疲労したライダーがぐっすり眠り、その翌日ホテルのカフェでコーヒーを飲み、旧市街を訪れる。ライダーがホテルの別館アトリウムのバーのカウンターでコーヒーを飲んでいる時に、鏡に映る館内の様子を通して、以前に観戦したサッカーの試合を思い出す。

第4章　アネクドートへの挑戦

> そこには自分の顔ばかりでなく、わたしが背にして坐っている館内の様子が映っていた。しばらくしてふと気づくと、なぜか何年も前に観戦しにいったサッカーの試合——ドイツ対オランダ戦——の大事な場面を思い返していた。わたしはスツールに座り直し——姿勢が前かがみになりすぎていた——その年のオランダ・チームの選手の名前を思い出そうとした。レップ、クロル、ハーン、ニースケンス。何分か考えていると、ほぼ全選手の名前が浮かんできたが、最後の二人だけはどうしても思い出せない。記憶をたどろうとしているあいだに、最初はとても心地よく感じていた背後の噴水の音が、しだいにわずらわしくなってきた。あの音さえとまってくれれば記憶の扉が開いて、ついに名前が浮かんでくるのだが……。（*U* 47-48 頁）

　この試合は 1974 年に西ドイツで開催された FIFA ワールドカップで、ライダーが見たのは西ドイツとオランダの決勝戦のことである。1974 年からワールドカップが、"The FIFA World Cup" という名称になったことは重要である（Rous 5 頁）。この 2 年前にはミュンヘンオリンピックが開催されており、1936 年のナチス・ドイツ下におけるベルリンオリンピック以来、戦後の記念すべき平和行事となるはずであった。しかし、ドイツ開催のミュンヘンオリンピックで、イスラエルの代表選手 11 名がパレスチナのテロリストに殺害されるという世界を震撼させた事件が起こり、冷戦下の社会に大きな傷跡を残す。同時に、ミュンヘンオリンピックはドイツ開催のオリンピックとして政治と美学が融合したものだった（Tomlinson and Young 8-9 頁）とする評価もある。その 2 年後の西ドイツ開催のワールドカップもまた、新たなスタートを記すもので、新しいトロフィーと新会長が選ばれ、西ドイツ対東ドイツ戦では、約 3,000 人が西ドイツからベルリンの壁を越えて参加した（Lisi 132 頁）。

　この記念すべきワールドカップの決勝を、ライダーは中欧の町のホテルで直接観たのではなく、鏡を通して目にしたのだ。ホテルのバーではその 1974 年の試合のヴィデオを流していたのだろうか。その時のオランダチームのメンバーは、レップ、ニースケンス、クロル、ハーンを含む 22 名で、ライダーはそのうちの 2 名だけ思い出せない。この鏡に映ったサッカーの試合は、ライダーを過去の記憶へと導く糸口となる。

　この思い出せない選手のことが記憶と現実の間を行きかうきっかけになる。旧市街のハンガリアン・カフェからゾフィー（Sophie）親子と共に彼

女の家に歩いて行く時に、この会話が発展する。ゾフィーの息子ボリス（Boris）が、「九番」が「世界一のサッカー選手」だと言った時に、ライダーはその「九番」という言葉が「どこか遠い鐘の音ように鳴り響いていた」（U 76 頁）が、それが実際のサッカーの選手ではなく、ボリスが持っている玩具のサッカー・ゲームの選手のことを言っているに過ぎないことに気付く。それは、ボリス自身が、「アヤックスと AC ミランといった『実在の』チームのように見えれば楽しいだろうというメーカーの考えを嫌って」（U 77 頁）自分で名前を付けていたが、その中の1人の選手にだけは名前を付けずにユニフォームの背番号で呼んでいた。それが「九番」であり、ボリスのお気に入りで選手として有能な「九番」が、ライダーの記憶の中で、解説者が実況中継で「九番」の試合での活躍を述べている声や大歓声の中で蘇る。

　この記憶から現実に連れ戻すのが、ボリスが抱えるゲームの中の「九番」の問題なのだ。ボリスは「九番」の台が破損したので修理しようと思い箱に入れていたが、その箱を以前の住居に忘れたと言う。この 1974 年のワールドカップではオランダチームの活躍に対して「オレンジ旋風」が巻き起こり、その後、イギリス人ジャーナリストであるディヴィッド・ウィナーが『オレンジの呪縛』（原題 *Brilliant Orange: The Neurotic Genius of Dutch Football*）を 2000 年に出版して話題となった。1974 年のオランダチームの九番は、ピート・ガイザー（Petrus Johannes Kelzer）であり、1943 年にオランダで生まれた彼は、1961 年から 1974 年までアヤックスでプレーを続けたスター選手だったが、1974 年のワールドカップでは活躍できず、オランダが準優勝となったこの対戦後に引退している（ウィナー）。ライダーとボリスの対話の中で語られる「九番」とは、レジェントとなった過去の英雄であり、オランダチームに象徴されるオレンジ旋風という過去の記憶を導き出してくれる救世主でもあるのだ。

　イギリスは常にライダーの記憶の中にあるにも関わらず、その断片的記憶は魔法が解ける様にすぐにライダーの心に浮かんでくる。しかし、この作品において、イギリスは、「精神的衝撃に満ちた歴史（"traumatic histories"）」を持つヨーロッパ大陸から切り離されている（Quarrie 150 頁）と断言できるだろうか？　ライダーのイギリスでの子供時代は暴力や不確

第4章 アネクドートへの挑戦

実に満ちており、その子供時代が「政治や歴史的緊急事態などの大人の世界には近づくことができない」時代であり（Quarrie 142頁）、ライダーの家族を巡る葛藤はこの子供の世界からしか語られない。ライダーと彼の家族は、イギリスにおいてもアウトサイダーであり、その彼らの葛藤の根は実は中欧にあるのではないか？

　ライダーは、イギリス時代の友人にこの街で再会するが、彼らの氏名をすぐに思い出すとともに、その記憶はライダーの両親と関連している。それらの友人とは、宿舎学校時代の学友ジェフェリー・ソーンダーズ（Geoffrey Saunders）、イギリスでの大学時代の知り合いであるジョナサン・パークハースト（Jonathan Parkhurst）、そしてウースターシャーでの幼馴染であるフィオナ・ロバーツ（Fiona Roberts）である。彼らとの再会は偶然であるが、彼らは著名人のライダーの訪問を知っており、再会にある種の期待をする。しかしライダーが記憶しているのは、自分の幼い頃、学校時代、大学時代に至るまでの両親の不和と不在なのである。

　まず最初に、ライダーとボリスの対話はライダーがイギリス時代の旧友ソーンダーズに偶然出会うことで継続され、それと同時にライダーには学生時代の記憶が断片的に蘇る。先にどんどん歩いて行くゾフィーに追いつこうとライダーがボリスの手を取って歩いていると、突然、ソーンダーズに出会うが、ライダーは彼の名前も学生時代の友人であることもすぐに思い出すのだ。ソーンダーズは独身でみすぼらしい恰好をしており、生活にも困窮している様子である。ライダーは、ソーンダーズが学生時代は学業とスポーツに優れ、何とか彼に気に入られたいと思っていた。しかし、時間が過ぎ去ると、立場が逆転している。新聞でライダーがこの街にやって来ることを知ったソーンダーズのほうが何とかライダーとの再会を願い、お茶の用意までしていたのであるが、連絡を取る勇気が無かった。

　ボリスとライダーが「九番は史上最高の名選手」だと主張することに対して、ソーンダーズはそれがでたらめだと反論する。ボリスが創り出した九番選手とその選手が活躍する想像の世界に対して、ソーンダーズは現実を突きつけようとする。まるでそれは、期待されていたにも関わらず途中で消え去ったオランダ元代表のガイザーの現実と自分の現実を突きつけるようなのだ。学生時代のライダーとソーンダーズの立場が逆転し、ソーン

133

ダーズは自分がどの様な人生を送ってきたかをライダーに話したい衝動に駆られる。

ライダーは、14、5歳の頃のソーンダーズとのある印象的な場面を思い出す。2人で田舎町のパブのそばに立ってクロスカントリーの監督をしていた時に、ライダーが取り乱して突然泣き出した記憶が蘇って来る。

> その朝、わたしはいつになく取り乱していて、二人で霧のなかに目を凝らしつつ黙って十五分ほど立っていたあと、こらえきれずに突然わっと泣きだしてしまった。そのころジェフリー・ソーンダーズとはとくに親しい仲ではなかったが、ほかのみんなと同じように、いつも彼にはよく思われたいと思っていた。それでわたしはひどく屈辱的な気持ちになった。ようやく自分の感情を抑えることができたとき、まず頭に浮かんだのが、彼に軽蔑され、無視されるに違いないということだった。でもそのあと、ジェフリー・ソーンダーズがわたしに話しかけてきた。最初はわたしのほうを見なかったが、そのうちにだんだんこちらを向いて。あの霧の日の朝、彼が何を言ったのかは覚えていない。しかしその言葉が強烈な印象を残したことだけは、はっきりと記憶に残っている。一つには、自分が情けなくて仕方なかったわたしに、彼が驚くほど思いやり深く接してくれたことが、心の底からうれしかった。そして、凍てつくような寒さのなかで、この学校一の人気者に、別の一面──つまりとても傷つきやすいところがあるのに初めて気づいたのも、このときだった。(*U* 86-87頁)

ここで、ライダーは自分の中に重大な問題を秘めており、その思いがソーンダーズの前で張り裂けるのだが、その時に取り乱して泣いた理由は思い出されないし、ソーンダーズの言葉も思い出すことができない。

ライダーとイギリスとの関わりは、子供から少年期にかけての思い出の中で浮き彫りにされる。ライダーに、旅の疲労からホテルの部屋で眠りにつこうとしていた時に、イギリスでのある記憶が蘇ってくる。両親と3人でイングランドとウェールズの境にある叔母の家で過ごした2年間に、子供にはわからない重大な事態に直面していたことが思い出されていた。ライダーに蘇ってきた「ある午後の記憶」の中で、「プラモデルの兵隊の世界にすっかり夢中になっていたとき、階下で猛烈な口論が始まった。その怒鳴り声があまりの剣幕だったものだから、六つか七つの子供心にも、これは並みの喧嘩ではないことが感じられた」(*U* 34頁)と思い出す。そ

第 4 章　アネクドートへの挑戦

の怒り狂った声を聞きながら、ライダーはおもちゃの兵隊と戦闘の作戦計画を立てて遊んでいた。

　そしてこの両親の不和については、フィオナが車掌となってライダーの前に現われ女性たちの会に誘われた時に、落ち込んだライダーを救ったのがフィオナだったとライダーは思い出す。しかし、ライダーを幼馴染として自慢していても、フィオナはライダーとの会話において核心に辿り着くことはできない。周りの女性たちは、フィオナが連れて来た男性が有名人のライダーとは最後まで気付かずにフィオナを馬鹿にする険悪な環境の中で、落ち込んだライダーにフィオナが救いの手を差し伸べてくれたことを思い出す。

> …、私の脳裏に、フィオナと子供のころに育んでいたあたたかい友情の思い出がよみがえってきた。ウースターシャのあのぬかるみ道を少し歩いたところに彼女が住んでいた小さな白い家があり、わたしたちは彼女の家のダイニングテーブルの下にもぐりこんで何時間も遊んでいたものだ。怒りと混乱を覚えながらあの家にふらふらと遊びにいったわたしを、そのたびに彼女がどれだけ巧みに慰め、逃げだしてきたばかりのどんないやな場面でも、たちどころに忘れさせてくれたことか。（U 422 頁）

ライダーが両親の不和に基づく不安定な家庭環境から逃避して辿り着いたところがフィオナの家で、傷ついたライダーにとってフィオナは救世主であったのだ。ライダーのトラウマは深刻であることが示唆されているにも関わらず、詳細は語られない（Drqg 113 頁）。ライダーの両親は何らかの大問題に直面しており、叔母の家に一時的に間借りして、家族が危機的な状況に陥っていたことが伺われる。ライダーが思い出す子供時代は、子供であるが故に知らされていない重要な出来事と子供であるが故に言葉では表現できない怒りと憤りに満ちていた。これは、ライダーにとって最も辛い両親との思い出と心の隙間を埋めてくれる友情の存在というアンヴィヴァレントの日々の記憶だったのだ。

　ライダーとソーンダーズの記憶は、時間差の中で交差するが、記憶は異なる感情に支配されて蘇る。ライダーはソーンダーズに再会するとすぐに、彼が人気者で模範生であり、将来は総代になると予想されていたが、

「思い返せば、そうはならなかった。何か重大な出来事があって、中等学校の五年生のときに急に退学しなければならなくなった」（*U* 84 頁）とソーンダーズが記憶の途中で消えたことが明確となる。即ち、ソーンダーズはライダーの記憶の中では、人生の頂点にいたことになる。しかし、ライダーとの再会を機に、ソーンダーズは自分の過去ともう一度向き合うことになり、ライダーが思い出したものと同じシーンを思い出す。「おまえは覚えていないかもしれんが」（*U* 767 頁）と繰り返しながら、ソーンダーズはひどく動揺していたライダーにかけた言葉を思い出して、述べる。

> 覚えているぞ。おまえはずっと『きみには大丈夫だろうよ、きみにはすべてが上々だろうよ』と言いつづけて、ひどく沈んでいるようだった。それでとうとう、おれはおまえに言った。『いいか、おまえだけじゃないんだぜ、なあ。心配ごとがあるのは、世界でおまえ一人じゃないんだ』と。それからおれは、自分が七つか八つのころ、両親と弟と一緒に家族で休暇に出かけたときの話を始めたのさ。おれたちはイギリスの海浜リゾートのどこか、ボーンマスかどこかへ出かけていた。ひょっとしたらワイト島だったかもしれん。天気はよかったんだが、そのう、何かがまずくて、楽しめずにいたんだ。もちろん、家族旅行にはよくあることさ。だがあのときは、それが分からなかった。何しろおれはまだ七つか八つだったから。とにかく何かがまずくて、ある日の午後、おやじがついに爆発したんだ。つまり、突然に。（*U* 767-68 頁）

何らかの事情で落ち込んでいるライダーにソーンダーズは自分が子供の頃の話をする。この 7 歳か 8 歳の時に、父が突然怒り出し、怒り狂った状態で歩き回るという異常な行動を取ったことを語る。それは、ライダーが 6 歳か 7 歳の時に体験した、怒り狂った両親の口論と重なり、子供の心に大きな影を落としたことと重なる。そして、重大な事情を 2 人の家族が抱えており、それにより子供の人生も変わったことが示唆されている。

ソーンダーズは中等学校の 5 年生の時に学校を去った。ライダーは、2 年間叔母の家に両親と居候していただけでなく、9 歳の頃マンチェスターに数ヶ月住んでいたことから、家族の中に不安定で不確定な何かがあったことが伺える。これは、父親の仕事の関係で引っ越しをするまでの仮住まいであったと思い出されるが、具体的なことは思い出されない。しかし、2 人に重複する記憶の中の暴力は、家族の不和、「過去の悲運」、そしてそ

第 4 章　アネクドートへの挑戦

の原因となる何らかの重大な出来事である。子供時代のライダーとソーンダーズは、未来の可能性を「九番」の選手にかけるボリスの年の頃に、親が原因である暴力を体験していたのだ。

次にイングランドでの大学時代の知り合いであるジョナサン・パークハーストに出会った時にも、ソーンダーズの時の様にその名前をすぐに思い出す。パークハーストは今でもイギリスに定期的に帰国しては学生時代の友人たちに会うというが、ライダーは外国を旅行してばかりで音信不通になっていると言う。そしてパークハーストが長々と話す思い出話に耳を傾けるが、ライダーが同級生を忘れても、彼らは皆ライダーを覚えていると言う。道化役だったパークハーストは、自称「大の人気者」（U 534 頁）で、いかに出世頭のライダーが当時ピアノに夢中だったかを覚えていて、その真似をしては笑いを取っていることを語る。パークハーストは、「たまにはあの時代が懐かしくならないか？こんな出世したおまえでも？ああ、そうだ。さっきそれを言おうとしていたんだ。おまえはもうあの連中を覚えていないかもしれんが、あっちのほうはしっかりおまえを覚えているんだよ」（U 536 頁）。

出世したライダーが同窓生に面白おかしく語られていることに対して、ライダーはその話の内容も気にせず、記憶の断片の中で心地よい場面が蘇って来る。それは、4 人の学生と住んでいた古い寮の部屋でのくつろいだ時間だった。

> わたしは、目を閉じたまま、あの広い野原のなかの、丈高の草むらでくつろぐ仲間たちに囲まれた小さな学生寮に戻りたいという強い郷愁にひたっていたが、そのうちパークハーストがいま目の前で話している内容が、少しずつ頭のなかに入ってきた。そのときやっと、パークハーストがいま話している連中の何人かが、いまや顔も誰が誰だかわからなくなってしまったあのクラスメートの一部――あるとき、ドアからわたしの部屋をのぞきこんだ彼らを大喜びで招き入れ、どこかの小説家だかスペインのギタリストだかの話をしながら、気楽に一、二時間を過ごした相手だと、思いあたった。（U 538 頁）

ライダーの大学での思い出の中には具体的な名前や名称は出てこず、クラスメートという集合名称と、彼らと過ごした自由な時間や芸術談義が貴重

なものと認識される。ライダーはイギリスにおいてすでに、アウトサイダーとなっていたのだ。家族から離れ、大人に成っていく過程で、ピアノの演奏に没頭し、自我の目覚めと自立心を養っていったライダーは、記憶の扉の内側にいるのだ。

　個人の記憶への扉は、『充たされざる者』の中で基盤として設定された中欧の都市空間に解き放たれる。その時、冷戦下においても熱狂的に支持されて様々な政治葛藤に直面したワールドカップの選手の氏名と、家族の中に潜在する暴力に対峙し成長する過程で精神的に救ってくれた友人の氏名が、自然に思い出される。その記憶の断片はアネクドートとなり、ライダーが記憶の淵に追いやった様々な家族を巡る不幸と暴力へと続く。

4．家族をめぐる忘却と記憶の連鎖

　家族を巡る不幸と暴力の記憶は、ライダーの記憶をたどる際に、ライダーとゾフィー親子との間に想定される関係がライダーと両親との関係の連鎖の上に構築されていく。この対をなす点を、小説の特徴とする議論もある（Anastas 63頁：Adelman 167頁）。そこに、さらにグスタフとゾフィー親子、ホテルの支配人ホフマン親子関係が重なり合う3組の親子の類似性や関連性を考察して、家族関係のネグレクトがテーマだという論もある（Shaffer 94-95頁：Villar Flor 163頁）。しかし、ライダーの子供時代から青年期にかけての遠い記憶の扉が開かれることに対して、彼とゾフィーとボリス親子のより近い過去の記憶はなかなか戻ってこない。ライダーは、冷戦下のサッカー選手の名前は出てくるにも関わらず、自分と非常に近いところにいた人々、即ち自分の家族のことを全く覚えていない。

　ライダーは、演奏旅行でこの街に着き、ホテルにチェックインした際には予想もしていなかったことに遭遇する。それは、彼が忘れ去っていた自分の家族と思われる人たちとの再会である。ライダーは6、7歳頃から大学時代までイングランドに住み教育を受けたことは覚えているが、それ以前とそれ以降の彼の記憶は欠落している。それ以前、彼と家族はどの様な生活を送っていたのか？　また、大学卒業後、彼はどの様な人生を歩み、誰と出会い、どの様な人間関係を構築してきたかが記憶から欠落しているのである。その上、彼は今回の演奏会に両親が聴きに来ることに執着して

第4章　アネクドートへの挑戦

いるが、実際両親は来ない。ライダーの話の中でのみ両親が来る可能性が語られる。その代わり、グスタフが娘ゾフィーとの関係が子供時代から現在までうまくいっていないこと（U 146 頁）、さらにホテルの支配人ホフマン（Mr Hoffman）の息子シュテファン・ホフマン（Stephan Hoffman）が、自分の音楽教育が発端となり両親が不和になったことを語る（U 119 頁）。ライダーは彼らの家族の問題に対して自分は「部外者」だと繰り返し確認するが、実は彼らの話はライダー自身が関わる家族の記憶なのである。最も思いやりと理解を持って接するべき家族や愛する人に対して葛藤が起こった時に、相手を傷つけそれを闇に葬ってしまおうとする記憶への暴力が起こるのである。

　記憶への暴力を解き明かすシナリオは、ライダーが街に着いた時点でホテルの名ポーターであるグスタフによって個人的なコンテクストの中で出来上がっている。グスタフは、ライダーにハンガリアン・カフェにいる娘のゾフィーに声をかけてほしいと懇願する。グスタフは、「娘が何を悩んでいるのかをつきとめ、バランス感覚を取り戻せるよう、何か言葉を返していただくだけで」よいと意味ありげに言う（U 56 頁）。それに対してライダーは、ゾフィーの問題を「家族の問題と深く関係している」と思われるので、自分の様な「部外者」には無理であろうと言い返す（U 56 頁）。そして、その「全体が複雑にからみあった家族の問題をじっくりと話し合うなら、きみ自身こそ、その役目に最もふさわしいのでは」（U 56 頁）と自分が関わることを拒否する。グスタフとゾフィーとの間には深い溝ができており、何年も口をきいていないが、定期的には会っており、グスタフは孫のボリスの面倒を時折みている。娘との確執を話すグスタフに心を動かされたライダーは、最終的にはゾフィーに会うことを決めるが、この時にライダーはゾフィーもボリスもあかの他人だと信じている。ゾフィーはライダーを認識して名前を呼ぶが、ボリスには「特別なお友達」（U 63 頁）と紹介する。しかし2人きりになり、ゾフィーはライダーに「あたしたちがずっと探していた」（U 66 頁）家が見つかったと告げると、ライダーは混乱する。

　ゾフィーは40代のジプシーのような美しい黒髪の女性として登場するが、シングルマザーとして一人息子のボリスを育てており、精神的に不安

定な状態にいる。その再会の中で、ゾフィーとライダーの間に怒りや失望があることが徐々に判明する。その負の感情の原因は明確化されず、ゾフィーとライダーの間の溝はなかなか埋まらないどころか、ライダーが思い出す度に怒りという負の感情が伴い、原因が何か思い出されないまま怒りと怒りの衝突が続く。

　　彼女はまた家のことを話しだした。それを聞きながら、わたしは彼女がいま言及した電話での会話を思い出そうとした。しばらくすると、この同じ声を——それとも、もう少しとげとげしい、怒った声だったか——つい最近、電話口の向こうで聞いたような記憶が、かすかによみがえってきた。最後には、自分が受話器に向かってその女性に怒鳴っていたある言葉も、思い出したと思った。「きみの住む世界は何て狭いんだ！」と。それでも相手がまだ言い返してくるので、わたしは軽蔑したように「何て世界が狭いんだ！　なんて狭い世界に住んでるんだ！」と繰り返していた。しかしいらだたしいことに、そのときの会話は、それ以上、何も思い出せなかった。(U 67頁)

　ゾフィーとライダーの間にある負の感情をむき出しにした葛藤は、まるでライダーが子供の頃に聞いた両親の怒鳴り合いと重なる。それは、価値観の相違であり、ライダーが内面に秘めていた思いをボリスが受け継ぐのである。即ち、ライダーはここで子供時代の自分と出会っているのだ。様々な場面でボリスが一瞬躊躇する態度を取るが、それはゾフィーが抱えている精神的に不安定な状態を察知するからである。同様に、ライダーも子供時代に両親の不和、あるいは家族の重大問題に対して、慄きながらも何もなす術が無かった。

　ライダーとゾフィーの間に起きた暴力は、ライダーがボリスを連れて彼のお気に入りの「九番」が入った箱を探しに行くという口実で、ボリスたちが以前に住んでいたとされるアパートに行った時に明確になる。そのアパートは人造湖の近くにあり、コンクリートの高層住宅群で円筒構造になっているため、2人は一周してしまう。そのアパートが見つかると、ライダーは隙の間から見た部屋に見覚えがあり、それが9歳の時に一時的に住んでいたマンチェスターの家の居間に似ていることに気付く。この記憶の連鎖は、暴力の連鎖となり、重なる暴力の記憶となる。人工的な建築

第4章 アネクドートへの挑戦

物と風景が象徴するかの様に、その中にある生活は家庭内暴力と家庭崩壊に満ちているのである。

このアパートでの生活は、家庭不和、崩壊、そして別離のきっかけとなったものだと判明する。しかし、このアパートへの訪問で、ライダーはボリスを自分の息子であると断言する。そこには新しい家族の姿があったのだ。

イシグロは、『遠い山なみの光』や『浮世の画家』の中で、戦後復興期に若い世代が生活の基盤を持つ団地を一つの新しい時代の象徴として描いている。ゾフィーが住んでいたこのアパートは、郊外の巨大団地群の中にあるが、この団地群こそが19世紀末から20世紀初頭にかけて起こった中欧の工業化と都市化、そしてそれに伴う移民を含む人口流入を象徴している。その中でもボヘミア連邦は、ハプスブルク帝国における屈指の工業地域として、社会変容がすでに起こっていた（森下23頁）。1918年の独立宣言後、チェコスロヴァキア共和国は、急激な人口増加により深刻な住宅難に陥り、さらに第一次世界大戦の終結により農村から都市への人口流入が加速して、特に労働者の間の住居過密は深刻な問題となり、1921年建設支援法が成立した。しかし同時に、1920年の「大プラハ」制定に伴い、首都プラハは旧プラハ市と郊外およびその外周の農村地帯を含む近隣自治体との合併が加速した（森下88-91頁）。

そして戦間期のプラハにおいては、イギリスではじまりヨーロッパ諸国で流行した田園都市構想が規範とされ、帝国時代から受け継がれてきた理想的な家族のあり方を受け継ぎながらも、社会改革の思想に基づき住宅だけでなく衛生、交通などの都市インフラ整備と再開発に乗り出して、スポジロフ郊外住宅団地などの代表的団地が建設される。しかし、この住宅団地には専門職や比較的恵まれた層の住人が住むことになり、労働者の住宅問題解決にはならなかった。

その後、左翼により住宅改革構想が練られ、貧困層のための公的住宅政策が行われたが、ドイツ・ナチス占領期において、チェコ人の土地や財産は収用され、さらにユダヤ人住宅や財産も徴用されて、ドイツ民族を東ヨーロッパの占領地に入植させる「住宅のアーリア化」が実施された。戦後はドイツ人と戦中の対敵協力者であったチェコ人が財産を没収され、ド

イツ系住民は追放されることとなる（森下 238 頁）。戦後の共産党政権の下では個人の住宅、土地所有は厳しく制限され、政府により大規模な住宅建設が始まる。戦間期の住宅・社会格差は縮小したが、20 世紀前半に構想されて建設された集合団地とは異なり、文化施設や緑地などが無い無機質な空間であったという。大プラハの郊外に残る集団住宅はこれらの歴史的変遷を語るアネクドートなのである。

　ライダー一家がかつて住んでいたとされる集合住宅は、無機質なコンクリートと文化的生活を感じないような空間にあり、その中の過去の生活は葛藤の繰り返しだったことが暴露される。ライダー一家が住んでいたアパートは、隣人によると「あのごたごたのあと」からずっと空き家のままだという。1 カ月前にその事件が起こり、住人は出て行ってしまったという。隣人は、その家族に起きたことに対して、夜遅くに夫婦の怒鳴り合いの喧嘩が続き、夫は仕事で留守がちで酒癖も悪く夫婦が重大な危機に直面していたことを示唆する。目の前にまだ子供であるボリスがいるにも関わらず、またライダーがその話を阻止しようとするにも関わらず、隣人は被害者としての自分たちの経験を語る。

　　「そう、家内は一瞬たりとも我慢できなかった」男はわたしを無視して続けた。「喧嘩が始まるたびに、いつも枕で頭をおおったもんだ。あるときなんか、台所でだよ。わたしが帰ってくると、家内が頭に枕をかぶって料理をしていた。いい気分じゃなかったね。ご主人がしらふのときは、いつ会っても実にまともな人間だった。きびきび挨拶して、出かけていったよ。しかしうちの家内は、裏に何かあるのかはっきり分かっていたんだ。ほら、酒を飲むと……」（*U* 378-79 頁）

　ライダーは、非難が自分に向けられていることを感じながらも、家族の不和を子供に聞かせまいと反論する。この時点で、ライダーには思い出したくない過去の断片が蘇る。彼自身が自分の飲酒癖と暴力性に対峙したくない思いとボリスが息子であるという認識とが同時に起こる。「いま息子と一緒なのだと分からないんですか？　これはあの子の前で持ちだすようなはなしでしょうか？」（*U* 379 頁）と隣人たちの無神経さに腹を立てる。それに対して、隣人は「子供を永久に守ってやることはできないよ」と言

第4章 アネクドートへの挑戦

い、「どのみちいずれ世間を受け入れなきゃならないんだ。欠点も何もかも、一切合財隠さず……」(U 380頁) と反論する。ライダーが何度も隣人の話を阻止しようとするのは、そこに隠されている自分の裏の顔を暴露されることを恐れているからだ。ライダー自身子供の頃、両親の怒鳴り合いを聞いていた時期があった。そのライダーが、飲酒により、家族に残酷になり、言葉の暴力を繰り返していたことが明白になり、この記憶は負の出来事として封印されていたことがわかる。

家族の不和と暴力に関して、ライダーが自分のことと認識して、ボリスに自分の気持ちと不在の理由を打ち明けるが、それは、ボリスの空想劇の中に描かれる家の外の暴力に連動する。そして、アパートを大勢の街のゴロツキに襲撃されるというゾフィー親子が避けることができない事情と重なり合う。ライダーは、「ボリス、きっと思っているだろうね。つまり、どうして静かに落ち着いて暮らせないんだ、この三人で、と」(U 383頁) と自分のこととして認めた上で、旅に出る必要性を説明する。ライダーは自分が世界に求められており、そのために旅をすることが重要であるが、全てが終わった時点で3人で平穏無事な生活が送れるとボリスに語る。ライダーの中に、家族や個人の生活を犠牲にしてまでも果たさなくてはならない役割があり、そのために家族が崩壊したという自負の念があることがわかる。

ライダーの不在による家庭崩壊は、ゾフィー親子にもう1つの暴力を与えていたことが、ボリスの繰り返し語られる空想劇の中で示唆される。空想の中のボリスは成長していて、祖父のグスタフも健在であり、彼は、家を襲撃する大勢のゴロツキからの襲撃に対して勇敢に戦うのである。

「これまで何度も闘ったね。今回はいつになくおおぜいでお出ましのようだ。でも心のなかじゃ一人残らず、絶対に勝てっこないと分かっているはずだよ。今度ばかりは、おじいちゃんもぼくも、大怪我させないとは約束できない。こんな抗争は無意味だ。みんなにも、昔は家族がいただろ。お母さんとお父さん。たぶん兄や弟、姉や妹も。ぼくはこっちの事情を分かってほしいんだ。こんなふうに何度もアパートを襲われて、ママはいつも泣いてばかりさ。いつも神経を張りつめて、いらいらして、だから何の理由もないのにぼくを叱りつける。それにおまえらのせいでパパも長いあいだ家をあけて、ときには

外国へも出かけなきゃならないから、ママは不機嫌なんだよ。それもこれも、みんなおまえらがアパートを襲うからだぞ。こんなことをするのは、向こう見ずだからか、崩壊家庭に育って分別がないからだろう。」(*U* 389頁)

このボリスの空想劇は、ライダーがその後もゾフィーやボリスと時間を共有して家族の絆を取り戻そうとする度に失敗に終わることを予見している。ゾフィーが懇願し続けても、その度にライダーはより重要なことがある、約束があると言って、共に過ごす時間を断ち切る。グスタフが亡くなった時にもゾフィーとボリスに寄り添わず、コンサートに両親が来ていることを疑わないライダーは、ゾフィーとボリスを置き去りにするが、結局、彼の両親は来ていない。ライダーの一方的な謝罪に対してゾフィーは、「放っておいて。あなたはいつだって、あたしたちの愛情の外にいたじゃない。いまだって自分を振り返ってみてよ。あなたはあたしたちの悲しみの外にいる。放っておいて。消えてちょうだい」(*U* 932頁)と決定的な言葉を発する。ゾフィーは父を失い、ライダーは両親と再開することができない。それを予知するかのように、ライダーとゾフィー親子は和解することができない。

このライダー、ゾフィー、そしてボリス親子の崩壊の連鎖は、ホテルの支配人であるホフマン、妻クリスティーネ（Christine）、そして23歳の息子でピアニスト志望のシュテファン親子の崩壊に見ることができる。〈木曜の夕べ〉に出演するように父に言われたシュテファンは、ライダーに助言を求めるが、ライダーとの出会いで彼は徐々に音楽教育を巡る両親との確執とその後の恐怖を思い出す。また、ホフマンも、妻との結婚生活の実質上の破局に関して、ライダーを通して思い出す。そしてその妻は、ライダーの熱心なファンで、ライダーの記事を集めたアルバムがすでに2冊になっている。ライダーと車の中で時間を共にしているシュテファンが、母との関係を思い出す時を、ライダーが「それをこれまでにもたびたび――たいていは夜眠れずに横になっていたり、一人で車を運転しているときに――思い出していたことで、いまはわたしが助けになってくれないのではないかという不安から、また彼の心に浮かんできた」(*U* 118-19頁)と解説するように、ここでライダーとシュテファンの意識が一致する。

第 4 章　アネクドートへの挑戦

　シュテファンは母の彼に対する期待を裏切っているという恐怖と苦悩に取り憑かれ、〈木曜の夕べ〉が近づくとこの恐怖が蘇っていたのだ。それは、ドイツに留学していた学生時代に母の誕生日に帰宅した時のことだった。予想していた通りに、シュテファンの帰省にも冷淡に接し、演奏に失望して無関心な態度を取った母との記憶が、「昔の恐怖」（U 127 頁）として蘇る。この母への恐怖の根は深く、母は 4 歳からシュテファンを著名な先生の指導を受けさせるという英才教育に没頭し、その先生に 10 歳の時に練習をしなくなったことで見捨てられると、別の先生を探してきたが成果が出ず、母の失望と家庭内不和が始まる。12 歳の時、母がプライドを捨てて元の先生のもとに戻れるように頼み、シュテファンは懸命に努力をした。そして、彼が 17 歳の時に市民芸術協会主催のユルゲン・フレミング賞というピアノ・コンクールに出場できるように、母は必死に働きかける。その時に、両親は息子の本当の力を知り、絶望し、社交的で芸術に関して極めて高い関心があった母は、外出することもコンサートなどにも行かなくなってしまった。

　シュテファンは、「二人ともぼくへの愛情と誇りが強すぎて、現実を見られなかったんだと思います。両親はぼくが着実に上達していて、正真正銘の天分に恵まれているものだと、何年も、ずっと信じていました」（U 133 頁）と自分に掛けられた過剰な期待があったことを理解している。そのシュテファンに〈木曜の夕べ〉で演奏することを父がお膳立てすることは、彼にチャンスを与えるためであり、家庭内の不和を解決するためなのである。

　ホフマンと妻クリスティーネは、実は、シュテファンを巡る不和以前に、大きなギャップを抱えており、その葛藤を抱えたまま夫婦関係を続けている。ピアノの練習場にライダーを連れて行く車の中で、ホフマンは芸術家を輩出した家系の美しい妻への賛美から、結婚で明らかになってきた溝と緊張感、そして決定的な亀裂後に続いた 22 年間の結婚生活を思い起こして、ライダーに語る。ホフマンは自分と妻を結びつけたのは音楽だと言いながらも、そこから大きな誤解が生じたことを打ち明ける。それは、ホフマンには音楽の知識や音楽を楽しむ趣味はあっても、彼自身は音楽に携わる人間ではなかったことにある。そして、妻が結婚を承諾して彼の部

屋に初めてやってきた時、彼女はピアノが無いことを指摘し、「『だけど、作曲はどこなさるの？　ピアノがないわ』」（U 612 頁）と言った時、ホフマンは平静を装って嘘をつく。ホフマンは、ピアノが無いのは、「『あと二年間、作曲はしないと決めたから』」（U 612 頁）と、あたかも常日頃は音楽活動をしているように装うのである。若かったホフマンは、その嘘がそれほど大きな意味を持つとは思わず、生涯、恐怖を起こさせるほどの「誤解」（U 614 頁）生んだと思い出す。

　結婚生活においてホフマンは妻の機嫌を取り続け、夫として誠実に妻の音楽や芸術の好みを尊重してきたと思っていたが、決定的な出来事が起きてホフマンは絶望を感じる。それは、この街で開かれたヤン・ピュトロフスキーのコンサートのレセプションに招かれた時、妻がピュトロフスキーにボードレールが大好きだと情熱的に語っていることをホフマンは耳にする。その時彼は、妻の全く知らない部分、自分が共有できない部分が確固と存在することを知り、妻との間に埋められない溝があることを知る。このホフマンの告白は、痛々しくもあり、また滑稽にも思える。しかし、この誤解により生まれた息子は妻の家系の性能を継がず、息子が「家内が自分の人生で犯した大失敗の象徴」（U 626 頁）となったとホフマンは言う。ホフマンは崩壊した家庭を維持しながらも、最後の希望をライダーに託そうとする。

　ホフマンがライダーに託した最後の手立ては、息子をピアニストとして〈木曜の夕べ〉に出演させることと妻の 2 冊のアルバムをライダーに見せることである。ホフマンの苦悩に満ちた結婚生活に関して聞いた時には、ライダーはシュテファンの苦悩を知っていた。この 2 人の苦痛の種である妻に対してライダーはどの様に思っていたのか。それは、ホフマンが最初にライダーに会った時とピアノの練習場の手配をする時に、彼が嘆願する妻のアルバムを見るという行為を無意識のうちに拒否していることに表れている。しかし、そのアルバムを見る前に、ライダーは、ちょうどコンサートホールへの道筋で迷っていた時に、そのコンサートホールから出て来た裾の長いイブニングドレスを着たクリスティーネ本人に出会い、彼女の言い分を聞く。彼女は、息子と仲良く遊んでいた頃、夫と一緒にどこかでスーツケースを開けながら安らかな気持ちでいたことを夢見ると言う

第4章　アネクドートへの挑戦

が、朝になって現実の1日が始まると「別のもの」、他の力が働いて、「望まない方向へ」（U 729頁）へ行ってしまうと告白する。そこには、彼女自身が抱える問題、音楽性に関する問題から個人の感情に関する問題が絡み合っており、自分の「病気」が原因としてあると言う。彼女の告白の中に、自分の非を認める誠実さ、固い絆の家族をもう一度持ちたいという強い願望、そして息子の演奏を聴く心の準備が必要だという率直な親心があることをライダーは知ることになる。これこそが、彼女のアルバムを見ることよりも、大きな意味を持ち、家族の葛藤が持つ複雑さと難解さを悟る機会をライダーに与える。

　しかし、コンサートの開始と共に、この家族の記憶への暴力は頂点に達する。それは、ホフマンが息子の演奏が大失敗に終わり、妻がその場に来なかったこと、さら妻のアルバムをライダーが見ようとしなかったことに失望し怒りを感じることに比例して、ライダーが自分の演奏を聴きに来るはずの両親が来ていないことに怒りと憤りを感じることで、その2つの家族の葛藤が衝突することである。最後にホフマンがライダーに2冊のアルバムを見せようとする時、ホフマンは夫人のプライバシーを侵害し、プライドを傷つけていることを認識していない。過剰ともいえるホフマンのアルバムへの固執は、彼自身の欺瞞の表れであり、大失敗の真の原因であったのだ。

　その激情はライダーに受け継がれ、両親の訪問に力を尽くしたが彼らの所在さえつかめなかったと主張する責任者ヒルデ・シュトラットマン（Hilde Stratmann）にライダーは激怒するが、それは彼自身に向けられた怒りでもあった。即ち、ライダーは最初から「両親がこの町にやってくる可能性がどれだけ小さかったか」（U 899頁）わかっており、泣き出す。しかし、何年か前に両親がこの街を訪問したことがあり、ライダーの名声が高まっていく中で、市民から歓迎されたことを知る。それはシュトラットマンが子供の頃のことであるが、資料に残っているという。両親は列車でやってきて、今はもない牧歌的なホテルに滞在したと知り、ライダーは、その風景を心に思い浮かべてまた涙する。しかし、その後出会った電気技師に、ライダーの母親のことは覚えているが、父親のことは覚えていないと言われ、混乱する。ライダーの両親とこの街の関係、そして彼らの

運命は不明瞭なままであるが、そこには両親の生存を信じたいライダーの悲哀がある。

　ライダーと両親との不在の時間は、ライダーとゾフィーとボリス親子の不在の時間へと継続される。最後にゾフィーはボリスに、ライダーの前で「彼は絶対にわたしたちの一員にはならないの。それがわからなくちゃ、ボリス。彼は決してほんとうのお父さんのようにあなたを愛してはくれない」（U 933 頁）と言い切る。彼らの関係に関して、ライダーがグローバル性を、ゾフィーとボリスはローカル性を象徴しているとも言えよう（Robbins 437 頁）。しかし、家族の別離は、家族への責任と仕事への責務との葛藤の中でライダーは後者を取る（Quarrie 148 頁）という単純なことなのか？　この時点で、ボリスがライダーの実の息子かどうかということに疑問が残る。ボリスの中にライダーの記憶はどのように残るのか、それは、記憶の中にあるライダーの両親に関する情報が不正確で不明瞭であることに連続するだろうし、そこにはシュテファンが悩んだように両親との確執があったことが伺える。

　家族の崩壊は記憶の暴力の中で忘れ去られ、それが徐々に暴露されていき、もとに戻そうとするのであるが、一度記憶に埋もれ記憶に裏切られた絆を再構しようとすることは困難を伴う。その中で、最後に一筋の光があるとすれば、最後まで両親から認められなかったシュテファンが、この街を出てより大きな世界で音楽をやっていこうと決意することではないだろうか。

5．忘却の街の記憶

　ライダーが訪れる中欧の街は、歴史的に市民が音楽や美術などの芸術を身近に感じている街であり、ライダーの訪問は市民にとって話題となる。しかし、ピアノのコンサートに出演するために招かれたと思っているライダーは、そこに他の意図が存在することを最初は認識していない。市議会議員の１人であるカール・ペダーセン（Karl Pedersen）がこの街が平和だった頃に関して次のように語る。

　「……。わたしのような年寄りは、ついつい昔を懐かしがるものですがね、ラ

第4章　アネクドートへの挑戦

　イダーさま。その昔、ここはまぎれもなく、とても幸せな町でした。幸せな家族がたくさん住んでいたのです。そしていつまでも変わらぬ本物の友情があり、市民は互いに暖かい心と愛情をもって接しておりました。昔はほんとうにすばらしい町だったのです。ずっとずっと長いこと。わたしは今度の誕生日で七十六になりますので、自分の体験をもってして、断じてそうだったと申しあげることができます。」（*U* 173 頁）

　家族という私的な問題が記憶の奥から徐々に蘇っていくことと比例して、この街が抱える公的な問題があることがライダーにも徐々に明らかになって来るのであるが、最後まで明確な理由が語られないし、ライダー自身も思い出すことができない。最終的にライダーは忘却の街で自分の役割を果たすことができるのであろうか。
　ライダーの訪問がピアノの演奏に加え、彼の貴重な体験を分かち合うことであることが明らかになる。訪問のスケジュールを管理している若い女性で市民芸術協会（the Civic Arts Institute）のシュトラットマンは、寝過ごしたためにレセプションに出席できなかったライダーに、彼の訪問がこの街にいかに重要かとライダーのスケジュールがハードであることを語る。

　「たしかにハード・スケジュールです。でも、決してご無理なものではないと思いますわ。どうしても欠かせないことだけに絞るよう、努力いたしましたから。当然ですが、いろんな団体とか地元のメディアとか、ありとあらゆるところから申し込みが殺到しました。ライダーさまはこの町に、たいへんな崇拝者をお持ちですわね。あなたが現在、世界最高の現役のピアニストであるばかりか、たぶん今世紀最大のピアニストだと崇めている者が、おおぜいおります。でも最後には、なんとか必要最小限にスケジュールを切り詰めることができたと思いますわ。きっとさほどご不満なものはございませんでしょう」（*U* 25 頁）

　ライダーは今回の訪問は2度のレセプションと〈木曜の夕べ〉が中心であるとは認識していたが、その中で音楽とは異なる政治的な会合への参加がスケジュールに入っていることを告げられる。そして、その会合への参加をライダー自身が希望したことを告げられるのだ。

「まさにあなたのご要望を念頭に置いて、市民相互支援グループとの会合を設定しました。このグループは、自分たちがこの現在の危機に苦しんでいるという認識のもとに、いろんな職業分野の一般市民で組織された団体なんです。どんな苦労を切り抜けて来たのか、きっと直接お聞きになれますでしょう」（U 26-27 頁）

この市民相互支援グループ（the Citizens' Mutual Support Group）との会合は、この街の市民にとってだけでなく、ライダーにとっても重要であることがライダー自身にもわかってくる。ライダーは、ゾフィーとのけんか腰の電話の会話で、「…、事実わたしを必要としている人がいるんだ。どこかへ着くと、たいていひどい問題が待ちかまえている。根が深くて、一見手もつけられないような問題がね。そして町の人たちは、わたしがやってきたことにとても感謝する」（U 71 頁）と自分の公的役割を認識している様に言う。この役割を認識しているにも関わらず、ライダーはその機会を避けようと、何度も言い訳をして、その場から逃れようとするのである。

　ライダーの役割が、ピアノの演奏より市民相互支援グループの会合への参加に重きが置かれていることが、徐々に判明する。しかし、ゾフィーとの関係に解決方法が見つからず、なかなかピアノの練習ができないライダーは会合への参加に難色を示す。ライダーの頭に最初に浮かぶのは、演奏会までにピアノの練習をすることであり、他の事に関しては消極的である。そのライダーに対して、周囲は何度も会合における彼の役割を思い出させ、そちらに誘導しようとする。そこにはライダーが責任を取らなければならない重要課題があるのだ。

　ライダーが求められている役割は、社会的地位と知名度が持つ影響力である。市議会議員のペダーセンは、「われわれが――つまり影響力ある立場の者全員が――自分の犯した過ちを認めるべき時がきた」（U 181 頁）と言う。そこで、ライダー自身もその影響力がある人物であることがわかる。その犯した過ちとは何なのかが明らかにされないまま、ライダーはホフマンにスピーチ原稿では、「おそらくひとことふたこと、あの悲劇についてお触れになる必要はありますでしょうが」（U 239 頁）、と釘を刺され

第4章　アネクドートへの挑戦

る。また、同様に、ライダーには市民から直接体験談を聞く必要があることも、ホフマンは示唆する。ピアノの練習に固執するライダーにホフマンは意図的に練習場を簡単には明け渡さず、ホテル内のいろいろな場所に振り回し、ライダーを苛立たせる。ライダーが求められていることは、彼の演奏ではなく、この街の過去の悲劇的出来事への責任追及に応じることなのだ。

さらにライダーがホフマンと合流するためにコンサートホールに行こうとする時に、彼の行く手を遮る壁があり、その壁がこの街の歴史に大きな意味を持っていることが暗示されている。ホフマンはコンサートホールに裏側からその屋根を目指して行くことをライダーに告げるが、途中で屋根が見えなくなったりして、やっとのことで近くに来たと思ったらそこには壁が立ちはだかっていた。

> しかし通りの曲がり角まで来たとき、奇妙な光景が目に入った。通りの少し先で、レンガの壁がこの道路をふさぐように——実のところ、道幅いっぱいに——そびえ立っていたのだ。最初は壁の向こうに鉄道の線路が通っているのかと思ったが、そのあと、道路の両側にもっと背の高い建物が途切れることなく遠くまで続いているのに気がついた。（U 683 頁）

この壁は近づいてみるとここを通る道がなく、ライダーの行く手を完全に断ち切っている。この壁の前で行き止まりになっているだけでなく、ドアも小さな穴さえも開いていない。その壁をなんとか超えたいライダーは、近くにいる土産物屋の女性にそれを尋ねると、彼女は、その壁を超える術は皆無だと言い、その壁は有名な観光名所だと説明する。その壁は19世紀末に、「ある風変わりな人物」（U 684 頁）が造ったとされており、それ以来有名で、夏には観光客で溢れるという。この壁は、ある時代の権力者により造られた意味がある壁であり、壁が必要でなくなった時代には観光名所として新たな意味を持つ歴史遺産である。ライダーは、「この壁はまさにこの町の象徴だ。あちらにもこちらにも、まったくもってばかげた障害物ばかり」（U 685 頁）と言って壁が持つ本来の意味に踏み込もうとしない。壁という空間を隔てる障害物が、ライダーをコンサートホール

に行くことを阻んでいること、そしてこの街に過去に存在した圧政の構造を表している。

　この壁のためにコンサートホールに辿り着けないライダーは、さ迷い歩いて疲れ果てた結果、知らないうちに旧市街まで戻っており、その上自分が関わった重大なことが心に浮かぶという体験をする。壁のせいで迷って立ち寄ったカフェに座り込んだ時に、後ろに明かりを感じながらも、そちらの方に姿勢を向けることができないまま、不安な気持ちの原因と自分に課せられた役割を明確に思い起こし、感情的になる。その時に、ライダーの中で壁とマックス・サトラー（Max Sattler）にちなんだサトラー館（The Sattler monument）が不確かな状態で一致する。

> 今夜のことでさっきまで不安をかきたてていたいろんな可能性が、またどっと心に浮かんできた。なかでも、サトラー館の前で写真を撮らせたことが、この町でのわたしの権威を取り返しがつかないほど傷つけ、おかげでたいへんな埋め合わせをしなければならないし、質疑応答のときに完璧な受け答えができなければ惨憺たる結果を招くという気の滅入るような考えに、どうしても戻ってしまうのだ。実際、そんな考えに圧倒されるあまり、もう少しで涙がこぼれてきそうだった。（U 686-87 頁）

　このサトラー館はライダーが犯した罪のキー・ワードであり、その前に訪れた墓地で自分に対する人々の怒りを感じるが、そこで人々の口から出てくるのが、「サトラー館、あれは行きすぎだ」（U 654 頁）や「サトラー館の前に立つなんて！」（U 655 頁）という非難の言葉であった。しかし、その時のライダーにはそれが意味することが理解できず、「いまにして思えば、サトラー館には、わたしが想像していた以上に複雑な問題があるのかもしれない」（U 656 頁）としか思えない。このサトラー館を背景にした写真は地元の新聞社の陰謀で、ライダーはおだてられ、サトラー館での写真を撮ることが彼の「独特のカリスマ的な雰囲気を引き立てる効果」（U 297 頁）がある最適な背景だと誘導されたのだった。このサトラー館という効果は、実はライダーに反感や嫌悪感を抱かせる逆説的な効果なのである。

　サトラー館の意味に関して、ペダーセンはライダーに次のように説明する。

第4章　アネクドートへの挑戦

「外部の方にご理解いただくのは、とてもむずかしいのです。たとえ相手があなたのような専門家でも。どうしてマックス・サトラーが――いえ、この町の歴史においてあのエピソード全体が――この町の市民にこれほど大きな意味を持つようになったのかは、まったく明らかではありません。史料として、見るべきものはほとんどないのです。ええ、それに、すべては百年ほど前に起きたことです。しかしよろしいですか、ライダーさま、あなたもきっとお気づきになったでしょうが、サトラーはこの町の市民の想像力の中に根づいているのです。彼の役割は、神話の域に達したとでも言えましょうか。ときには恐れられ、ときには嫌悪される。そしてときには、彼の思い出が尊敬されているのです。」（*U* 660-61 頁）

マックス・サトラーという独裁者がこの街に及ぼした影響力が良くも悪くも非常に強く、ライダーの行動もそれによって批判されうることがわかる。しかし、それが何を意味するかは明確でない。隠された暴力のシンボルであるサトラー館と共に、この頂上にある墓場がある重要な意味を持つ。

プラハにおいて、負の遺産としての旧ユダヤ人墓地にはアネクドートの語りがある。旧市街地のピンカス・シナゴーグにあるユダヤ人墓地には、約1万2千もの墓石が折り重なっている。この墓地は15世紀から18世紀にかけてユダヤ人の墓地であったが、1787年に廃止された。この地区はかつてユダヤ人地区と呼ばれたゲットーで、ユダヤ人たちは隔離されて密集して住むことを強要され、キリスト教徒からの迫害を何度も受け、土地の所有を禁じられるなどの差別を受けて来た。その後、19世紀後半になると、このスラム化した不衛生なユダヤ人ゲットーに対して、1893年の衛生改善措置の制定により、1899年から取り壊しが始まり、6つのシナゴーグ、ユダヤ人集会所、ユダヤ人墓地を除き全てが解体された（田中226頁）。

このユダヤ墓地に関しては、イタリアの作家ウンベルト・エーコが『プラハの墓地』を2010年に発表している。舞台は19世紀末のパリであるが、プラハのユダヤ人墓地で企てられた世界的な陰謀、「ロシアのポグロムやナチのユダヤ人抹殺計画の根拠とされた偽書『シオン賢者の議定書』の成立」が物語の中心となっている（橋本527頁）。記号学者でもあ

るエーコは、小説というフィクションの中でアネクドートを語っているのだ。『充たされざる者』におけるライダーは、この様な墓場で人々の非難を受けることになる。

　ユダヤ人墓地のアネクドートは、ハンガリアン・カフェのジプシーのヴァイオリニストのアネクドートに連鎖する。コンサートホールに辿り着けず、サトラー館での写真撮影に関する不安要因を抱えたライダーが対峙するのは、ハンガリアン・カフェに集うポーターたちである。ここでライダーは「明らかにこの町で過小評価されているグループ」の人々に寛大な歓迎を受けるが、そこにもライダーに課せられた役割があることに気付く。ライダーと同伴しても、美しい黒髪のゾフィーはレセプションで決して街の人々に受け入れられないし、ボリスは正式な音楽教育を受けていない。グスタフは長年ポーターという仕事に就いてきており、その肉体労働がきつい年齢になっても、楽な仕事に回してもらうことはない。ハンガリアン・カフェには、12名ほどの初老のポーターとミュージシャンのジプシーのヴァイオリニスト3名と客がおり、ライダーは暖かい拍手で迎え入れられる。彼らの期待が具体的に何かはわからないが、ポーターたちはライダーを救世主のように崇め、「『これからはわれわれの状況も変わりましょう。孫の代には、わたしをきっと違ったふうに思い出すでしょう。これは、われわれにとって記念すべき夜です』」（U 694頁）と言う。

　第二次世界大戦中にナチス・ドイツによって実行された非アーリア民族への絶滅政策ニュルンベルク法の中では、ユダヤ人に対してだけではなく、ポライモスと呼ばれたジプシー、ロマ人絶滅政策がナチス・ドイツ、クロアチア独立国、ハンガリー王国で実行された。その犠牲者の数は今日に至るまで確定されておらず、推定で25万人から最大400万人のロマ人が殺害されたと言われている（水谷199頁）。ユダヤ人迫害とは異なり、第二次世界大戦後も資料も無くロマ人に対する保証もなかった。ロマ人に対しては人種的迫害ではなく、反社会的行動、犯罪、放浪が原因としており、1982年までロマ人の大量虐殺は認定されなかった。

　ヴァイオリンは元来ユダヤ人の楽器という説があり、ヴァイオリニストの中にはユダヤ人が多く、ホロコーストの時でさえ、ヴァイオリンは「希望」であった（グライムズ17頁）。後に指揮者として再生するマーラー

第4章　アネクドートへの挑戦

の祖先にもヴァイオリニストがいた（プリンチペ 10-11 頁）。

　また、グスタフたちが奏でる音楽や踊りは、西暦 1000 年前から北インドを離れて西アジアやヨーロッパ各地を放浪し、旅芸人として音楽の演奏やダンスなどで生計を立て、多くの苦難を乗り越えてきたロマ人の生き様である。イシグロの短編集『夜想曲集』(Nocturnes: Five Stories of Music and Nightfall, 2009) に収められている「老歌手("Crooner")」と「モールバンヒルズ("Malvern Hills")」でも描かれているように、ヨーロッパの観光都市には、シーズンになると、ハンガリーなど中欧から「ジプシー」の楽団や演奏家たちが集まった。差別や迫害にあいながらも、彼らの民族音楽は西洋音楽に大きな影響を与えた（横井 185-220 頁）。特定の言語や内容を超えて、従属民族や少数民族が「自分たちが誇るべき文化を持った民族であることを証明するために」、即ち「民主主義を表現する」ために、ラプソディを創り、それが曲のタイトルにもなる（伊東、「音楽」194 頁）。特にハンガリーにおいてはロマの音楽がハンガリーを代表する音楽として認識され、またロマン派以降の作曲家の中にはリスト、ブラームス、サラサーテ、ラヴェルのようにロマ音楽に大きな影響を与えられた音楽家もいたことは重要である（伊東、「音楽 197-204 頁）。

　しかし、この音楽という共通項があるカフェにおいても、ライダーとグスタフの間には意識のずれが存在する。グスタフの嘆願にも関わらず、ライダーはその期待に反して、躊躇して自分の影響力は以前ほどないと告げる。しかし彼らはライダーを「品格」ある人だと尊敬の念を示し、ライダーにポーターのダンスを披露する。そのうちに、ポーターたちが一連のパフォーマンスを始め、グスタフ・コールがかかり、グスタフがダンスをしながらスーツケースや箱を次々と担ぎ出した。初老のグスタフは、周りの笑いと喝采とに答えて、最後には古いエンジンが詰められたゴルフバッグを担ごうとする。その危険性を察知してボリスが何度も止めるが、周囲は一切その悲痛な叫びを受け取らず、グスタフは見世物と化す。そのグスタフの演技が最高潮に達した時、カフェは大勢のハンガリー語の歌の合唱で包まれていた。グスタフが無事に床に降りた際には、人々はグスタフには目もくれない。グスタフは最後の力を振り絞り、ボリスに自分の身に何かあれば、ボリスに「強い人間」になるようにという遺言のような言葉を

残す。

　その後、ライダーがコンサートホールを探してさ迷う間に、グスタフはカフェで倒れ、亡くなってしまう。レセプションとコンサートの前にライダーが出席したハンガリアン・カフェでのポーターの集まりは、社会の底辺で差別を受けながら生きて来た人々の魂の叫びと、プライドの構築、そして新たな時代に自分たちの文化遺産を残そうとする意志の表れである。その場にライダーは居ながら、そしてそこで、自らを酷使し死をも恐れない勇敢なグスタフの姿を最後に確認するにも関わらず、彼を救うことはできない。

　ライダーは訪問の最初から期待されていた〈木曜の夕べ〉でのスピーチよりもピアノの演奏のことを常に気にしており、彼の訪問は過密なスケジュールで埋められているはずだったが、皮肉にも、最後にライダーはこの最も期待された役割を果たすこと無く街を去ることになる。グスタフは亡くなる直前までライダーが彼らのためにスピーチをしてくれたかどうかを気にするが、ライダーからスピーチだけでなく多くのことが計画通りに進まなかったことを聞くと怒りを露わにする。しかし、ライダーは何度も謝罪の言葉を繰り返した上で、「『みなさんにももうすぐ、何が起きたかわかるでしょう。実のところわたしには、あなた方が自分の町のもっと大きな問題について、よく知ろうとしないというのが驚き』」（U 923 頁）だと述べて、責任回避をする。

　最後にヘルシンキに立つ前に、朝食ビュッフェの電車の中で、ライダーは短い訪問を次のように振り返る。

　　わたしは皿を手に取り、顔を上げて後ろの窓から遠ざかっていく町の光景を眺めながら、いっそう元気がわいてくるのを感じた。結局、事態はさほど悪くはならなかった。たとえこの町でどんな失望を味わったとしても、わたしの訪問が大いに感謝されたことは疑いようがない——まさにわたしがこれまで訪れたほかの町でと同じように。（U 937 頁）

　記憶は忘れ去られ、歴史は繰り返される。ライダーは救世主にはなることができず、自分の課題をこなすことができなかったこともすっかり忘れて

この街を去る。最後に、この街に自分の演奏を両親が聴きに来ると信じていたライダーは、それが妄想であり彼の一方的な思い込みである（*Drag* 117 頁）ことに愕然とするだけでなく、過去にこの街を訪問したのも両親揃ってではなく母のみであった可能性も受け入れることができない。子供時代の記憶にあった家族の暴力の断片的記憶は、彼の人生に大きな影を落とし、彼の健忘症は再発する。歴史の記憶も、家族の記憶もまた忘却の淵に沈んでいく。そして自分史の記憶も喪失したライダーは、繰り返される忘却とそれに伴う喪失を表象している。

6．現代音楽にみる未来性

　繰り返される忘却とそれに伴う意識のずれが充満する『充たされざる者』の中で、アウトサイダーのライダーにも、この街の市民であり音楽一家のホフマン親子にも、またワルシャワでの過去の栄光とロシアでの苦節を引きずっている指揮者ブロツキーにも、さらにはこの街のジプシーのヴァイオリニスト、そして音楽教師としてやって来たクリストフに至るまで、共通点となるのは現代音楽への一貫した傾倒である。彼らの記憶には、「ドイツ高尚文化のファシズム（"fascism of high culture German"）」があり、作品自体が「超現代的『鏡の国のアリス』」であるという読みは重要である（Passaro 75 頁）。この記憶の上に、出身地、民族、宗教、文化、性差、そして世代を超えて、ライダーが辿り着いた社会は、現代音楽で充された世界なのだ。しかし、この現代音楽は、突然、第二次世界大戦後に出現したわけではないし、時代を経て平穏無事に発展してきたわけでもない。

　　音楽史上、二つの大戦、ロシア革命とナチの抬頭ほど、たくさんの作曲家から自由な作曲、発表の機会を奪った事件はなかったわけでしょう。十九世紀に作曲家はようやく自立したのに、それがに二十世紀になってすぐひっくり返ってしまった。戦後、また前衛の動きが生まれてくるんだけれども、六〇年代あたりからうまくいかなくなって破綻していく。芸術至上主義みたいなものに潜れば潜るほどひっくり返ってしまう。二十世紀というのは、そういう構図が繰り返し見えてくる時代なのかなという気がするんです。（大野・長木、「20 世紀を拓いた作曲家たち」『クラシック音楽の 20 世紀第一巻』1-27 頁）

20世紀初頭に古典と分類される音楽に対して前衛的な音楽はすでに出現していた。しかし、ナチス・ドイツによる芸術への政治的弾圧が徹底化され、音楽と音楽家の運命を変えた。戦中には、現代音楽が否定され、それを支持する音楽家が迫害され、音楽に貢献してきたユダヤ人が弾圧され、そして戦後はナチス・ドイツに加担した音楽家がその責任を問われた。リヒャルト・ワーグナーは、ユダヤ系のメンデルスゾーンに関して匿名で論文「音楽におけるユダヤ性」を発表し反ユダヤ主義を露わにして、音楽そのものを抹殺することにもなった（奥波168頁）。戦後の解放後も、スターリニズムの下で、徹底した政治・経済の統制と思想言論弾圧が実行された（松山18-19頁）。民主化運動が起こったプラハにソ連が軍事介入をした際、ビートルズの「ヘイ・ジュード」にチェコ語の替え歌が創られて、「一暗黒時代の抵抗歌に変身する」（松山20-21頁）。音楽は個人の運命を変え、国家の運命さえ変え、それでも再生する。そして、激動の時代を経て、前衛的現代音楽は音楽の本質を変えただけでなく、それまで西洋音楽は西洋人、特に伝統的ヨーロッパの音楽教育を受けた者だけが継承する芸術であり、そこにユダヤ人や日本人、文化の後進国とされたアメリカ合衆国国民や、その他の正統ではないとされていた非ヨーロッパ圏出身の者は存在さえしないという伝統的価値観を、180度変えることになる。

　それまでの作曲という音楽の創造と演奏という音楽の再生は、ヨーロッパの音楽家の特権であった。その世界観、価値観を変えたのが現代音楽なのである。現代音楽は、政治的な弾圧や抗争が続くヨーロッパで、それまでの階級や民族を開放し新たな表現の可能性を構築していく。さらにその再生に関して、作品は「いったん人間から解放されて」、独自の運命を待つ一方で、指揮者やピアニストが、作品に彼らの「人間を性格づけしようとする」時に、その瞬間が一つの象徴とみなされる（吉田13頁）。古典音楽に対して、現代音楽はアネクドートの言説であり、『充たされざる者』の中で最も顕著にアイロニーを描き出している。

　この作品の中でピークとなる〈木曜の夕べ〉の構成は、前座となるシュテファンのピアノ演奏、詩人による詩の朗読、ブロツキー指揮によるオーケストラ演奏が続き、ライダーのピアノのリサイタルで終るはずだった

第4章 アネクドートへの挑戦

が、その構成は崩壊し、皮肉なことに〈木曜の夕べ〉のハイライトであるはずのライダーのスピーチとピアノ演奏は行われない。〈木曜の夕べ〉は大失敗に終わるのであるが、その失敗に意味があるのだ。この〈木曜の夕べ〉の意義は、この街が危機的に陥っており、アイデンティティの問題を解決して、未来に向かって進むためのものである。そこにスピーチ、音楽、詩の朗読が必要とされ、その中で世界的に著名なピアニストのライダーが招待されている。このピアニストは、オーケストラの指揮者と同様に演奏会の花形である。このピアノの歴史とピアニストの誕生こそが、このアイデンティティと対峙する時代を表象するアネクドートであり、またコンサートの変容にも意味がある。ライダーは、これらの表象の延長上に存在する1人のピアニストなのである。

　最初にピアノとピアニストに関わるアネクドートが、現代音楽の歴史と独立したソリストであるピアニストを物語っている。18世紀から起こって来たピアノとピアニストの発展は、19世紀のサロン文化と家庭における音楽という余暇の確立を促進したが、それは政変とピアノの歴史は一体であることに基づいており、「戦争と革命がピアノを発展させた」とも言える（西原15頁）。チェンバロとクラヴィーアの時代から19世紀のピアノの時代に至るまでに、ピアノの製造技術が飛躍的に発展し、同時に演奏する空間の変化、音楽文化の中のピアノ演奏の位置の変化、そして最終的にピアノの市民化が起こった（小岩 iii 頁）。

　ライダーがピアノの練習をしようとする度に、ピアノと遭遇しないことは皮肉である。ホフマンはホテルの談話室をブロツキーが使っているという理由だけではなく、そこのピアノは調律が狂っていると言って、談話室のピアノに触れさせない。その代わりにと案内された小さな部屋には古びて傷があるが調律が整ったピアノがあり、ライダーが満足した練習ができると感じたとたんに、ドアの鍵が外れてドアが開きプライバシー確保ができないばかりか、ドアがもぎ取られているということに気付く。腹を立てたライダーにホフマンは、別館である丘の頂上にある小屋にコンディションが良い「二〇年代につくられたベヒシュタインのアップライトの逸品」（U 629頁）があると言って連れて行く。その間にホフマンが妻とのなれそめを話すが、若い頃のホフマンにはピアノを持つ余裕などなかったこと

がわかる。ライダーはピアノがある練習場を求めてさ迷い歩き、最後に忘れ去られた山の上の小屋でヨーロッパの名器に巡り合う。
　ピアノの発展は近代音楽を変えていったという。そのピアノの特徴に関して次のような記述がある。

　　その内部構造は、発明の奇跡だ。木製のハンマーと鋳鉄でできたピボット。総重量はほぼ四百五十グラムにも達し、弦は二十二トンの重力（中型車二十台分に等しい）に耐えることができる。この堂々たる仕掛けは演奏者の意のままにつぶやき、歌い、口ごもり、叫び、その音域はオーケストラの最低音から最高音までカバーする。ピアノにはいかなる時代、いかなるスタイル—バロックのブーガ、ロマン派の夢想曲、印象派のスケッチ、教会の聖歌からラテンのモントゥーノ）、ジャズのリズム、ロックのリフまで—の音楽も表現する驚くべき能力がある。そして、その表現の過程で、すべてを独自のものに変えてしまうのだ。（アイサコフ 12 頁）

　ピアノはウィーンで製造されていたが、オーストリアでは王位継承をめぐりシュレジエン戦争が 3 度と 7 年戦争が起こった為、この戦争を逃れてザクセン地方のピアノ製造業者がイギリスに渡ったことにより、18 世紀後半から宮廷の財政危機に陥ったウィーンよりも、19 世紀後半になるとイギリス・アクションのピアノが主流となった（西原 15 頁）。さらに 1853 年には、ドイツからアメリカのニューヨークへ移住した楽器製造者一族であるシュタインヴェックが、社名をアメリカ的なスタインウェイと変えて、最初のピアノを売り出した（磻田 230 頁）。19 世紀後半アメリカにおいてスタインウェイ・ピアノは著しい技術革新に成功し、その結果、近代ピアノが確立し、アメリカがピアノ制作を代表するようになっただけでなく、ヨーロッパの伝統的なピアノ制作にも大きな影響力を持ち、20 世紀初めには世界のピアノの半数がアメリカ製となった（大宮 189-90 頁）。ウィーンというピアノの都は、その後ロンドン、そしてアメリカへと移り、ピアノの歴史は大きく変わっていった。
　しかし、最後にライダーが山頂の別館で弾くピアノは、ベルリンで生まれたヨーロッパを代表するベヒシュタインにより製造されたアップライトピアノであり、1920 年代の名品だが忘れられた存在となっている。現在のベヒシュタイン・ヨーロッパ社の公式サイトによると、同社はチェコ共

第4章　アネクドートへの挑戦

和国のフラデツ・クラーロヴェーにあり、独語でケーニヒグレーツ（『王の城』の意）と呼ばれるこの地は、歴史的建造物だけでなく伝統的な楽器製造業でも有名であるとなっている。しかし実際は、ドイツにルーツに持ち、1853年カール・ベヒシュタインによってベルリンで創業され、リストやドビッシーなどに愛奏されるが、ナチス・ドイツの協力者となり、ヒトラーはベヒシュタインを第三帝国のピアノとしていたという負の歴史がある。

　ベヒシュタイン・ジャパン（Bechstein Japan）公式サイトによると、ベヒシュタインは19世紀初頭までに成功を収め、ロンドンではベヒシュタインホールが1901年ウィグモアストリートにオープンし、大英帝国がその輸出のほとんどを占め、ヴィクトリア女王は自ら挿絵を描いて装飾を施した金めっきのルイ15世ピアノを注文したという。しかし、その後は衰退の一途を辿ることになる。第一次世界大戦では、ロンドンのベヒシュタイン・ホールは没収されてウィグモアホールと改名され、パリの子会社も失った。さらにドイツの敗戦と1919年からのインフレにより、戦前は1,100人の従業員で毎年約5,000台のピアノを作っていたが、ピアノは贅沢品となりそれを持つ余裕のある人はいなかった。1923年、インフレが空前のピークに達した時にベヒシュタインは株式会社となり、1928年にはベヒシュタインはアメリカへと進出した。

　しかし、ナチス・ドイツ台頭により運命が大きく変わる。ベヒシュタイン一族がナチス・ドイツの上層部と親密であり、ベヒシュタインの重要な顧客層だったユダヤ人の富裕層がナチスによる迫害、土地略奪、殺戮の犠牲となった。第二次世界大戦における工場や資料の破壊、職人の喪失、戦後のアメリカ連合軍による経営などにより衰退し、企業として合併や買収を繰り返した。その基盤もアメリカからドイツに戻るも、1997年に株式会社となり、東西統一と共に1884年にライプツィヒで創業されたツィンマーマン（Zimmermann）と1904年にベルリンで創業されたホフマン（W. Hoffmann）を傘下に収め、ベヒシュタイングループを設立して現在に至っている。ライダーが弾いたアップライトの歴史とその意味は暴力、破壊、そしてそれらの犠牲のもとでの発展を含むものである。東西の壁が崩壊した後にライダーが弾いたピアノは、歴史の生き証人として丘の上の小屋に

ひっそりと隠されていた名器だったのだ。

　ピアノが発展すると共に、ピアニストの誕生と変遷が近代・現代音楽を理解する上で鍵となる。チェンバロより音域が広いピアノが主流となり、共演するオーケストラが巨大化するが、特にピアノ協奏曲の演奏において、ソリストのあり方がどのように評価されるかということが課題となる。

> もう一つ実際的な理由として、ソリストの超人的なわざは、結局、文章では表現し尽くせない、ということがあります。もし簡単に言葉にできたらそれは超越的な存在ではない、とも言えます。（小岩 268 頁）

　存在価値が高く音楽界の花形ともいえるピアニストは、19 世紀のヨーロッパ文化の産物でありながら、急速にそして効果的に社会に浸透してきた奏者なのである。しかし、そこには再生するという保守性と表現するという発展性があり、サイードはピアニストのピアノ曲の選曲の限界とピアニストの保守性に関して次のように述べている。

> 　というのもピアノのために書かれた曲は膨大な数にのぼるにもかかわらず、耳新しいものはほとんどないからである。ピアノの世界はじつのところ鏡の世界であり、反復と模倣の世界にほかならない。ピアノ曲のなかで実際に演奏されるものは比較的せまい範囲に限られている――ベートーヴェン、シューベルト、ショパン、シューマン、リスト。それからドビュッシーとラヴェルの一部、バッハとモーツァルトとハイドンの一部。ピアノに関するかぎり、演奏上の伝統は二つしかないとアルフレート・ブレンデルは述べている。一つはショパンの作品を基盤として、それに近い二、三人の作曲家を加えた方向、もう１つは少し豊かにバッハからシェーンベルクまでを扱い、地理的にはハンブルクからウィーンにかけての中央ヨーロッパの作品を主体とする方向である。いいかえれば、あるピアニストはヴェーバー、マクダウェル、アルカン、ゴットシャルク、スクリャービン、あるいはラフマニノフなどを弾いてキャリアを築こうとした場合、ふつうはほとんど周縁的な芸術家の域を出ないままに終わってしまう。（サイード 19-20 頁）

　20 世紀におけるピアノ曲に関してだけでなく、ピアニストの本質的な役割と意義も変化する。

第4章　アネクドートへの挑戦

　眼前の演奏がエネルギッシュで即時的なものであるにもかかわらず、ピアニストとは保守的なものであり、その本質において学芸員に近い人びとなのである。新しい音楽はほとんど手がけず、いまもコンサートホールで弾くことを好む。コンサートホールといえばかつて十九世紀に宮廷や、ある階層の仲間うちで音楽が届けられた場であるのに。私たちがピアノに接する喜びの根底にあるのは個人的な記憶であり、また抗いがたい不思議な魅力を放つリサイタルを通じて私たちにその喜びを与えてくれる、聴いておもしろいピアニストの存在である。（サイード 20 頁）

　小説の中で、現代音楽は、特殊で深刻な問題を抱え危機的な状況にある街との関係で語られる。この小説の中で、常にコンサートでどの曲を選ぶのか、どの曲を練習すべきかということが大きなトピックとなるが、その時には「バッハ、ショパン、ベートーベン」という古典音楽と架空の音楽家「グレベル、カザン、マレリー」による現代音楽に分類され、論じられている。

　この古典の中にモーツァルトが入っていない。ウィーンにはモーツァルトが『フィガロの結婚』を書いたことで知られている「フィガロハウス」と家があり、そのオープンはモーツァルト没後150年の年である1941年であった。これは、ナチス・ドイツのオーストリア併合による大ドイツ主義、「ゲルマン化」を進める中で、ナチス・ドイツは「モーツァルトを『ドイツ文化』の英雄に仕立て上げることによって、自らのオーストリア支配の正当化を図ろうとした」（渡辺、「『クラシック音楽』」21 頁）。

　そして、架空の現代音楽に関しては、特にマレリーの曲がどの演奏家にも選ばれていき、小説の中で読者はそれぞれのマレリー音楽を空想の中で聴くことになる。しかし、そもそも現代音楽とは何なのか？

　小説の中で、現代音楽に関してクリストフとライダーが議論する場面がある。チェロ奏者であるクリストフは、この街を代表する著名な芸術家が相次いで亡くなった「空隙の時期」（U 175 頁）、即ち時代が変わっていき新しい芸術を求める「変革の機会」（U 175 頁)をもたらした時期に、この街にやって来た。それが、17 年と 7 カ月前であり、彼は 3 年前のリサイタルで「カザンの《チェロと三つのフルートのための怪奇》」という曲

（U 180 頁）を演奏していることから、現代音楽の奏者として必要とされ、また評価もされている。クリストフ自身、自分が音楽家として一流になれなかったことを認識しているが、それでも彼は「現代音楽の手法を受け入れようと懸命に努力」（U 334 頁）し理解してきており、しかも街の人たちが現代音楽に「親しめるようなシステム」や「意味や価値を見いだすための方法」（U 335 頁）を発見したことを自負する。

　しかし現代音楽が本当に理解されているかどうかという点に関して、クリストフは極めて懐疑的である。

「…。現代音楽は、いまや複雑きわまりないものになっています。カザンも、マレリーも、ヨシモトも。わたしのように専門教育を受けた音楽家にとってさえ、いまやそれは難解だ。とても難解だ。ましてやフォン・ヴィンターシュタインや伯爵夫人のような方がたに、どれだけの見込みがありましょう？完全に理解の範囲を超えています。あの方がたにとっては、ただの耳ざわりな雑音、奇妙なリズムの渦なんです。おそらくご本人たちは、そこに何かの感情や意味が聞き取れると、長年信じてきたことでしょう。しかし実のところ、何一つ見いだしてはいない。理解の範囲を超えています。現代音楽の理論など、理解できるわけがありません。かつては、単純にモーツァルト、バッハ、チャイコフスキーでした。そのたぐいの音楽なら、平均的な市民でも妥当な推測をすることができましたよ。ところが現代音楽ときたら！　専門教育も受けていないこんな片田舎の住民が、自分の町にいかに多大な義務感を持っているにしても、どうやったらそれを理解できるというんです？　」（U 326-27 頁）

この議論は、その後でクリストフがライダーを連れて行くカフェ・アデールにおける街一番の知識人たちの小さな集まりへと引き継がれる。ライダーはクリストフを「負け犬の田舎音楽家」（U 346 頁）と軽蔑し、彼の街に対する侮蔑的態度に憤慨するが、その街の事情や様子を最も理解していないのはライダーなのである。

　クリストフは「カノンをめぐる議論」（U 346 頁）に関して様々な証拠を集めていると力説し、議論を推し進めようとするが、それをルバンスキ博士が遮って「三和音の色づけ」に関する質問をライダーにすることにより、現代音楽のある理解へと到達する。「三和音の色づけは、前後の流れ

第4章　アネクドートへの挑戦

とは無関係に、それ自体、感情的な価値を内在している」（U 349 頁）かどうかという質問に、ライダーは次のように答える。

> 「三和音の色づけには、それ自体の持つ感情的特質などありえません。実際、その感情の色合いは、前後の流れによってばかりか、音量によっても、大きく変わりうるのです。それがわたしの個人的な見解です」（U 349 頁）

この「三和音」とは、メロディ、リズム、ハーモニーという音楽の3大要素で伝統的音楽の基本である。

　現代音楽は無調音楽とも言われる。この無調音楽の時代到来以前に、20世紀初頭にすでに、ドビュッシー、マーラー、シュトラウス、ラフマニノフ、ストラヴィンスキー、そしてラヴェルの時代があった。従来の古典音楽における「機能和声に基づく調性のシンボル」の原則は崩れ、印象主義音楽から、「未来派や後期ロマン主義などを通って、アルノルト・シェーンベルク」の「十二音技法」にまで至る（椎名 8 頁）。この 12 音技法に対して、同時代のマーラーは、東洋的な 5 音音階を構築するが、そこには音楽による絵画、音楽による文学という他分野へのクロスオーバーへの考察の意義があり、特にマーラーの「詩学は、音楽と人生の類比関係を、絶えざる変化発展という観点から捉えていた」（シュテンツル 254 頁）。

　しかし、発展してきていたモダンな無調音楽は、美術における『頽廃美術展』と同様に、1938 年、ナチス・ドイツの『頽廃音楽展』において、「ユダヤ的なものとして唾棄され」、ユダヤ人音楽家と共に現代音楽は抹殺された（ケイター 205 頁）。第一次世界大戦と第二次世界大戦を経て、現代音楽の先駆者たちは次々に死去し、彼らの音楽と入れ替わるように現代の無調音楽が浸透してくる。小説の中では現代音楽に関する評価は高く、架空の現代音楽家であるカザンの曲は困難とされるが、ライダーはカザンの循環的強弱法に対して、「ただただたくさんの階層、たくさんの感情がある」（U 355 頁）と解説する。これは、現代社会がそれまでの秩序や価値観では存続することができないような時代の変遷を経てきており、そこに埋め込まれてきた思考や感情は幾重にも重なり、従来の音楽では表現できないということとも解釈できるのではないだろうか。

19世紀から20世紀にかけて、「調性の崩壊から無調へ、そして新たな構成原理へといった直線的な視野のなかで」、時代の先端を行っていた〈モダン〉から見落とされていた点がある（長木、『前衛音楽』6頁）。現代音楽の軌跡と特徴に関して、〈モダン〉は「近代の産物」で「作品に焦点を当て、合理的秩序を持ち、かつ潜在的に伝統に裏打ちされた音楽」で、〈前衛〉は「反作品的な姿勢を保ち、制度としての作品に対抗して、異なった生活実践へと芸術を導く」もので、さらに〈ポストモダン〉は、「『実験的前衛』としてハプニングやミニマル音楽、ポップやロック領域への傾斜、非ヨーロッパ的な伝統を挙げ」たものだという説がある（長木、『前衛音楽』7頁）。その中には、ハンガリー民族音楽に影響を受けたリストもいる。この民族音楽は、元来、軍事的侵略のために使われた（清水85頁）。さらに、アメリカではジョン・ケイジの音のない世界が誕生する。

　小説の中で、この現代音楽の代表としてのマレリーの曲を演奏する時に演奏者が直面して克服する点は、成熟性、聴衆との一体感の構築、そして音階成立の理解である。現代音楽は、若く未熟なピアニストにチャンスを与える。シュテファンがチャレンジするマレリーは、シュテファンを成長させる作曲家である。ライダーの選曲が未定の時点で、シュテファンが〈木曜の夕べ〉でジャン＝ルイ・ラ・ロシュの《ダリア》を弾きたいことをライダーに告げ、指導を仰ぎたいと嘆願する。彼が〈木曜の夕べ〉でピアノが弾けるようにお膳立てしたのは父のホフマンである。その理由は、ドイツのハイデルベルグに留学していた大学時代に母の誕生日に弾いたピアノの演奏で母を落胆させたからである。その時にホフマンは息子に、「何か母さんが気に入りそうな曲を頼むよ。バッハか、それとも現代音楽はどうかな。カザンとか、マレリーあたり」（U 122 頁）と言うのだが、母は「マレリーがぴったりだと思うわ。それならすてき」（U 123 頁）と答える。この妻の好みをホフマンは熟知しており、結婚前にホフマンが妻と音楽の話をした時にはマレリーの「《通風》」についてだった（U 610 頁）ことをホフマンはライダーに語る。ホフマンは音楽を教養として語るに徹するが、妻はより洗練された芸術家の気質と素質が家系にあると信じて疑わない。その彼女が、現代音楽のマレリーに精通しており、息子のシュテファンに現代音楽を理解し演奏することを期待するのである。

第4章　アネクドートへの挑戦

　マレリーの音楽性は議論するには興味深いが、実際に演奏する段になると熟練した技術と精神性が必要とされる。シュテファンは、母の誕生日に自信たっぷりにマレリーのある1曲を選ぶが、冒頭の1小節でつまずき、第1楽章を終えるまでに、母も父も息子の演奏のひどさに落胆する。〈木曜の夕べ〉において最終的には「《ガラスの情熱》」を選び、集まった市民たちには全く期待されなかったにも関わらず、すばらしい演奏を披露し、「もの思いにふけるような、かすかに皮肉な解釈のコーダで演奏を終え」(U 847 頁)、前座であるにも関わらず熱狂的な拍手が会場に巻き起こった。両親ともに聴衆の中に不在の時に、独りでシュテファンは人間としての成長を遂げ、音楽家としての試練を乗り越えたと言えよう。そしてそのチャレンジは現代音楽によって可能となる。
　世界最高のピアニストと誉れが高いライダーもまた、〈木曜の夕べ〉に向けて練習をしようと練習場を探して悪戦苦闘するのであるが、その選択は現代音楽に限られている。シュテファンの母がマレリーに精通しているように、ライダーの両親もまた現代音楽に精通している。ライダーの母は「ヤマナカの《地球の構成──オプションII》」(U 598 頁) を、父は「マレリーの《石綿と繊維》」(U 598 頁) を好むことをライダーは思い起こし、最終的にマレリーを弾くことに決める。しかし練習の場も環境も十分ではなく、ライダーはホフマンに大いに不満を示し、ホフマンはまた異なる練習場にライダーを車で連れて行く。ここでヤマナカという架空の日本人作曲家が提示されているが、クラシック音楽の作曲家として西洋で認められる日本人が現代音楽において出てくる。そしてそのタイトルが示唆するように、クラシック音楽の限界を超えた音楽になっている。現代音楽はすでに越境しているのだ。
　ライダーの現代音楽への傾倒はより専門的で、また長いキャリアを占めるものである。ライダーに対するホフマンの行為は、適切な練習場を確保しないという間接的なものであれ、意図的なライダーへの妨害行為であるにも関わらず、ライダーは現代音楽演奏の完成へと向かう。ホフマンの車の中で、ライダーは、記憶の中でマレリーよりカザンのほうが気に入りそうだということを思い出すが、カザンに決めることを躊躇する。

一つには、さっき《石綿と繊維》を弾こうと決めたことが気になりはじめていたからだ。考えれば考えるほど、母がいつかとりわけこの作品にいらだちを見せていた記憶がよみがえってくる。わたしはしばらく、カザンの《風のトンネル》のような、まったく別の曲を弾こうかと考えていたが、あの曲は弾き終えるのに二時間十五分もかかることを思い出した。短いが密度が高い《石綿と繊維》のほうがふさわしいのは、疑うべくもない。あの長さで、これだけいろんな違ったムードを表現できる曲は、ほかにはなかなかないのだ。そしてもちろん、少なくとも表向きは、わたしの母がとても気に入りそうな作品だった。しかしそれでもまだ、わたしのなかの何かが——正直なところ、それは記憶の影のようなものにすぎなかったが——この曲に決めることをためらわせていた。（U 607 頁）

　ライダーの試練は、ホフマンによりさらに過酷なものになり、田園地帯を突き進み、ついには小高い丘の頂上にある小屋へ連れて行かれ、そこでライダーは最後の練習を行う。その孤立した空間で、ライダーは《石綿と繊維》を練習する。この曲の練習は、ライダーに母との思い出を蘇られてくれただけでなく、その小屋の外の墓場で愛犬の墓堀をしているブロツキーの慰めになる。

　　わたしはしばらく精神を集中したあと、《石綿と繊維》の目もくらむような冒頭の数小節を弾きだした。それから第一楽章がもう少し内省的なトーンを帯びるにつれてますますリラックスしてきて、ふとわれに返ると、そのあまりの心地よさに、第一楽章の大半を目をつむって演奏していた。
　　第二楽章を弾きはじめたとき目を開けると、午後の光が後ろの窓から差しこんで、鍵盤の上にくっきりとわたしの影をつくっていた。第二楽章のあれこれの難所も、わたしの平静を何一つ乱さなかった。実際、わたしはこの作品を隅々まで完璧に掌握していた。（U 631 頁）

　ライダーの現代音楽への理解と技術的完成度は本人の意識の中だけでなく、その無心になって奏でる曲想がブロツキーにより享受されたことに大きな意味がある。ライダーは演奏中にブロツキーの存在に気付き、彼の物語を代弁する。そして、ライダーが第 3 楽章を弾き始めるとブロツキーが墓穴掘りに取り掛かり、第 3 楽章の終盤に差し掛かった時には墓穴に土をかぶせ始める。その後、ライダーは、ブロツキーが作業を続けている間第 3 楽章を繰り返し、最終楽章はふさわしくないという理由で弾かないとい

第4章　アネクドートへの挑戦

う選択をした。このライダーの演奏は自由で、レクイエムとなり人の心に入り込み、そしてある種の融合を生み出した。その恍惚感を満喫して小屋の外に出ると、ブロツキーが「ライダーさん、ありがとう。実に美しい音楽だった。感謝するよ。心から感謝する」（U 639 頁）と告げるのだ。

ライダーの小部屋での演奏が外で墓掘をしているブロツキーの心を奮い立たせることは、「再生音楽」の効果の一つである。

コンサートホールやサロンでの生演奏は、ある意味「再生音楽」であり、演奏家たちは自分の技術や姿勢、感情までも込める。18 世紀末から 19 世紀前半までは、コンサートと音楽祭の線引きが明確でなく、「コンサート制度を近代ヨーロッパの文化装置」であるならば（宮本 3-7 頁）、第二次世界大戦後の音楽祭やコンサートの開催は、傷ついた人間性の再生を願う現代ヨーロッパの文化復興であった。カフカとイシグロの『充たされざる者』を比較して、音楽が崇高な熱意だけでなく心理的で病理的な衝動からも奮い立つものとして、生み出され受容されるという議論がある（Lemon 210 頁）。

また精神的破綻をきたしているブロツキーが指揮するオーケストラは途中まで聴衆を魅了するが、最後には破綻して、精神が完全に壊れたブロツキー自身は聖ニコラス施療院へ運ばれる。ブロツキーの再生音楽は失敗に終わるが、それは生演奏の宿命であると同時に、ブロツキーという個人の心理と病理が演奏に影響を与える結果でもある。コンサート直前に怪我をした足を切断されたブロツキーが、コンサートホールで披露したのは音楽だけではなく、それ以前の、ロシア時代に受けた古傷である、義足であった。オーケストラを指揮するブロツキーは、マレリーの《垂直性》に全魂を捧げ、聴衆を魅了する。彼は「奥深い心の領域に達していて」、オーケストラのメンバーは次々とブロツキーの「楽奏」に引き込まれ（U 863 頁）、「自由な形式」で、徐々に「未知の領域」（U 864 頁）へと入り込み、聴衆はブロツキーの世界へと引き込まれていく。マレリーの世界に精通していると自負しているライダーさえもブロツキーの解釈に魅了される。

しかし、ライダーが両親を探しにホールの中をさ迷っていた間に、ブロツキーの音楽は頂点から崩れ落ちかけていた。ブロツキーと楽団員の間に溝が生じ、彼らは「疑惑、苦悩」あるいは「嫌悪」さえ感じる（U 867

頁）。この状況を解決しようとするライダーは、自分こそが救世主になることができると疑わないが、あれこれと解決方法を考えている間に、ブロツキーはバランスを失いひっくり返り、ブロツキーの脚が無いことがわかる。ブロツキーは、ミス・コリンズに冷たく拒否され、彼の恋人は自分ではなくその古傷（U 874 頁）だと断言される。ブロツキーの演奏は、情熱と失意そのものであったのだ。

　コンサートは、どのような公開方法であれ、批判や非難にさらされながらも、魅力的なものである（ザルメン 6-7 頁）。コンサートでの指揮自体が、ブロツキーの奇異な人生が彼の音楽表現に多大な影響を与え、楽譜の再生は感情と病理の再生となっていることを象徴している。

　サロンやコンサートで生演奏が当たり前だった時代から、音楽がラジオで放送され、そしてレコード録音が可能になると、音楽や音楽家のあり方が変化してくる。最も極端な例は、コンサートホールでの演奏を一切やめてしまったにも関わらず名前を残したカナダのピアニスト、グレン・グールドだという（福田 37 頁）。サイードは、グレン・グールドを「ずば抜けて独特なアイデンティティを華やかに打ち立てた」（24 頁）ピアニストで、彼の演奏には「研ぎ澄まされた知性、あふれるような活力、計算しつくされた輪郭が刻まれて」いる稀な奇才だと高い評価をしている（18 頁）。コンサートホールにおいて適した演奏が、録音する際には不適切になることもある。さらに録音技術が進歩すると、修正したり、理想の音のみを拾い上げて繋げたり、より高い音質を再生することも可能となる。それでも、コンサートホールなどにおける演奏が無くなるわけではない。

　最後にピアニストとしてコンサートホールで演奏をしなかったライダーは、循環電車に乗って、朝食を食べる。そこにはおいしいクロワッサンがあり、ライダーの心は充たされる。小説の最初で出て来たポット入りのコーヒーとアップル・シュトルーデルと同様に、このクロワッサンにも意外な歴史がある。現代ではフランスのパンとして認識されているが、実はクロワッサンは、17 世紀末にオーストリアのウィーンに侵入したトルコ軍を撃退した時に、協力者であったパン業者の功績を記念して、トルコの国章である三日月を形どってつくられて、それがウィーンからヨーロッパ全土に広がったという。様々な文化が越境し、音楽も、人の意識も、そし

てピアニストも越境していく。

7．充たされざる21世紀

　『充たされざる者』は、9.11に始まるテロに対する脅威と限りなく続く境界を超える移民の波に慄く21世紀において、よりグローバルな視点で再評価するべき作品である。イシグロの作品は歴史と対峙する越境する記憶が軸となっている。この作品では、越境する中欧の彷徨える都市を舞台に、過去の記憶への扉が開かれ、歴史と家族を巡る忘却に対峙し、そして現代音楽という未来の可能性を提示するアネクドートの語りが根底に存在する。21世紀という充たされざる時代において、問われるべき課題がこの作品から読み取れるのである。

注

　　本論は、2018年10月12日にチェコ共和国のプラハ、Czech Technical University で開催された The 13th Multidisciplinary Academic Conference において口頭発表して *Proceedings* に掲載された論文 "Reading Dark Tourism of Central Europe in Literature in the 21st Century" の一部を、大幅に加筆修正したのもである。

第5章　記憶の裏切り
―『わたしたちが孤児だったころ』の不条理な世界

1．負の連鎖が造る不条理な世界

　イシグロの第5作目の小説『わたしたちが孤児だったころ』には、記憶が持つ残酷さが描かれており、その残酷さは記憶の裏切りにあると提示されている。この作品でイシグロは、歴史の中で繰り返されては記憶から抹殺されてきた人間の尊厳を奪う最も残忍な行為である拉致、監禁、そして性暴力の負の連鎖を批判している。しかし同時に、忘却の中で、次第に薄れていき消えかける記憶の中で、鮮明に刻まれている記憶がある。それは母の愛であり、恵まれた子供時代に出会った人々を信じたいと思う力であろう。主人公が激動する時代の上海に戻り、行方不明の両親を見つけ出す蓋然性の低さが、子供時代からの喪失のトラウマの深さを表わし、音が無い慟哭が作中に響いている。イシグロはリアリズム作家と言われることに否定的であるが、それは歴史を否定しているのではなく、歴史の怒濤の中で消し去られた人と記憶の中にある真実を探求することに執着しているからだ。

　『わたしたちが孤児だったころ』は、不評を買った前作『充たされざる者』に対して、イシグロがもう一度自分の創作に立ち向かって完成させた作品である（Machenzie 10）。『わたしたちが孤児だったころ』は、『遠い山なみの光』や『日の名残り』におけるリアリズムと『充たされざる者』における実験的新手法を融合した作品とも言われている（Lewis 147頁：Beedham 123頁）。イシグロが新作を発表する度に、現代作家たちが常に注目するが、その中でジョイス・キャロル・オーツ（Joyce Carol Oates）はこの作品を賞賛した（21頁）。しかし、前作と同様、書評は賛否両論（Beedham 123頁：Drag 142頁）で、作品の不可解さから研究者からも不

人気で、「学術性の不毛（"the dearth of scholarship"）」（Beedham 123 頁）が指摘された。

　人類が戦争や様々な抗争の中で、繰り返し行なってきた侵略、略奪、破壊という軍事的行為は、同時に人間の理性を歪め、正常な判断能力を奪い、最終的に人格破綻あるいは人間性の喪失をもたらす。この作品では、イギリス人クリストファー・バンクス（Christopher Banks）が、子供時代の記憶を辿り、私立探偵になり大人としてその記憶を検証していくことにより話が進んで行く。そこには上海租界における特殊な歴史的背景があり、上海はバンクスが「文化的孤児」であることの象徴であり（松岡 101 頁）、それを人道主義（humanitarianism）の危機と比較検討した議論もある（Bain 255 頁）。

　上海で 10 歳の時に両親の失踪という事件に直面したことに関して、彼の記憶は曖昧で不確実であるにも関わらず、成長して大人になった彼はその記憶を確実なものにしようとする。しかしその結果わかったことは、彼の母は殺害されることも自死することもできず、人生の大半を湖南省で強力な力を持っていた中国人軍閥のワン・クー（Wang Ku）に性の奴隷として監禁され続け、精神を病み、終戦により発見された後も重慶にある劣悪な環境の精神病院に収監され、最後に香港のカトリック教会の修道女が運営する施設に「"ダイアナ・ロバーツ"」（'Diana Roberts'）」という名で保護されている白人女性となっていたことである。

　別れて 50 年以上が経ちその母を訪ねた時には、彼女は高齢になり、精神破綻を起こしているだけでなく、暴力のために肉体も変形しており、さらに記憶も喪失していた。精神的な死を経験したにも関わらず、彼女はなお異郷の地に生き続けているということが唯一の記憶の証明である。しかし、彼女が生き続けた理由こそが、息子クリストファーだったのだ。クリストファーの思いは、決してノスタルジックなものではない。記憶の中で信頼し続けた人の裏切りが暴露され、母の壮絶な人生を知り、自分の人生が天秤にかけられてきた事実を知った彼は、記憶に裏切られたのである。忘れ去られた記憶と永遠に残った記憶の間に計り知れないほどの深い溝ができ、母と息子は名乗りあうことも共に残りの人生を過ごすこともできないまま人生が続く。

第5章　記憶の裏切り

　『わたしたちが孤児だったころ』には、記憶を裏切る時間と空間が流れている。そこには章ごとに、1930年、1931年、1937年から1958年という語りの時間軸と場所が明記されているが、その中で語られる記憶はバンクスが過ごした1910年代の子供時代に支配されている。さらにその記憶は、上海租界（Shanghai International Settlement）という特殊な空間に凝縮されているのである。上海租界自体は1892年から1945年にかけて存在した外国人居住地区であるが、その言説は時間と空間を越境するものである。当時のヨーロッパの人々にとっての上海はエキゾチックなアジアであり、当時の日本人にとっての上海はアジアにおける「ヨーロッパ」であった（陳、「西洋上海」20頁）。

　この時間軸の中では、1914年から1918年にかけての第一次世界大戦、1931年の満州事変、1937年7月の盧溝橋事件に始まる日中戦争、それに続く1939年から1945年には第二次世界大戦が起こっている。そして、その予兆は1904年から1905年の日露戦争にあり、戦後は共産党の嵐が吹き荒れた時代を超えて、1953年の香港へと時間が跳ぶ。1923年にバンクスがケンブリッジ大学を卒業するという点を考慮に入れると、彼は20世紀の到来とともに上海で産声をあげ、第一次世界大戦勃発直前に両親と離別して上海からイギリスに帰国している。この中の不確かな記憶が軸となり、壮大な歴史という記録のリストから遮断され散りばめられた記憶の断片によって人が生きて来た証が明らかにされていく。

　イシグロが繰り返し主張している様に、彼の作品はリアリズムに基づくものではない。2つの世界大戦は小説の中でほとんど描かれていない。人類に繰り返し起こる共生と分断の歴史の中で翻弄される記憶が、イシグロにとって最も重要なのである。そして、その記憶の中で語られないことに重大な意味が隠されている。『わたしたちが孤児だったころ』において、語られていない過去が裏切りとして最後に明らかになる。バンクスは、恵まれた上海租界での子供時代、自分と同様に上海を故郷としてやまない親友でありながら軍国少年に変貌を遂げるヤマシタ・アキラ（Yamashita Akira）、父親、そして何よりも大好きだったフィリップおじさん（Uncle Philip）に裏切られていく。故郷と信じた上海に裏切られ、子供時代に裏切られ、母の拉致を手伝ったフィリップおじさんに裏切られる。そこに

は、底知れない怒りがある。しかし、バンクスはその裏切りに対して暴力での報復はせず、そこで負の連鎖を断ち切ることにより、生き続けるのである。なぜなら、彼が受けた裏切りは、裏切りへの報復だったからである。繰り返される暴力に満ちた不条理な世界の寵児としてではなく、そこから離脱して越境する孤児として生きることにより、負の連鎖を断ち切ることができるのである。

2．裏切りの街、上海租界

　イシグロが他の作品の中では場所の特定を回避している一方で、『遠い山なみの光』では占領下の長崎が、そして『わたしたちが孤児だったころ』では上海とロンドンが特定されている。場所の特定が創作の自由を奪う可能性がある一方で、場所の特定こそが作品に深い意味を持たせる場合もあるはずである。イシグロが上海租界を舞台として選んだことは、驚異となる世界の変動と分断がその特定の時代を超えて描かれる可能性がある空間だからではないか。

　前作『充たされざる者』においては場所、時代、登場人物などの不特定性と不透明性が批判となったという反省から、『わたしたちが孤児だったころ』では、それらの要素を特定化したと言われている（Machenzie 10頁）。しかし、それ以上に、この作品においても場所や時代が混沌としていること自体が、何度も境界線や国境が塗り替えられ、歴史の変遷の淵に追いやられた犠牲者の記憶が重なり合っていることを示唆しており、イシグロは歴史の中で忘れ去られ抹殺された弱者の声をフィクションの世界で描くことに成功している。

　ミチコ・カクタニ（Michiko Kakutani）の『ニューヨーク・タイムズ』紙の書評などで、一部酷評を受けはした（n.pag）が、大半は好意的な書評が出た。また、バンクスが私立探偵というイギリス人には馴染ある主人公の設定に、ある種の親しみが作品に付加されたとも言えよう。

　しかしこの作品は単なる推理小説ではなく、歴史の舞台の裏で壮絶な人生が紡がれたことを読者が発見していく作品なのである。そのために、上海租界というある時代に生まれて消えた蜃気楼のような特殊な空間が必要であるのだ。

第 5 章　記憶の裏切り

　作品の中で、探偵として名声を得たバンクスが 10 歳の時に上海を離れて以来、27 年ぶりに同地を訪れる時が来るが、その時には子供時代に覚えている上海租界は幻であったことが認識され、街は毒に犯され腐敗した世界と化している。そしてバンクスが子供の頃には上海一の警官で憧れの対象であったクン元警部（Former Inspector Kung）を訪ねるが、その彼は当時からは想像もつかないほど落ちぶれており、フランス租界のモーニング・ハピネス・インという皮肉な名前の安宿でなんとか生きながらえている。

　バンクスは、クン元警部が、1915 年の春に、福州路のレストランで起きた「ウー・チェン・ルー銃撃事件（the Wu Cheng Lou）」（*WWWO* 345 頁）で逮捕した犯人の 1 人が、それより数年前に起こった両親の誘拐事件のメンバーだったという詳細を知るキーパーソンだと信じて疑わない。両親の行方を探すバンクスはこの伝説の元警官に期待をかけるが、彼は酒やアヘンに溺れ社会の底辺で生きる屍の様になっている。その彼が、自分を褒めたたえるバンクスに次の様に言い放つ。

　「しかし結局は」と彼は続けた。「この街に負けました。誰もが友人を裏切ります。誰かを信じても、結局そいつはギャングの手下だったってことがわかるのですよ。政府もギャングと同じです。こんなところで職務を果たす刑事って何でしょう。」（*WWWO* 343 頁）

このクンの言葉に現われている様に、上海租界は歴史の波に翻弄され、その結果多くの人々を裏切って来たと言える。イシグロが上海租界を選んだという理由は、まさにそこが記憶の中の裏切りの街だからである。

2-1　上海租界という帝国主義の庭園

　上海租界は、西洋と日本の植民地主義の代償を払って作り出され発展し、第二次世界大戦前にはアジア最大の都市として繁栄を極め、独自の国際的な都市文化を生み出した。それと同時に、多くの犠牲を払った魔都と呼ばれた街である。その排他性は、『わたしたちが孤児だったころ』にも登場する、「華人與狗不准入内」（中国人と犬は入るべからず）という架空

の看板で有名なパブリック・ガーデン（The Public Gardens）が象徴していると言われている（倉橋 47 頁）。上海租界とは、中国の清朝がアヘン戦争でイギリスに敗北し、1842 年の南京条約により開港させられ上海に造られた租界、即ち外国人居留地のことである。

　端的に言うと、上海租界はイギリスを代表とする西洋帝国主義の犠牲となり誕生した空間なのである。1845 年には、イギリス領事や貿易に携わるイギリス商人が居住する土地の租借が定められ、上海租界の原型が誕生する。当初は中国側が外国人の商業活動の範囲を規制して制限するための隔離政策であったが、1848 年にはアメリカ租界、1849 年にはフランス租界がイギリス租界の北と南に設置され、それが上海という近代都市の原型になった。

　アジア圏に住む者にとって、上海は最も近い西洋社会として羨望の的となっていく。その後、イギリス、アメリカ、台頭してきた日本を含む共同租界とフランス租界の 2 つに再編され、1920 年代から 1930 年代にかけて発展して黄金時代を迎えた。しかし実際は、上海の発展を象徴するバンドの高層建築群は、裏にひしめく貧しい中国人たちの住居を隠す「虚飾の玄関」だったのである（藤田 86 頁）。しかし、1937 年には日中戦争が起こり、1941 年の太平洋戦争勃発により、共同租界とフランス租界は日本軍に接収され、急速に破壊されていく。1945 年の第二次世界大戦における日本の敗戦により、国民党政権が接収すると、約 100 年にわたった上海租界は幕を閉じた。上海租界とは、19 世紀から 20 世紀半ばにかけて、世界の列強が押し寄せ、暴利をむさぼり、そして身勝手にも破壊して捨て去った空間なのである。

　バンクスが 1937 年に上海に再訪問した時には、租界の歴史は変貌を遂げつつあった。20 世紀初頭には、イギリス租界は上海共同租界の中で圧倒的な地位を占め、各国の商社等 110 社中、60 社がイギリスの会社であり、全体の 80％であった（費 235 頁）。そのイギリス租界が、1920 年代から 1930 年代にかけて、次々と中国に回収されて弱体化の一途を辿ることになる。イギリスと入れ替わるように、日本の力が強くなり、日本租界は繁栄を極めた（費 256 頁）。弱体化するイギリスをバンクスが、そして強大化する日本をアキラが象徴しているのだ。

第5章　記憶の裏切り

　そして、バンクスが滞在するホテルであるキャセイ・ホテル（Cathy Hotel）とイギリス上流階級紳士の代表とも言えるサー・セシル・メドハースト（Sir Cecil Medhurst）が滞在するメトロポール・ホテル（Metropole Hotel）、そして舞踏会が開かれるパレス・ホテル（Palace Hotel）が、上海に築かれてきたヨーロッパが残した負の歴史を表わしている。バンクスとアキラ、そしてその家族は、上海を実質上支配する巨大な悪の力の中にいたのである。これらのホテルの建設と変遷はイギリスとヨーロッパ列国の中国侵入を象徴していた。

　キャセイ・ホテルは、上海バンドに位置し、1929年に完成した旧サッスーン・ハウスで、現在は和平飯店の北楼となっている（羅272頁）。また、メトロポール・ホテルは、租界のバンド近くに同じサッスーン財閥により建てられ1935年に開業したホテルで、現在は新城飯店として健在で、その後建て替えられて、ツインビルであるハミルトン・ハウスは福州大楼として営業している。また、上海バンドにもともとセントラル・ホテルとして1850年代に建てられたホテルが1903年に再建されて、パレス・ホテルとなり、現在は和平飯店の南楼として営業している。これらのホテルには、各国の要人が泊まり、上海の繁栄と変遷に大きな貢献をした。

　アヘン戦争が起こった原因は、キャセイ・ホテルが入店するサッスーン・ハウスを建てた財閥サッスーン家が上海の経済と不動産、そしてアヘン貿易を支配したことによる。『わたしたちが孤児だったころ』の中で、モーガンブルック・アンド・バイアット社（Morganbrook & Byatt）はバンクスの父とフィリップ叔父さんが務めていた会社として設定されており、実在したジャーデン・マセソン（Jardine Matheson）はバンクスの旧友が務めている会社として語られる。上海最大の商社を造り上げたサッスーン家はイギリスの財閥とされているが、ルーツは18世紀にメソポタミアに台頭したユダヤ人の富豪一族で、政治的な力も強くトルコ治世の下では財務大臣も務めたという。

　1792年にその一族に生まれたデビド・サッスーンが、シルクロード交易により成功を収め、バクダッドからインドに進出して1832年にボンベイでサッスーン商会を立ち上げて、アヘンの密売を始めた。イギリスの東インド会社からアヘンの専売権を取り、そのアヘンを中国で売り莫大な

利益を上げて、中国の銀を国外へ持ち出したという。サッスーンは、イギリス紅茶とアヘンの総元締めとなり、イギリスだけでなくヨーロッパ全土に名を轟かせ、悪名高きアヘン王として君臨する。そして、アヘンが当時の清国で大流行して大問題となり、アヘン輸入禁止令を清国が出したことを発端に1840年にアヘン戦争が勃発する。アヘン戦争に敗れた清国は衰退の一途を辿ることになり、中国の近代史がここで大きく揺れ動くことになる。南京条約により清国は上海を含む5港の開港と香港の割譲と巨額の賠償金を支払うことになり、これによりイギリスや他のヨーロッパ列国の中国侵略は加速する。

一方、ジャーディン・マセソンは、1832年にスコットランド出身のユダヤ系でイギリス東インド会社の船医で貿易商のウィリアム・ジャーディンとカルカッタで貿易商としてマニアック商会の共同出資者であったジェームス・マセソンにより中国の広州で設立され、アヘンの密輸と茶のイギリス輸入に携わり、1841年に香港へ本社を移した。1840年から1842年間のアヘン戦争の折には、ロビー活動を行ってイギリス国会を動かし、アヘン戦争に大きく関わった。また、同社は1844年には中国での拠点を上海の共同租界、バンドへ移した。

ジャーディン・マセソンは、アキラの出身地である長崎との関係も深く、1859年にジャーディン・マセソン商会の長崎代理店としてトーマス・ブレーク・グラバーがグラバー商会を設立した。江戸時代には、中国人商人等を介して日本の物産を密輸入していたジャーディン・マセソン商会は、1853年の日米和親条約を皮切りに日英、日露、日蘭和親条約が結ばれると、長崎港と函館港の開港を機に、1859年には上海支店から日本に代表者を派遣し、1860年には横浜に支店を設立した。幕末から明治維新への劇的な歴史の変遷期において、グラバーは五代友厚、坂本龍馬、三菱財閥を創る岩崎弥太郎などの新たな世代の立役者たちを支援した。バンクスとアキラは、この点を共通項としており、元々イギリスの貿易会社の社宅として造られた家に住んでいる隣人であり、歴史の小さな目撃者なのだ。

これらサッスーン財閥とジャーディン・マセソンは上海の2大貿易会社として君臨し、1837年には数えるほどの商社しかなかったにも関わら

第5章　記憶の裏切り

ず、19世紀後半にはその数は300社にのぼり、20世紀初頭には600以上になったという。上海、広くはアジアにおいて2大勢力となったサッスーン財閥とジャーディン・マセソン商会は利害対立を激しく繰り返すが、1877年にジャーディン一族のウィリアム・ケズウィックが婚姻によりサッスーン一族に入ることにより、2大勢力が結束することになった。そのケズウィックを頭取として、香港上海銀行が、特にアヘン貿易で設けた中国での利益をイギリス本国に敏速かつ安全に送金するために、1865年にサッスーン商会とジャーディン・マセソン商会を中心に設立された。これらのトップたちは全員がフリーメイソンのメンバーであったとされている。そして、1929年に完成したサッスーン・ハウスに次いで、1935年にはメトロポール・ホテルがサッスーンにより、当時では最高級のホテルとして開業され、これらの高層建築物はデザインの斬新さを誇り、世界からやって来る要人を受け入れていた。バンクスがキャセイ・ホテルに長期滞在すること自体が、彼の経済的および社会的成功を物語ると同時に、上海租界における西欧諸国の支配を表している。

　この上海租界が変遷していく時代にバンクスとアキラは生れ、黄金期に子供時代を過ごし、日本侵略による戦火で崩壊していく時期に2人は再会する。1930年で始まるバンクスの語りの中では、彼は社交界に出入りしている一方で、孤児としてイギリスで生き、コネクションもない自分を顧みている。その時点で、バンクスは私立探偵としての名声を得て社交界という居心地は悪いが必要不可欠な情報源を獲得しており、自分の過去への帰還の準備を整えている。子供時代に上海に残してきた自分が解決すべき課題、即ち、両親の失踪を解決するタイミングを推し量っている。しかし、実際、彼は上海を訪れるのを1937年まで待たなければならない。さらに、再会と別離と裏切りの1937年代の語りから1958年のロンドンでの語りへと時代が一挙に跳び、その間の第一次世界大戦から第二次世界大戦と戦後の中国共産党樹立と確立までの時間は、ほぼ完全に欠落している。子供時代のバンクスが10歳の頃、おそらく1910年頃に上海を離れることにより記憶が一度は途切れたかのように、イギリスでの青少年期を経て大人に成り、私立探偵として成功を収める間の時間の中に、歴史の大きな流れはほとんど存在しない。その時間の不在こそが、語られていない

記憶として重要なのである。

　1930年になってバンクスに過去の時間が急激に戻ってくるきっかけは、10歳の時に上海からイギリスへの帰国に同行してくれたチャンバレン大佐（Colonel Chamberlain）に偶然ロンドンで再会したことである。大佐との再会で、上海での子供時代の記憶が急速に戻ってくる。

　　「不思議な気がしますね」と大佐は言った。「今晩こちらへ来る前に考えていたのですよ。坊ちゃんと最初に出会ったときのことをね。覚えてらっしゃるかなあ、坊ちゃんは。たぶん覚えてらっしゃらないでしょうね。なにせ、あのころ坊ちゃんの頭の中は他のことでいっぱいだったはずだから」
　　「それどころか」とわたしは言った。「あのときのことはすごくはっきりと覚えていますよ」
　　嘘ではなかった。今でも、ちょっと目を閉じれば、あの上海の明るい朝と大手貿易会社モーガンブルック・アンド・バイアット社でわたしの父親の上司だったハロルド・アンダーソン氏のオフィスにやすやすと戻ることができた。わたしは磨きこまれた革とオーク材の匂いのする椅子に座っていた。
　　　　　　　　　　　　　　　　　　　　　　　　　　　（*WWWO* 44頁）

　突然両親の失踪に対峙した10歳の子供が、父が勤めていたモーガンブルック・アンド・バイアット社のオフィスの中央の大きな椅子に座り、大人たちの話し合いの中心にいたという特異な状況が、バンクスにとって最も鮮明に思い出せることなのだ。その時のバンクスは悲しみと不安の中にいたにも関わらず、上海は明るく輝いており、イギリスの貿易会社の地位は確固としたものだと安心している。しかし、この時の状況には、バンクスと彼の両親が1910年初め頃に上海租界で対峙した底知れない悲劇が隠されている。

　バンクスは、鮮明に思い出したこの1点の記憶から、翌1931年になると様々な記憶の中にどっぷり浸り、バンクスの語りにより上海租界の子供時代が次々と蘇る。しかし実際に上海に訪れるのはその6年後である。1937年の4月から10月までの上海滞在で、バンクスは10歳の時から未解決のままである両親の失踪という彼にとって人生最大の課題に没頭し、我を忘れ、戦火の中に迷い込み、そこで日本兵となったアキラと奇跡的に

第 5 章　記憶の裏切り

再会する。その時の上海はクン元警部の落ちぶれた姿に象徴されている様に警察の力は地に落ち、犯罪組織を取り締まるどころか、警察の保管文庫も混乱して、バンクスは1人奮闘する。若い中国人運転手に人種差別的発言をして怒らせ置き去りにされ、租界の外の戦闘地に1人で向かう。バンクスを保護した中国人警官たちにも見捨てられ、さらに戦闘が激しい地域に入り込む。探偵として名声を得たバンクスは、おそらく初めて戦線という危険な地域に身を置き、生命の危険と隣り合わせの時間を過ごす。

バンクスとアキラは10歳の子供から大人に変貌を遂げ、人生と歴史の岐路に立っている。2人が別れていた時の間に、未婚のバンクスは両親を失った少女を養女とし、アキラは結婚して5歳の息子を持っていた。親となった2人は、子供の時代とは大きく異なる社会で互いを見ながら自分自身の運命と遭遇するのである。両親の失踪に隠されていた事実を知った直後、バンクスは上海に留まることができず、母の消息がわかり香港を訪れるのは1953年頃である。その時、バンクスの母は1951年頃に外国人として保護され香港のキリスト教の教会が運営する施設に連れてこられたことを知る。そして、このバンクスの香港訪問は、5年後の1958年にイギリスで語られるのである。『わたしたちが孤児だったころ』における時間は、凝縮したり膨張したりする中で、歴史の中で歪められた人生を語っている。戦前の子供時代と第二次世界大戦と戦後の変遷の不確実性を導くことにより、イシグロは歴史における記憶と忘却が表裏一体であることを提示していると言えよう。

この歴史の中の記憶と忘却は、上海租界という空間の中に存在した時間と共に内包されている。上海には、揚子江の三角州にできた交易の港町としての風土に、租界時代には異国情緒あふれる近代都市という要素が加わっていった。その街は、まるで歴史に翻弄される女性のように、華麗でありながらも危険な芳香が漂い、憂いに満ちた陰りの表情を持つ。そしてその背後には、底知れない暴力が存在した。即ち、上海租界は10歳の子供の記憶には残そうにも残らない複雑怪奇で極端な明暗を持つ蜃気楼のような現象だったのである。上海租界は、栄華と虚栄、そして失意と悲哀を全て呑み込んでいった街であり、バンクスの10歳頃の思い出の中に確かに存在しながらも、流れる川の様に移りゆく歴史の波に翻弄され変貌を遂

げていく砂の城だったのである。

　中国の悲劇は、中国古代文明がアジア文化圏に与えた圧倒的な影響力とは裏腹に、先発の西洋と後発の日本の帝国主義と植民地主義の犠牲となっていったことにある。しかし、王暁秋が指摘しているように、19世紀半ばには、「西方の資本主義勢力の衝撃の下に、関所を閉ざしていた中国と、鎖国していた日本はともどもに門戸をこじ開けられ、一系列の不平等条約に調印することを余儀なくされ、半植民地に転落する危機に直面した」（iii-iv 頁）にも関わらず、日本は明治維新によりアジアで先頭を切って資本主義・軍国主義を掲げる強国となって変貌を遂げ、中国はアヘン戦争により西洋だけではなくさらに日本の植民地へと転落していった。バンクスとアキラは西洋とアジアの植民地主義を背負った子供たちであり、大人であった中国はその子供たちにひれ伏す臣下となる。その暴力の上にバンクスとアキラの子供時代は成り立っており、彼らは必然的にその暴力の輪廻の中に巻き込まれていく。

　バンクスはイギリスに 1910 年頃に戻り、少年から大人に変貌を遂げ、1930 年代にはイギリス国内において殺人事件や難関な事件を解決していき社会において名声を得ている。その間、青年期において体験した悲劇の中に、寄宿学校聖ダンスタン校（St Dunstan's）での親友であった 2 人のうち 1 人、ラッセル・スタントン (Russell Stanton) は第一次世界大戦で戦死し、もう 1 人のロバート・ソートン・ブラウン (Robert Thornton-Browne) は結核で死亡したことが挙げられる。孤児になって故郷と信じて疑わない上海から両親の母国イギリスへ戻り、転校生として聖ダンスタン校に入ったバンクスにとって、彼らは最も重要な友人たちであったにも関わらず、その 1 人は第一次世界大戦での犠牲者となる。この 2 人からもらった 14 歳の誕生日プレゼントである拡大鏡は、1887 年にチューリッヒで製造されたものとされ、バンクスはこれを生涯の宝とする（*WWWO* 16 頁）。この拡大鏡を持ってバンクスは、激動の時代を生きていくことになる。私立探偵としては国内の重要殺人事件に関わっており、彼の社会的地位も確立する。しかしバンクスは、心の拡大鏡に、自分が失った時間、即ち中国で止まったままの時間を映し出そうとする。

　激動の時代が過ぎゆく中で、バンクスにとって中国はあらゆる意味で遠

第 5 章　記憶の裏切り

い処になってしまっていた。世界では、第一次世界大戦、第二次世界大戦において人類を脅かす大量殺人が行われており、上海租界も変貌を遂げていく。その過程で中国は、欧米の列強や日本の外圧が加わり衰退の一途を辿り、1911 年の辛亥革命により、翌 1912 年に宣統艇が台頭して中国最後の清朝が滅亡した。同年、中国で初めての共和制政体として中華民国が誕生し、袁世凱が初代大統領に就いた。中国は新たな政治体制と知力で刷新しようとした。しかし、1916 年に反乱が勃発し袁世凱が死去すると、北の北洋軍閥を中心とする北京政府と南の孫文が率いる革命派の間に、1928 年の中国国民党による国民政府樹立までの期間、内戦状態が続き、各地の軍閥が様々な後ろ盾を持ち、勢力争いに中国全土が翻弄された。孫文を指導者として 1919 年に成立した国民党は、蒋介石による北伐に成功した後に、1928 年南京に樹立された。皮肉にも、これらの激動の時代にバンクスはイギリスのパブリックスクールで恵まれた少年期と青年期を過ごすのである。

　この激動の時代、新たな勢力として台頭してきた日本軍は 1904 年にロシアへの宣戦詔勅で満州を占拠し、日露戦争の締結後も地歩を築いていた。そして 1931 年の柳条湖の鉄道爆破事件を契機として日本の中国東北への侵略戦争が始まり、翌 1932 年には満州国を樹立し、この後、日中戦争へ発展することになる。この日本の中国侵略を巡り、1920 年代から 1930 年代の間には、上海への列強や日本の投資額が増大し、上海は大きな発展を遂げる（藤田）。当時の日本軍は徹底した思想統一の下で批判勢力への露骨な弾圧を開始していた。朝鮮半島と満州への侵略は、日本の帝国主義の最たる残虐行為として歴史に残ることになる。

　西洋列強から逃れた中国において、今度は同じアジアの一国である日本が一強を謳歌することになる中でナショナリズムが台頭する。1920 年代後半になると、5.30 事件を契機として、上海は中国ナショナリズムの中心地となっていく。特に、租界は反帝国主義運動の標的となり、その中でも反イギリス運動は激しさを増した。

　しかし、小説の中で、1930 年までの中国における劇的な変遷に関して、バンクスは明確に自分の姿勢を表現していない。それどころか、1930 年には台頭しつつあったナチス・ドイツへの脅威にも言及していな

い。1937年に上海を訪れる前年、バンクスは王立地理学会（the Royal Geographical Society）にH.L. モーティマー（H.L.Mortimer）という学者の「"ナチズムはキリスト教に脅威を与えるか？"」（230頁）という講演を聴きに行った時に、その講演はテーマから離れて、聴衆の間でドイツ軍のラインラントへの動きに関しての白熱した議論となっていく。その際、バンクスは議論についていけなくなる。その直後、ムアリー司教座聖堂参事会員（Canon Moorly）がバンクスに話しかけ、バンクスが傍観していたことを責めるような口調で言う。彼はバンクスに、「台風の目はヨーロッパになんかなくて、極東にあるってことを、あなたは他の誰よりもよく知ってらっしゃるじゃないですか。正確にいえば上海にあるってことをね」と告げる（WWWO 233頁）。

　バンクスは表面的には世界情勢や政治は無関係の世界に生きており、自分が解決してきた犯罪と悪が存在する範疇に世界的規模の悪は入らないと反論する。このバンクスの一見無関心とも取れる態度は、実は彼の本心の隠蔽ではないか。それは、バンクスを悩ませていたサラ・ヘミングス（Sarah Hemmings）がサー・セシル・メドハーストと結婚して極東に旅立つことを知った時に、バンクスの中で、サー・セシルの政治的使命とバンクスの個人的使命が一致するからである。危機的になっていく極東で新たな世界大戦を回避させるべく使命を負ったサー・セシルを追う様にバンクスは上海の「"大蛇を滅ぼすために"」海を渡る（WWWO 246頁）。彼の語りに歴史が不在していることこそが、実は大きな落とし穴なのである。

　バンクスと世界情勢の接点は、彼が心に秘めた上海への思いがすでに垣間見てとれるところに存在する。彼がサー・セシルに敬意を表して開催されるメレディズ基金（Meredith Foundation）の晩餐会に招待された時、彼の晩餐会への興味は上海の現状1点であった。サー・セシルは第一次世界大戦後の国際連盟設立に大きな貢献をした人物として設定されており、その時のサー・セシルのスピーチは第一次世界大戦と同様の過ちを繰り返してはいけないという理想主義的なものであった。

　　今から思えば、氏のスピーチは謙虚で楽観的なものだった。氏によれば、人間は過ちから学ぶものであり、今では、先の大戦のような規模の災難がこ

第5章　記憶の裏切り

の地球で起こるのを二度と見なくてもいいようにしっかりとした機構が作られている、とのことだった。先の戦争は、あのとおりひどいものだったが、人類の技術の進歩が組織化の能力より数年間先行してしまった場合に起こった"人類の進化の中でも誤りに満ちた時期"だったにすぎない、というのだ。科学技術がひじょうな速さで発達し、その結果、近代兵器を使った戦争を行なう能力も高まったことに、わたしたちはみんな驚かされた。しかし、今やわたしたちはそれらの間にきちんと一線を画すことに成功したのだ。人々を恐怖の淵に突き落とさないために、文明諸国はこの考えを取り入れ、そのために必要な法規定を作ったのだ。サー・セシルのスピーチはこのような内容で、わたしたちはみんな心から拍手を送った。（*WWWO* 74-75 頁）

サー・セシルが公に表す意見は大義名分であり、イギリスの指導者たちが果たした役割に酔いしれているが、そこには皮肉が隠されている。

　サー・セシルの様に国際的に活動している人物からバンクスが切に知りたいことは、机上の論ではなく現実なのである。酔ったサー・セシルは、バンクスに本音を漏らすのであるが、そこには彼の信念や理想を覆す「悪」が待ち伏せしており「虎視眈々と狙って」台頭しつつあるファシズムへの脅威を示唆するのである。その「悪」は、「まともな国民よりはるかに勝っていて、国民を堕落させ、仲間から離してしまう。わたしはそういうことを見てきた。今までずっと見てきたが、そういう悪い傾向は今後いっそう強くなる気がする」（*WWWO* 77 頁）と断言してはばからないサー・セシルは、1930 年頃までの不確定で不安定な政治状況を察知しているのだ。

　その中でバンクスが最も知りたいことは、ごく身近で情報が入手できるヨーロッパの情勢ではなく、遠い上海にまだいると信じているアキラの消息なのだ。もちろん、その裏には、両親の失踪事件がある。サー・セシルがごく最近上海に行ったことを知っているバンクスは、サー・セシルに「あの晩ずっとこのことをたずねようと心の中で思っていた」（*WWWO* 78 頁）こと、即ち上海の実情を尋ねると、サー・セシルは、中国を舞台にアジアが直面している危機的な状況を語る。

「上海？　ああ、行ったよ。行ったり来たりしておる。中国では何が起こっているかはひじょうに重要だからな。我々はもはやヨーロッパだけを見ていれ

ばいいというわけにはいかないんだよ。ヨーロッパが混沌とするのを止めたいと思うなら、もっと遠くのほうを見なければならんのだよ」(WWWO 78頁)

　サー・セシルの言葉から、理想と現実は異なり、事態は地球規模で深刻化を増しているにも関わらず、歴史から学ぶことをしない人類は同じ間違いを繰り返す可能性が高いことが読み取れる。サー・セシルが「日本人はあの地で日ごとに影響力を増してきておる」(79頁)と遠回しに語るが、1930年代は日本の中国侵略に向けての動きが激しくなり、1931年9月18日に満州事変が始まり、1932年には満州国が樹立された。この日本の関東軍による軍事侵略は日中戦争の発端になった。言葉の上ではバンクスはアキラの消息を知りたがっているが、実際に知りたいことは両親の消息であり、アキラを手掛かりにしようとしているのだ。この1930年という日本侵略が激しくなる中で、上海への渡航が困難になることが予想され、両親の安否はアキラ次第なのであると信じ、バンクスは藁にも縋る思いではないのか。

　特に上海は、1930年代以降、西洋植民地主義の犠牲から日本による植民地政策の犠牲の地へと移行する。この時点で上海は経済的全盛期も終えていた。なぜなら日中戦争により日本軍が租界以外の地域を統治下に置き、自由な経済活動を行うようになり、さらに太平洋戦争勃発とともに日本軍が租界を占領したからである。第二次世界大戦での日本敗戦後は、国民党が樹立されるも混乱の時代が続き、共産党政権に移行すると資本主義が否定され、この劇的な変遷の中で、上海の力は衰え、香港にその地位を奪われた(淺野 8-9頁)。バンクスの上海への思いは、実はこれらの中国をめぐる危機的な状況により、より強固なものとなっていたのだ。

　上海は、特に1932年の第一次と1937年の第二次上海事変で戦闘により壊滅的な被害を受ける。そして、第二次世界大戦後に国民党は共産党との内戦に敗れ、最終的に1949年に台湾に移った。北京政府が承認された後にも、背後には軍閥の中でも力がある軍閥の後押しがなければ、その力は存在しなかったという。小説の中で、上海で最も恐れられていた軍閥は、北京を中心とする北洋軍閥ではなく、湖南省の地方軍閥である。北洋軍閥の中には日本が背景勢力とする張作霖などがいたことに対して、地方

第5章　記憶の裏切り

軍閥は、背景勢力にアメリカ、イギリス、国民党、北京政府を持つことが多かった。特に軍閥勢力は近代中国において政治だけでなく全ての方面に多大な影響を与えた。

  その中華民国時代の軍閥政権は、最初の袁の北洋軍閥政権から新軍閥とも言われる蔣介石政権まで継続的に権力のヘゲモニーを掌握し、程度の差はあるものの、近代中国を代表する政治的軍事勢力の集団的存在であった。中央政局から地方各省に至る軍閥勢力は、政治・軍事方面だけでなく、経済、外交、金融など社会全般に深刻な影響を及ぼした。従って軍閥勢力の打倒が中国革命の最大の目標となったのは、極めて当然であったと思われる。（鄭6頁）

強大な集団的勢力と化した軍閥の時代は、1910年代の中国において辛亥革命から5.4運動に至るまでの「歴史的な大転換期」にあり、政権内の武力集団の地位が重視され軍閥全盛期となる（鄭5頁）。『わたしたちが孤児だったころ』における軍閥の存在は、上海租界という外国人特権居住地においても避けることができないものだったのだ。

この軍閥に関する歴史的検証は、日本においては1920年代に始まっており、中国本土では1930年代に深い研究が行われたというが、西洋における研究は1960年代から1970年代を待たねばならない（水野2-11頁）。即ち、バンクスが大英博物館でいくら調査しようともまだ軍閥に関する英文の確立した研究は皆無であり、バンクスの語りには軍閥の時代が欠落している。このイギリスにおける軍閥への歴史認識の欠落が、バンクスの母が軍閥に拉致され、居場所さえ特定できないという事実を皮肉にも物語っている。

特に北洋軍閥の歴史は長く、1730年以降、「清朝が自己の支配を維持しつづけるために設立した反動軍隊」であり、辛亥革命失敗後から蔣介石が国民党新軍閥を形成するまで、近代中国を支配してきた「反動軍閥集団」である（来3頁）。これらの軍閥は洋式の鉄砲を装備し、陸軍研修としてドイツに留学生を送ったり、イギリス人やドイツ軍を招聘したりしながら、地方を基盤として封建勢力や外国勢力とも関わり、「封建支配者と外国侵略者の支配を維持するための主要な反動軍隊になってしまった」（来4-5頁）。バンクスの母は、巨大化していく反動軍隊としての軍閥という

近代中国の闇の暴力の世界に放置されたことになる。

　『わたしたちが孤児だったころ』の中で、フィリップおじさんがバンクスの母が軍閥に拉致されることになったいきさつを語る際、軍閥が影の勢力として大陸の隅々まで制していたことを強調する。時は1910年代で、場所は上海租界である。誇り高いキリスト教徒として反アヘン運動に全てをかけていたバンクスの母も「聖なる木」の活動家たちも、結局はアヘン貿易で利益を得ているイギリス企業への批判など何の意味もないことを悟る。そして、新たな策を練った結果、自分たちが軍閥と手を組むことになった。

> … 当時、ちょうど今もそうしているように、アヘンの積荷は揚子江を通って運ばれていた。舟は盗賊が出る地域を通ってアヘンを川上に運ばなければならなかった。適切な保護がなければ、積荷は襲撃されることなく揚子江の三峡より向こうへは運べなかったんだ。それでそういう企業はすべて、モーガンブルック＆バイアットもジャーデン・マセソンもみんな、積荷が通る地域を支配している地元の軍閥と取引をしていた。これらの軍閥というのも、実際は成功した盗賊にすぎなかったわけだが、彼らは軍隊を持っていて積荷が通過するのを見届ける権力を持っていたんだ。それで、ここが我々の新しい戦術なんだが。我々はもはや企業に頼み込むことはしなかった。これら軍閥に頼み込んだんだ。彼らの人種的プライドに訴えたんだよ。企業がアヘン貿易から利益を得ていることに終止符を打ち、中国人にとっての一大障害物を逆手（さかて）にとって、自分たちの運命の、自分たち自身の国の指揮をとっていくことが彼らの手にかかっているのだと、我々は指摘した。（*WWWO* 487-88頁）

ここでは、軍閥の勢力拡大とそれを巡る複雑な利害関係が時代を表象している。しかし皮肉にも、反アヘン運動であったはずが、この運動に好意的で協力を約束したワン・クーは、彼らを利用して自分にアヘン貿易の利益が入るように策略を凝らし、一枚上だったことが判明する。軍閥の罠にはまり、そこから決して逃れることもできず、イギリス人の反アヘン運動家たちはアリ地獄の様に深みにはまっていく。

　軍閥の狡猾さと暴力は、人間性を変えてしまう。軍閥と手を組むことにより、「聖なる木」とフィリップおじさんに裏切られたことを知り、想像を絶する事実と直面したバンクスの母は、その怒りをワン・クーにぶつけ

第5章　記憶の裏切り

てしまったのだ。その報復をバンクスの母は受けることになり、さらに彼女の拉致をフィリップおじさんが助けることで、バンクスの母は二重の裏切りを受ける。大人に成ったバンクスにフィリップ叔父さんは「当時の上海で、中国で、もしワン・クーのような人物がこうと決めたら、誰かがそれを止めるなんて、まずできなかったってことが。当時はそういうものだったんだよ」(*WWWO* 491-92頁)とバンクスに理解を求めて弁解する。軍閥の報復がどの様なものかを熟知した彼は、自分こそがその力を逆手にとってバンクスの母を陥れた張本人だと自白する。フィリップおじさんは、バンクスの母を密かに想い続けており、バンクスの父が失踪して死亡した後も彼女を支え続けたにも関わらず、彼女に異性として相手にされなかったことへの報復をしたのだ。彼が利用したのは、上海租界のイギリス人には力が及ばない軍閥であった。しかもワン・クーは強大な権力を持ち、残忍な軍閥として知られていたが故に、その影響力には警察も領事館も打ち勝つことができなかったのだ。

　20世紀前半は、日中の両国で軍閥が最も活躍した時代であり、「この集団軍事勢力は、中国の場合北洋軍閥・旧軍閥・新軍閥・直隷派軍閥・奉天派軍閥等といい清末から中華人民共和国の樹立まで、日本の場合大正軍閥・昭和軍閥といい第二次世界大戦まで、それぞれ歴史的実体として存在した」(鄭 194-95頁)。バンクスの母は、この軍閥時代の真っただ中に放り出されたのである。このような中国における西洋植民地主義の犠牲から大日本帝国の植民地政策の犠牲となり、さらに中国国内における勢力の拡散と混乱が、実はバンクスの両親が失踪したことと根底では繋がっていることを彼は知らない。バンクスが10歳の頃から心の深淵に潜ませていた上海への思いは、第一次世界大戦で阻まれ、日本の中国侵略という危機的な時期まで引き伸ばされ、そして最後のチャンスを待つこととなる。

　バンクスの中のキリスト教徒であり教養あるイギリス人としての特質は、母から受け継ぎ、母を喪失した10歳から上海再訪問の1937年までの間に確固となっている。アヘン戦争後の上海においてアヘンの消費量は上昇していく中で、1906年にアメリカ宣教師がアヘン生産の禁止を国際的に世論に訴えたことをきっかけに、アヘン貿易は非難される。そして、1911年にハーグで開催された国際阿片会議においてアヘンの輸出と生産

が禁止される方向へ向かいかけた。バンクスの母はこの時代に、キリスト教主義に基づき、反アヘン運動に没頭する。しかし、アヘン禁止令により、逆にアヘンの密輸が恐るべきスピードで蔓延し、以前よりもアヘンの消費量が上回ることになる。この巨大で底なしの暗黒の世界と、バンクスの母は対峙することになり、その悪をバンクスは紐解いていく。

　バンクスが上海不在の間に日本の軍国主義が台頭し、上海での親友であったアキラは軍国少年から本物の軍人となり、戦乱の中で2人は再会するが、そこには2人の運命の相違が存在する。バンクスが寄宿学校からケンブリッジへと進学して、英国人エリートとして教育されていく一方で、軍国少年であったアキラのその後の消息はわかっていない。バンクスは、母が強く抱いていたキリスト教精神を受け継ぎ、結婚もせずに仕事に邁進するが、両親を事故で失った10歳の女の子を養女にする。中国に行く1937年から3年前、1934年頃に、友人が主催した夕食会で孤児の世話をする慈善団体の代表レディ・ビートン (Lady Beaton) と出会う。彼女から、それより2年前にコーンウォール沖で起こった船の事故で夫婦が溺死して、彼らの一人娘が生き残り、祖母とカナダに住んでいるということを聞く。レディ・ビートンは、その祖母は高齢であり、その時10歳になっていた孤児ジェニファー (Jennifer) の将来を心配している。両親からの遺産もあるが、現在の状態が必ずしも理想的でないことが話題となる。そして、招待客たちが帰る時になって、バンクスはその少女を養女にしたいと申し出るのである。

　その時のバンクスは、ジェニファーに10歳の頃の自分の姿を重ねていたであろう。その上、彼はすでに著名な探偵として社会的地位を確立していただけでなく、その直前に遺産を相続していたのだ。これはおそらく、表面的には、イギリスに帰国してから彼を支えてくれた叔母が残した遺産だと思われる。この養子縁組の話は4カ月でまとまり、バンクスは彼女を引き取って、養育係を雇い、そして寄宿学校聖マーガレット校（St Margaret）に入学させる。バンクスのキリスト教徒としての慈善精神と行動力は、母から継承したものである。そして、自分が最高のイギリス教育を受けた様に、ジェニファーにも同等の教育を受けさすのである。このジェニファーが、両親の喪失とバンクス不在の中でも、挫折をしながらも

第5章　記憶の裏切り

生き続け、最終的にバンクスにとって人生の重要な柱となる。

　バンクスとアキラの再会は、子供時代の恵まれた記憶をことごとく壊し、2人の運命はすれ違っていたことを証明することとなる。バンクスは27年程前に失踪した両親が、まだ上海で監禁されているとかたくなに信じるが、アキラはその非現実性を指摘する。バンクスが両親の生還を信じて疑わない一貫した態度は、その時間と空間の不在により劇的な変遷を体験していないことから起こり、アキラはそれを否定することで世界の現実をバンクスに知らせようとするのでないか。そしてアキラ自身の生き方そのものが、バンクスとは全く異なる方向へと導いた国粋主義に基づく軍国主義に洗脳された結果が導いたもので、サー・セシルが言うところの「悪」の一味となっていった実例なのだ。子供時代の上海という共通項がある2人は、その後、時代のイデオロギーにより異なる思想と価値観を持って生きていくことになるのだ。

　バンクスの上海での語りの時として設定されている1937年9月20日は、上海がすでに最も危険な状態に陥った直後であり、バンクスにとっての最後のチャンスとなる時である。これを決意しつつあるバンクスは、「事態がどれほど緊張になってきているのか、あなたにはわからないのですか？　世界中でどんどん混乱が大きくなってきているのですよ。わたしは行かなくてはならないのです！」（*WWWO* 248頁）と叫ぶのだ。1937年7月7日の盧溝橋事件を契機として日本が全面的に中国侵略戦争に突入するが、バンクスは同年4月から10月にかけて上海に滞在しており、日中戦争の戦火の中、ぎりぎりのところでイギリスに帰国したのではないか。その中で、1937年、年が離れたサー・セシルと結婚して一足先に上海に移っていたサラ・ヘミングズは、一度はバンクスと駆け落ちしようとするが、バンクスとは落ち合うことができなかった。サラは、1937年に上海からマカオ、香港、シンガポールを渡り歩き、日本軍占領下の収容所に収監され、英領マラヤのヒル・ステーションと呼ばれた保養所から10年後の1947年5月18日付でバンクスに手紙を送っていた。彼女は最後にはフランス人と結婚しており、母国に帰国できずに収容所に収監され、健康を損ねて戦後亡くなったことになる。

　そして、それよりも長い期間、バンクスの母親は生きる屍として中国に

まるで捕虜の様に引き渡たされ、英国からも裏切られ、置き去りにされ、そして人生の最盛期を送った中国大陸の片隅に残り、人生を終える。イギリスの庭園の様に守られていたはずの上海租界は、バンクスの記憶を裏切り、中国の健全化を目指した母をすでに裏切っていた。上海租界という帝国主義の庭は、閉ざされ守られた聖域ではなく、怨嗟で覆われた地であり、人間の心の闇を映し出す鏡であるのだ。記憶は事実とは異なる。しかし、記憶の中に真実への扉があるのだ。

2-2　長崎─上海、憧れの航路の神話崩壊

『わたしたちが孤児だったころ』では、『遠い山なみの光』において原爆投下から復興を遂げる戦後の長崎が描かれている様には、長崎という街自体は実際に描かれていない。長崎はイシグロにとって、日本の故郷であり、日本を象徴する街であり、彼の日本の記憶にある原風景なのだ。にも関わらず、イシグロは『わたしたちが孤児だったころ』において長崎を意図的に回避している。そこには、長崎の神話構築と崩壊を表わす方法として長崎の語りの不在が存在し、その不在が示唆するアイロニーをイシグロは表現しているのである。

上海と同様、長崎はアジア文化圏の中で、さらには世界地図の中でも特殊な場所であり続けた。西洋の帝国主義と植民地主義の庭となった上海は、同時に長崎と繋がった海洋貿易の要所として西暦310年三国時代に記録されている。その時点で、長崎は交易の場であった。このルーツが、長崎の近代史における明暗を同時に導くことになり、繁栄と没落、富と貧困、権力と抑圧が繰り返される結果をもたらすのだ。第1章においても述べたように、長崎という名称が、地理的にも歴史的にも示すことが変化してきたことに注目し、特に16世紀から幕末までこの「重層する〈長崎〉」（葉柳）を、長崎湾に隣接するオランダと中国との貿易拠点地である天領としての長崎、そして浦上地区が東アジア最大の天主堂を持つ聖地から、1945年に浦上地区に原爆が投下されることにより原爆被災地、即ちグランドゼロの長崎となっていったことを基調として、次のように長崎は定義されている。

第5章　記憶の裏切り

　長崎には、この都市が十六世紀以降に経験した世界史的に見ても稀な出来事が「積み重なって」いる。これは「積み重なる時間」という概念的レベルでも妥当するが、禁教令によって破壊されたカトリック教会の上に建てられた仏教寺院に象徴されるように、マテリアルなレベルでの時の重層を知覚しうるという意味でもある。鎖国時代、幕末期、近代、そして原爆被災の記憶もまた、急峻な斜面が折り重なるこの都市のいたるところに、遺構や記念碑という形で「顔を露出させ」ている。「われわれは一瞬たりとも過去と無関係に現在を生きることはできない」のであれば、わたしたちは〈いま・ここ〉において、まずは、積み重なる時間の層の中に〈いま〉を定位するために、垂直に降りていく歴史的想像力を手にする必要がある。
　歴史的想像力はしかし、降り立った個々の時点において、〈ここ〉はどのような風景の中にあるのかという問いを立てる。このとき水平方向に拡がる地理的想像力は、直接知覚可能な風景を超えて、地平の彼方にある〈ここではない〉別の地域、別の都市に生きる他者の経験や記憶をも〈ここ〉の「経験の不可欠の一部を形作」っているものとして感受する。（桜井 10-11 頁）

　長崎の積み重なる時間と空間は、完全に途切れることなく数世紀にわたり続いた上海との関係にも見られる。それは、アジアにおける海運交易の歴史そのものであり、葛藤の歴史でもある。4 世紀の三国時代から、14、5 世紀の倭寇の時代を経て、鎖国時代の「居貿易」、黒船到来による「出貿易」、そして明治維新による上海航路の開拓へと移行する中で、上海を含む江南は日本に最も近いアジアの貿易港であり、長崎はその上海と日本を結びつける役割を果たしていた（陳、『上海』2-4 頁）。
　日本人が「倭人」と呼ばれていた時代には、彼らは織子を求めて江南一帯に訪れては、織子たちを日本に連れ去ったという。その千年後、日本人は悪名高き「倭寇」となって 14 世紀から 16 世紀にかけて上海を襲撃した（陳、『上海』2-3 頁）。1554 年には倭寇の攻撃からの防御のために上海の周囲には城壁がめぐらされた（ポット 3 頁）。約 200 年にわたる江戸幕府の鎖国時代において、本来の倭寇はほとんど消滅し、日中間の鎖国政策も重なり、上海と長崎の間に公の交易は存在しなかった。しかし、長崎は鎖国時代において日本が唯一海外に開いた港であり、公的に日本との交易を許されたオランダだけでなく中国の文化も長崎に大きな影響を与えた（陳、『上海』14 頁）。中世から近代前夜にかけての数世紀間、上海と長崎はアジアの海上交易の基盤であったと言える。

アジア文化圏の中で、交易だけでなく様々な影響を与え合った沿岸地域の都市は、その後15世紀のオランダ商人とイエズス会の宣教師たちによって繋がっていき宗教上の抗争や弾圧の犠牲となるが、それ以前に東アジアにおける航路が存在した。倭寇や海賊が横行し、非合法的な交易や暴力の連鎖に悩まされてきた中国の海岸線は、近代が形成されていく過程において大きな変革を遂げてゆく。それは、より巨大な西洋の帝国主義に対峙することで始まった。

そして、上海租界が裏切りの街である所以の1つに、長崎という街が日本の帝国主義に呑み込まれていくことが挙げられる。1920年代から1930年代にかけて、長崎と上海を結ぶ航路は夢の航路となり、日本人社会が確立された上海に多くの日本人を運んだが、そこには立ち込める第二次世界大戦への危険で不穏な空気があったのである。そして上海という虚構の城は凄惨な戦争の傷跡を残し、近代から現代へと生き残る。

『わたしたちが孤児だったころ』において、アキラが長崎出身であること以外長崎のことは語られていない。しかし、長崎は上海という国際都市との関係が密接であったという栄華の歴史と、第二次世界大戦により長崎が原爆投下により破壊されるという最も悲惨な歴史とが共存する空間である。長崎こそが語りの不在に見られるアイロニーを内包しているのだ。

『わたしたちが孤児だったころ』の中でバンクスが子供時代に上海で出会ったアキラは、上海を故郷とする異邦人という共通点がある親友として記憶の中に留められている。バンクスが1930年にサー・セシルの演説を聞きに行った際に、彼にまず聞くのは母の事でもフィリップ叔父さんの事でもなく、アキラの消息である。自分が上海生まれであり、そこには今でも子供の頃の友人であったアキラが住んでいるとバンクスは疑わない。しかし、アキラの消息が偶然にもわかるかもしれないという期待は裏切られ、運悪く、アキラの名前を出したことを疎ましく思っているサラに聞かれ、バンクスはある種の警戒心を抱く。子供時代の友達というアキラも、この時点ではバンクスと同様に大人に成り、何らかの仕事に従事しており、上海にいると仮定すると日本の植民地支配に何らかの形で関わっている可能性がある。英国人にとって危険な日本人であるアキラは、バンクスにとっては記憶の中にある子供のアキラの姿でしかない。

第5章　記憶の裏切り

　バンクスとアキラは国籍こそ異なるが上海を故郷だと思う共通点があり、それは上海租界における両親の社会的な地位によるものである。アキラは長崎出身であり、バンクスと同様、上海租界の中の比較的裕福な層に属する家庭に育ってきていた。アキラとの思い出はフィリップおじさんの思い出と同じぐらい時間を遡り、また印象が深い。家が隣同志で6歳頃からの幼馴染であるが、その環境こそが子供でありながら2人の上海租界での位置付けを象徴している。まず、バンクスとアキラの関係に利害関係は無く、無邪気に遊びあう仲間であった。

　　上海の我が家の庭の奥には草の生えた小山がひとつあり、その頂上にカエデの木が一本生えていた。アキラとわたしは六歳のころから、この小山のあたりで遊んでいた。今、少年時代のこの友人のことを考えるときはいつも、二人でこの小山を駆け上ったり駆け下りたり、ときには傾斜がいちばんきつくなっているところから飛び降りたりしていたことを思い出す。(*WWWO* 91頁)

　この2人の無垢で自由で大らかな時間はバンクスの心の中でのみ存在する。バンクスにとっては、その後の壮絶な人生を払拭する様な純粋で誰にも汚されたくない記憶である。
　バンクスとアキラの恵まれた子供時代は、上海租界におけるイギリスと日本の政治的および経済的安定に支えられている。バンクスとアキラが共有した時間と空間は、その時代の産物であり、2人が遊んでいた小山から見た彼らの住居がそれを象徴している。その記憶は子供の視点で語られているため誇張もあるとバンクスは思う。バンクスとアキラの家は上海租界初期に建てられた外観は同じイギリス風の住居であり、上海租界における社会階層を物語っている。

　　…。この見晴らしのいい場所からは、うちの庭全体とその庭の端に建っている白い大きな我が家がはっきりと見渡せた。一瞬でも目を閉じると、その光景がありありと目に浮かんでくる。丹念に手入れされた"イギリス風"の芝生、うちの庭とアキラの家の庭とを区切るニレの木立が投げかける午後の木陰、それから格子状の棚で囲まれたバルコニーと翼部いっぱい突き出た巨大な白い建物の我が家。この家の記憶は子供の目から見たものであって、実際はそ

れほど壮大なものではなかったと思う。当時でさえ、我が家がバブリング・ウェル・ロードのあたりにある豪邸にはとても及ばないものだということは自分でも意識していた。しかし、その建物が両親とわたしとメイ・リーと他の使用人しかいないわたしたち一家にはじゅうぶんすぎるものだったことは確かだった。(*WWWO* 91-92頁)

　バンクスが記憶している様に、この家に住むことは上海租界における最上流階級ではないが、ある程度の恵まれた階級であることを意味していると言えよう。上海において、「富と人口の集中は、人々をさまざまな階層に分化させ」、「少数の資本家と大多数の貧民、そして相当数の中産階級を生み出した」(淺野 9-10頁)。この階級分化が生じた上海において、バンクスとアキラの関係は、上海租界の隣人であり、当時の社会、文化、価値観を共有する上に成立していた。

　バンクスとアキラは、互いの家を行き来したり上海租界の中を歩いたりする行動様式の中で、互いの存在を確かめ合う。それは、バンクスもアキラも母国には帰らずに上海に住み続けることを望んでおり、上海租界が彼らの故郷であるからだ。2人とも母国においてはそれぞれイギリス人と日本人の顔をした異邦人なのである。それと同時に、上海租界における守られた空間と外の中国人社会の差異に対して常に優越感を持ち、特権的な生活を送っている支配階級に属している。

　租界の外の世界への無知さには、残忍性と欺瞞が根底にあり、アキラが語る租界の外での冒険談と武勇伝にそのアイロニーが潜んでいる。アキラの武勇伝が虚構と現実の世界を同時に表しており、それは、その時代に子供時代を送ったアキラという皇国少年の姿の中に映し出されており、迫りくる全体主義的思想と権力を示している。

　…。中国人居住地区の実態は噂よりもはるかにひどいものだ、とアキラはわたしに言った。まともな建物などはなく、ただみすぼらしい小屋が互いに折り重なるようにひしめきあって建っている。その様子はブーン・ロードの市場に似ている。ただしそれぞれの"仕切り"の中に家族が暮らしているという点をのぞけば。その上、いたるところに死体が積み上げられていて、その上をハエが飛び交い、そのあたりにいる人々はそんなことをなんとも思っていない、と。あるとき、アキラが人々で混み合った横丁をぶらぶらと歩いてい

第 5 章　記憶の裏切り

ると、ひとりの男が——なにか偉そうな将軍のようにアキラには思えたそうだ——輿に乗って移動しており、そのそばには刀を手にした巨人が控えていた。将軍がこれはと思う者を指差すと、巨人が前に進み出てその人間の首をはねるのだった。当然、人々は必死になって隠れようとしていた。しかし、アキラはただその場に立ち、挑みかかるように将軍をにらみつけた。将軍はアキラの首をはねてやろうかどうしようかとしばらく考えていたが、やがてアキラの勇気に感服したのだろう、ついに笑いだすと手を伸ばしてアキラの頭を軽く叩いたそうだ。そして将軍の一行は前に進んでいき、その通ったあとにはさらに多くのはねられた首が転がっていたという。（WWWO 96-97 頁）

　このアキラの空想ともとれる租界の外の中国人社会とそれを牛耳る将軍の残忍な権力という構造は、1937 年にバンクスが上海を訪問した際に実際に見る光景と重なる。1937 年の上海租界は、バンクスとアキラの差異を再確認する場となっていた。バンクスがイエロー・スネーク事件（the Yellow Snake killings）に首を突っ込みながら、ジャーディン・マセソン社の社員や地元の名士たちにクラブやバーに連れ回されていた時に、フランス租界の歓楽街でアキラと思われる日本人を見かける。アキラはスーツ姿の日本人男性のグループの中におり、「彼らは明らかにここでは場違いな雰囲気だった」（WWWO 279 頁）ため、直接話しかけることをバンクスは躊躇する。

　この不確実な再会と沈黙はその時代の政治的葛藤を象徴している。バンクスは両親がまだ上海の閘北に幽閉されていると信じており、中国人の警官にもそこは最も危険な戦闘地域になっている所だと行くことを阻止される。そこは中国人でも行かないような貧民層向けに作られた住宅密集地域で、「宣教師ででもないかぎり」、あるいは「共産主義者でもないかぎり」（WWWO 396 頁）足を踏み入れるところではない場所で、日本軍にも攻め入ることができない国民党の前線地域として語られている。そこで、日本軍が破壊した瓦礫の中を進み、日本軍が虐殺した中国人の死体の中を 1 人で進んでいたバンクスが、日本兵となり負傷したアキラと再会するのである。アキラは中国人からも命を狙われているだけでなく、保護された後に日本軍からも情報を敵に流した裏切り者としてみなされる。2 人の相反する運命がここで交差する。

バンクスとアキラの差異は、成長過程における深い溝に起因する。彼らの成長過程において上海租界における学校教育が彼らに与えた影響は大きく、同時にその必然性と発展は帝国主義の発展と比例している。学校が無かった上海租界の初期の頃には、居留民の子弟たちは教育を受けるために母国に送られた。しかしカトリック、プロテスタント、そして仏教などの宗教団体により学校の前身が造られていく。

　初期の居留民の多くは上海への永住を考えてはいなかったために学校が早急に必要とされなかった。しかし様々な階層の居留民が増え、また同時に彼らが長期的に滞在することになった時に、彼らの子弟たちの教育の場が上海に必要となった（ポット 184 頁）。上海租界においては、自国の学校教育を受ける様になり、バンクスとアキラの教育の差異が2人の思考や行動に影響を及ぼし、子供という小さな世界の中に大戦に向かっていく社会を垣間見ることができる。バンクスはイギリス人子弟が主に通う上海パブリックスクールに通い始めており、アキラはおそらく上海日本人学校に通っていると想定される。

　外国人子弟のための教育機関の需要は上海において非常に高いものになっていき、キリスト教の教会設立と共に学校も創設されていく。初期の頃のカトリック系伝道師による外国人学校は主に混血の子供たちのためであったとされている（ポット 198-93 頁）。その後、イギリス人たちは自分たちの子弟をイギリス本国と同様に教育する学校を設立し、その中でパブリックスクールの設立は重要であった。この中で、バンクスは、イギリス人として教育を受けていくことになる。家庭では母親からキリスト教徒としての価値観を学び、学校では大英帝国の価値観を学ぶことになる。しかし、バンクスは近所の上海パブリックスクールに通う兄弟を知っているにも関わらず、彼らよりもアキラの方と気が合う。

　アキラは夏休みの間日本に一時帰国して長崎の親戚の家で過ごすととなり、この日本への一時帰国がアキラに大きな変化をもたらす。ちょうど母の反アヘン運動がピークに達し、バンクスがイギリス人らしさに悩み始めた頃、アキラの言動はますます大日本帝国の教育に染まり、彼は軍国少年へと変貌を遂げていくのだ。

第5章　記憶の裏切り

　同じころ——つまり、その同じ夏のことだが——わたしはアキラの言動のいくつかにひどくいらいらさせられはじめた。特に、彼が何度も何度も日本人の業績のことばかり繰り返すのにはうんざりだった。それまでにも彼にはそういうところはあったが、その夏には何かに取り憑かれたようにまでなっていた。二人でやっていた遊びを何度も中断しては、最近ビジネス街に建設中の日本のビルのことや、まもなく港にまた日本の砲艦がやって来ることなどを話してきかせた。そのようなとき、彼はごく詳しいことまで無理やり聞かせ、日本も"イギリスのような立派な、立派な国"になったんだと数分おきに主張した。なかでもいちばん腹が立ったのは、日本人とイギリス人のどっちが簡単に泣くかという議論をしかけてくるときだった。（*WWWO* 136 頁）

　日本の近代教育は、明治維新の諸改革の中で、国粋主義に基づき徹底的な皇民教育に基づき実施された。イギリス、ドイツ、フランスをはじめとする西洋帝国主義に遅れて日本が近代化を推進する中で、身分制度の廃止と共に一般国民の教育は極めて重要な課題となった。第1章、第2章でも指摘した様に、日本では、1872年の学制公布、1879年の教学聖旨により、学校教育の統制を強化して儒教主義的で天皇を頂点とする徳育を教育の根本としていく。そして、1890年10月30日には教育勅語が発表され、国民道徳の絶対的な基準となり、天皇による最高権威として君臨する。さらにこの趣旨は、大日本帝国の道徳教育の規範として、植民地においても同様の教育令が施行された。そして、この教育勅語は1930年代に入ると神格化され、軍国主義の経典として誤用されることになる。アキラはまさにこの時代に子供時代を送り、その教育の基盤が彼の軍国主義的言動を作り上げていたことになる。

　日本の教育改革は上海の日本人子弟においても同様に推進され、1876年、日本で初めての海外子弟教育の場として上海日本人学校の前身が、浄土真宗東本願寺上海別院に開校した。この学校が開校するまでは、上海に日本人子弟が通う学校が無く、日本に戻って教育を受けなければならなかった（陳、『上海』135 頁）。その後、上海の日本人居留民の子弟たちへの教育は、日本国内で繰り広げられた上海における教育改革とほぼ同じ水準を保って発展した（陳、『上海』114 頁）。これは上海における教育水準が高くなっていくということと同時に、国粋教育が推進されることでも

あった。さらに、1888年に上海で最初に小学校教育を行うために設立された私塾開導学堂は、居留民の増加と共に学校としての再設立が必要となり、1907年には正式に上海居留民団立日本尋常高等小学校と改名された。

　小説の中でバンクスは、アキラが日本に一時帰国したが、結局は「夏の学期からまた北四川路の元の学校に通うことになっていた」（WWWO 151頁）と言うように、アキラは上海で最初の国民学校として四川北路に明治41年（1908年）に正式に設立された上海第一日本国民学校に通っていたことになる。同校は男子811人、女子775人、合計1,586名の生徒が在籍していたが、その後、明治から大正、昭和初期に渡り日本人の急激な増加に伴い、学校の拡大計画が進められた（陳、『上海』121頁）。アキラは、この上海における日本人子弟教育の先駆けとなった国民学校で母国の日本人と同様の教育を受けていたことになる。

　上海のパブリック・スクールと国民学校での教育がそれぞれイギリスと日本の教育と同等であっても、上海という異郷の地で生まれて育ったバンクスとアキラにはそれぞれ母国に対する複雑な感情が芽生えており、1つの国や民族に捕らわれないアイデンティティが生まれていた。バンクスが、アキラにとって日本での一時帰国が苦痛に満ちた体験であったことを思い出す箇所では、まるで自分の疑似体験を語っている様である。バンクスにとって、アキラは時間を共にする大切な友達であると共にライバルでもあり、2人の相反する点は、自国の民族意識に関することである。バンクスがイギリス人らしさとは何かに悩み始める頃、アキラは日本人としての態度やプライドを育みかけていた。というより、アキラの日本人としての意識の向上が、バンクスにとっては実際には経験したことが無いことだったのである。中国という外国に住みながら、バンクスは中国でもイギリスでもない、上海租界への帰属意識に満足する一方で、アキラもまた両親の期待通りに日本へ送り返されても順応できずに上海に戻って来る。2人の共通点は、異郷の地が故郷となった子供たちのアイデンティティ探求なのである。

　中国軍閥の時代が小説の中で欠落しているように、バンクスがイギリスを去った後のアキラの消息も日本の中国侵略の歴史と共に欠落している。小説の中でバンクスがアキラのことを回想する時に、アキラが日本人とし

第5章　記憶の裏切り

て過剰なほどの誇りと日本自慢を繰り返すことにうんざりするが、それはアキラが迫りつつある日本の帝国主義化とそれによる中国侵略、経済発展と軍事増強を表象していることを描いていると言える。

> 日本は二十世紀初め、すでに軍事的・封建的な帝国主義国家となっていた。天皇をその頂点に据え、軍閥と財閥とを支柱とする支配集団は、対内的には軍国主義的専制支配をいっそう強めて国内の民主的進歩勢力をおさえ、一方、対外的には植民地の拡大と経済搾取に躍起になっていた。だから、彼らは主要な侵略対象たる中国が革命によって強大な独立国家になることを望まず、また近隣の中国が革命によって民主共和制を実現するのを目の当りにすることも望まなかった。このことが、日本の支配集団が始めから革命に対して敵視の姿勢をとることを規定した。（王 227 頁）

アキラは明治維新により強化されていった日本の帝国主義、軍国主義、植民地主義を表象する子供であるのだ。

　アキラの日本人意識の高さは、日本人としてのプライドや姿勢、そして思想を含むものである。アキラは学校が休みの間には長崎の親戚の家に預けられ、日本人としての教育や思想を育むことが期待されていた。アキラはすでに軍国少年への道を歩みかけており、そのアキラの変貌をバンクスは十分理解できていない。さらに、アキラが長崎出身であり、早い時期に上海に両親が移住して成功を収めており、バンクスがイギリスに帰国した後も上海との関係は途切れなかったであろうことを考慮に入れると、アキラには一時期の間の日本と上海との関係だけではなく、4世紀から続くアジアの交流史を物語る越境する世界観を映し出す役割がある。

　上海は、1920年代から30年代にかけては日本に最も近い外国となり、特に長崎との関係は長く、1931年頃には長崎と上海の間に定期航路が開かれ、姉妹船である長崎丸と上海丸が毎日往き来していた（NHK、"ドキュメント昭和" 取材班 10 頁）。アキラは 1900 年代初めに誕生していることから考えると、明治維新以降に新たに再構築された中国と日本の関係を物語る人物である。この上海と長崎の関係は、アジア交流史の大きな渦の中で着実に深まりながらも、近代から現代における帝国主義の波に共に翻弄される。その意味では、アキラは過渡期の日中関係を映す鏡なのであ

る。

　まだ子供のアキラが、この日中関係をすでに表象する。それは、アキラがバンクスに持ち掛ける悪戯にみられるが、その悪戯が中国人への偏見や誤った認識に基づいている点が重要である。この事件は、アキラの家族が上海に来てからずっと住み込みで働いているリン・チェン (Ling Tien) という高齢の中国人男性に纏わることであり、これは、バンクスに「"わたしの過去の犯罪"」(WWWO 154 頁) と思い出す悪事であるが、そこには、植民地主義の中で構築されイギリスと日本に共通して存在した、歪んだ中国人観が読み取れる。

　当時は上海に職を求めて多くの移民が各地からやって来るが、その多くが貧困に苦しみ、使用人や使役人として社会の底辺で生活していた（藤田 81 頁）。バンクスの母は、検視官から、山東省出身の中国人の使用人に対して非常に強い侮蔑的な言葉を投げかけられて憤慨するが、アキラはリン・チェンへ異常ともいえる恐怖心を抱く。アキラはリン・チェンの部屋には人間の切断された手が山の様に積んであること、そして彼が切断した手をクモに変える術を持っていることをバンクスに話す。

　この話が現実味を帯びていないことを理解していても、2人ともリン・チェンへの恐怖心から逃れることはできない。そして、ついにリン・チェンが杭州近くの村に帰省している間に彼の部屋に侵入して、その証拠である「魔法の水薬」の瓶を盗み出す。さらにアキラは姉のエツコ（Etsuko）に、「以前にこの家に雇われていた使用人が何人もわたしたちがやったのと同じことをやって、その結果消えてしまった——そして彼らの遺体が何週間もたってから租界から遠く離れた路地で発見された」ということを語らせて、バンクスがアキラの空想物語に懐疑的な態度を見せ始めた時に恐怖を再確認させる（WWWO 166 頁）。このエピソードは、中国人への恐怖心を子供に植え付けた日本人の大人たち、おそらく両親たちも持っていた、中国人に対する徹底的な差別意識の表れである。

　中国と日本の関係は、幕末から明治時代にかけての上海と長崎の関係においては、それまで数世紀にわたり持っていた時間を縮めるかの様に、急速にその距離を縮めていき、上海は日本にとっての最も近い西洋近代社会となる。幕末では、長崎が海外貿易の拠点であり、「政治的策源地の一つ」

第5章　記憶の裏切り

であり、日本の近代化に必要となってきていた艦船や武器は、長崎において入手できなければ、「一衣帯水の神国上海」で大半は購入できた（小島・馬 9 頁）。この段階で、長崎だけでなく幕府も諸藩も上海の存在意義は十分に認識しており、1843 年に上海港が開港され、1853 年には黒船が来航して、アジア圏は西洋帝国主義の標的になっていく。アヘン戦争により、それまでアヘン取引を独占して中国沿岸部の経済の中心であったマカオは 1820 年代に崩壊し、アヘン戦争後の南京条約により、香港と上海が開港場に指定されると、多くの商人がマカオから香港や上海に移り住んだ（豊岡　281-82 頁）。この間にすでに西洋の商人たちは盛んに上海と長崎の間を往来して利益を上げ、中には投資資本の 70 倍の利益を得た者もいた（陳、『上海』4-5 頁）。この時点で、上海と長崎は利潤と犠牲という表裏一体の運命共同体になっていた。

　この様に上海と長崎が一体となっていく過程に、才覚を現し、長崎から上海へ渡った商人たちがいた。江戸幕府は積極的に海外への扉を開け始め、1859 年には長崎は近代日本における最初の貿易港となる。幕府は対外貿易を促進することと今後の外交関係を模索するために清国を視察する必要性を認識し、上海に使節団を送ることになる。1862 年には幕府が買い上げたイギリス帆船アーミスチ号を改号した官船千歳丸による第 1 回使節団を皮切りに、1864 年には官船健順丸による第 2 回使節団を、さらに 1867 年にはイギリス汽船ガンジズ号で使節団を送った。

　この使節団の中には、高杉晋作や五代友厚などがいた。彼らの上海での記録には、イギリスを筆頭にヨーロッパ諸国によって清国が植民地化されていく様子をまざまざと目撃し、その勢力が日本にも到達することが時間の問題だと理解していることが記されている（小島・馬 10-11 頁）。これらの幕府による公的な使節団の派遣が終わると同時に、日本は明治維新を迎えることとなり、上海視察は日本の開国に大きな役割を果たした。第 3 回の使節団の派遣と前後して、そして明治維新により、多くの商人が個別であるいは集団で上海に渡った。1871 年の中日修好条規 18 カ条と中日通商協定 33 カ条に調印すると、職を求めて貧しい日本人が多く長崎から最初に上海に多く渡った（陳祖恩、「西洋上海」202 頁）。日本の上海の紡績業は投資を増加し、中国人の女工を雇い、利益を上げる（陳、「西洋上海」

218頁)。さらに、日本の移民史において重要なことは、貧困と社会変革により、多くの独身男性と娼婦となる「からゆきさん」と呼ばれた女性たちも上海の地に辿り着いたことである。上海は日本の縮図となり、あらゆる意味で日本本土と同様に改革を必要としていた。

> 明治政府は社会的政治的な変革を行っていた。明治維新が打ち出した富国強兵、殖産興業、文明開化などのスローガンは日本近代化への道を開き、日本国民の文化的要素を大幅に向上させた。上海日本領事館は何度も「清国上海居留民取締規則」を公布し、居留民が上海で「国家の体面を辱める」ことがないように強調した。(陳、「西洋上海」205頁)

これら日本国民の生活と地位向上のために、1873年には日本人共同墓地を購入、1877年診療所開設嘆願書を提出し、東本願寺上海別院の設立、1883年の日本協会創立、1888年には私立開導学堂設立され日本の小学校教育が開始され、1890年日本倶楽部が設立され、新聞も発行された（陳、「西洋上海」206頁）。急速に近代化が進む日本と同様、上海日本社会も近代化を進めていく。

　1937年が『わたしたちが孤児だったころ』において重要な年として設定されているが、それは日中戦争突入と上海におけるバンクスとアキラとの再会が一致していることが重要である。バンクスが上海でアキラと再会した後、アキラがバンクスの語りから消えるが、それはまさにその後のアキラが終戦を迎えた日本、特に原爆投下により破壊された長崎を表象している。なぜ長崎の語りが消去されているのであろうか？　それは、『遠い山なみの光』においてと同様に、長崎の悲惨さ、怒り、絶望があまりに大きく、リアリズムに満ち溢れており、表現すること自体が困難であったからである。第二次世界大戦の終盤、すでにナチス・ドイツは無条件降伏して、連合軍と戦っていた国は日本のみであり、同時に1945年7月16日にはアメリカは原子爆弾の実験に成功していたことが、広島と長崎の運命を変えることになった。前年の1944年9月18日には、当時のアメリカ大統領ルーズベルトとイギリス首相のチャーチルによるハイド・パーク秘密協定により、アメリカの原子爆弾事件の成功を見越して、日本に原爆を

投下することが決定していた（太平洋戦争研究会122頁）。

　そして、1945年には最初の原爆投下候補都市として京都、広島、横浜、小倉が選定されていたが、その後横浜に代わり新潟が、京都に代わる都市として長崎が名を連ねることになった。最終の4候補地には日本を代表する軍事施設があった。広島には、海軍、陸軍の船舶地であり陸軍司令部と関連施設、さらに重工業施設が市内の中心部にあった。日本海に面した新潟には、アルミニウム製錬工場、鉄工所、油槽船の終着港があった。また、小倉は最大の弾薬工場、武器製造工場などを有していた。そして長崎には、三菱重工業長崎兵器製作所と三菱製鋼所があった。

　その4都市のどこに原子爆弾を投下するかということは、その時の天候により、決定されることとなり、最終的に8月6日に広島に投下され、8月9日には長崎に投下された。広島市では当時の在住者34万から35万人中、被爆後1カ月以内だけで17万人が死亡、その年の12月までには22万人となったとされている（太平洋戦争研究会133-34頁）。そして、原子爆弾という放射能を含む人類最大の殺人兵器は、再度、浦上地区の上で炸裂し、当時の長崎市人口約24万人のうち、約7万人が初期に死亡したとされている。しかし、原爆の恐ろしさは、これらの死亡者の数だけでは到底表すことはできない。放射能の飛散により、一命は取り留めた者も熱傷との戦い、さらに慢性の造血機能障害の苦しみと生き地獄を造り上げたことであった。そこでは、アキラの家族もその犠牲となった可能性がある。

　『わたしたちが孤児だったころ』の中の長崎は、沈黙の長崎であり、不在の長崎である。しかし、その沈黙と不在こそが、不条理にも繰り返される歴史を表象していると言えよう。

3．異邦人の時代―負の歴史の中に存在する自我

　上海租界という独自の世界は、異邦人の世界であり、歴史に翻弄されながらも自我を求めた世界なのである。そこには夢と悪が表裏一体となる社会が存在した。バンクスとアキラは、子供時代に、決して租界から出てはいけないと親から注意されている。なぜなら、租界の外には中国人の貧困と悪と病が蔓延していると言われているからである。しかし、実際には租

界の中に最も恐ろしい悪があり、家族同様に思っていたイギリス人のフィリップおじさんがその悪の根源であることが暴露される。上海租界に君臨するイギリス人の中で、サー・セシルに代表される人々は最上流階級に属し、世界情勢に詳しく、実際にイギリスと海外とを行き来している人々がいる。彼らが、上海租界の政治的、社会的な地位を保持している一方で、もうひとつの裏の世界が存在した。それは、アヘン貿易に手を染めたイギリス系貿易会社であり、それを支えるフリーメンソンであり、そして一攫千金を求めて母国を後にしたイギリス人たちであったのだ。

裏の世界に身を置くイギリス人たちの多くは一攫千金を求めて来た中産階級から労働者階級の者で、彼らの多くが植民地においては階級が1つ上になったという（藤田76頁）。ロバート・ビッカーズ（Robert Bickers）は名著『上海租界興亡史』（*Empire Made Me: An Englishman Adrift in Shanghai*, 2003）において、上海に移民として渡ったモーリス・ティンクラーという1人のイギリス人警察官の視点から上海における下層階級の移民社会を描いている。

モーリスは、1919年に上海工部局警察（The Shanghai Municipal Police）に勤務するために上海に渡り、1939年に日本海軍との衝突時に死亡している。上海工部局警察は租界において抗争を起こす過激活動家を取り締まることが目的であり、1854年に香港警察から雇い入れた少数のイギリス人警官で出発し、その後には中国人、インド人、シーク教徒、そしてイギリス、アイルランド、スコットランド出身者を中心とする外国人からなる多様な人種構成で大規模な勢力になっていった（ビッカーズ58頁）。

その背景には上海における秘密結社の存在があり、『わたしたちが孤児だったころ』の中には、この警官さえも堕落していく暴力と陰謀が渦を巻く暗黒街とそこに生きた社会的、階級的な孤児達が存在するのだ。そして、フィリップおじさんのように植民地に進出した貿易会社の社員として上海へ渡った男性たちの中にも、上海という快楽に満ち溢れながらも孤独な世界において、19世紀から20世紀にかけて時代が移り行く時代の中で、社会的、階級的な孤児になっていった者が多くいた。

『わたしたちが孤児だったころ』において、新入社員として上海に赴任

第5章　記憶の裏切り

した若いイギリス人たちは、上海に慣れるまでバンクス家に滞在するのであるが、彼らこそが大英帝国が送り込んだ孤児たちなのである。バンクスにとってはイギリスのことをあれこれと教えてくれた若者たちで、彼らのことを思い出してバンクスは、「今から考えると、彼らの大半は、おそらく今のわたしよりも若く、故郷を遠く離れて途方に暮れていたのだろう」（WWWO 92頁）と理解する。フィリップおじさんもその様なイギリス人青年として上海にやって来たのだ。フィリップおじさんを巡る記憶は母との記憶とペアとなっており、彼はバンクスにとって最後にバンクスを家から連れ出して失踪した時以外は、友好的で家族の様な存在であった。バンクス家とフィリップおじさんとの付き合いは長く、バンクスが生れる前から始まっていた。同じ会社の社員として上海に赴任した独身のフィリップおじさんは「"お客様"」としてバンクス家に滞在していた。特にバンクスにとってフィリップおじさんは、特別な存在であり、フィリップおじさんとは父よりも親密な関係を築いていると思っていた。

　フィリップおじさんの上海での変化は、政治的・社会的な活動に入って行ったことによる。フィリップおじさんはバンクスが小さな頃に、「母がいつも"中国が今後いかに成熟していくべきかについての、深いところでの会社との見解の相違"と言っていることのために」会社を退職し、バンクスが「彼の存在を意識するほど大きくなったころ」には、「〈聖なる木〉」という慈善団体を運営していた（WWWO 128頁）と記憶されている。バンクスの母が反アヘン運動をしている頃には頻繁にバンクスの家を訪れているだけでなく、バンクスは母に連れられて彼の事務所に何度も訪れている。

　その事務所は街の中心蘇州路にあったユニオン・チャーチ（Union Church）の敷地内にあったと記憶され、母はその場を「"居心地がいい"」と言っていたこともバンクスは覚えている。バンクスにとっても、フィリップおじさんの事務所を訪ねると必ず、「いつもおおげさに歓迎してくれ、心のこもった握手をしてからわたしを座らせ、それからしばらくのあいだわたしとしゃべってくれ」（WWWO 130頁）、何か小さなプレゼントをくれる優しいおじさんだったのである。ある意味、フィリップおじさんはバンクスを愛し、バンクスも彼を尊敬していたのである。この頃を思い

出してバンクスは、次のように思う。

> どれほどフィリップおじさんのことが好きだったことか！ そしておじさんのほうでも、わたしを心からかわいがってくれていたはずだ。あの時点では、彼はわたしにとっていいことだけを願っていてくれたはずだし、あのようなことになろうとはわたし同様、彼も思ってもみなかったはずだ。（WWWO 135頁）

　この事務所の雑然としたところが綱紀粛正を表わしているように記憶されているが、バンクス自身が不可解に思い続けている点があり、ここに大きな落とし穴があることが示唆されている。
　バンクスの記憶の中に、母とフィリップおじさんは同時に出てきており、父親の記憶よりフィリップおじさんの記憶のほうが強烈なのである。しかし、バンクスの記憶と印象の中で語られるフィリップおじさんは、実は出目も明確でなく極めて不可解な人物なのだ。イギリスの植民地社会の中で職を得たフィリップおじさんが会社を辞めて「聖なる木」という活動拠点を持った背景には、彼自身のアイデンティティの問題もあったであろう。バンクスが彼にイギリス人らしさを問うた時に、彼は「ここにいると、いろんな人たちに囲まれて大きくなっていくんだものね。中国人、フランス人、ドイツ人、アメリカ人、いろいろだ。きみが多少とも混血みたいに育ってしまうのも仕方がないよ」（WWWO 132頁）と意味ありげに告げる。これはバンクスに対して語っているが、実は自分自身に対して言い聞かせている様でもある。階級に基づいた伝統的なイギリスを脱出して、植民地で自らの地位を確立したいフィリップおじさんにとって、多国籍で多文化を基調とする上海は可能性を秘めた場所だったのであろう。彼の当時の功績が認められたものであることが、後にバンクスによって証明される。
　フィリップおじさんの功績は、皮肉にも中国におけるキリスト教布教と関係があるものとして記録されていた。それは、バンクスが大英博物館で中国におけるアヘン行為に関してリサーチしていた時に、反アヘン運動をしていた母の名前は一度も目にしなかったが、フィリップおじさんの名

第5章　記憶の裏切り

前がキリスト教徒として賛美されて記録されていることを知る。それは、「《字林西報》」への投稿欄にスウェーデン人宣教師がヨーロッパの企業を糾弾している中で、フィリップおじさんのことを「"賞賛すべき清廉潔白の士"」（*WWWO* 110頁）と書いていたことだった。

　しかしこれを見つけて、バンクスはひどくショックを受け調査を中止する（*WWWO* 110頁）。そこには、母のことが出てこないということだけではなく、なぜフィリップおじさんがここまで賞賛されているのかということへの不可解な点を感じているからであろう。フィリップおじさんとは謎の人物であり、それは彼が最初から悪党なのではなく、上海へ渡り時代の変遷とともに街に裏切られ、愛を摑むことができず、悪魔へと変貌を遂げていった人物だからである。そして、そこに表向きはキリスト教という大義名分があったのだ。

　上海は、香港についでプロテスタントのキリスト教布教の拠点となり、1843年に上海支部を担う2人の宣教師が到着し、上海租界が生れた翌年1846年には、ロンドン伝道会は租界の中に土地を購入して、布教活動に乗り出した。墨海書館と呼ばれた拠点から、次々に宣教師の住居、病院、印刷所、教会堂が建設され、東南アジアですでに雇われていた中国人助手も加わり（倉田43-44頁）、1927年には伝道の中国化が加速する（藤田114頁）。

　キリスト教の名のもとに社会活動を行うバンクスの母は、その純粋さ故に、また女性であるが故に、夫にも、フィリップおじさんにも、そしてキリスト教会にも裏切られる。母の反アヘン運動においてフィリップおじさんは同志であり、バンクスの父さえも彼らの領域に入ることはできない。バンクスは9歳の頃の両親の不和を2度思い出している。バンクスの父が、理想を自分に押し付ける妻に対して、「悪かったな！　ぼくはフィリップじゃないんだ。ぼくはそういうふうにはできてないんだ。生憎だったね。ほんとうにお生憎さま！」（*WWWO* 122頁）と感情をぶつける。父がある種の嫉妬心にかられるほど、当時フィリップおじさんはバンクスの家に頻繁に出入りし、母と過ごす時間も長く、また何より共通の信念のもとにイギリス帝国主義の犠牲となった中国人を救おうと日夜活動に明け暮れていたのだ。

それに対して自分の夫が「"罪深い交易"」（WWWO 122 頁）であるアヘン貿易に加担している会社に勤め、それを恥ずかしいことだと父を責める母は、正論を言っている。しかし、父にとって、それは生きる術であり、家族を支える営みなのである。幼いバンクスには、母を巡り父とフィリップおじさんとの複雑な関係が理解できてはいなかったが、記憶の中で両親が口論する場や、フィリップ叔父さんが父を、イギリス人らしさという「栄誉に浴すべきなのはきみのお父さんじゃないのかい？」（WWWO 134 頁）と、遠回しに批判する場面が蘇ってくる。それは、子供の心に刻まれた両親の間に生まれた不調和音であり、その結果が実は両親の失踪事件に関係していたことをバンクスは 1937 年になるまで知らずにいる。母との間にできた深い溝に耐え切れなくなった父は、香港に愛人と駆け落ちして、2 年後にシンガポールでチフスにかかり病死していた。夫に裏切られ、バンクスと異国の地に取り残された母は、絶望を味わったはずである。母は夫に捨てられ、スキャンダルの真っただ中で、信頼していたフィリップおじさんにも裏切られた。父の裏切りと同様フィリップおじさんの裏切りは、バンクスが人生で経験した最も不条理な出来事であり、上海に裏切られ、子供時代に裏切られたことと同義となる。

　19 世紀の魔都である上海において、民族と階級に応じて様々な社交の場が生まれ拡大していくが、そこには巨大な悪の根源が存在した。それは、この作品にも出てくるような上海租界の最上流階級の人々が集う社交クラブであるシャンハイ・クラブ、ナショナル・ソサエティ、フリーメイソンから、アヘン、賭博、売春を資本源として上海の裏社会を支配して青幇（チンパン）と呼ばれた秘密結社まで、表面的な社交から社会悪までの裏表を包括している世界が存在した。

　その中で最も危険で卑怯な悪は、作品の中で、イエロー・スネークと呼ばれる謎の悪党に象徴される。1937 年の上海訪問で、イエロー・スネークの正体を知らないバンクスは「イエロー・スネーク殺人事件」（WWWO 263 頁）という卑劣な事件に興味があることを、表向きはイギリス領事館職員で実は諜報部員であるマクドナルド（Mr MacDonald）に告げ、様子を伺う。両親の失踪を解決するためにイエロー・スネークに会いたいというバンクスの強い要望は、彼がイエロー・スネーク事件をすでに調査して

第 5 章　記憶の裏切り

おり、それが何らかの形で両親の失踪に関連していると仮定していることがわかる。

　バンクスはマクドナルドに、「わたしはこの件についてはっきりとした見通しをつけてからイギリスを発ってきたのです。言いかえれば、わたしがここに到着したのは、始まりではなくて、長年にわたる仕事のしめくくりとしてなのですよ」(*WWWO* 261 頁) と自信たっぷりに告げる。しかし中国人の工場労働者が 3 名殺害されたこの事件を、マクドナルドは「中国人同士のあいだのこと」で、具体的には「共産主義者たちが、寝返って自分たちのことを密告したメンバーの身内を殺すこと」(*WWWO* 264 頁) だと、バンクスの両親の失踪とは無関係だと断言する。そして、イエロー・スネークの正体を明かすことは中国政府の仕事だとも言う。

　それに対してバンクスは、一連のイエロー・スネーク事件は断続的に 4 年間も続いており、その間に 13 名が殺害されているという事件の特異性を指摘する。サラもイエロー・スネーク事件は、日本軍が攻めてきている戦闘所帯の中で、中国人同士が「お互いの喉を掻き切り合っている」(*WWWO* 284 頁) ことと捉え、バンクスの話を信じない。バンクスはすでに著名な探偵として人々の注目を集め、上海の社交界においては彼の存在はすでにニュースとなっている。しかも、そのイエロー・スネークに関する議論の最中に、上海市参事会代表 (Shanghai Municipal Council) のグレイスン氏 (Mr Grayson) が、バンクスの両親が見つかったら歓迎式典をするという案を出し、その会場をジェスフィールド・パーク (Jessfield Park) に決めてしまう。戦闘の音が聞こえてくる危機的な状況の中で、この楽観的であり非現実的なアイデアに対してバンクスは唖然とするが、そのギャップはバンクス自身にも内在するものなのだ。バンクス自身がまだ両親が同じ場所に捕らわれていて生きているという楽観的で非現実的な考えに取り憑かれているのである。悪の根源の深さを認識していないバンクスは、ある意味、クン元警部と同様に、すでに上海という街に潰されていたのである。

　上海の悪は、イエロー・スネークの正体を知ることにより、最も残酷な形でバンクスの前に表れる。中国政府や共産党と関連付けられている極悪卑劣なイエロー・スネークが、極めてプライベートなレベルへと移行す

る。執拗に情報提供者を要求するバンクスに対して、マクドナルドはイエロー・スネークとイギリスとの関連性を完全に否定し、中国という外国の政治的権力との関係の重要性を主張し、さらに問題がイギリスの力の及ばないところにある点を確認する。

　「まあ、なんとかやってみましょう、バンクスさん。だけど承知しておいてもらいたいのですが、ここはイギリスの植民地ではありませんからね。中国人にああしろこうしろとは命令できないのですよ。ですが、適切な部署にいる人間に話はしておきます。ただ、今すぐに何かが起こるなどとは請け合えませんよ。蔣介石は以前にも情報提供者を抱えていましたが、共産軍のネットワークについてこれほどいろいろ知っている者はいませんでしたからね。蔣介石は日本軍にかなり負けてからでないと、このイエロー・スネークの身になにか起こるのを許したりはしないでしょうね。蔣介石に関するかぎり、真の敵は日本軍ではなくて共産軍なのですから」（*WWWO* 336 頁）

　1 カ月かけてバンクスが粘り、さらに闍北(チャーペイ)の戦闘地域の中で死と直面する体験をして生還した後に、マクドナルドからイエロー・スネークに会う段取りが整ったことを知らされる。その調節は、「すべての関係者が、あなたの要請を許可することで同意した」（*WWWO* 476 頁）というほど大掛かりなもので、バンクスは夜、中国の秘密警察に付き添われて、密会場所に選ばれたフランス租界の住宅地にある護衛に守られた邸宅に連れて行かれる。そして、そこでイエロー・スネークと変貌を遂げたフィリップおじさんに再会するのである。バンクスが両親の失踪後から数十年間胸に抱いていた世界最大の悪が、外交や政治とは全く関係ない、そして最も個人的な記憶の中の美しい思い出の中に潜んでいたことを彼はついに知る。

　1840 年から 2 年間の間清朝とイギリスとの間に起こったアヘン戦争は、バンクスの母が批判するべく、中国という世界文明を創造した大国をことごとく破壊した。その時に中国に上陸したのは、西洋植民地主義の下で送りこまれた秘密結社フリーメイソンである。上海租界において、イギリス人たちは自分の社会階層にあったグラブに出入りすると同時に、同様の役割を果たしたフリーメイソンのロッジやナショナル・ソサエティのクラブにも出入りした。（藤田 78 頁）。そしてそれに対して、上海には、元々は

第5章 記憶の裏切り

中国の大運河の水運業ギルドが起源で辛亥革命以前に創設されたとする中国の秘密結社である青幫があった。これらの裏の世界は男性中心主義であり、また権力と暴力が温存された社会であり、フィリップおじさんが、実は表面的には同じだと思われていたバンクスの母と正反対の位置に存在した所以であった。フィリップおじさんこそが、この権力に揺り動かされ、仮面をかぶった偽善者となり、最終的には母国イギリスも裏切り、中国政府の手下となり、生き続けた悪の張本人なのである。

フリーメイソン結社は、秘密結社として現在でも世界中に存在するが、1376年にその概念がロンドンの古文書に記されている。フリーメイソンは、「自然の原石を芸術的に加工できる訓練された熟練の石工たち」を意味しており、支部を表す語であるロッジは、職人が作業・宿泊する小屋という意味から共同で働く石工たちのグループを指すようになった（ラインアルター 1-2頁）。中世から神話や伝説の中で語られ、十字軍や錬金術などとの関連性と共に論じられることが多いフリーメイソンであるが、その倫理観は時代を超えて普遍性がある。

> フリーメイソン結社は、人間の尊厳を重視し、寛容と個人の自由な発展、友愛と人間愛全般を擁護する国際的に広がった結合体（協会）である。それは人間の争いは破壊的結果を伴うことなく調停できるという信念から出発している。そのための前提は、様々な考えを持った人間間に信頼関係を創りだすことである。（ラインアルター1頁）

このように現代に通じる越境する倫理観に基づいているにも関わらず、フリーメイソンは19世紀に始まるナショナリズム台頭の中で、国家、民族、宗教との関係において葛藤を巻き起こす。また、産業革命後に従来の生活や価値観が急速に変化した結果、アイデンティティ危機を導くことになった（ラインアルター 1818頁）。『わたしたちが孤児だったころ』の時代背景はまさにこの葛藤の時代であり、それが欧米の植民地主義と帝国主義に利用され、皮肉にも、最後にはアジアにおけるナショナリズムの台頭と共に発展した。

フリーメイソンは1840年のアヘン戦争の時に中国に上陸されたと言わ

れており、特に中国を完全侵略しようとしていたイギリスがフリーメイソンを香港に送り込み、香港を足場として中国最初のフリーメイソンの支部であるロッジのロイヤル・サセックス結社が開設される。1846年にはゼッドランド結社が開設され、その後は中国だけでなく日本、フィリピンにフリーメイソンが進出し、イングランド系(ロンドン総本部)だけでなくスコットランド系(エディンバラ総本部)、アメリカ系(マサチューセッツ総本部)が有力なフリーメイソンとして活動する。デヴィッド・サスーンもインドランド系北支地大結社のトップの1人であった。サセックス結社は広州に進出して、1863年には上海を拠点として中国進出を画策した。当初は白人に限られていたメンバーに中国人が受け入れられたのは20世紀前半と言われており、後には女性もメンバーとして認められるが、基本的には西洋社会に有利なように動く白人男性中心結社であった。

　フリーメイソンが激増したのが上海であったことには、20世紀前半における世界情勢が関与している。最初はイギリス帝国が中国侵略を巡り、イギリスの力が衰えてくるとアメリカ勢力の手下となり、台頭しつつあった日本を標的にしていた。上海では、最初はイギリス系の結社、ノーザン・ロッジ・オブ・チャイナとロイヤル・サセックスに加え、コスモポリタン結社、タスカン結社、エンシェント・ランドマーク結社などが次々と設立されていった。さらに1901年には山東半島の軍港である威海衛にイングランド系デンドリー結社という国東洋艦隊内フリーメイソン会員による移動結社が設立されることになる。

　フリーメイソンは、時代の流れと共に様々な組織と結びつき、政治的に利用されていく。次第にアメリカ系の結社が台頭し始め、1916年にアメリカのマサチューセッツ系インターナショナル結社が初めて中国人の加入を認めて以来、大連、天津、奉天、ハルピンなどでも中国人が加盟できる結社が設立された。その中で、パゴダ結社は張作霖とその息子の張学良の加盟を認め、反日親米の原動力にしたという。さらに上海では、1937年にフィリピン系の中国地区結社が、英米人から独立したアジア系初の結社として設立された。このフィリピン系の組織から南京結社が誕生し、蒋介石や妻の宋美齢が会員となった。フリーメイソン結社の変遷が、上海租界の変遷を物語っている。

第5章　記憶の裏切り

　バンクスの子供時代はイギリス優位の時代であり、租界のイギリス社会は豊かであったが、1937年に訪問した時には大きな変化を遂げている。バンクスはアンソニー・モーガン（Anthony Morgan）という聖ダンスタン校の同窓生に会い、元住んでいた家に連れていってもらう。その家はイギリス式様式の住居で会社の社宅であったが、すでに高齢で裕福な中国人の持ち物となっていた。その家の変化はバンクスが不在であった間の上海の歴史を物語るものであった。
　そこでバンクスは、バンクスのために家を元に戻そうと提案する主のリン氏（Mr Lin）に次のように言う。

　　「あの、実を言えば、リンさん、当時の姿をそのままに戻すことはおそらくしないと思いますよ。ひとつには、わたしが覚えているかぎりでも、使い勝手の悪いところがいろいろありましたからね。たとえば、母には書斎がありませんでした。母があれだけの活動をやっていたことを考えると、寝室にある小さな机では全然足りなかったのです。父も大工仕事ができる小さな作業場を欲しがっていましたし。わたしが言いたいのは、ただそのためにだけ、時計を巻き戻す必要はないということなのです」（WWWO 326頁）

しかし、このリン氏の提案が非現実的である以上に、それに真剣に答えるバンクス自身が非現実の口にいるのである。モーガンはオックスフォード大学を卒業後、すぐに香港にきて、ジャーデン・マセソン社での地位を確保し、1937年から11年前に上海にやって来たとされているが、その間に彼の生活はすでに厳しく住居の確保さえ困難になっている（WWWO 303頁）。イギリス人社員の社宅であったバンクスの家は、財力と権力を持ち合わせていると思われる中国人の持ち物となっているのだが、そこはバンクスの子供時代に乳母であったメイ・リー（Mei Li）が結婚して、夫や孫に囲まれて暮らす家となっていたのだ。上海の変化は、家と家の主の変化であり、バンクスはこの家への訪問により、これから対峙する大きな変化への入り口に立たされたことになる。
　バンクス不在の間に起きた上海租界における力関係にバンクスはついていくことができない。租界のイギリス人の政治的・経済的力やモデル・セトルメントとして構築された工部局（藤田86-100頁）は、この時すでに

下降の一途を辿っていたのである。1925年の5.30事件では、中国人デモ隊と工部局警察が衝突した際、イギリス人警官が死亡している（藤田133頁）。租界に中国人がなだれ込み、中国人エリート層が台頭し、租界におけるイギリスの力は日本の軍国主義にとって変わり、バンクスが頼ることができると確信していたイギリスの力はすでに無くなっていたのだ。

アキラとの子供時代にバンクスが思い出す中国人乳母メイ・リーは、アキラが恐怖や差別の対象としてみるリン・チェンに対して、母と同様に自分に愛情を持って厳しく接してくれる女性として語られるが、それ以上に裏切り者として心の奥に刻まれている。しかし、自分や家族が信頼したメイ・リーもまた犠牲者なのである。

バンクスの母の失踪の事実を知っていた彼女は、失踪直後もまた1937年の再会時にも、バンクスにその事実を伝えることができない。母が拉致された直後に家に1人で戻ったバンクスは、なす術もなく泣いているメイ・リーの姿を見つけ、彼女にも裏切られたことを察知する。バンクスの勉強用のテーブルに向って坐り、最初は笑っているのかと思っていたメイ・リーが、実は泣いている姿に遭遇する。

> そのうち、わたしにもメイ・リーが実は泣いているのだということがわかってきた。それから罰のように家へと走っているあいだからすでにわかっていたことだが、母がいなくなったということを知った。そのとき、体の内からメイ・リーへ向けて冷たい怒りがこみあげてきた。メイ・リーは何年ものあいだ、わたしの恐怖と尊敬をほしいままにしてきたくせに、それが今いんちきだったとわかったからだ。わたしの目の前に広がっている、このわけのわからない世界をまったく制御することもできない人間。わたしには偽りの人物像を押しつけておきながら、大きな力が衝突して戦うときには、何の価値もない哀れでちっぽけな女性にすぎなかったのだ。わたしは戸口に立ったまま、できるかぎりの軽蔑のまなざしで彼女をみつめた。（*WWWO* 209頁）

バンクスは、母の拉致を画策しバンクスを連れ出したフィリップ叔父さんに裏切られ、そして自分に何も告げることなく拉致された母に裏切られ、幼いながらにもその危険性を察知していた自分を責め、そして母が拉致される現場にいたとされるメイ・リーに裏切られ、痛恨の思いに打ちのめさ

第5章　記憶の裏切り

れたのだった。

　そして1937年に上海の家に連れていかれたバンクスを待っていたのは年老いたメイ・リーである。上海で財を成したリン氏が18年前に手に入れたこの邸宅に住み、リン氏の妾達が亡くなった後も妻として生きていることが、彼女の人生の闇の部分を表わすのである。リン氏に案内されて家の中に入っていったバンクスに、1人の老婦人が言葉を発する。

　　「あなたがいらっしゃることは決してないと思っていたと祖母は言っています。それほど長く待っていました。でも今あなたとお会いできて、とても嬉しく思っています」
　　若者が通訳しおえるのを待たずに、老婦人がまたしゃべった。今度は、彼女が話しおえても若者はしばらく黙ったままだった。彼は判断を仰ぐように祖父の顔を見、それからどうやら決断を下したようだった。
　　「祖母のことを許してやってください。祖母はときどき奇異なことを口にするのです」
　　老婦人は、おそらく英語がわかるのだろう、早く通訳するようにといらいらした身振りを示した。ついに若者はため息をついて言った。
　　「あなたが今夜いらっしゃるまで、あなたを恨んでいた、と祖母は言っています。つまり、あなたにこの家を取り上げられることに腹を立てていたのです」
　　わたしはひどく困惑して若者の顔を見たが、老婦人がまたしゃべりだしていた。
　　「長いあいだ」と若者がまた通訳した。「祖母はあなたが遠くにいてくださることを望んでいました。祖母は、この家は今ではわたしたち家族のものだと信じていたのです。しかし今夜、あなたご自身にお会いして、あなたの目に表われた気持ちを見て、わかったと言っています。今では心からこの合意は正しかったという気持ちになりました」
　　「合意？　しかし、たしか……」
　　わたしは言葉を曖昧に濁した。困惑してはいたが、若者が祖母の言葉を通訳しているあいだに、この古い家に関して、最終的にはわたしがそこに戻ることになるというような取り決めがあったような記憶がぼんやりと蘇ってきたのだ。(*WWWO* 316-17頁)

　1937年にバンクスの家に一族で住んでいるメイ・リーは、最後まで自分の正体を明かさないままバンクスとの再会を終える。夫もおそらく家族もバンクス家に襲った悲劇を知りながら、バンクスにその真実を伝えるこ

とができない。通訳を買って出た孫もメイ・リーが語る全てを訳してはいない。高齢となり記憶も定かでなくなったメイ・リーは、失踪事件の核心に迫っていくが、孫にそれを阻止される。バンクスは、リン氏が妻の人生を語り、そしてバンクスが家族とこの家に戻って来るという現実的にはすでに考えられないことを持ち出して、バンクスの本心を探る。バンクスがこの家に戻って来る時には、乳母であったメイ・リーを家族として迎え入れたいという希望を持っていることを知ったリン氏は、バンクスが母と同様キリスト教的正義と良心の持ち主であることを確認する。

　リン氏はバンクスが上海を去ってからの中国に関して、「常に、変化、変化の連続」（*WWWO* 321 頁）であり、「何年かの混乱の時代」（*WWWO* 328 頁）を経て、人生の終盤に来ていることを示唆する。そして、バンクス家が出た後の持ち主が大幅な改修をし、そしてさらにリン氏がこの家を購入して 18 年という年月が過ぎたことを知った後でも、バンクスはまだこの家がモーガンブルック＆バイアットの社宅であると思い込んでいる。それに対してリン氏は「バンクスさん、わたしがこの家の所有者ですよ」（*WWWO* 321 頁）と明言することにより、バンクスに上海における本当の変化を徐々に理解させる。

　リン氏の職業や社会的な地位は語られていないが、この屋敷を所有しているということ、妾を数名囲っていたことなどを考慮に入れると、リン氏もまた上海の裏の世界で経済力と社会的地位を築いた人物と想定できる。バンクスがもう一度この家に戻って来る時には家の改修が必要だということを無神経に言っても、リン氏は怒りをこらえるかのように、狡猾に同意するのである。子供時代の記憶の中でしか判断できないバンクスは、上海という世界とそこに流れて来た時間に対して異邦人なのである。

　バンクスの 1937 年の上海訪問は、試練の連続だった。7 月の盧溝橋事件、8 月の第二次上海事変により中国と日本は戦争状態に入り、上海租界は無法地域となり、共同租界やフランス租界も戦闘機の誤爆による被害を受け、多くの外国人居住者が犠牲となった。10 月末に戦闘終結すると、租界周辺は完全に日本軍の占領下に置かれ、「孤島期」と呼ばれる時期に入るが、中立を守っていたために逆に国民政府と日本軍の両方のテロ活動の拠点となり、要人の暗殺や爆弾テロが頻繁に起こった（藤田 235 頁）。

第5章　記憶の裏切り

難民の流入や食糧不足などの問題を抱え、そして日本軍の支配下で、上海の工部局警察は実質的な権力を失い、日本軍による管理下に置かれた。バンクスは、母が拉致・監禁された数年後の様子を知っても、それから軍閥時代を経てすでに数十年の月日が流れており、さらにそれを知った時にはイギリスの力も及ばない事態に陥っていた。彼はその後の母の足取りを追跡することを諦め、危険な上海を去るしかなかったのだ。この時点で、母はほぼ永遠に、バンクスの中では記憶の底にもう一度押し返されることとなる。

　上海は、政治的、経済的、社会的、文化的、全ての分野において異邦人の時代を忽然と造り上げた近代都市空間であり、その負の歴史の中に存在してその不条理に対抗する自我を呑み込んでいく摩天楼だったのである。

4．母を求めて、幻想から現実へ

　小説の最後で明らかにされる壮絶な母の人生は、バンクスの心に永遠に刻まれた正義感が強く美しい姿という幻想から、歴史に翻弄され、西洋女性であるが故に屈辱を受け生きる屍となった現実として明らかにされるが、そこには20世紀初頭に生きた無名の女性の悲劇に満ちた人生が浮かび上がる。

　バンクスの記憶にある母は、イギリスの古典的美人で、反アヘン運動に携わっていた社会活動家であり、活発、明朗、そして自我が強い女性である。そして、この作品は、1953年に香港でバンクスが母と再会を果したことを5年後の1958年に語るところで終わる。バンクスが有能な探偵として戻って来ても、上海租界のイギリス人を保護するための工部局は全く機能を果たしていなかったのだ。1937年にバンクスが上海を訪問した時にイエロー・スネークという悪党となって現われたフィリップおじさんから、母の失踪が自分も協力した軍閥による拉致であり、拉致から数年後に軍閥の妾として手懐けられ、魂が抜けたように従順になった母と再会した話を聞いた後、母の消息はまた途絶える。母が、妾の1人として、客人の前でも、鞭で打たれたり、性的暴行のみせしめにされたという事実を知り、バンクスは怒りと絶望で、狂いそうなほど苦しむ。それを目撃し、自己満足に浸ったフィリップおじさんに対して、底知れない憎悪を覚える。

また、母は性奴隷となることでワン・クーにバンクスの養育費と教育費を約束させたことを知ったバンクスは、さらに絶望する。フィリップおじさんは、バンクスを自分と同罪にすることで自分の罪から逃れ、同時にその残酷な大義名分の上に、バンクスの母を救うことは決してしなかった。

　次に母のことを知るのは1953年の訪問前であることから、バンクスは怒りと絶望を16年間かかえて生きたことになる。その時に母が、1910年頃から戦後1945年まで軍閥に監禁され、戦後1945年から1951年まで重慶の精神病院に収監され、そしてそこから救済されて1951年に香港のカトリック教施設に移されたことをバンクスは知る。老いて記憶を失った母をイギリスに連れ帰らずに東洋の地に置いてきたバンクスには、母を忘れ去った記憶を取り戻して現実に引きずり出すことではなく、母にとっての故郷となった中国において夢の世界で最後を終わらせたいという思いがあった。それは、子供の時代から探し続けた母をバンクス自身が自分の記憶の中に封印することでもあったのだ。

　記憶の中の母は、ヴィクトリア時代に生まれた女性であり、反アヘン運動に没頭する活動家であり、その美と強さと正義が彼女の運命を劇的に変えたことをバンクスは知らなかった。そしてその彼女の度を超えた信念と執着がその後の人生を変えることになる。バンクスが8歳の時には両親はすでに不仲であり、母の反アヘン運動を巡る理想主義と極端な傾倒が父が離れていった理由であり、そして性奴隷にされた原因でもあったことを知るのは、バンクスが1937年に上海を訪問した時であった。

　バンクスの母は、19世紀に生まれた女性であり、19世紀後半から20世紀前半に夫について上海へと渡って来た。バンクスが保持する母の写真7枚のうち、上海のものが4枚、香港のものが2枚、そしてスイスのものが1枚あることから、母はスイスに滞在したことがあり、その後夫の赴任先である香港、そして上海に来たことがわかる。

　しかし彼女の人生は、ヴィクトリア女王の時代の産物である「家庭の天使」ではなく、台頭しつつあった女性参政権運動などの女性が社会に参画していった女性たちを反映している。

　母国イギリスでは、エメリン・パンクハースト（Emmeline Pankhurst 1858-1928）が女性参政権運動の支持者として1870年の婦人財産法案の

第5章 記憶の裏切り

起草者で弁護士であった夫と共に、活動家として頭角を現し、1903年には婦人社会政治連合（Women's Social and Political Union, WSPU）を結成した。この連合は、ハンガーストライキや爆弾テロなど過激な方法を取ったため、度重なる逮捕で社会にインパクトは与えたが、それ故により合法的な方法で婦人参政権獲得を目指す者達との確執を生み、政治的な分裂の原因となった。パンクハーストの2人の娘、クリスタベル（1880-1958）とシルヴィア（1883-1960）も参政権運動活動家となった。エメリンは自叙伝『私自身の物語』（*My Own Story*）を1914年に出版している。バンクスの母は、エメリンの精神的な娘とも言える女性であり、後にバンクスは母が反アヘン活動をしていた足跡を探すが見つからなかったことからも、女性であるが故に、無名の活動家であったのだ。

バンクスの母は、端麗で優雅な女性であり当時上海租界で一番の美人として知られており、「古いタイプの、ヴィクトリア朝風の美人」（*WWWO* 99頁）として記憶されている。バンクスの子供の頃の思い出の母には常に美しいという形容詞が付随しており、友人のアキラからも、パブリック・ガーデンを散歩している時に出会う人々やカフェのウェイターからも母が無言の崇拝を受けていたことが記憶に刻まれている。また、バンクスは上海からイギリスに持ち帰ったアルバムに収められた7枚の母の写真でその事実を何度も確認している。

> …。母が美しいことを、わたしは子供時代の事実として、何の感慨もなく受け入れていた。母について何か言われるときにはいつもその美しさが口に上がっていたし、わたしもこの"美しさ"を"背が高い"とか"小柄"とか"若い"などと同じように、母親というものに対して貼られているレッテルのひとつとしてしか見ていなかった。（*WWWO* 98-99頁）

しかし、子供時代のバンクスは、人々に、特に男性に崇拝されていた母の美が危険を伴うものだとは認識していない。「あの年齢では、わたしには女性の魅力というものが深いところで何を意味するかなどほんとうにはわかっていなかった」（*WWWO* 99頁）と言っているように、バンクスは子供時代の母の像を心に留めており、成人男性となり当時の母親の年齢に

近くなっても、男性からの視点で母を見つめ直すことはできない。

　そして子供の頃の記憶に凍結された母の美は、1937年の上海訪問の時に当時の母を知る男性たちにより証明される。バンクスが子供時代に住んでいた家の主人となっていたリン氏はバンクスの母の当時の噂を覚えており、「お母様は上海で最も美しいイギリス婦人だと聞いたことがありますよ」（*WWWO* 331頁）とバンクスに告げる。バンクスの母は、バンクスだけでなく当時の母を知っていた人たちには、美の象徴の様に記憶の中に生きているのである。

　母の美は母の精神性の高さと共に記憶に留められており、女性の美が危険であると同様に女性の正義感もまた危険な要因だったのである。バンクスが8歳の時の記憶で鮮明に思い出されるシーンは、母がすでに反アヘン運動に深く関わっており、家にやってきた衛生検査官に政治的な発言をする血気盛んな母の姿である。アキラがバンクスの母に「畏敬の念」（*WWWO* 105頁）を抱いた理由を思い出していく段階で、それが単なる表面的な美しさによるものではなく、内面から出てくる意志の強さと人に感銘を与える毅然とした態度と発言によるものであったことをバンクスは思い出す。

　この母の精神性こそが母の真の美であり、無意識のうちにバンクスが記憶の中に深く留めた姿なのである。バンクスが思い出す母は活発で、自由な思想を持ち、そしてそれを行動に移していった女性である。1931年のロンドンで思い出す、バンクスが8歳の頃の反アヘン運動に携わっていた勇敢な母の姿も、ユニオン・チャーチの敷地内で鬼ごっこをした時の母のいたずら好きで大らかな姿も、行動力と活力に満ちた女性の姿である。また、1937年に上海で昔の家を訪れた時に、バンクスが6、7歳の時にジェスフィールド・パークで母と競争したことを思い出す際には、彼が母への憤り（*WWWO* 330頁）を感じるほど母は競争心を備えた女性でもあることがわかる。即ち、バンクスの母は、ダイアナ・バンクスという自我を持ち、それは社会規範や慣習を超えたところに存在したのである。その中で、バンクスが最も鮮明に記憶の中から浮かび上がる母は、反アヘン運動の活動家としての姿であった。

　その反アヘン運動を物語るシーンとは、バンクスの家にバイアット社の

第 5 章　記憶の裏切り

　衛生検査官が訪問した時に、アヘン中毒者や犯罪者が多くいる山東省出身者を使用人にしないように指導をした際、母が中国におけるアヘンの蔓延はイギリスが原因であり、夫が勤めるバイアット社がアヘン貿易に関わった悪の根源であると、徹底的に相手を批判して打ち負かしてしまったことである。この母の武勇伝は子供のバンクスとアキラに大きなインパクトを与えたのだ。バンクスは、「実際、検査官が"アヘン"という言葉を口にした瞬間から、かわいそうにこの男はもうだめだということがわたしにはわかっていた」（*WWWO* 105 頁）と思い出すほど、母は自分の信念を決して曲げること無く、そして言葉でも相手を圧倒する迫力があった。

　　「あなたは、このわたくしに向かって、会社になり代わってアヘンのことを話してらっしゃるのですか？」
　　それに続いて、母は抑制はきいているが、ものすごい勢いで熱弁をふるい、私にはすでにおなじみで、その後もその概要を何度も聞かされることになる説を検査官相手に説いてきかせた。つまり、一般的に言ってイギリスが、とりわけモーガンブルック＆バイアット社がインドから大量にアヘンを中国に輸入し、そのためにこの国全体に計り知れない悲惨さと退廃をもたらしているという話を。話しているうちに、母の声はしばしばこわばってきたが、それでも落ち着いた口調が失われることはなかった。最後に、まだ相手を睨みつけたまま、母は検査官に訊ねた。
　　「あなたは恥ずかしくないのですか？　キリスト者として、イギリス人として、良心のとがめを感じるべき人間として。あなた、こんな会社で働いていることが恥ずかしくないのですか？　教えてください。あなた自身、こんなおぞましい富の恩恵を受けていながら、どうして良心を安らかに保つことができるのですか？」（*WWWO* 105-06 頁）

　バンクスの母の言動は、ヴィクトリア女王の時代に生を受け、激動の時代の中で女性が社会に参画していきつつあった時代の産物なのである。上海租界におけるイギリス人社会に社会階級に応じた男性用のクラブがあった様に、女性のためのクラブも存在し、イギリス女性協会を代表とする慈善団体や社会福祉の向上を活動目的とした団体に多くのイギリス人女性が参加したという（藤田 78 頁）。
　しかし、バンクスが「母には書斎が無かった」（*WWWO* 326 頁）と思い出している様に、母には完全な自立も無く、安定した社会的地位も無く、

225

家庭の中でも「鍵のかかる自分だけの部屋」さえ無かったのだ。それ以上に、家庭の外にも自立は無かった。また、上海では中国人とイギリス人の異人種結婚はタブーであった（藤田 82 頁）にも関わらず、経済的・社会的地位が低く働く目的でやって来ていた日本人や白系ロシア人の女性たちが、経済的に豊かな西洋人の愛人になることは暗黙の了解であった。そして、バンクスの母はそのタブーの上に生贄として立たされたのだ。完全に自立できない女性たちの運命は表裏一体であったのだ。女性であるが故に男性と同等に行動することができない母の苦悩と葛藤は、子供のバンクスには理解することができなかったし、また 1937 年になった時にも完全に理解してはいない。バンクスの母は、自らの正義のみを信じて不偏不党な立場を貫いた革命精神を抱いていた女性であり、そこに母が抱えていた矛盾が存在したのだ。

バンクスの母の精神性は、キリスト教徒としての崇高な精神性としてバンクスにより記憶されている。それは、フィリップおじさんが教会内に設置された慈善団体の運営をしながら、実はそのキリスト教徒としての純粋な精神性から離脱し、悪の道に入っていくことと対照的に最後まで屈することが無い精神性であったのだ。中国におけるキリスト教布教と弾圧の歴史は、ちょうどバンクスの母が上海租界で生活を始め、家庭を持ち、バンクスが誕生し、そして夫の裏切りと子供との別離を経て、軍閥に妾として監禁され、戦後は精神病院に収監され、最後にキリスト教団体に保護され、1953 年に香港で再会したことを 1958 年にバンクスが語るまでの軌跡と、そしてその後の文化大革命による徹底的な弾圧に至るまでを含む。キリスト教徒としての母の人生が裏切られ、歪められ、そして汚されたように、キリスト教は中国の反外国主義とナショナリズム台頭の中で、繰り返し弾圧された。

中国における反外国主義と反キリスト教主義とそれらの運動は、陳朝末期の天津教案、義和団事変から、1920 年代における国民革命時代の愛国主義と反キリスト教運動と南京事件、さらに第二次世界大戦後の朝鮮戦争期のキリスト教弾圧、さらには文化大革命期のキリスト教会破壊に至るまで続いた（佐藤 8 頁）。バンクスの母はその危機的な時代の節目に中国において、1 人の西洋女性という弱者として、徹底的にその精神性を破壊さ

第 5 章　記憶の裏切り

れていく。それはまるでキリスト教を弾圧してその精神性を否定し、関わった者を抹殺してきた中国近代史を投影しているかのようである。

　即ち、1910 年頃に拉致されたバンクスの母にとって、彼女の支えであったはずの宣教師たちから物理的にだけでなく精神的に離れていかざるを得ない状況が生れて来たのだ。それは、1926 年の北伐軍の出発により軍事抗争が起こり、宣教師たちが任地から離れ始め、バンクスの母が隔離されていた湖南でも 1927 年には宣教師が去っていた（佐藤 308 頁）。特にバンクスが母に再会した 1950 年代は、戦後の中国において、1920 年代に外国の宣教団体から独立した中国教会も、またカトリック教会、戦後蒋介石を支えたアメリカのプロテスタント教会でさえ、迫害され、監禁奴役か処刑が行われた。特にカトリック教会に関しては、1949 年から 1958 年までの 9 年間に死者 33,240 人、監禁 58,192 人、合計 91,432 人の犠牲者を生んだと記録されている（佐藤 337 頁）。共産党によりキリスト教への弾圧が厳しくなり、第二次世界大戦前から中国で布教活動を続けたキリスト教会と西洋人の聖職者たちは抹殺されていくのである。

　この中で、バンクスの母は第二次世界大戦後に劣悪な重慶の精神病院に監禁され、そこから保護されて香港のカトリック教会の施設に移されたことは、中国共産党におけるキリスト教弾圧直前の奇跡的な救済であったはずである。小説の中では、この施設は、英国植民地時代のコロニアルスタイルの屋敷であるローズデイル屋敷（Rosedale Manor）と呼ばれる由緒ある建築物に造られていて、外観はすでに老朽化してその栄華の時代を痛々しく語る文化遺産である。しかし内部は清潔で秩序があり、また施設内の設備や庭園も精神を癒すことができるように整えられている。そして中国人シスターと共に、シスター・ベリンダ・ヘイニー（Sister Belinda Heaney）がこの施設を運営しており、バンクスの母を含む多くの西洋女性を保護していた。

　入所当時は動揺していた母は、次第にこの施設に馴染み、2 カ月でこの屋敷で受けられる「恩恵、平和、秩序、祈りなどが功を奏しはじめた」（509 頁）とシスターはバンクスに告げる。彼女を訪ねてくる者も無く、近くの聖ジョセフ・カレッジ（St Joseph College）の生徒たちが定期的に慰問に来てくれるだけである。自分が息子であることをシスターには隠し

たまま、バンクスは母と対面し、母を残したままこの地を離れることになる。

　中国本土が共産党下に置かれていき、上海が荒廃していく中で、香港はイギリス統治の下で自由貿易拠点として大きな発展を遂げていく。そして、中国本土のキリスト教教会が中国化していく中で、香港のキリスト教は存続し、教育や福祉において重要な役割を果たしてきた。カトリック香港教区（Dioceses of Hong Kong）は、アヘン戦争で清と戦っていたアイルランド出身の軍人のために香港使徒座知牧区として1841年に設置され、1874年には香港使徒座代理区へ昇格した。小説の中で語られている聖ジョセフ・カレッジは、1875年創設の香港で最も古いカトリックの男子校で英語での授業を行う名門校である。同校は、1941年から1954年の間、日本軍の占領下において、その校舎は日本軍の病院として使用されていたという。

　また、もとは1919年にネオ・クラシック・コロニアルスタイルで建てられたMr Chan Keng-Yuが所有していたヴィラが、1926年にフランス系のカトリック修道女の慈善団体であるLittle Sisters of the Poorに売却されて、1930年代に改修され現在の聖ジョセフ高齢者施設（St Joseph's Home for the Aged）の原型ができたという。その施設には、日本の中国侵略から逃れて来た亡命者や避難者が保護されたという。Little Sisters of the Poorは、1839年に修道女Saint Jeanne Judanによりフランスにおいて生活苦の高齢者をケアすることを目的に創設されたローマ・カトリックの組織で、現在は世界各国に広がっている。香港においては、聖ジョセフ高齢者施設に加え、1958年には聖マリア高齢者施設（St Mary's Home for the Aged）が設立され、山の中腹に建てられた施設は電力配給を受け、1962年に完成した。またカリタス・香港は1953年に、第二次世界大戦後の貧民と精神病患者を保護してリハビリを行う施設を創設した。バンクスの母は、肉体的にも精神的にも理不尽な扱いを受けた中国本土から逃れ、戦争により人生の大半を犠牲にした人々を受け入れる制度が整いつつあった香港を永住の地とするのである。

　バンクスと母との再会は、母の発見が遅れたことに対してバンクスが母に許しを請うことで終わる。バンクスが自分の生涯をかけて母を救い出す

第5章　記憶の裏切り

という人生の計画はここで終わることになるが、その中で唯一の救いは、何度バンクスが自分がイギリスからやって来た息子の「クリストファー」だと言っても反応しなかった母が、「パフィン（Puffin）」と呼ばれていた子供時代のバンクスを思い出し、その記憶の断片を語ったことである。

　　「パフィン」彼女は独り言のように静かに繰り返した。しばらくのあいだ、幸せのあまり我を忘れているように見えた。やがて彼女は首を振って言った。「あの子にはね、ほんとうに心配させられたわ」
　　「失礼ですが」とわたしは言った。「失礼ですが、もしそのあなたのお子さん、そのパフィンが……彼は最善をつくした、あなたを見つけだすためにできるだけのことはすべてやってみたと、あなたがおわかりになったとしたら。結局は見つけだすことができなかったとしても。もしそのことがわかったとしたら、あなたは……彼を許すことができると思われますか？」
　　母は相変わらずわたしの肩越しに遠くを見ていたが、その顔に困惑の表情が浮かんだ。
　　「パフィンを許すですって？　パフィンを許すとおっしゃいました？　許すって何を？」それから、彼女はもう一度幸せそうににっこりと笑った。「あの子はね。うまくやっているらしいわ。だけど、そうは聞いてもほんとうのところはわかりません。ああ、あの子のことが心配でたまらないわ。ほんとうはどうかわからないんですもの」（*WWWO* 515-16頁）

　母の記憶にあるバンクスは、別れた頃、10歳の頃のパフィンなのである。彼女は自分の息子を守ることで絶望の淵に立たされてはいなかった。そして、バンクスの底知れぬ苦悩は、人生の全てをかけて自分を守った母を最後に救うことができなかったことにあり、母との再会により母が何よりも息子の自分を愛し続けてくれたことにやっと辿り着いたことにある。母の無償の愛に打ちのめされるバンクスは母を東洋に残したまま帰国した後、彼の母を看取ってはいない。バンクスには、母に余生をイギリスではなく母が愛した東洋で送らせたいという思いがあった。母を見捨てて救済もしなかった母国イギリスへ連れて帰ることをバンクスは拒否し、母が美しい思い出として記憶している東洋で人生を終えることを望んだのだ。
　『わたしたちが孤児だったころ』には、バンクスとアキラ以外に、両親を事故で失いバンクスが養子にするジェニファーという孤児、植民地という泥沼の中に入れ込んで身動きが取れないフィリップおじさん、妻の信念

と社会的活動を相容れることができないまま女性と駆け落ちした父、自分の信念と息子を守るために軍閥に身を任せた母、そして最後に社交界で浮名を鳴らし、父ほどの年齢の男性と結婚し、そして彼を捨ててフランス人と一緒になるサラなど、多くの孤児たちが交差する。

母との再会を果たしイギリスに帰国したバンクスは、上海という魔物に取り憑かれ自分の人生を失踪した両親に捧げて来たことに対して反省とも取れる告白をする。それは、母に別れを告げてイギリスに戻って来た次の月、グロスターシャーの田舎に籠っているジェニファーを訪ねた時に、彼女との会話の中でバンクスが見つける答えにある。それは、彼自身が孤児だった頃の自分を克服した時にやっと可能となったのだ。

最後にバンクスは自分が孤児だったことを再認識するが、それは母との最後の別れだけではなく、ジェニファーの人生、そして手紙を読み直して知るサラの人生との関わりの中で起こるのである。バンクス自身もまた、人生の中で、裏切り者だったのである。まだイギリスに慣れないジェニファーを残して上海に行ったことをバンクスは後悔する。そして、「きみが成長期にあったときのことだ。もっときみのそばにいるべきだった。だが、わたしは忙しすぎた。世界が直面している問題を解決しようとして。きみのためにもっといろいろすべきたっだよ」(WWWO 521 頁)とジェニファーに謝罪する。その時ジェニファーは 31 歳になっており、その前に人生に絶望して自殺未遂を起こしたことが示唆される。そして、身を隠すように田舎の安下宿でひっそりと暮らしているジェニファーは絶望の淵から這い上がろうとしており、これからの人生の計画を語る。そしてバンクスにもその田舎に定住して家庭と持つという計画に加担してほしいと希望を述べる。

そして、ジェニファーの問題がひと段落したと確信した時に、バンクスはサラの友人であるという女性と出会う。1937 年の上海でサー・セシルを裏切ってマカオへ駆け落ちしようと約束をしておきながら、バンクスはサラを裏切り、両親の監禁場所と教えられたところへ行くことを選んだ。その後、バンクスは、サラから一通の手紙を受け取っていたことを思い出す。しかし、実際、サラはフランス人伯爵と一緒になった後、戦争中にマカオ、香港、シンガポールを渡り歩き、最後は日本軍占領下の収容所で過

第 5 章　記憶の裏切り

ごしたことが原因で亡くなっていたのだった。それは、サラの 1947 年 5 月 18 日付の手紙の内容とは異なっており、バンクスと別れた後、波乱に満ちた人生を送り、幸せとは程遠い最後を迎えたことをバンクスは知るのである。そしてサラの手紙を読み返して、「わたくしが当たり前のことのように受け取っている幸せな生活や伴侶に、あなたも恵まれていらっしゃることを願うばかり」(*WWWO* 529 頁) だという最後の行を率直に受け入れることができない。ここでバンクスは、自分の裏切りがいかに大きかったかということを悟る。

　サラが不幸であったように、バンクスもまた彼がこだわった「使命」を選択した故に知ることになった両親の人生の真実に打ちのめされ、最後まで「心の平和は許されない」と思う (*WWWO* 530 頁)。バンクスは結婚もせず、残りの人生をどの様に過ごすかということを考える年齢になった時に、自分が関わった事件は過去のものとなり、それらは大英博物館の中に貯蔵された過去の記録でしかなくなっていることに気付く。バンクスは、異邦人として生き、戦争の記憶や家族の崩壊が社会にとって不都合なものとして抹殺された時代を通り抜け、その忘却の暴力の中に存在する自我を追求してきた結果、残りの人生に新たな意味を見出そうという姿勢を構築することができるという可能性を示しているのだ。

5．絶望からの帰還

　イシグロが常に課題としてきた記憶と忘却、忘却の暴力、そして記憶との共生が、この『わたしたちが孤児だったころ』においてバンクスを通じて私たちに伝えられる。記憶は人を裏切り、バンクスは裏切りの中で人生の大半を送ることになる。しかし、バンクスの記憶の中には、裏切りの中で彼が確認したり、あるいは彼自身が裏切りの加害者となったりする時間が重なり合って存在する。この残酷な記憶の忘却は、バンクスにとって最も大切な使命と疑わなかった真実に対峙した時に、最も大きな効力を持つ。しかしバンクスは自分の残された人生を絶望で終わらせる選択をしない。そこに、イシグロの思いが込められているのではないだろうか。

第6章　クローン人間政治学
―『わたしを離さないで』における生命倫理の軌跡

1．クローン人間政治学への扉

　イシグロの第6作目の小説『わたしを離さないで』は、イシグロ作品の中で『日の名残り』に次ぐ話題作となり、同時に2011年の映画化により多くの読者を得て人気作品となった。前2作の『充たされざる者』と『わたしたちが孤児だったころ』はその難解性から読者だけでなく研究者たちにも不評であったが、『わたしを離さないで』に関しては、現在に至るまで多くの論文が発表され、クローンというテーマ性から哲学、医学、法学など多岐に渡る学際的研究へのチャレンジが行われてきた。イシグロにとっても作家としての力量が再確認される作品となった。

　『日の名残り』でブッカー賞を受賞し、その作品がアンソニー・ホプキンズ主演で映画化されて世界的に名声を得たイシグロは、その成功を振り切るように、『充たされざる者』、『わたしたちが孤児だったころ』と実験的な作品を世に送り出した。そして、2005年のブッカー賞こそ逃したが、彼の作品群の中でも、クローン人間を描いた『わたしを離さないで』は後世に残る作品となった。ベストセラーとなった『わたしを離さないで』は、2011年にイギリスで映画化され大ヒットした後、日本においても2014年に蜷川幸雄の演出、多部未華子主演で舞台化され、2016年にはTBSテレビにおいて綾瀬はるか主演でドラマ化された。この様に1つの流行を創り出した『わたしを離さないで』には、クローン人間政治学が潜んでいる。この作品は、イシグロが現代の遺伝子工学が行き着く果てのクローン人間という創造物の生き様と秘めたる感情を冷静に描き、人間とは何か、生きる意味とは何か、命の尊厳とは何かという現代においてもう1度対峙すべき最も深い問いかけを行った秀作と言えよう。

小説の冒頭で、クローン人間の語り手であるキャシー・H（Kathy H.）は31歳となっており、寄宿学校ヘールシャム（Hailsham）の子供時代から青少年時代を経て、コテージ（the Cottages）において短い青年期を共に過ごした後、次々に仲間たちに臓器移植の通知が届き、臓器提供者となっては死んでいくことを見送る年月の中で、彼女自身は優秀な介護人として働き着実に地位を確立してきた。キャシー・Hの職場は、クローンである臓器提供者が次の移植に向けて収容される回復センター（the Recovery Center）であるが、そこは名称とは正反対で、クローンたちが3回から4回の臓器移植を終えると、最終的に決して回復することは想定されずに存在意義を「完結する（"completion"）」という表現で構築された死への扉なのだ。キャシー・Hの語りには、彼女自身がもうすぐ臓器提供者となり、その使命が終わると死を享受する運命を熟知しており、彼女の命が他者の生命の尊厳を守るためのスケープゴートである点を受け入れているという、究極的に歪められた自律性が皮肉にも埋め込まれている。
　なぜクローンか？クローンという遺伝子工学におけるフランケンシュタインは、現代における人間の倫理を超えて創造された怪物のような存在であり、「その怪奇性は臓器移植を繰り返しては死へと近づき弱体化する肉体と、それと反比例して生きる意味を見出そうと巨大化していく内面との葛藤にあり」、そこには命をめぐる壮大なテーマが存在する（臼井、「クローン人間創世記」268-69頁）。イシグロの小説は未来や超未来という時間に設定されておらず、近い過去、1990年代という20世紀後半に設定されているが、2005年の発表と同時に、作家や批評家から確立した英語圏の未来小説の系統との関連性が指摘される。
　イシグロ自身は、インタビューで、小説を書く時には、ジャンルではなくアイデアが先行すること、そして『わたしを離さないで』においては、普通の人の人生より短い人生を設定してしいるだけであるが、それは「どのように人生を生きるべきかというメタファー」なのだと述べている（Freeman 196-97頁）。前2作に関して厳しい批評をしたミチコ・カクタニ（"From" C17頁："The Case" E7頁）でさえ、『わたしを離さないで』は『日の名残り』と同等の完成度で、コントロールされた作品だと賞賛している（"Sealed" 8頁）。イシグロは、この作品をクローンを科学的側面か

第6章　クローン人間政治学

ら描いたのではないと語っているが、クローンや遺伝工学などの急速な発達によって生じてきた新たな疑問、即ち、現代社会において生きる意味、人間の尊厳が重要な問題となっていることに触発されて描いたことは紛れもない。

　『わたしを離さないで』の書評や批評は概ね好意的である。イシグロは、この6作品目の構想を練っていた時、紆余曲折の後、1996年に実際にイギリスで誕生して翌年公的に発表されたクローン羊のドリーからヒントを得たと認めている（Wong and Crummett, "A Conversation" 213頁）。しかし、イシグロが、単にクローンという驚異的な科学的発見を描いているのでもなければSFというジャンルにチャレンジしたわけでもない（Butcher 1300頁：Brooke 25頁）。そして、その時代や舞台設定のあり方に関しては、イギリス人にとって馴染の寄宿学校や田園風景などの日常性が描かれているからこそ、読者が価値観や倫理観への疑問を描くことができる点を指摘しているものもある（James Wood 36頁：Siddhartha n.pag）。動物に対して、「人間中心主義（"anthropocentrism"）」を主張している論（Walkowitz, "Unimaginable" 224頁）や人間と「想像上の動物（"imaginary animals"）」との関係に注目した論（Summers-Bremner 145頁）もあるが、そうだろうか？また、中には、この小説が社会の諸相である「階級（class）」（Fluet 267-68頁）、「グローバル化した社会の経済格差（"rising global inequality"）」（Black 785頁）、さらには、「21世紀のポスト人種優劣説（"twenty-first-century postracialism"）」（Gill 846頁）への批判であるとも議論された。

　科学やクローン技術、そこから生まれて来た生命倫理の議論など、イシグロにとっては主たる関心事では無く、ポストゲノム時代における人間性への「情感（"sentiment"）」あるいは「情意（"pathos"）」だとする論もある（Shaddox 450頁）。また、そして、『浮世の画家』や『日の名残り』の様に、日本の帝国主義や20世紀に人類を震撼させた全体主義による弾圧という「政治的虐待（"political abuses"）」と「個人的不全（"personal failures"）」を掛け合わせ、その上で「感情移入（"empathy"）」を描いているという議論も出た（Black 789-93頁）。これの批評の大半は、イシグロがクローンやクローン技術に対する生命倫理を主眼としていない観点から

生まれてきている。

　しかし、イシグロは小説の中で、現代人が直面し、今後もさらに難解な課題を制覇し続けなければならない生命倫理の根底を探求し、そこで起こる人間の感情を探っているのだ。

　ドリー誕生は、明らかに、それまで以上に深く様々な分野に影響を与え、イシグロに日進月歩の科学の世界を改めて見つめ直す機会を与えた。それは、1990年末という近い過去への時間の巻き戻しにより、医学技術が人間の想像を超えるところまで進化しようとしているこの現代において、生命倫理（Bioethics）が誕生して発展し、その重要性がより注目されることになったかを反映している。生命倫理に関する議論の中では、小説の中で組織化されているクローン人間の臓器移植が「国家プログラム（"a governmental program"）」であり、その背後には「臓器バンクプログラム（"the organ banking program"）」が想定される（Storrow 267-68頁）というものもある。

　この生命倫理の議論は、究極的には、医学と技術の進歩により抹殺される人間の声を探ることに基づくのではないだろうか？そこには人間に対する不条理で残酷な仕打ちへの怒り、そしてその奥には底知れない悲しみがある。核兵器が発明され広島と長崎に投下された様に、イシグロは、クローン技術という巨大な兵器が誕生して人間性を破壊し生命の尊厳を脅かしていくことへの怒りと現代人への警告を、この作品で描いている。

2．文学におけるクローン人間創造の軌跡

　クローン羊ドリーの誕生以前に、すでにクローン人間は文学や文化で取り入れられてきた。そして、ドリー誕生によって、それは現実に起こりうる脅威となり、現代文学や文化の中において避けられないテーマとなる。文学におけるそのクローン人間創造の軌跡——広義においてはディストピア文学の軌跡——を探ることは、イシグロの作品を語る上で必要不可欠である。

　クローン人間は20世紀においてはすでにグローバルなテーマとなっていた。日本では、手塚治虫が『火の鳥』（1954-1986）においてクローン人間を描いている。その『未来編』では、生物が全滅した世界において人

第6章　クローン人間政治学

造細胞から動物や人間のクローンが作られては培養液の入ったガラス容器の中で生息する世界を、また、『生命編』では、クローン制作が組織化され研究機関に独占されて、クローン培養液に細胞を投入するとクローン人間が何人も造ることが可能となり、最終的にはクローン人間がクローン狩りの獲物として使われることを描き、クローン人間と生命に関する過激な課題も提示している（上村 16 頁）。また、1989 年に発表された『禁断のクローン人間』（*Reproduction Interdite*）は、2037 年のフランスのストラスブールのハイテク社会を舞台に、ヒトクローンでノーベル賞を受賞した生物学者の謎の死から秘密情報機関の企みを解いていくことが描かれており、恐怖小説として注目された（長島 600 頁）。著者ジャン・ミッシェル　トリュオン（Jean Michel Truong）はベトナム人の父とアルザス人の母を持ち、理学と哲学を学んだフランス語を母語とする作家である。

　英語圏では、やはりメアリー・シェリー（Mary Shelley）の『フランケンシュタイン』（*Frankenstein*, 1818）と映画『ブレードランナー』（*Blade Runner*, 1982）が頻繁に引き合いに出され、繰り返し SF 小説、漫画、そして映画に置いてクローンがテーマとなってきているという（上村 16-17 頁）。『ブレードランナー』の原作は、フィリップ・K・ディック（Philip Kindred Dick）によって出版された SF 小説『アンドロイドは電気羊の夢を見るか？』（*Do Androids Dream of Electric Sheep?*, 1968）である。

　さらに、1976 年に出版されたアイラ・レヴィン（Ira Levin）の『ブラジルから来た少年』（*The Boys from Brazil*）は、第二次世界大戦中にアウシュビッツで人体実験を行い「死の天使」と怖れられた実在の科学者ヨーゼフ・メンゲレ（Josef Mengele）をモデルにした小説である。戦後南米に逃亡したメンゲレが、ヒトラーのクローン再生を成功させて、94 人の少年を造り上げるという、ヒトラーのレプリカが大量に誕生することへの恐怖を描いた（Jerg 369 頁）。第二次世界大戦後は、特にクローン技術への脅威はホロコーストと結びつけられ、イシグロもこの路線で議論されることがある（Black 793 頁：Whitehead 76 頁）。

　この様に、クローンという概念は、19 世紀からすでに文学でテーマとなり、20 世紀になると頻繁に大衆文化・文学の中に出現して来た。しかし、その主眼は時代と共に変化してきており、イシグロは現代社会を舞

台にして精神と肉体の葛藤を描いている（Mirsky 628-30 頁）が、そのクローンは時代の変遷の中で、一貫して長くテーマとして存在したのである。

　このクローンというテーマが大きな転換期を迎えるのが、1997 年のクローン羊ドリー誕生の公的発表であったのだ。このドリー誕生によって、今までは不可能であるが故にフィクションの上でのみ描かれてきたクローン人間の誕生が、科学的に可能であることが証明される。その結果、加熱するマスコミ報道や各国の政府対応などで、世界はクローン人間論という大きな渦の中に放り込まれた（上村 17-18 頁）。そして、その渦巻く議論の中で、慎重にクローン人間を取り扱った小説を完成させたのがイシグロである。

　ドリー誕生以降も、遺伝子工学の中でゲノム編集の技術の開発とそれに続く様々な研究成果が、毎日の様に発表され続けている。イシグロは、個人や国家の記憶と忘却をテーマとしてきたが、この作品では現代社会が抱えている目まぐるしく発展して生命倫理を次々と脅かしている科学および医学技術、科学技術政策、そして科学技術産業にメスを入れようとしている。

　2012 年にノーベル医学・生理学賞を受賞した iPS 細胞（人工多能性幹細胞）研究の第一人者である京都大学の山中伸弥教授は、この急速に発達する遺伝子工学、特にゲノム編集という成功率が高い遺伝子操作技術の誕生の意義とゲノム編集を、人間の受精卵で行う危険性と倫理観の問題に関して、次の様に語っている。

　　人間の受精卵へのゲノム編集については、多くの研究者が、「臨床応用はするべきではない」「ゲノム編集をした人間の受精卵から新しい生命をつくるべきではない」という意見で一致しています。…
　　人間の受精卵を用いて、ゲノム編集技術の効率性や安全性について調べる基礎研究は行ってもいいのではないか、と言う研究者もいます。一方で、研究者だけではなく、一般の方、そしてゲノム編集で恩恵を受ける可能性がある患者さんを含めて、社会の中で成熟した議論がなされるまでは、基礎研究を含めて人間への応用に関するすべての研究をストップすべきである、という考えもあります。（山中 006 頁）

第6章　クローン人間政治学

　ゲノム編集により、筋ジストロフィー、癌、アルツハイマー病という難病の治療法が確立する可能性の高さを考えると、これらの研究を臨床応用に貢献させることは医療の現場では必要であろう。京都大学医学部付属病院では、2018年8月1日から、iPS細胞を使ったパーキンソン病の再生医療の治験が開始された。これら再生医療への期待が高まると同時に、その操作方法を誤ると人間の尊厳を脅かすものとなることに関しては、十分に議論を重ねる必要がある。

　そして、2017年度ノーベル文学賞受賞講演において、『わたしを離さないで』の出版から12年経た後、イシグロはその脅威を次の様に述べている。

　　科学技術や医療の分野で従来の壁を破る発見が相次ぎ、そこから派生する脅威の数々が、すぐそこまでやって来ています。いや、もう到達しているでしょうか？ CRISPRのような新しい遺伝子編集技術が生み出され、人工知能やロボット技術にも大きな進展があります。それは人命救助というすばらしい利益をもたらしてくれますが、同時に、アパルトヘイトにも似た野蛮な能力主義社会を出現させ、いまはまだエリートとみなされている専門職の人々をも巻き込む、大量失業時代を招くかもしれません。（『特急二十世紀の夜といくつかの小さなブレークスルー』91頁）

　イシグロは、『わたしを離さないで』を執筆していた時に、すでに現在を予言していたのであり、近付きつつある危機的状況に戦慄を覚えていたに違いない。ここでイシグロが遺伝子技術の1つとして指摘しているCRISPR（Clustered Regularly Interspaced Short Palindromic Repeats）は、クリスパーと呼ばれる反復クラスターで、ゲノム編集技術の1つである。山中教授が指摘しているように、そこには、悪魔の囁きに導かれ、受精卵にゲノム編集をすることにより有能な人間のみを生み出す人間のエンハンスメント（Enhancement）を可能とする危険性が潜んでいる。イシグロは進化し続けるゲノム編集などの遺伝子技術が政治と結びつき、新たなナチス・ドイツが出現することを予見している。

　イシグロの作品の中で一見特異と評価されがちなこの作品には、実は、英語圏文学において重要な意義が込められている。それは、クローンとい

うテーマを超えて、未来に起こりうる脅威を題材にしたという一貫した流れの中に、『わたしを離さないで』がごく自然に入っていくということである。『わたしを離さないで』が出版された当時の書評には、クローンをめぐる倫理問題から不透明な主題の本質を探ろうとするものまであった。

　書評や論文で、『わたしを離さないで』は、英米文学における SF の系統の流れを汲むものとして捉えられ、特に前述メアリー・シェリーの『フランケンシュタイン』を筆頭に、オルダス・ハックスレー（Aldous Huxley）の『勇敢なる新世界』（*Brave New World*, 1923）、ジョージ・オーウェル (George Orwell) の『一九八四』（*1984*, 1948）から受けた影響に関してもイシグロ自身が認めているものもある（Toker and Chertoff 163-64 頁）。さらに現代カナダ文学の巨匠であるマーガレット・アトウッド（Margaret Atwood）の『侍女の物語』（*The Housemaid's Tale*, 1985）と『オリクスとクレイク』（*Oryx and Crake*, 2003）に至るまで、イシグロが受けた影響の軌跡を探ることも意味があるだろう（Montello n.pag; McDonald 74 頁）。

　当のアトウッドは、『わたしを離さないで』の書評において、「人間喪失」の結果が作品に反映されていることを指摘している（n.pag）。また、アメリカを基盤に活躍するジョセフ・オニール（Joseph O'Neill）は、この作品には「化け物のような秘密」や「生命が途絶える際のグロテスクな事実」（123 頁）があると述べた上で、いち早くイシグロの作品が倫理学、特にニーチェの哲学に影響を受けている点を鋭く指摘している。また、カントの倫理学との関連性を示唆する議論もある（Rosen n.pag）。現在の生命倫理学には、哲学的考察の積み重ねにより構築されている分野があり、これらの書評は的確であろう。

　このような英語圏文学の中での体系的視点に立った比較論や現代作家による興味深い書評が出てくることは、ある意味、未来小説の系統が確立されたことに加え、科学の限りなく続く進歩が人類を脅かす存在になっていることが避けられない事実となっており、それは作家にとって非常に重要な課題になっているからだ。ヘールシャム・クローン・アカデミーと名付けた「エイリアンな世界」（Kerr 16 頁）に代表されるキャッチーなコピーに始まる様な奇抜な書評が次々と出た背景には、イシグロのチャレンジが

第6章 クローン人間政治学

画期的であったことと現代文学が持つ可能性への懐疑の様なものがあったのではないか。イシグロ独自の世界がイシグロ独自のスタイルで構築されたことが、何よりもこの作品への最大の賛美である。

『わたしを離さないで』では、臓器提供者としてのクローン人間という論争の的となるテーマを描いているにも関わらず、また生命倫理学という多次元的な世界に足を踏み入れながらも、謙虚で冷静なキャシー・Hの語りにより、読者は、より深くこの作品の真髄に迫ることができるのだ。作品の内容から読者が抱く不安感や恐怖感は、キャシー・Hが最も悲惨なその当事者であるにも関わらず、彼女が坦々と語る中で徐々に明確にされる事柄から感じられる（Grenier 35 頁）。それは同時に、語りが進んでも不明瞭で曖昧なまま放置されている事柄や事象からも感じられるであろう。そして、クローンとは何かを、クローンの子供たちに巧妙に傷つけないように教え込むことが、「怪物的な残忍さを受け入れる世界観を作り上げ」ているという鋭い論（Godwin 58 頁）も出た。その中で、小説の本質を見極めようと、ウィリアム・ゴールディング（William Golding）の『蠅の王』（*The Lord of the Flies*, 1954）と比較して、「人間性の状態を取り巻くメタファー」と「人間の中にある動物性を警告する物語」の両面を備えていると論じるものもある（Brooke 25 頁）。

これらの観点から考察しても、『わたしを離さないで』は、クローン人間に代表される人間性を脅かす遺伝子工学などの先端技術に人類が直面する問題、つまり命の尊厳をどの様に享受すべきかという点を描いていると言える。生命倫理学的考察の1つとして、特に癌患者が残された人生にどの様な意味を見出すかという研究である QOL（Quality of life）研究と Bildungsroman（教養小説）とを融合させて『わたしを離さないで』を解読し、キャシー・Hが持つ無関心さこそが自己像を高め介護人としての意欲を高めたという見解に達した論もある（Eatough n.pag）。

これらの書評や先行論文に対して、より深く生命倫理学の歴史的背景と今後の行方を考察した上で、家族や愛情の不在、自律、人間の尊厳という点に関してイシグロの『わたしを離さないで』を論じる。

3．生命倫理への挑戦

　生命倫理（Bioethics）という言葉と概念は、1970年代のアメリカにおいて癌研究者であるヴァン・レンセラー・ポター（Van Rensselaer Potter）により提唱された。それは、生命を表わすバイオと倫理を表わすエシックスの合成語であり、安楽死に関しての議論の中で生まれて来た。しかし、その後遺伝子工学が急速に発達してきたことにより、生命の意義を脅かす時代に入り、新たに倫理学的観点から考察しようとする運動により生命倫理学は新たな局面を迎え発展してきた。生命倫理学には、生命倫理を、倫理学自体が西洋哲学の古典から議論する学問として捉え（Kucrewski and Polansky x-xiii 頁）、そこからキリスト教的意義が加わったこと（Harris 2 頁）から構築されてきた歴史があった。しかし、時代と共に生命倫理学のグローバリゼーションが必要不可欠となり、各国だけでなく国を超えて探求されるべき学問として認識されるようになってきた（Harris 5 頁）。そこには、西洋中心的な議論だけではなく、古代と現代の境界線をつくらない仏教を生命倫理学に照らし合わせる理論も出た（Keown xiii 頁）。

　イシグロの『わたしを離さないで』は、この様な生命倫理学が白熱する時代に創られたのである。生命倫理学が取り上げる問題には、着床前診断などの遺伝子診断、中絶、人工妊娠、代理母出産、試験官ベイビーなど生殖に関わる問題から臓器移植、脳死、安楽死、尊厳死、遺伝子組み換え問題に至るまで生死に関わるあらゆる問題が含まれる。その1つにヒトクローン研究がある。

　それでは、この生命倫理学とはどのような学問であるかというと、定義が難しく、現代に至るまでこの生命倫理学とは何かということが、科学技術や遺伝子工学の発展と同時に問い掛けられながら、学問が進化してきたと言える。生命倫理学は「多次元的」であり、その学問の「内部にさまざまな物の見方があることからも、また生命倫理学が直面する問題自体の性質からも、1つの『生命倫理学』というものがあるわけではない」（ウーレット 34 頁）。生命倫理学は、哲学、民俗学、宗教学、社会学、法学など様々な分野において語られるわけであるから、1つの明確な正解があるわけではないのだ。しかし、その様な多次元的・多面的な学問には、軸となる重要な共通点がある。その軸と言うのは、生命の尊厳、個人の自律の

第6章　クローン人間政治学

尊重や人格の尊重であり、それらは一貫して不変である。

　生命倫理学は1970年代に学問として誕生したが、第二次世界大戦中のナチス・ドイツによる絶滅収容所で行われた人体実験が最も近い過去の事象として生命倫理学を創り上げる時の焦点になった（ウーレット35頁）。人類の歴史上、この最も残忍な大量殺人は、誤った優生学思想によって鼓舞され政治的に利用されたものである。生命倫理学者の1人は、生命倫理学は「ホロコーストの灰」から生まれたと主張するほど、ナチス・ドイツはユダヤ人、ロマ人、障害者や政治犯に対して医師たちが公然と非人道的な人体実験を行うことを奨励した。その結果、戦後のニュルンベルグ裁判において被験者の同意なくして人体実験を行うことを禁じるニュルンベルグ綱領が公布され、今日の研究倫理政策、さらには医療現場におけるインフォームド・コンセントの原理へと繋がった（ウーレット35頁）。生命倫理学の背景には、20世紀に人類が犯した最も残忍で大規模な人体実験があり、政治的葛藤と誤ったイデオロギーにより歪められた考えが存在したことがわかる。

　さらに、障害者やアフリカ系アメリカ人が肝炎ワクチン効果や梅毒の発生率に関する研究の被験者となった過去の事例が1970年代に暴露されたアメリカでは、ニクソン政権により国家委員会が設置された。それは、1979年には『ベルモント・レポート』としてまとめられ、「生物医学研究の倫理における基本原則は、人格尊重（respect for persons）、与益（beneficence）、公正（justice）の3つであるとした（ウーレット35-36頁）。この『ベルモント・レポート』は、民族的、階級的、社会的弱者が研究の犠牲にならない様な保護体制を強化すると共に、インフォームド・コンセントの法理へと広がり、臨床治療の現場において人格としての人間の重要性を確立させた（ウーレット37頁）。

　1970年代という、公民権運動や第一波フェミニズムが過ぎた時代において、根本的には変わっていない人種差別、性差別、そして貧困層に対する差別に基づいた「人体実験」が行われていたことは、アメリカという民主主義の国の汚点であったであろう。その後、生命倫理学においては、生死を巡る選別、即ち脳死の患者に人工呼吸器などの生命維持装置を使用し続けることの倫理的・道徳的な義務の有無を問い始めた。1976年のカ

レン・アン・クインラン事件の様に、死ぬ権利を巡り大きな社会問題となり、それが長期間にわたる裁判にまで発展する（ウーレット 38-39 頁）。これらの積み重ねられた議論の後に、インフォームド・コンセントの1部として尊厳死の概念と法律が生まれるが、各国により尊厳死に関する法律は異なる。

　この様な被実験者の保護や生死の選択に関わる生命倫理学を巡る事例に対して、遺伝子工学の画期的な発見や急速な発展により議論の対象が変わって来る。その延長上にあるのが、法律家で哲学者でもあるアンドリュー・キンブレル（Andrew Kimbrell）の『ヒューマンボディショップ』での議論であろう。彼が著書において鋭く指摘しているように、臓器売買や代理母ビジネスなどに代表されるような人体が商品化される時代が到来し、現代は、「経済的生物（ホモ・エコノミカス）としての人類の最後の到達点」に達した（福岡 5 頁）。特に、キンブレルは遺伝子工学に対して痛烈な批判をしている。

> 工学的手法と大量生産技術が生命現象の領域内部に深くくい込み、かつては神聖であった生命の聖典が侵されつつある。遺伝暗号が解き明かされ科学者たちが生命の設計図を書き換えつつある。遺伝子配列を添削し、編集し、あるいは組み立てて、ときに種をこえて連結を施し、第二の生命創造を企てつつある。そしてこれは、市場原理と商品化の力によって創り出された人工的な進化なのである。（福岡 4 頁）

キンブレルの議論は、「人体そのものを植民地化」することへの批判であり、それは近代資本主義の歴史において「人間の精神のなかのタブーを解体する過程における終章」だと言う（福岡 5 頁）。この議論の極端な例に、ヒトクローンの実現化と商品化があるのだ。イシグロのクローン人間たちが臓器提供者としてのみ生きるという点を考えると、それは臓器の植民地化であろう。

　キンブレルの議論に哲学的な論証を加えることにより、生命倫理学の構築に貢献する方向性が明確になる。特に、ドイツのミヒェエル・クヴァンテ（Michael Quante）は、生命科学が民主主義的価値にどの様な影響を与えているかを哲学的に反省することで理解が可能となると説き、「自律・

第6章　クローン人間政治学

自由・正義・平等・人間の尊厳・プライバシー・連帯、あるいはそれに加えて自然性や意のままにならないこと」が理解されるべき事柄だとした（10-11頁）。これらの項目は、前述の、生命倫理が多次元的でありながら、一貫して関与する事項と一致する。イシグロの作品が、科学的見地ではなく、この哲学的見地に立って構築されていることが仮定できる。この議論により、究極的には「民主主義的価値に含まれる価値の実質的内実を深く理解」することになり、「民主主義的に意志を形成し、そうした意志をもって、生命科学を民主主義的にコントロールしてゆく」必要性を説くことが可能となる（クヴァンテ13頁）。イシグロはフィクションの中に、この哲学的反省を内包させ、上記の民主主義的価値を奪われ奴隷と化したクローン人間を描いたと言える。

　では、クローン人間は、同じ人間のコピーなのか？ クローンとは、細胞が増殖する1つの方法であり、生物界では起こり得る現象であるという。しかし、これが人間に応用されると仮定して、クローン人間は本当に元の細胞を全て備えてコピーした人間なのか？ クローン人間と人格の問題がそこには存在する。

　クローンとは古代ギリシャ語で「小枝」という意味であり、そこから「挿し木」という意味に転じたことは一般に言われていることであるが、植物であれば挿し木で同じ遺伝子組成を持ったクローンを容易に造ることができる（響堂42頁）。ところが、生物学においては、クローンとは「"同じ遺伝情報を持つもの"という意味で使われ、遺伝子、細胞、個体など様々なレベルで用いられる。クローンをつくることを"クローニング"と言い、たとえば"遺伝子クローニング"の様に使われたが、ドリーの出現により「体細胞クローン動物」を指すようになった（響堂42頁）。

　ドリー報道により、各国はその対応に追われ、法律でクローン人間を造ることは禁止された。クヴァンテは、人間のクローニングには2種類の動機があるとし、その1つは子供がいない夫婦が子供を設けたいというような「物資調達的な動機」と、もう1つが「複製動機」だとする（159頁）。この複製動機に基づくクローニングが、最も危険とされるクローニングであり、誤ったクローニングの理解によりその結果が疑問視される。

　この複製の動機は、才能ある人物をもう1人造るとか亡くなった子供

の身代わりが欲しいということが考えられるが、それは不可能なのだ。何故かと言うと、クローニングにおいては、オリジナルの人間とクローン人間との間に100％の遺伝的同一性は起こりえないということと、人格の同一性は遺伝子によって全て決定されるわけでないからである（クヴァンテ159-60頁）。即ち、クローン人間が誕生したとして、全く同じ人格を持ち得ることは無く、即ち複製はできないということである。

　もう1つは臓器ドナーとなりうるクローン人間を造ることであるが、このクローニングもまた命と人格がある人間の道具化である。臓器移植は、「『人間改造』の最初に登場した」ものであり、臓器だけでなく様々なヒト細胞を移植できるようになり、治療が不可能とされた疾患に苦しむ人々に「福音」をもたらした（町田17-18頁）。しかし同時にそれは、ギンブレルが警告するように、人間の体や臓器が商業化されることに繋がった。クヴァンテは、物資調達的動機に関しては、「クローニングによって臓器ドナーとなりうる人間を生み出そうというのであれば」、誤ったものではないと主張する（160頁）。しかし、この物質調達的動機はクローンの「道具化」であり、個としてのクローンの否定であり、人格の否定である。クヴァンテは、それに対して、「部分的な道具化は、クローンが伝記的同一性を現実に形成することと衝突しない」と言う（167頁）。それに加え、クヴァンテは次のように結論付ける。

　　間違いなくクローニングは、疎外された労働と同様に、さまざまな生活状況と生存条件とに連関している。そしてこうした状況や条件が生み出しうる道具化の規模によっては、自律的なパーソナリティ形成が困難になり、妨げられさえするだろう。しかし、このことは条件や状況に相対的であって必然的ではない。さらに人格の同一性に関する焦点を、規範的な自己理解と自然理解とに関する問題へと拡大するならば、もちろん動物のクローニングをも含む（人間のクローニングも含むであろう）自然の技術化の増大という点こそが、倫理的に重大な観点のひとつとなるだろう。（グヴァンテ167-68頁）

この臓器ドナーという道具化としてのクローニングと人格を巡る議論持つ複雑な構造こそが、イシグロが描きたかったことではないのだろうか。

　さらには、優生学の考えがこのクローニングに付加されると、さらに人

第6章　クローン人間政治学

間の尊厳や個性を脅かすことになる。優生学がそこに応用されると、ナチス・ドイツが行った劣勢とみなした者を撲滅させ、優生である者のみをクローニングするという極端な事例を生み出すことになるのだ。20世紀末に急速に進んだヒトゲノム解読により、実際に臨床の場において、特に生殖に関わる分野で、遺伝子操作が行われることになり、そこに優生学が必然的に組み込まれることになる。

> 遺伝子を入れ替えると危険なことが起こる可能性も大きいから、遺伝子改変はまだまだ先のことだ。だが、好ましい受精卵を作ったり、選んだりすることはすでに行われている。好ましいと思う性格をもったドナーから卵子や精子をもらってきて、人工授精を行うことが認められている国はアメリカ合衆国を初めとして少なくない。
> また、多様な遺伝子組成をもつ受精卵のなかから、好ましい性別の卵（胚）を選んだり、障害を持つ可能性が高い卵を排除したりすることは、着床前診断（PID、PGD）とよばれてすでになされている。体外受精をしなくても子どもが産める夫婦が、わざわざ体外受精をして受精卵を調べ上げ、自分たちが好ましいと思う遺伝子特性をもつ受精卵を選び取って子宮に着床させ生み出すことは可能である。需要に応じるままに任せてほうっておけば、大々的に行われるようになるだろう。そうなれば、人々の遺伝子組成はある傾向をもった方向へと変化していくに違いない。（島薗進、「はじめに」9頁）

好ましい遺伝子のみを選ぶという行為は、つきつめると優生のみの種を存続させるという極端な傾向を生み出すのだ。この体外受精における遺伝子の選択はすでに実現化されており、人間は生まれつき異なる能力を持って生まれてくるという原則をすでに崩している。競争社会において、能力中心主義は当然のことである。しかし、人はそれぞれ異なる能力を持ち、それが個性であろう。ナチス・ドイツによる優生学に基づくホロコーストの教訓から現代人は多くを学んだはずであるにも関わらず、優生学的思想は決して消滅することはないのである。

この様に生命倫理学が現在まで進化し、発展してきた背景には、それぞれの時代に社会が抱えていた生命を巡る危機感が存在した。20世紀から21世紀にかけては、遺伝子工学の急速な進化と発展により、議論が多元的になり、倫理に基づく規制の必要性が不可欠となった。議論の中では、

人間性を破壊することへの脅威、怒り、そして限りなく深まる悲しみが根底にはあるのだ。その議論の一端を、文学が担ってもよいのではないか？『わたしを離さないで』は、その様な生命倫理の行方を追っている物語なのである。

4. 生命の証と怒りの行方

　『わたしを離さないで』の中で最も印象的なことは、キャシー・Hの淡々とした語りの中に、読者は生命の証を感じ、さらに根底には押さえつけられた怒りが存在することを察知することである。キャシー・Hは、当事者として生命倫理を内側から語っているのである。その語りは、死ぬということを目的に生まれて来たクローン人間が絶望さえも持つことができず、死の宣告が下るまで少しでも長く生きようとする悲哀に満ちた語りなのだ。この語りを、「お役所的語り（"bureaucratic narrative"）」（Johansen 416頁）とみなすことも可能だろう。しかし、クローン人間の内的葛藤は、キャシー・Hの分身のようなトミー（Tommy）とルース（Ruth）がキャシー・Hの語りを補うかのように描かれていることで、バランスが取れている。そして、ヘールシャムでの共有する記憶を確認することで3人は繋がっており、クローンとしての集合的記憶は「人間に奉仕することへの苦境の証（"testimonies to their plight in servitude to humankind"）」としての役割を果たす（Teo, "Testimony" 127頁）。子供時代のトミーの癇癪やルースの狡猾さは彼らの怒りの表象であり、キャシー・Hの抑圧された自我と表裏一体なのである。キャシー・Hは、2人の感情の揺れを手に取るように理解し、先まで事の成り行きを読み込んで、まるでナビゲーターの様な役割を果すのである。

　この集合的記憶の当事者の中で、特に破壊性や怪物性を最初から最も激しく出してきたトミーに対して、負の感情を可能な限り抑えている人物がキャシー・Hである。その2人の対峙は、クローン人間が持つ両極性の対峙であり、2人の人生を重ね合わせなければ理解できない。トミーの年少期の動物的な癇癪は、実は、最初から全てがわかっていたからだとキャシー・Hは自問自答する。そのわかっていたことというのは、自分たちはクローン人間で、両親も家族もいないだけでなく、子孫を残すことも許さ

第6章　クローン人間政治学

れず、他者が生きるためにのみ存在し、その使命が終わると死を迎えるということである。トミーの怒りに満ちた子供時代はキャシー・Hのフィルターを通して語られているが、それは彼女の記憶の中で肥大化した真理なのである。

　キャシー・Hの記憶の中で、トミーの癇癪は13歳の時のサッカーのシーンの頃のピークから遡り、その根源が幼い頃にあったことを思い出す。それは、トミーが長い間いじめや嘲笑の対象であったことで、驚きと共に戦慄が走る重要な出来事であった。トミーへのいじめは日常化されており、彼を助ける者も理解する者もいない。その孤立した状況の中で、トミーの癇癪は嘲笑の的となり、トミーは荒れ狂う。

　　…。トミーが大爆発し、それが合図のように男の子たちは大声で笑い出して、南運動場に向かって散っていきました。トミーも後を追うように二、三歩踏み出しましたが、あれは怒って追いかけようとしたのでしょうか。取り残されて慌てただけなのでしょうか。いずれにしても、すぐに立ち止まり、顔を真っ赤にして、男の子たちの去った方向をにらんでいましたが、やがて叫びはじめました。無意味な罵りと悪口の奔流です。（*NLMG* 18-19 頁）

いじめのピークにあった時のトミーの怒鳴り声は、「空に向かい、風に向かい、近くのフェンスの柱に向かい、手足を振り回しながらわめき」続けるもので、しかも一言わめく度に「片足を地面から持ち上げ、外に突き出す」ために「犬のおしっこ」とさえ言われる（*NLMG* 19 頁）。完全に自己を喪失したその異常な様相は動物的なものとして記憶され、トミーへの残酷なほどのいじめに対する同情さえも起こらない。トミーの癇癪はヘールシャムの負の伝説となり、治ることが無い精神的病とも言える自己爆発だった。

　キャシー・Hにトミーが心を開くきっかけが、トミーが癇癪を起している最中に彼の汚れたシャツを気にして声をかけたキャシー・Hのトミーに対する真摯な姿勢である。この時のことをキャシー・Hは「干渉」と呼ぶが、そこには思いやりと気遣いがあり、トミーを1人の人間として尊重している態度があった。キャシー・Hの突然の尊厳に満ちた自分への態度に率直に答えることができないトミーは、驚いて払いのけた腕がキャ

シー・Hの頬に当たってしまう。トミーは、キャシー・Hを傷つけたことを認め、反省し、謝罪し、他者を信頼するようになり、成長する。同時に、キャシー・Hは、トミーへのいじめが年少組あるいは幼少時代から続いてきたことを知り、驚愕するのであるが、トミーへのいじめが始まったきっかけを知り、それをトミーと確認するまでに急速に彼との信頼関係を構築する。

　幼い頃に描いたトミーの象の幼稚な絵の事件が発端となり、トミーは長い間辛辣ないじめの対象となり、疎外感、不信感、孤独感に苦しんできたのである。キャシー・Hのトミーへの歩み寄りがトミーを変えていき、ついにトミーが癇癪を起す頻度が減り、トミーは我慢をすることを学ぶようになる。そして、キャシー・Hがトミーと秘密を共有できるまでの信頼を勝ち得たことは、キャシー・Hの子供時代にも影響を与えた。

　トミーの癇癪が収まった原因は、キャシー・Hとの友情関係の構築と同時に、ルーシー先生（Miss Lucy）からの聴いた絵に纏わる話にもあった。ルーシー先生がトミーに言った「絵を描きたくなければ描かなくていい」（*NLMG* 39頁）という言葉には、絵が不得手なことがきっかけとなっていじめの標的となり、他の生徒たちが競って「展示館（"The Gallery"）」級の絵を描こうとする中で、トミーの立場を正当化しようというヘールシャムの理念に対する反抗的な精神が含まれている。「展示館」級の絵を描くことを拒否するトミーは、変わり者というだけでなく、無能とみなされているのだ。

　キャシー・Hは、曖昧で断片的な記憶の中で、トミーには象の「絵の一件よりもっと前に遠因」（*NLMG* 34頁）があったことを思い起こし、トミーが長い間ヘールシャムの理念から逸脱した生徒であったことを認識する。同時に、13歳のトミーにルーシー先生が、「怒りで震え」ながら「ほかの生徒たちや保護官がトミーを罰したり、描けと圧力をかけたりするのは、間違っている」（*NLMG* 46頁）と言ったことは、トミーの心に深く残る。また、ルーシー先生が、ヘールシャムの子供たちは「ちゃんと教わっているようで、教わっていない」（*NLMG* 48頁）と言ったことは、トミーに将来への疑問を残す。トミーの怒りはルーシー先生の怒りと重なり、トミーとルーシー先生の間の暗黙の了解はヘールシャムの教育をめぐる反乱

であったのだ。

　トミーが自分は「少しは成長した」（*NLMG* 39 頁）と自慢する原因である、トミーが交わしたルーシー先生との「奇妙な話」（*NLMG* 62 頁）は、キャシー・H の中でで十分に理解されないまま、ヘールシャムの残酷な無垢な子供時代が終わるのである。しかし、トミーとキャシー・H の記憶のどこかにそのエピソードは存在し続ける。2 人には、ルーシー先生が能力主義に基づき見せかけの正義によって支えられているヘールシャムにいかに落胆し、憤慨し、苦しみ、そしてトミーというその最も悪い実験結果をもたらした被験者に、それを暴露してしまうという行為の意味は、理解できない。

　もう 1 つの怒りは、いじめの加害者としてのルースがキャシー・H の気質を利用しては傷つけ、嘘で固めた自分の優位性を常に正当化し、故意にキャシー・H からトミーを奪って恋人にするという行為の中に見られる。

　ルースに関することはキャシー・H の「ぼんやりとした記憶」（74 頁）の中にあり、それは幼年期、おそらく 5、6 歳の頃に感じたルースの猛烈な怒りであった。

　…、たぶん、幼年組の運動場の砂場だったろうと思います。それか、北運動場にある走り幅跳びの砂場だったでしょうか……。いずれにせよ、わたしは暑くて、咽が渇いていて、人の多さに不機嫌でした。そのとき、ふと、ルースがそこに立っているのに気づいたのです。いえ、砂場の中ではなく、外。わたしたちから数フィート離れたところに立っていて、とても怒っているようでした。どうも、わたしの後ろ辺りにいた女の子二人との間に何かがあったらしく、立ったままその二人をにらみつけていました。当時、わたしはまだルースのことをほとんど知らなかったはずですが、それでも、印象だけはかなり強烈なものを持っていたのだと思います。というのも、ルースの視線がわたしのほうに向けられるのが怖くて、わざとらしいほどに砂いじりに精を出しはじめたのを覚えていますから。（*NLMG* 74-75 頁）

ルースとトミーは実は非常によく似ており、その 2 人の怒りがそれぞれの性格や他者との関係の持ち方に影響を与えている。ルースの怒りの爆弾は習慣的であり、周囲の生徒に危険性を察知されていた。しかし、7、8

歳の頃にルースとたまたま一緒に遊ぶことになったキャシー・Hはルースに話しかけられて遊びに誘われたことを嬉しく得意げになったと思い出していることから、ルースがすでに女子の中で一目置かれた存在であり、今で言ういじめっ子のリーダーになっていたのだ。後に13歳で癇癪のピークを迎え、他者との関係が悪化していたトミーに関して、ルースは「原因はトミー自身」（*NLMG* 32頁）にあると冷淡に言い切るが、それはルース自身のことでもあるのだ。
　キャシー・Hの記憶の中で、ルースの嘘と罠は巧妙で、しかもキャシー・Hはそれを認識していながらもルースとの関係を保ち続けたことが思い出される。ルースが隊長であるヘールシャムで一番人気があるジェラルディン先生の「秘密親衛隊ごっこ」に入れてもらえることが、何故か特権のようになっている。女王のように振る舞いたいルースは、その先生から筆入れをプレゼントされたことをほのめかすが、それはルースの嘘のシナリオに基づいている作り話に過ぎない。そのほのめかしに対して、キャシー・Hは嘘であることがわかっていても、「衝撃」を受け、「動揺」するが、それを言葉で確認することを避ける（*NLMG* 91-92頁）。その背後には、ルースの高慢さに誰も逆らえないことが示唆されている。ルースとの関係を構築する中でキャシー・Hも良い意味で共存する方法を見つけていくが、決定的にルースを追い詰めたり、嘘を認めさせたりすることは回避するのである。
　しかし、成長の過程で、キャシー・Hにとって、ルースの波長に合わせることとトミーとの秘密の共有が同時に起こる。何事においても人に負けたくないルースは様々な手を使ってキャシー・Hからトミーを引き離す。トミーを笑いものにすることにキャシー・Hを引き入れ、キャシー・Hの宝物であった音楽テープを盗み、そしてルースは最終的にトミーと性的関係を持つことでキャシー・Hから引き離す。その上、キャシー・Hが誰とでも性的関係を持つという嘘をトミーに吹き込むことによって、トミーがキャシー・Hのもとへ行くことを阻止するのだ。これらはルースが幼少期から持ち続けた怒りが原因であり、彼女の言葉の暴力と陰険な仕打ちにキャシー・Hとトミーは苦しむことになる。
　自分の遺伝上の親である「ポシブル」を探しに行った時も、ルースは、

第6章　クローン人間政治学

　実際は期待に胸を膨らませていたにも関わらず、その女性が自分のポシブルではないと確信するや否や、辛辣で暴力的な言葉で怒りを露わにする。最終的に、ルースに苦しめられたキャシー・Hは、全ての介護人がさじを投げたルースの介護人となり、最後を看取る。死を前にして、ルースはキャシー・Hに許しを請い、トミーとキャシー・Hこそが本来は愛し合うカップルで、彼らのために探し当てたマダムの住所を渡し、2人が猶予の対象となることを祈る。家族という肉親がいない彼らは、「それに代わる同族関係（"an alternative form of kinship"）」を構築していたのだ（Carroll 65頁）。ルースの限りなく続いた怒りは、トミーの怒りと同様、自分の居場所、心のよりどころ、そして愛の不在に対する反乱だったのである。
　この年少期のトミーの癇癪や反抗的な態度は、未来が遮断され社会的不平等で不当な立場にいる自分たちの人生に怒りをぶつけているということを暗示しているものであり、PC（political correctness、政治的公正）提言とも取れる（Robbins 298頁）。また、ルースの歪んだ嘘で固めた自意識過剰な性格もまた、未来が遮断されていることへの反感からくるものであろう。
　それに対して、語り手であるキャシー・Hは、ヘールシャムが創り出した優等生で、その教育効果の結果、最も理想的な介護人なる。彼女は多くの難しい臓器提供者たちの最期を看取り、最も大きな課題となった、彼女を抑圧する直接的原因でもあったライバルで意地悪なルースやそのルースになびいたトミーの介護人として、彼らの最後を看取る。この過程で彼女は看取りのプロとなっていく。看取りとは望まれる職業ではなく、ましてやクローン人間の看取りをする普通の人間はいない。この「介護者（"carer"）」という仕事は自由に選択した仕事ではなく、クローン人間に唯一許され義務付けられた職業であり、最悪の仕事なのだ（Rollins 352頁）。キャシー・Hが介護者として看取りの仕事をまるで天職のように思い、誇りにさえ思っているところに底知れない悲しみがある。そしてキャシー・Hが看取りの極地に到着した時に、皮肉にも自らが臓器提供者として秒読み段階に入って行く。このキャシー・Hを通じて、私たちは人間という世にも恐ろしい怪物が創り出したクローン人間に、真の人間性を見出すのである。

カズオ・イシグロに恋して

　ヘールシャムという強制収容所を卒業し、コテッジという短期収容施設を出た後は、臓器提供をしては回復センターという名の絶滅収容所に収監されるクローン人間は、その過程で命の証を残すことを期待されていない。キャシー・Hは半独立した介護人となるが、臓器提供を待つ間にまるで渡り鳥のように町から町へ移り住む移民なのである。そして最後には、まるで季節労働者の様に町から町へ移り行き、根無し草となり、人間らしい安定した生活を望むこともできず、結婚や子供を持つことも許されず、他者と深く関わることもできないという生活を淡々と送る。恋人もなく、家もなく、ヘールシャムの同窓生の中では最も長く生きながらえようとしている。死への扉である回復センターで同じクローン人間の臓器提供者の介護を続けるキャシー・Hの語り自体が、生命の証でありながらも、その生命が持続しないという運命が最初から想定されているために、語っている彼女自身が死へと近付きながら、引き伸ばされているのだ。その語りの中に怒りが無いということが大きな問題なのである。クローン人間は、人間の誕生に関わる神秘な世界から別のルートで生を受け、最初から生きる意味が死ぬということで決定されており、人生の選択の自由が無く、さらに自分が置かれている立場や状況に対して社会に訴え出ることもできない。

　生命の証と怒りが最後にクロスする瞬間こそが、この小説に渦巻くクローン人間たちの感情のピークであろう。クローン人間の怒りは、トミーが死を目前に生命を延長する可能性が断ち切られた時に最も象徴的に表れるが、実はその怒りを導いてきたのはキャシー・Hであり、その根底にはヘールシャムで語り継がれた神話が存在する。小説の終盤に描かれているトミーの怒りと絶望に満ちた叫びの場面は、キャシー・Hという目撃者により語られるが、その冷静な目撃証言の中に悲劇性が存在する。それは、3度目の臓器提供が終わったトミーと彼の介護人であり、彼の恋人となった31歳のキャシー・Hが体験することである。2人は、トミーが最後の臓器提供に入る前に、最後の望みである生存期間の猶予を求めに、ヘールシャムの生徒たちのすぐれた作品集が収集されていると信じられていた「展示館」を持っていたマダム（"Madame"）と呼ばれていた女性の処を訪問する。このヘールシャムの「展示館」は生徒たちの中で神話となり、そ

第6章 クローン人間政治学

こに彼らの生きる証を保存している様な希望的観測がされていた。

この「展示館」の神話は、ヘールシャムを卒業し、臓器移植が始まる前まで滞在するコテージにおいて、他の学校の出身者から羨望の表情ではっきりと語られた時から、ヘールシャム出身者にとって、意識の下に捕りついて離れないシナリオと化していた。ヘールシャム出身のキャシー・H、トミー、ルースを前に、ヘールシャム出身でないクリシー（Crissie）とロドニー（Rodney）が次の様に話す。

「こういうことらしいの。男の子と女の子がいて、二人が愛し合っていて――ほんとうに、心底、愛し合っていて――それを証明できれば、ヘールシャムを運営している人たちが何とかしてくれるんですって。いろいろと手を回してくれて、提供が始まるまでの数年間、一緒に暮らせるようにしてくれるんですって」（*NLMG* 236頁）

この猶予の噂話に関してコテージでは何度か過去にも聞いていたが、猶予がいかに切実な問題かということを本当に理解できたのはこの時点であったとキャシー・Hは思い出す。この噂話の中で丸々3年間の猶予をもらった先輩の具体例が出てくるが、計画を練った上で3人にタイミングを見計らって話すクリシーとロドニーには、恐れ、希望、として緊張の表情が読み取れたとキャシー・Hは語る。そして、この噂話を投げつけられたヘールシャム出身の3人にも、同様に、恐れ、希望、そして緊張という感情が、温度差こそあれ沸き上がってくる。

残酷な噂は希望を絶望に変え、最後にトミーにより集約された怒りが爆発する。この猶予の噂が大きな幻想であったことがわかり、絶望のどん底に突き落とされたトミーが、キャシー・Hと共にマダムの家から帰る途中、闇の中に消え、荒れ狂い、全身で怒りを表現し、一瞬怪物のような叫びをあげる場面がある。これは、全てのクローンの苦悩と悲哀を含んだ叫びである。その時の様子が、キャシー・Hの視点から語られる。

…、外に出るときの様子に何か断固としたものがあり、たとえ吐くにしても、自分だけで始末したいと望んでいるかのようでした。ともあれ、最初の叫び声が聞こえたとき、わたしはまだ車の中にいて、丘のもう少し上まで移

動したほうがいいだろうかと考えていました。
　最初はトミーだとは思いもよらず、藪に潜む殺人鬼を思い浮かべました。二度目、三度目の叫び声がしたときは、車から出ていました。(*NLMG* 418 頁)

暗闇の中で聞こえてくる人間の声とは思えないような叫び声は、絶望に陥った人間が発する最後の叫びである。そして、同じ絶望に陥っていたキャシー・Hがその声を聞き、その姿の証人となり、記憶に留めるのである。

　　…。月は満月ではありませんでしたが、辺りが見えるほどの明るさがあり、少し行ったところ、急斜面の始まる辺りにトミーの姿が見分けられました。トミーは荒れ狂っていました。喚き、拳を振り回し、蹴飛ばしていました。(*NLMG* 419 頁)

まるで月の光の中で荒れ狂う狼男の様に凶暴となり、トミーは人間とは思えないような奇声を発し、怒りの矛先を向けるところさえ持たない怒りの塊と化す。真っ暗な田舎道の中をヘッドライトの明かりだけを頼りに走るキャシー・Hの車は、絶望という底なし沼に2人を連れて行く。さらにその闇の中に2人が紛れ込んで行くことは、それまで30年少しの年月を生きた軌跡を残した空間を超えてやっと到達した希望ではなく、限りなく続く心の闇の奥なのだ。この闇の中で荒れ狂うトミーを探し、月の光の中にトミーの姿を見つけ出したキャシー・Hにとって、トミーの叫びは自分自身の心の叫びと重なるのである。
　生命の証は、その可能性が限りなくゼロに近い状況の中で、求められては裏切られるものとして作中で語られる。繰り返される希望と絶望の渦の中で、キャシー・Hの語りは怒りさえも超越した境地へとたどり着くのだ。

5．人間の尊厳を求めて
　ヘールシャムが生み出した最も残酷な「展示館」の神話である「猶予の噂」は、怒りを希望に変えるが、最後は絶望へと陥いれられる。この中で、常に疑問視されるのはクローン人間には人間の尊厳が認められている

第6章　クローン人間政治学

のかどうかという点である。加速する遺伝工学の発展に伴い、生命倫理を議論する上で全ての国や状況に当てはまる1つの答え、「グローバル・スタンダード」を見出すことはより困難となった現在においても、生命倫理における最も重要なキーワードは「生命の尊厳」である（町田22頁）。クローン人間を造ることに対して最も危険だとされることは、「『人間の尊厳に反する』、『尊厳を傷つける』」ということだと言われてきた（上村112頁）。この人間の尊厳とは、フランスの生命倫理諮問委員会の報告によると、人間の尊厳の「中核をなす概念が、『個人の唯一性と自律』」であり、まず最初に考えるべきことは、クローン技術で誕生する子供の尊厳の問題だという（上村112頁）。

　生命の尊厳を考える上で議論の回避できない出発点は、生命はいつ始まるのかということである。多くの日本の医学者は、この点に関して一貫した考えを持っている。

> 要するに、授精、つまり一つの卵に対して何億という精子の中から選ばれた一つの精子が授精をするという時に得られる組み合わせというのは本当に偶然であって、これはもうとても科学では解明できない。そこで得られたあるゲノムとゲノムの組み合わせというのは決定的にユニークである。その決定的にユニークなゲノムの組み合わせが、いったん授精したことによって成立した後、それが分裂していくプロセスそのものは、完全にユニークな組み合わせの結果として生まれてくるものであるというわけです。（村上105頁）

授精という生命の神秘はいまだに完全に理解されていない、神の行いに近いことなのである。この行為を全く踏まずに生まれてくるのがクローン人間である。そして、クローン人間が一般の人間と決定的に異なることは、細胞によって生まれたクローン人間には元から家族が無く、存在自体に愛が無い点である。人間の誕生は、科学では予想できない神秘なものであり、その人間の生殖に関わる愛の行為や授精そのものが人間の尊厳の根幹を支えるものであると言ってもよいだろう。

　誕生の瞬間だけでなく、成長の過程においてもクローン人間は人間の尊厳を奪われた存在なのである。クローン研究を考える際に、受精を経てそのまま成長すれば人間になるヒト胚をどのように捉えるかが議論の鍵とな

る。人とヒト胚に関する議論において、ヒト胚が人間の生命の萌芽として位置付けられてはいるが、ヒト胚に人と同様に同じ尊厳が与えられるべきかどうかということには賛否両論ある（島薗、『いのち』32頁）。ヒト胚には命があるが、人なのかどうか、あるいは人間の尊厳がそこにあるのか？

　現代の生命操作をめぐる技術が急速に発達する中で、「ヒト胚への操作的介入は、やがて人になりゆくヒトの『だれ』を変更する可能性」があり、そこに「怖れや不安の根」がある（島薗、『いのち』28-29頁）。それに対して、ヒト胚は人間そのものではないという理由から、ヒト胚を生命操作などで「手段化」することは、「ただちに『人間の尊厳』を侵す行為にはならない」という考え方もある（島薗、『いのち』34頁）。しかし、ヒト胚を科学技術で操作することに関して、「生命科学・技術の現在は、生死という、人が人として負わされた、生命のもっとも基本的な条件や、『人である』ことの意味、個人のアイデンティティの根拠、さらには社会秩序の根幹にかかわるものである」点が重要なのだ（島薗28頁）。小説の最後で、再会したエミリ先生が、クローン人間は「試験官の中のえたいの知れない存在」（*NLMG* 399頁）と定義して、マダムに同意を求める場面があるが、マダムは同意することを躊躇する。そこには、クローンヒト胚は、ヒト胚と同様に、成長して人間となるかどうか、人間の尊厳は守られるものかどうかという葛藤が暗示されている。

　では、クローン人間には子供時代はあるのか？　そしてクローン人間の子供たちには人間の尊厳があるのだろうか？　エミリ先生は最後にクローン人間を人間として認めていないにも関わらず、キャシー・Hとトミーに「あなた方には子供時代があった」（*NLMG* 409頁）と断言するのは、ヘールシャムに代表される彼女たちの運動を正当化するためなのであろうか。

　『わたしを離さないで』の出発点はヘールシャムという寄宿学校であり、そこには子供の世界が描かれている。ヘールシャムはクローン人間の子供たちが過ごす寄宿学校としては最高のものであると設定されており、キャシー・Hはそれを誇りにさえ思い続け、またヘールシャムを出た後は懐かしむのである。さらに、ヘールシャムを出てからは、ヘールシャム出身ではないクローン人間たちが、ヘールシャムに羨望の念を抱いている

第6章 クローン人間政治学

ことを知ることでヘールシャムの優位性を確認する。介護人となったキャシー・Hは、死を前にしている彼女の患者にせがまれて、ヘールシャムの話をする時に、それがクローン人間にとって理想の子供時代だったことを認識する。

  長い年月の間には、ヘールシャムを忘れようと努めたこともあります。振り返ってばかりいてはだめ。そう自分に言い聞かせもしました。でも、あるときを境に、無理に忘れようとするのをやめました。それは介護人として三年目、ある提供者の世話をしていたときのことです。三回目の提供を終えたばかりの人でした。経過がよくなく、もう長くないことが自分でもわかっていたと思います。わたしがヘールシャム出身であることを話すと、思いがけない反応が返ってきました。呼吸をするのもやっとという状態でしたのに、わざわざわたしのほうを向き、「ヘールシャムか、きっといいところだったろうな」と言ったのです。(*NLMG* 12 頁)

キャシー・Hは、この提供者の最後の時間をヘールシャムでの思い出話で満たした時に、この提供者は「自分の子供時代のこととして」ヘールシャムを「思い出したかった」のだと理解する（*NLMG* 13 頁）。この理想的な子供時代の疑似体験が死にゆくクローン人間の提供者には、子供の尊厳が自分にもあったことを信じることで最後まで生きる気力となったのだ。キャシー・Hは、この効果を、「眠れない夜、薬と痛みと疲労で朦朧とした瞬間に、わたしの記憶と自分の記憶の境がぼやけ、一つに交じり合うかもしない」（*NLMG* 13 頁）と思う。そこには皮肉にも、子供時代を奪われたクローン人間と見せかけの子供時代を受容したクローン人間の悲哀が重なり合っているのだ。

見せかけの子供時代を与えてくれたヘールシャムを卒業したキャシー・Hにとって、ヘールシャムで過ごした子供時代が幻想の世界と化す。しかし、その「幸せだった」（*NLMG* 13 頁）と記憶にある恵まれた環境が夢物語となり、死にゆくクローン人間にある意味で光を与えることになることをキャシー・Hは知り、できるだけ彼らの希望に沿うように試みる。それでは、ヘールシャムの子供たちには人間としての尊厳があったのであろうか？クローン人間の子供時代は、たとえそれがヘールシャムという特別

なエリート校において過ごされたとしても、クローン人間の子供収容施設にすぎない。彼らの子供時代を守ってきたヘールシャムは、彼らの将来の現実を考慮に入れると、「申し分ないどころか有害（"more harm than good"）」であるとも言える（Teo, "Testimony" 133 頁）。

　ヘールシャムでは、普通の人間の子供たちを教育する様に各教科、体育、芸術などに力が注がれる。表面的には「人道的教育のモデル（"a model humanizing education"）」（Snaza 215 頁）を提供しているヘールシャムは、最初からクローン人間の子供たちを裏切っていたのである。その教育は子供たちの将来設計のための教育ではないのだ。さらに、ヘールシャムで掲げられた理想とその成功が、有能なクローン人間のみを生産するというエンハンスメントに利用され、最終的にヘールシャム閉鎖という結果をもたらす。ヘールシャムの子供時代は、見せかけの理想主義と恐ろしいエンハンスメントをもたらす危険な子供時代だったのだ。

　ヘールシャムにおけるクローン人間の優等生教育は、究極的には優秀なクローン人間のみを生み出す可能性を生み、最悪の場合、何人ものヒトラーを生み出すことさえも可能となる危険性を孕んでいた。つまり、生命倫理におけるエンハンスメント問題に通じるテーマが、ヘールシャムという実験校に存在する。エンハンスメントとは、改良すること、増強すること、強化すること、高めることという肯定的な意味だけでなく、悪化や行き過ぎという否定的な意味を含む（生命環境倫理ドイツ情報センター編 4 頁）。そして生命科学や医学においてエンハンスメントとは、身体の特定部分を強化する身体的エンハンスメント、記憶の様な認知能力を向上する知的エンハンスメント、さらに特定の行動特性を矯正する道徳的エンハンスメントがあり、現在では遺伝子技術だけでなく、ホルモン剤、向精神薬、美容外科、ドーピングなどがその具体的な事例となっている（生命環境倫理ドイツ情報センター 4 頁）。

　これらの実現可能な技術を悪用すると、デザイナーベイビーを造り出すなど、人間の尊厳を破壊するような世界を構築することができる。人間の遺伝子の設計は誰によってもなされるべきではなく、子供の将来は「遺伝上のめぐり合わせによって左右」されるものであるが、元来持病や遺伝性疾患を持つ患者への医療的な試みとして開発された遺伝子操作が、「消費

第6章　クローン人間政治学

者の選択に委ねられた人間改良のための道具として」、人を引き付けている事例もある（サンデル 10-13 頁）。もう1つ、エンハンスメントに関する議論の中で重要な点は、ナチス・ドイツが優劣という二極化の中で実践した様に、人間の劣る点や弱さを否定することだという（松田 192 頁）。

> エンハンスメントをめぐる問題は医の使命や職業倫理をはるかに超える深い射程をもっている。ここには、どのように自己を形成し、おのれの人生を創っていくかという生き方が問われている。さらには、自然の限界を次々に突破していく「力強い人間」像の上に社会を運営していくのか、それとも人間の〈弱さ〉を認め、「か弱き存在」という人間像の上にアイデンティティと人間社会の持続性を確保しようとするのか、も問われている。それは、われわれがどのような社会に生きることを望むのか、という社会選択の問いでもある。（松田 193 頁）

競争社会の中で優劣が問われ、優れた者や強い者が生き残っていくとすれば、そこには人間性を否定する考えがあるのだ。人間の価値は、困難に対峙した時、悲劇に直面した時、そして「『不条理な』運命」にさらされる時に、人間は互いに助け合ったり、人生の深さを感じたりする機会を得ることを考えると、「『弱さ』がもたらす価値」を評価する必要がある（松田 192 頁）。『わたしを離さないで』において、クローン人間は他者のために臓器提供をするために造り出されていたにも関わらず、ヘールシャムがそれを超えるエンハンスメントの領域に侵入したがために危険視される。そこには、人間という優秀で強い存在に対して、それを超える強いクローン人間を造りあげることへの脅威と共に、弱者を排除する思想が根底にあることが示唆されている。クローン人間は、排除される弱者でなければならず、決して強者になってはならない存在なのである。

キャシー・Hにとって子供時代の思い出として最も重要であるヘールシャムは、最も綿密に計算されて造られたエンハンスメント実験室であった。その館は、まさにイギリスに伝統的に存在する特権的な寄宿学校であり、そこは有能なイギリス国民を養成することを目標に掲げた質が高いカリキュラムが提供されることで知られている。ヘールシャムの特権性には、中世から続く伝統的な階級制度が暗示され、生徒や卒業生は同窓

意識が極めて高く、逃げ出すことも表面的に反抗することも無い（Toker and Chertoff 165 頁）。中世からイギリスのエリートを輩出してきて、イギリスの教育の規範となった寄宿制のパブリックスクールのリモデルであるヘールシャムは、クローン人間世界に創設されたエリート校なのである。生徒たちは、クローン人間として臓器提供まで肉体的に健全に生き、その後は先に臓器提供した同胞の介護者となり、最後に自らが提供者となるという一貫した価値観のもとで徹底的に管理され、育成されるのだ。

　その上で、ヘールシャム独自の教育目的は、クローン人間の子供たちに普通の人間の子供たちに与える様な最高の教育を受けされることであり、その点で他のクローン人間の子供たちが育成されている施設とは異なる。語り手のキャシー・Hは、この教育の成果を代表する優等生であり、臓器提供に対して反感を示すこともなく、その残酷な運命を受け入れる以外の選択肢を考えることもなく、死を前にしてこのヘールシャムの楽しかった思い出を語る。寄宿学校を舞台とした文学作品は、『ジェーン・エア（*Jane Eyre*）』や『小公女（*Little Princess*）』、さらには『ハリー・ポッター』シリーズ（*Harry Potter*, 1997~）に至るまで、珍しくはない（Godwin 57 頁: Hensher 32 頁）。寄宿学校自体がイギリス社会とイギリス人教育を表象する機関であるのだ。イシグロ自身は寄宿学校を、現実の世界から子供時代を守るシャボン玉のようなものだと言っている（Grigsby Bates 199 頁）。このシャボン玉というのは、一瞬のうちに壊れる夢の様な時間を表わしている。寄宿学校がシェルターとしての役割を担いながらも、クローン自体が「社会慈善の意義がある実験台」（Sayers 27 頁）である限り、ヘールシャムはシャボン玉でできた幻の館なのだ。つまり、そのヘールシャムのエリート性には、本来のイギリスの寄宿学校が持つ特権的で排他的な優位性への皮肉が込められ、小説ではクローン人間への無理解を打破するために立ち上げた運動の産物として提示されており、そこにはクローン人間であっても心身ともに健全で知的生産が可能であるということを証明する上で生み出された薄っぺらな理想しかない。

　ヘールシャムの理想的育成を支えたのは、充実した設備、カリキュラム、先生という名の保護官、そして作品を出す「展示館」の存在であった。設備の良さは他のクローン人間収容施設の中でも群を抜いてお

第6章　クローン人間政治学

り、イギリスの典型的な寄宿学校の様に、本館（house）、体育館（sports pavilion）、運動場、池、散歩道、菜園などからなり、その中には高い天井をもつ大食堂（the Great Hall）、図書室、美術室なども備わっている。その学校の全貌は、イギリスの貴族の館を連想させるような荘厳性に満ちていることが記憶されている。「美しいところ」として常にヘールシャムを心の拠りどころとしながら、介護人となってイギリス全土を旅するキャシー・Hが、「大きな館」を見つけるとヘールシャムではないかと思うほど、ヘールシャムは立派な館なのだ。

そして、回復センターでキャシー・Hが劣悪な状況で育った提供者から尋ねられるのは、「体育館はあったのか」だということからも、ヘールシャムの偉大性は体育館の存在に象徴されていた。

> みな体育館が大好きでした。たぶん、幼い頃に見ていた絵本のせいでしょう。絵本の中の人々は、いつもあれに似たすてきな田舎家に住んでいましたから。年少組時代にはよく保護官にねだって、教室ではなく体育館で授業をしてもらったのを思い出します。年長組二年、年齢で一二、三歳の頃には、体育館が言わば隠れ家になっていました。ヘールシャムの誰にも邪魔されず、仲良しグループだけで何とかしたいときは、いつもここに集まったものです。（*NLMG* 14 頁）

体育館には2つの意義がある。1つは、第二次世界大戦後にイギリス国民の健康を再構築するために実際に建てられた体育館である。この体育館は、小説の中で1950年代から1960年代にかけて国中に建てられた「白いプレハブ」の建物で、「窓が不自然なほど高い位置にあり、ほとんど軒に隠れるようにして並んでいるあの建物」（*NLMG* 14 頁）としてキャシー・Hの記憶に留められている。小説の中でトミーたちがサッカーをしているシーンが描かれている様に、寄宿学校ではスポーツ教育が樹立されていた。イギリスの寄宿学校ではゲーム中心の体育の授業が伝統であるが、戦後のカリキュラムにおいても継続されていた（鈴木 20-21 頁）。戦後は特に、イギリス全土で戦中に栄養不足により体力が衰退した国民にスポーツを奨励し、スポーツカウンシルが設立されて多くのスポーツ施設が建設された（内海　69 頁、83 頁）。ヘールシャムにおいてもその時期に

建てられた体育館となっており、体育館の建設の意義が暗示されている。

　さらに、キャシー・Hの記憶の中で、この体育館という名の隠れ家は、学習するための教室とは異なり、仲良しグループの会話や秘密を維持することができる場として子供時代には重要な空間であったことが語られる。体育館というぜいたくな空間は、第二次世界大戦後に始まったとされるクローン人間誕生の歴史とともに発展し、全国に建てられたものとして描かれている。つまり、戦後にこの流行した建築物は、臓器移植のためだけに、つまり死ぬために生まれてきたクローン人間の子供たちにとって、基本的には健全な肉体をつくるための施設であり、皮肉にも自分の肉体のためではなく、被移植者の肉体的健全性を保つための施設なのである。子供時代の体育館には、この冷酷な意味が存在せず、豊かな空間としての思い出しかないのだ。

　また、カリキュラムは、ヘールシャム外での体験が無く、家族や他者との関係の中で普通の生活を知ることができない子供たちのために、想像力を働かす方法で教えられている。美術や国語の授業では絵画作成や詩作という創造力を高めることが強化されている。また、地理の授業ではカレンダーを用いて未知の世界を紹介し、疑似体験をする講習では生活感覚を養い、さらに性教育おいては模型を用いて性行為と安全な性のあり方を学習する。これらは全て、クローン人間の子供たちが無事に臓器提供者になるまで健全に生き続けることに必要な知識なのである。彼らは、ヘールシャムの外で自立するために生活方法を教え込まれるが、その子供時代は将来の希望に満ちた子供への尊厳によって支えられたものではない。

　ヘールシャムの子供時代は、年少期から年長になり、思春期を迎える時期ごとにクローン人間に関する認識に関して変化する。キャシー・Hの語りの中で、ヘールシャムの低学年のころは、「全体として黄金色の時が流れたという印象が残って」（*NLMG* 121 頁）いると表現されている様に、年齢が低い時には多くの知識や知恵がない無垢な子供時代を送ったということになる。しかし、ヘールシャムの後半、つまり 13 歳から 16 歳に至るまでの間には、「深刻な思い出も多く、前半より暗い期間だった」（*NLMG* 121 頁）と語られている。この暗い時期は、生徒の成長に合わせて臓器提供がより具体的に提示されるようになった時期であり、本格的な

第6章　クローン人間政治学

クローン人間教育が開始された時期なのである。そして、このクローン人間教育に異議を唱える保護官、ルーシー先生が退職したことに、このクローン人間教育が持つ残忍性が秘められていることが示唆されているのだ。クローン人間の子供たちが臓器移植を正当化し、他の選択肢を持つことを放棄し、真の自律を完全に略奪されるという最も恐ろしい教育で、ヘールシャム時代は完結するのである。

　クローン人間の性教育の特徴は、ヘールシャムのように規制によって縛られない外の世界に出る時の為に本格化し、しかもクローン人間以外の人と出会った時に大きな危険性を孕むことを回避するためである。性に関してだけでなく多くの知識が必要だと生徒たちが確信し始めることに比例して、この性教育こそが臓器提供者に最も必要なものだったことが暗示されている。クローン人間には断種がすでに施されているため、ヘールシャムにおいて生徒同志で性行為を行っても子供は誕生しない。また、ヘールシャムの性教育においては、愛を育んで、その証としての子供を欲するということも想定されていない。さらにヘールシャムの外の世界に出て、成人しても、結婚をして家庭を持つことも子供を持つこともクローン人間の教育計画に入っていない。それどころか、健康な臓器を育むためには性行為が必要だと信じられており、ヘールシャムにおいてもコテッジにおいても、必ず誰かと性行為を持つことが良いとされており、キャシー・Hはその性行為に適した相手を探すほどである。思春期から青年期にかけてのクローン人間への性教育と性への理解には一貫性が見られず、その混乱こそがヘールシャムの教育の過ちであると言えよう。

　ヘールシャムを将来出るクローン人間の生徒たちに必要なことは、一貫して、臓器提供者は、被移植者のために健全な肉体を維持していなければならないということである。思春期を迎え、ヘールシャム内でカップルが誕生する中、生徒同士のセックスは、ある意味公認されているが、愛する者ができ、一緒になり、子供を産むというごく一般的な暮らしをクローン人間は持つことを許されていないため、保護官の間にも一貫性が見られない。一方ではエミリ先生によって理想的な美しい性が教えられながら、もう一方では厳しい性の管理体制が存在する。それは、ヘールシャムが実験校であり、できるだけ理想的な子供時代を構築することが期待されている

からである。しかし、クローン人間の子供たちはそのような性教育をどのように解釈しているかが問題であり、特に、思春期に差し掛かった生徒たちの間では、愛と性の問題は避けられなくなる。

　保護官たちが生徒のセックスに対して一貫した姿勢で対処していない理由を、16歳になったキャシー・Hたちが探る場面がある。被提供者に良い臓器を提供するため、具体的には「腎臓や膵臓が正常に機能するには、セックスが必要」と思い込んだり、「セックスは赤ん坊を作るためのもの」(*NLMG* 150頁)であるため、赤ん坊をもつことができない宿命にあるクローン人間にとっては不安の材料となるという論などが次々に打ち出される。しかし、毒舌家ルーシーの一言が、キャシー・Hの中で想定していた全てを一斉するのだ。

　　「保護官が言っているのは、要するに、わたしたちがヘールシャムを出たあとのことよ」と言っていました。「外に出たら、病気をもらわない範囲で、どうぞ好きにしてちょうだい。でも、ヘールシャムの中ではノーサンキューよ。いろいろと煩わしいことが増えますからね、ってこと」(*NLMG* 150頁)

毎週定期的に健康診断を受けているヘールシャムの生徒たちにとって、性病や他の感染症に感染することは皆無に等しい。ヘールシャムでは、性病などの感染から守るために、全ての生徒たちは純粋バイオで育てられているのだ。つまり、逆にヘールシャムを卒業した後、臓器提供が始まるまでの間、感染する可能性を阻止するための性教育であることがわかる。

　この混乱する性教育のさなかにキャシー・Hに芽生える意識は、「今後のために慣れておく必要がある」ことであり、「誰かとやって慣れておけば、のちに特別な誰かと出会ったときに、すべてを正しくやれる可能性」が高まるため、よい練習が必要だと思い込む(*NLMG* 152頁)ことである。この好奇心と義務感とが入り交じり、練習をいう口実でキャシー・Hは問題を起こしそうもない先輩を相手に選ぶが実行できず、ヘールシャムという純粋バイオにおける性体験は不完全なまま卒業することになる。

　性が脅迫概念となる時期に、臓器移植の意味がよりリアルに生徒たちにのしかかってくる。性への目覚めに振り回されたキャシー・Hたちが、同

第6章　クローン人間政治学

時に試練として対峙するのがルーシー先生の退職であり、その退職の理由であろう。ルーシー先生が英語の詩を教えている時に、出くわした第二次世界大戦中の強制収容所が話題となる。その収容所には脱走を阻止するために電流が流れているという話になった瞬間、生徒たちがフェンスで感電死するものまねを始めたことがきっかけであった。その残虐性や非人間的な場面を理解せず、ただ架空の電気感電死を演じる生徒たちは、自分たち自身が実はその収容所の中にいるのだということに気付かない。その事実にルーシー先生は憮然として、そして皮肉をこめて、こう言い放つのである。

> わたしは、その間もずっとルーシー先生を観察しつづけました。そして、クラスのそんな騒ぎを見ていた先生の顔から、ほんの一瞬でしたが、血の気が引いたように思います。でも、先生はすぐにいつもの表情に戻り、にっこり笑って、こう言いました。「ヘールシャムのフェンスに電流が通じていなくてよかったこと。事故は起こるものですからね」（*NLMG* 123 頁）

生徒たちの物まねは第二次世界大戦下のナチス・ドイツによるホロコーストを連想されるものでありながら、ルーシー先生は詳細を語らない。その不条理な過去は記憶にあるものの、忘却の中に沈みかけているために、ジョークにしかならない。しかし、この場面から、一見平和で完全に統制が取られているヘールシャムにおいて、生徒の誰かが逃亡する可能性はあるということを暗示している。ヘールシャム自体が、社会に属して生きる人間と認められていない子供たちは、その社会に生きる他者の延命のために健全な肉体を準備する（Montello n.pag）以外の目的を持っていないのである。にも関わらず、生徒たちは逃げないのだ。つまり、彼らは逃亡することを自制する体質が常に存在している「奴隷階級」（Shibata 41 頁）に属しているのだ。

そしてその逃亡への自制力は、実は、このヘールシャムという館の過去の亡霊により支えられているのではないか。収容所としてのヘールシャムの悲劇は、実はヘールシャムで語り継がれている森にいる2人の亡霊の話と一致する。電気が流れる架空のフェンスこそが、ヘールシャムを囲むフェンスなのである。

…、わたしたちがヘールシャムに来る少し前、一人の男の子が友達と大喧嘩して、ヘールシャムの敷地外へ逃げ出したそうです。二日後、その子は森で発見されました。体が木に結わえつけられ、両手・両足が切り落とされていたと言います。女の子の幽霊が森の中をさまよっているという噂もありました。もとヘールシャムの生徒で、どうしても外の世界が見たくて、ある日、フェンスを乗り越えて出ていきました。はるか昔のことです。当時の保護官はわたしたちの頃よりずっと厳しく、むしろ残酷に近かったとも聞きます。外の世界を見た女の子は、また中に入れてもらおうとしましたが、許されませんでした。長い間、フェンスの近くをうろつき、戻してくれるように懇願しつづけましたが、誰も耳を貸してくれる人はなく、結局、どこかへ迷っていき、そこで何かが起こって死んでしまいました。そして、その幽霊が、ヘールシャムを見下ろす森の中をいまもさまよいつづけ、戻してくれと言っているのだそうです。(*NLMG* 80-81 頁)

　ルーシー先生はこの架空のフェンスの本質的意味、つまり今まで教わっていなかったことを教えることと引き換えに退職する。そして、映画俳優になりたいなどという夢を語る生徒たちに、臓器提供者が持つ意味を説明する。彼女は、生徒たちに、「教わっているようで、実は教わっていません。それが問題です」(*NLMG* 126-27 頁)と指摘し、クローン人間は「将来が決定済み」だと断言する(*NLMG* 127 頁)。おそらくクローン人間の中では最も長く生きていく語り手のキャシー・Hでさえも、31歳までしか生きられず、あと8カ月介護人を務めれば、その後は臓器提供者となるという運命をルーシー先生は予告するのだ。夢を持つことも許されず、老年になることもなく、臓器移植で早く命を落としたら中年になることもないかもしれないという臓器提供者の具体的な将来が明示されるのである。

　キャシー・Hとトミーが最後にマダムを訪問した際、ルーシー先生の退職理由を尋ねると、高齢となったエミリ先生は、躊躇した後でルース・ウェインライトという彼女の氏名をはっきりと思い出し、さらには彼女を現実を知らない「理想主義的」な保護官だったとして非難する。真実を語ることを躊躇していたエミリ先生が記憶の中から探し出してきたことは、ルーシー先生がヘールシャムの方針に対して異議を唱えたこと、「物事をできるだけ完全な形で教えるべき」だとか、「それをしないのは、生

徒たちをだますことにほかならない」(*NLMG* 408 頁) と主張し始めたことだった。ルーシー先生にとっては、クローン人間を育成することは自らの人間性を放棄することだったのだ。

　それに対してエミリ先生は、クローン人間の子供を保護することがヘールシャムの運営理念であり、その為には物事を隠ぺいしたり、嘘をついて生徒をだますことも必要であり、それ故に生徒たちには「子供時代」があったと断言する。ヘールシャムが保護という名の強制収容を行う施設であり、その教育は偽善でしかないことにルーシー先生は憤慨し、怒りの塊となる。ルーシー先生の本心が、トミーが繰り返し思い出す様に、生徒たちがヘールシャムを出た後には、普通の人が当然の様に持っている将来が無いこと、つまり臓器提供者になる以外の道はないことへの理不尽さへの反抗であったことが、最後に再確認される。

　そして、ルーシー先生が最も恐れていたフェンスは、ヘールシャムの周囲にあるだけではなく、その守られていた館を出た後、介護者から臓器提供者になろうとするキャシー・H の前に立ちふさがる。トミーが 4 度目の移植で使命を終え、自らも臓器提供者となる直前のキャシー・H が最後に「自分に甘えを許し」、1 人でノーフォークにドライブへ行く。そこで、広大な大地に立ち、風で飛ばされてきたごみが絡み付く有刺鉄線を前にして空想する世界は、「子供の頃から失いつづけてきたすべてのものの打ち上げられる場所」(*NLMG* 439 頁) であり、そこに最後トミーの姿を見るというものである。これが、クローン人間の人生に張られた有刺鉄線であり、ヘールシャムを出ても、コテージを出ても、介護者となっても、また提供者となっても、クローン人間は、守られているという環境の裏にある、常に収容されている人生を送らなければならないという意味であり、その人生は生命の尊厳を完全に奪われたものなのである。

6．自律の原則への反抗

　自律とは、外部からの支配や制御から脱して、人間が自分自身で立てた規範に従い行動することである。自律（Autonomie）はカントの倫理学の基本となる概念であり、その定義は実践理性が理性以外の外的権威や自然的欲望には拘束されず、自分自身で普遍的な道徳法則を立てて従うことで

ある。そして重要なことは、その規範や普遍的な道徳法則には独立した目的、意義、そして価値観が備わっていることである。クローン人間は、この自律が奪われた他律に基づいて存在するのである。『わたしを離さないで』において、この他律のモデルとも言えるのがキャシー・Hであるが、皮肉にも彼女の語りの中にはクローン人間としての自律が存在する。イシグロは、キャシー・Hという語りを構築する上で、自律の原則に対して反抗を行っているのではないだろうか。

　キャシー・Hは自らを優秀な介護人として誇りに思い、あたかも自らが立てた様に思い込んでしまった規範に基づいて行動する。しかし、この規範は他者、即ち普通の人間によって作られた規範であり、その他律をあたかも自律の様にキャシー・Hに語らせているところに悲劇性がある。同時に、キャシー・Hが過去の記憶と対峙する中で、他律への反抗と自律の目覚めがクローン人間の子供時代にはあったことを思い出していくことに重要な意味がある。

　最後に、「展示館」というシンボルを紐解くことにより、ヘールシャムの特異性の中の最も恐るべき怪物の正体を突き止めることができよう。キャシー・Hの語りの中で、子供時代から青年期を経て、30才を過ぎるまで、ヘールシャムという実験室は、「展示館」という神話により維持されていた。

　　トミーとの話に出てきた展示館というのは、物心つく頃からわたしたちの意識にありました。みな、そういうものがあるという前提で話題にもしましたが、実際に存在するものかどうか、知っている人は誰もいませんでした。こういう噂にありがちなように、いつしか、どこからともなく耳に入ってきたということでしょうか。出所が保護官でないのは確かです。誰も展示館の「て」の字も口にしませんでしたし、生徒側にも、保護官のいるところでは展示館に触れないという暗黙の了解がありました。（*NLMG* 51-52頁）

おそらく、ヘールシャムが創設された時から、マダムと呼ばれる女性が定期的に訪れては、生徒たちが創った作品である油絵、水彩画、デッサン、陶芸作品、エッセイ、詩などの中から優れたものを選んで持って行く様になっていた。どこに持っていくのか、「展示館」に展示されるのか、売ら

第6章　クローン人間政治学

れるのかは定かではない。しかし、生徒の優劣の基準が、「展示館クラス」（*NLMG* 52頁）という比喩的表現に表わされるように、この「展示館」を基準としたものになっていく。この「展示館」という神話が怪物のように大きくヘールシャム出身者の心にのしかかり、ついに事実とは異なる物語が創り上げられ、その内容は脚色され肥大し、さらに語り継がれていく。そして、最後この「展示館」神話は、空想に空想が付加され、愛し合っているカップルは、「展示館クラス」の才能さえ証明できれば、臓器提供の猶予が許され、3年ほど一緒に暮らすことができるというところにまで変貌を遂げる。

　マダムを探す以前にキャシー・Hとトミーは念入りに猶予に向けての計画を進めるが、そこには芸術が持つ意義に重きを置く2人の執念があった。年少時代にわざと稚拙な絵を描いてはからかいの標的となっていたトミーが、コテージでみつけた絵本をヒントに、架空の動物を描き続けていた。トミーが繰り返し語るように、芸術作品は「作者がどんな人間かを物語る」ものであり、ヘールシャムで「展示館」の意義を問い詰められたエミリ先生が生徒の1人にうっかり口を滑らせて、「作った人の内部をさらけ出す」もので「作った人の魂を見せる」（*NLMG* 270頁）と言ってしまう。そして、それらのフレーズは、猶予を求めてマダムを尋ねた時にマダムの口から出て来た、「作者の内部をさらけ出す」ものであり、「作者の魂を見せる」（*NLMG* 387頁）というフレーズと重なり合う。しかし、この「展示館」神話が虚構であり、その真実がマダムから明かされる時こそが、人間という怪物の存在を思い知らされる時なのである。

　マダムの住所を尋ね、マダムの本名がマリ・クロード（Marie-Claude）であることを知り、実はその後ろにヘールシャムの恩師で主任保護官エミリ先生がいたことを知る場面では、引退して車椅子生活を送っているエミリ先生自身が「展示館」神話を創りあげた張本人だとわかる。そして、マダムが持ち帰っていた作品は、「記念の品々」として、世間から逃れて隠遁生活を送るマダムとエミリ先生の家の上階に山のように保管されていた。芸術という人間の想像力の集約が、クローン人間には希望を与えるどころか、新たな苦境となって立ちはだかったのだ（Query 166頁）。彼女たちの運動も終わり、ヘールシャムも閉鎖され、借金と生徒の作品のみが

残っていた。この時点で、生徒たちの作品は、何の意味も持たないゴミと化していたのである。つまり、マダムとエミリ先生にとって、ヘールシャムの遺産は自分たちが構築したヘールシャムの正当性のみを意味し、クローン人間であるキャシー・Hとトミーの人間としての存在の正当性を意味するものではなかったのだ。

　　…。あなた方はいい人生を送ってきました。教育も受けました。もちろん、もっとしてあげられなかったことに心残りはありますけれど、これだけは忘れないで。マリ・クロードとわたしがこの運動を始めた頃、ヘールシャムのような施設はありませんでした。わたしたちが最初で、すぐにグレンモーゲン・ハウスがつづき、そして数年後にソーンダズ・トラストです。数は少なくても、協力して活発な運動を展開しました。そして、当時の臓器提供計画のあり方に反省を促しました。でも、最大の功績はほかにあると思っています。生徒たちを人道的で文化的な環境で育てれば、普通の人間と同じように、感受性豊かで理知的な人間に育ちうること、それを世界に示したことでしょう。それ以前のクローン人間は——わたしたちは生徒と呼んでいましたけれど——すべて医学のための存在でした。戦後の初歩的段階では、ほとんどの人がそう思っていたはずです。試験管の中のえたいのしれない存在、それがあなた方、と。（*NLMG* 399 頁）

　先生という名の保護官と生徒という名のクローン人間を内包したパブリックスクールもまた、クローン人間に子供時代と学校生活を疑似体験させる実験的施設であったのだ。つまり、「試験管の中のえたいのしれない存在」という怪物としてクローン人間の中に人間性があることを証明しようとしたにすぎない。そして試験管の中で次々とクローン人間が造られていくにも関わらず、彼らには生殖能力は無い。作品におけるクローン人間の死が常に議論されることに対し、その生が語られることは少ない。その中で、このクローン人間と「出生（"natality"）」と関連づけた論がある（Jervis 190 頁）。

　同じ試験官生まれにも関わらず、ヘールシャム出身の子供たちは、過去のどのクローン人間よりも、またクローン人間の待遇改善運動が終わった後に続くクローン人間よりも、恵まれた環境に育ったということのみを事実としてつきつけられる。そして、猶予の問題に関しては「あなたの人生

第6章　クローン人間政治学

は、決められたとおりに終わることになります」(*NLMG* 406頁) という回答のみを得たキャシー・Hとトミーにとって、ヘールシャムは虚構の館であったことが判明し、砂の城のように激情の波と共に崩れ去る。閉鎖されたヘールシャムの正確な位置も知らず、また知らされていなかった卒業生たちには、ヘールシャムはその存在意義という点では、最初から幻であったのだ。

この幻であるヘールシャムの残忍性は、「展示室」の神話の崩壊と共にキャシー・Hとトミーの最後の希望を奪うことで完結する。ヘールシャムの閉鎖は、小説冒頭のキャシー・Hの語りの中から最後まで一貫して示唆されている。ヘールシャムは寄宿学校という建築物としてのみではなく、その中で行われた様々な実験と運動を意味する。

なぜヘールシャムが閉校となったのかという理由を、最後にエミリ先生に会いに行った時に聞くのであるが、それは「モーニングデール・スキャンダル」と呼ばれた「恐怖を思い出させる出来事」(*NLMG* 403頁) だと記憶されている。このスキャンダルのことを知らなかったキャシー・Hとトミーにエミリ先生は次のように説明する。

　「知る理由がありませんものね。世間一般にも広く知れ渡っていることではありませんし。ジェームズ・モーニングデールという科学者がいたのですよ。その道では才能があったのでしょう。よほど人目につきたくなかったらしくて、スコットランドの奥地に引っ込んで研究をつづけていました。したかったことは、能力を強化した子供を産むこと、望む親にその可能性を提供することでした。特別に頭がいい。特別に運動神経が発達している。そういう子供です。もちろん、同じようなことを考えた人はそれ以前にもいましたけれど、このモーニングデールという科学者は研究をずいぶん前進させて、法律の定める限界を超えようとしたのです。でも、見つかって、研究は中止され、それで問題は終わったように見えました。ただ、もちろん、終わってはいなかったのです、少なくともわたしたちにとってはね。先ほども言ったとおり、世間的に大問題になったわけではないのに、そのあと雰囲気が変わりました。一つの恐怖を思い出させる出来事だったのですね。臓器提供用の生徒たち、つまり、あなた方を作り出すことはしかたがない。でも、普通の人間より明らかにすぐれた能力を持つ子供たちが生まれたら、この社会は、いずれそういう子供たちの世代に乗っ取られる。それは困る。それは怖い。ね？　世間はその可能性の前に後込みしました」(*NLMG* 402-03頁)

しかし、ここでもっとも恐ろしいことは、臓器提供用のクローン人間の子供たちを作り出すことに関しては誰も疑問を抱かなかったという点である。即ち、問題は、ヘールシャムの様な有能なクローン人間を育成することにより、エンハンスメントによる有能な人材の改良が行われ、普通の人間が行き場を失うということへの恐れにあるというのだ。
　さらに、クローン技術を巡る社会的意思決定に関しても、この架空のモーニングデール事件は、現代の医学や科学の世界への問いかけとして意味を持つ。それは、クローン技術に関しては各国において法律で定められてはいるが、どこかで内密に認められない実験が行われているかもしれないし、また緩やかな法律の網をくぐって様々な実験が実際に行われている。例えば、日本に関しては、次のような現実がある。

> クローン技術についてもまた、ヒトクローン個体の作出禁止をメインとしながら、研究のためにヒトクローン胚を作成することに対しては寛容な報告が出され、法律で禁止を定めるのはヒトクローン個体等の作出に繋がる行為だけとする法案に直接結びついた。（林240頁）

モーニングデールは何処にでもおり、モーニングデール・スキャンダルは現実の社会で起こりうるのである。そこには、生命倫理の壁を越えて行きそうな危険性を阻止しながらも、同時に専門家による新しい技術や医学研究の自由性を保護し、その研究成果や開発された技術が最終的に人間のために使われるという生命科学における「公共性」（林250頁）への同意があり、現代の私達はその「公共性」の上に生きている現実がある。
　最後に、この「展示室」に収められたクローン人間の子供たちの作品は全てゴミとなり、処分されることを待つのみとなる。そして、「展示室」と同様にヘールシャム時代から最後に紛失物が発見されるかもしれない「ロストコーナー」もまた、単にゴミ収集所と同様であることがわかる。ヘールシャム時代から常に話題となり心の拠りどころであったロストコーナーは、紛失物が集約される場所として生徒たちの記憶に刻まれるが、それは実はキャシー・Hやヘールシャムの同窓生には、失われた人生がつまった心なのである。クローン人間には、キャシー・Hやトミー・D

第6章　クローン人間政治学

などの名前が示唆するように、姓は無くアルファベットでのみ記されている。この姓こそが、クローン人間にとって最初から失われたものである。自分がどこから来たのかという疑問を持つこと、即ちアイデンティティを各自が持つことはなく、クローン人間という「共通のアイデンティティ」（Carroll 59 頁）以外はないのである。ロストコーナーは、ヘールシャム時代に空想の中で構築され、コテージ時代を経て具体化され、クローン人間としての完結と共に対峙するものとなり、最後に喪失そのものだとわかる。

クローン人間にとってすでに失われた人生を象徴する空間がロストコーナーであり、キャシー・Hにとってその失われた自我はロストコーナーでも見つからない。エミリ先生が地理の時間に、ノーフォークの写真が見つからず、英国の東端にあるノーフォークがイギリスのロストコーナー（忘れ去られた土地）であると言ったことから、もう1つの意味である「イギリスの遺失物保管所」と入れ替わり、イギリス中の落し物は最終的にはノーフォークに集められる（*NLMG* 104 頁）というジョークが生まれる。このジョークにおいて、クローン人間の子供たちは見知らぬ土地への想像上の旅をして、失ったものを必ずノーフォークへ行って探すのだという希望を持つ。

ロストコーナー探求への旅が始まるコテージ時代は、ヘールシャムという閉鎖的空間ではなく、かなりの自由が許された時間であり、その中でロストコーナーの意義が明示される。キャシーたちが16歳でヘールシャムを卒業した後に送られたのは、滞在最長2年の管理人付のコテージであったが、それは臓器提供者になるまでの待合室の役割を果たしていると言える。そこではヘールシャムのような規則的な生活があるわけではなく、論文を書くという課題を課せられたより自由な空間である。まるで、大学生たちがキャンパスの近くのシェアハウスで共同生活を送り、自由研究課題を与えられ、その時間を満喫するかの様に見えるコテージの空間は、臓器移植までの時間を埋める待合室なのである。

ヘールシャムが、中世から続くイギリスの伝統的な寄宿生のパブリックスクールがそうである様に、イギリスの貴族社会及びその後に続く紳士階級の館であるマナーハウスを連想させる建築物であるとすれば、コテージ

は、地方の農民の生活基盤として存続し、豪華絢爛なヴィクトリア時代の産物から逃避して19世紀末にリバイバルした癒しの空間としてのコテージであろう。しかし、そこが癒しの場になることは決してない。そこでの読書も論文も何の意味も無いのである。そして、車の運転も外出も許されるこの時間は、ヘールシャムにおいて構築されたロストコーナーを探す時間となり、それは同時に失われた自我を求める旅となる。

キャシー・Hがヘールシャムで失いノーフォークの海岸で見つけたテープには、すでに失われた自我を求める姿が歌いこまれている。ヘールシャムで生徒が楽しみにしている即売会で見つけたテープは、キャシー・Hの宝物となるが、マダムに踊っている姿を見られてから2、3カ月後に紛失し、ヘールシャムを卒業してコテージに移った時、ノーフォークへの旅で偶然同じものを見つける。ノーフォークの北の海岸にあるクローマという町のガラクタをあつかう古物屋で、そのテープは見つかった。

このテープは、1956年発売のジュティ・ブリッジウォーターの『夜に聞く歌』というタイトルの懐メロという設定で、しかも11歳の子供には似つかわしくない内容だったのだ。イシグロはもともとミュージシャン志望だったこともあり、この実在しない歌をひとつのキーとして作品に描きたかったという（Grigsby Bates 213頁）。

歌の中の歌詞が、キャシー・Hの空想の中で、もとの意味とは異なる物語を創り上げる。イシグロが設定した『夜に聞く歌』は、そのタイトルが暗示するように、バーで煙草をくわえた女性がジャケットに描かれており、内容もラブソングである。その中のキャシーHのお気に入りの曲「わたしを離さないで」は、この小説のタイトルでもあるが、女性が恋人に懇願する歌詞が入っている。この歌詞の意味も理解できていないキャシー・Hは、自分なりの解釈をする。この空想こそが、クローン人間に課された運命を象徴している。

このテープがキャシー・Hにとって特別だったのは、「わたしを離さないで」の中で繰り返されるリフレーン、「ネバーレットミーゴー……オー、ベイビー、ベイビー……わたしを離さないで……」（*NLMG* 110頁）に惹かれたからだと語られる。まだ10代のキャシー・Hは、このベイビーとは赤ちゃんのことで、子供を産めないとされている女性に子供ができる

第6章　クローン人間政治学

が、何らかの理由でその赤ちゃんと引き裂かれるという悲劇の歌だと思い込む。

　他の歌詞の部分が自分の解釈にそぐわないと思っていても、自分の空想に酔い浸り、他の友達から離れてこっそりと何度もこのテープを聞くキャシー・Hの思いは不思議な程強い。そしてこの歌を口ずさみながら、想像の世界に浸り、赤ちゃんに見立てた枕を抱いて、スローダンスを踊るのである。そしてその姿をヘールシャムを訪れていたマダムに偶然にも見られ、マダムが涙を流す姿をキャシー・Hは忘れることができない。それから2年後、すなわち13歳頃に、トミーとその謎を紐解く時には、クローン人間が子供を産むことができない運命にあることを明確に認識しており、その思いから空想が生まれたのではないかと解釈する。このキャシー・Hの空想こそが、『わたしを離さないで』の根底にある悲哀であるのだ。

　このキャシーHの空想は、クローン人間が生殖能力の欠如が前提に存在するというアイロニーを示唆している。クローン人間が、「科学進歩により他者の臓器を提供するという生命維持に関わる役割を果たしている一方で、異性愛関係が存在するにもかかわらず生殖不可能という点はある意味でクイアである」という指摘のもと、この不妊性がジェンダーの視点から論じられてもいる（Carroll 60頁）。

　最後にマダムと再会した際に、マダムは泣いた理由をキャシー・Hに尋ねられ、新しい時代にクローン人間として生まれた少女が「胸に古い世界をしっかり抱きかかえ」、「心の中では消えつつある世界だとわかっているのに、それを抱き締めて、離さないで、離さないでと懇願している」（*NLMG* 415-16頁）姿に、胸が張り裂けそうだったと告白する。「感情移入（"empathy"）」は、キャシー・Hの語りに関して、曖昧な形で、あるいは限られた見解との関連において議論されてきた（Stacy 237, 246頁：Whitehead 57頁）。しかし、感情移入はマダムの中にもあり、それは集められた子供たちの絵と共に封印されていたのだ。マダムに沸き起こった感情は、クローン人間の限られた時間をまだ11歳の少女に投影したことによる。

　キャシー・Hは介護が天性の職であるかの様に自ら語り、他者からも

評価されているが、心の中で消えつつある世界を実は持っている。キャシー・Hは、文学が好きで、詩も書き、ヘールシャムの図書館にあった19世紀のイギリス文学を読み、コテージではヴィクトリア時代の小説について論文を書こうとしている。文学というフィクションが唯一自我を深めることができる場であるのだ。

　しかし介護という、「福祉事業で最も基本的な仕事」（Robbins 299 頁）に従事し、『日の名残り』のスティーブンスが執事職を天職と誇りながらも実は失った自我と恋を求めて過去への旅をする様に、キャシー・Hは介護人としての仕事の中で、過去を語る。スティーブンスと同様、キャシー・Hの語りは、フランク・カーモードが書評で「単調」だと批判しているが、この単調さこそが、「尊厳」と「誇り」（Cooper 106-108 頁）であり、また「確信」であり「挑戦」する姿勢なのだ（Puchner 35 頁）。そして貴族の館の外の世界へ旅立ち、根底には失った昔の恋人を取り戻そうとするスティーブンスのように、キャシー・Hはトミーとルースとの三角関係という恋の物語を語ることになるが、この限られた視点こそが「驚くべき観察と解釈力」なのである（Puchner 35 頁）。キャシー・Hは自らの人生を振り返りながら、関わった人や環境を冷静に分析し、そしてレポートするのだ。

　キャシー・Hのテープと共に失われた自我は、ポシブルと名付けられたクローン人間の遺伝的親を求める旅にも内在する。コテージ時代にルースのポシブルの可能性がある女性を確かめるために5人でノーフォークの小さな町を訪れる旅には、自分の親を探すということとクローン人間には最初から存在しない職業選択の自由への空想的挑戦が含まれている。

　そのポシブルの職場が、ルースが雑誌の広告の写真で憧れていたオープンプランのモダンなオフィスである点に、皮肉が込められている。ルースがキャシー・Hに語った夢は、広告で見つけたモダンなオフィスの様な「働きがいのある職場」（*NLMG* 221 頁）で働きたいという実現不可能なことであった。その理想に、キャシー・Hは、「発想自体が奇想天外に近かったはず」（*NLMG* 223 頁）と認めながらも、ヘールシャム出身のルースであれば「現実可能なことのように見えた」（*NLMG* 223 頁）と思ったと回想している。しかし、ここでキャシー・Hは不可能だという事実を

第6章　クローン人間政治学

ルースに突き付けず、ルースの幻想の世界を支持する。これはルースの夢に対してではなく、自分の隠された夢への過信ではないだろうか。

そして、オフィスで働く女性が自分のポシブルでは無いと最後に悟り希望を失ったルースが、夢とは裏腹に存在する残酷にも歪んだ事実を指摘する姿は、キャシー・Hがこっそりとポルノ雑誌の中で自分のポシブルを探そうとしていたことと一致する。

> …。「みんなわかっているんでしょ？　わたしたちの『親』はね、くずなのよ。ヤク中にアル中に売春婦に浮浪者。犯罪者だっているかもしれない。ま、精神異常者は除かれるのが救いかしら。（中略）ポシブルを探したかったら――本当に探したかったら――どぶの中でも覗かなきゃ。それか、ごみ箱とか、下水道ね。わたしたちの『親』はそこにいるんだから」（*NLMG* 255-56頁）

夢さえも持てず、理想さえも打ち砕かれたルースの言葉を、「裏切らずに」（*NLMG* 223頁）、すでに介護者としての姿勢でキャシー・Hは受け止める。それは、感情を抑え、肉体的にも精神的にも傷ついた者への配慮やいたわりを優先し、最後の息まで聞き取るという介護の実践的な訓練なのである。しかし、このクローン人間の介護という仕事はクローン人間の完結、即ち死が前提であり、そこに残酷性が潜んでいる。この介護人という職業こそが、すでに自我を失ったシンボルであり、介護人として最も成功しているキャシー・Hこそが、実は自我の喪失に最も苦しむクローン人間を象徴している。

7.　わたしを離さないで、わたしを抱きしめて

クローンにとってのロストコーナーは、失ったものが見つからないところであり、夢の喪失を確認するところでしかない。キャシー・Hが最後に行き着いたゴミだらけのロストコーナーは、人間の肉体さえも商品化される資本主義が生み出した限りなく続く大量生産を批判しているという議論もある（Groes, "'Something of a lost corner'" 223頁）。それ以上に、精神的な不毛感と喪失感が根底にあるロストコーナーには、最初から失うということさえ与えられずに生を得た人間の悲劇性が潜んでいる。キャシー・

Hが最後に直面したのは、「インフラ化主義（"infrastructuralism"）」（Rich 623頁）の中で、クローン人間として産業インフラ、社会インフラ、そして福祉インフラの中に組み込まれた自分自身の存在だった。「展示館」神話と同様、ロストコーナーは自我の喪失を表象するものであり、クローン人間にとっての自律原則に対する静かな反抗を示すものである。

　最後にロストコーナーに辿り着いたキャシー・Hを抱きしめたいと思うのは読者ではないだろうか。キャシー・Hの声が響く、「わたしを離さないで、わたしを抱きしめて」と。

注

　本論は、共著『幻想と怪奇の英文学』に収録された「クローン人間創世記―カズオ・イシグロの『私を離さないで』」を大幅に書き直したものである。

第7章　暴力のルーツを探る神話再構築
―『忘れられた巨人』の中に生きる私達

１．神話再構築の原理

　イシグロが 2015 年に発表した『忘れられた巨人』は、それまでの作品とは大きく異なり、驚いたことに神話であるアーサー王伝説を試金石として創作されたものである。これまでも、イシグロは１つの決まりきったスタイルに限らず、ミステリー仕立てや SF 的要素も取り入れたりしてきた。しかし、スタイルが異なっても、イシグロは一貫して歴史の中に過去の物語がどのように描かれてきたか、あるいは声なき人の物語が描かれることなく、記録されたりすることもなく、忘れ去られていったかを小説の中で描いてきた。『忘れられた巨人』について、イシグロはインタビューで次のように語っている。

> 私は常に、実際今の時代に起こっている事件を見つめることに興味がありました。ユーゴスラビアの崩壊、ルワンダにおける大量虐殺、第二次世界大戦後のフランスなど。…でも、だからと言って、それらの特殊な歴史的事象を選んで小説の題材にしたいとは思いませんでしたね。ルポルタージュみたいな本を書きたくはなかったんです。…小説家として、一歩下がって少しでもより象徴的なものにしたかったのです。(Simon n.pag)

　特に第二次世界大戦を軸とする歴史的事象やそこから派生した現代社会が抱える問題に固執してきたイシグロが、この『忘れられた巨人』においては、現代という時空から完全に離脱して、神話の異世界を描きハイ・ファンタジーで現代を再構築したのだ。
　それは、神話の持つ普遍性よって、歴史的事象を変身させ、歴史が構築されてそれが神話化する過程において浄化されてしまったものに、もう一

度光を当てて、読者を導くという行為である。特に、21世紀において世界中で繰り返される無差別殺人であるテロ、その結果ヨーロッパを中心に起きている移民問題を、イシグロは直接描くことをせずに、ファンタジーという世界に投影している。

ファンタジーは、20世紀における神話の再構築という点において、1つの確立した系統として特に注目されるようになる。第一次世界大戦を契機に、モダニストたちが神話をモチーフに世界観の危機を描き、ジェイムズ・ジョイス（James Joyce）は『ユリシーズ』（*Ulysses*, 1922）においてホメロスの『オデュッセイア』をモチーフに現代社会の葛藤を描いた。特に第二次世界大戦以降は、1937年から1949年にかけて執筆されたJ.R.R.トールキン（J.R.R. Tolkien）の『指輪物語』（*The Lord of the Rings*, 1954）やC.S.ルイス（C.S. Lewis）の『ナルニア国物語』（*The Chronicles of Narnia*, 1950-1956）などに見られるように、現代ファンタジー文学が構築された。

近年では、アメリカ人作家のアーシュラ・K・ル＝グウィン (Ursula K. Le Guin) の『ゲド戦記』（*Earthsea*, 1968-2001）が前2作に続く作品として高く評価され、また最近では『ハリー・ポッター』シリーズが世界的な人気を博した。このファンタジーの構築に対して、『天路歴程』のアレゴリーを重ねる書評もある（Gaiman 22頁）。近代ファンタジーの特徴は、トールキンやルイス、ルグインに見られるように、言語学、宗教学、神話研究などのバックグランドを持つ作家たちが持っている知識の深さにもある。

イシグロの『忘れられた巨人』については、イシグロが追い求めて来た個人と社会が過去とどのように関わっているかを描いているにも関わらず、伝説を生かしていないという酷評も出た（Kakutani, "In a Fable"頁）。イシグロ自身は、インタビューで、『忘れられた巨人』においては伝説が重要なのではなく、夫婦間の暗い過去、夫婦の愛情にある複雑性、さらには世界で起こっている事を情報として交換するのではなく、「『その状況でどのように感じるのか』を理解する必要がある」と述べている（イシグロ、「『忘れられた巨人』刊行記念スペシャル・トーク」302頁）。

第 7 章　暴力のルーツを探る神話再構築

　しかし、現代のイギリスが、ヨーロッパ大陸の西に位置する群島であったにも関わらず、様々な異民族が何世紀もの間侵入しては戦争を繰り返し、多民族だけでなく様々な神話や文化がそこに根付いてきたことは、重要な点であろう。それは、ケルト文化や神話から北欧やゲルマン神話に至るまでの伝説や伝承を含み、その結果、5 世紀頃にはアーサー王伝説が、8、9 世紀には『ベオウルフ』（*Beowulf*）が誕生する。

　特にアーサー王伝説は、イギリス人にとって何世紀もの間、様々な形で語られてきた。前ローマ時代にトロイアからブリトン島に移り住んでいたケルト系民族であるブリトン人の王であるアーサー王が、北ドイツからブリトン島に渡って来たゲルマン系民族であるサクソン人を 5 世紀末に撃退したという話で、騎士道精神と英雄伝で最も知られている伝説である。

　キリスト教徒であるブリトン人と異教徒であり侵入者であるサクソン人との対峙に、アーサー王の 12 の会議、そして円卓の騎士たちのロマンスが加わり、壮大な物語となっていった。特に、トーマス・マロリー（Thomas Malory）の『アーサー王の死』（*Le Morte D'Arthur*, 1485 年）は中世文学を代表する大作であり、ロマン主義時代には、アーサー王伝説に基づくアルフレッド・テニソン（Alfred Tennyson）による『国王牧歌』（*Idylls of the King*, 1856 年 -1885 年) がイギリス愛国主義の証として称賛された。

　近現代ファンタジー文学の系統の中で、特にトールキンに代表される異世界・異次元を描いたハイ・ファンタジーを念頭に置き、イギリスにおける英雄伝説の中で最も広く知られているアーサー王伝説を題材にして、イシグロは新たな領域にチャレンジしたのである。そして、『忘れられた巨人』には、21 紀における重大なテーマが埋め込まれているのである。

2．記憶と忘却の繰り返しを内包する歴史

　『忘れられた巨人』の中で、霧が立ち込めて人々から記憶を奪っていくことが繰り返し語られている。主人公の高齢となった農夫であるブリトン人夫婦のアクセル（Axl）とベアトリス（Beatrice）は、家を出て行った息子を探す旅に出るのであるが、それは同時に、奪われた記憶と失った自己を探す旅でもあるのだ。イシグロはインタビューの中で、『忘れられた

巨人』のテーマは一種のラブ・ストーリだと言っているが、それは単に夫婦の個人の物語ではなく、個人を巡る社会の物語なのである。そしてそこにあるのは、記憶と忘却の二項対立である。

> この小説は、実は、愛の長い航行がテーマなのです。社会がどの様に記憶したり忘れたりするかということに興味があると語ったばかりでしたね。だから、過去の残虐行為の記憶を忘れる社会に興味があるということと全く同じ疑問が、結婚にも当てはまるように思えます。つまり、ええ、物語の中心に旅があり、この高齢の夫婦が人生最後の旅を続けるということが中心にあるのです。大地を通り抜けながら、彼らはそれを感じるのです。(Simon n.pag)

どのようにして社会は物事を記憶し、忘れていくのか？そしてこの記憶と忘却の葛藤に対するイシグロの思いは、人類が歴史から学ぶことなく現代社会の中にまだ理不尽な戦争や抗争が起こっていることへの憤りなのである。

第二次世界大戦が終わっても危機的な状況が地球上で起こっていることに対して、社会が過去の記憶を忘れ歴史が繰り返されることを、結婚した夫婦が高齢となり心身ともに衰え、認知症も患うようになっていくことに当てはめながらも、イシグロはそれをさらにアーサー王伝説という世界にゆだねる。

この神話の世界が、民族と宗教の相違によって絶え間なく続く戦い、その中で失っていく記憶と求め続ける愛を描くのにふさわしい世界を象徴し、長引く戦闘や人間の力で変えることができない自然の力や風土によって、人が肉体的にも精神的にも大きな傷を負うということを内包する世界を表象する、とイシグロは結論を出したのだ。それは、社会が誕生し、変貌を遂げ、確立していく過程において、人間の生命そのものだけでなく人間性もが傷つき、破壊され、最悪の場合は消滅させられることでもある。社会の暗闇は個人の心の闇でもある。危機は人間の心の中で肥大するにも関わらず、隠し通されて、ほとんど忘却の彼方へと追いやられてしまう。

それでは、ここで言う記憶とは何であろうか？ イシグロは、『忘れられた巨人』の中で、記憶の多様で複雑な意味を駆使しており、同時にその記憶の蓄積が歴史のもとになっていることを読者に悟らせる。記憶と

第 7 章　暴力のルーツを探る神話再構築

は、起った物事に対して、個人の意思や能力で覚え、それを頭脳にとどめておくことである。そして、記憶には、その集合体としての記憶が歴史を形成するという機能がある。その集合体としての記憶は、記録され、保管され、ゆえに検索可能な文書や資料となり、それが歴史として残るのである。

　一方で、記憶には、死者の記念物、起こった事柄、経験、事件、人などを覚えている期間を有するものである。つまり、ある人の人生が終わった時点で、記憶は時間切れとなる。ポール・リクール（Paul Ricoeur）は、『記憶・歴史・忘却』（*La Mémoire, L'Histoire, L'Oubli,* 2000）の中で記憶に3つの種類があると言っている。それらは、麻痺した記憶、操作された記憶、そして屈辱的にまでコントロールされた記憶であり、これら3つの記憶を経ていくと、記憶が利用され悪用されて形を変えていくという（4頁）。このリクールの論を使って、テオは、『忘れられた巨人』より前の作品に関して、イシグロの作品における記憶が持つ意味に関して議論を重ねてきた。しかし、イシグロの全作品の中で、この『忘れられた巨人』においてこそ、この記憶、歴史、忘却が持つ意味が最も顕著に表されていると言える。

　記憶が何層もから成る経験を含んでいる限り、忘却もまた現代社会において再定義されるべきであろう。そして、歴史と忘却のパラドックスもまた、再定義されるべきなのだ。その1例として、テッサ・モリス-スズキ (Tessa Morris-Suzuki) は、第二次世界大戦における日本の帝国主義と植民地主義が、中国と韓国における教科書問題において未だに解決されていないことに、このグローバル時代における歴史と忘却のパラドックスがあると指摘している。特にこのグローバル化しつつあるインターネットの世界において、歴史が抱える危機を次のように分析している。

　　わたしたちが思いえがく歴史は、たくさんの源泉からの寄せ集めである。その源泉は、歴史文書の叙述だけではない。親から聞かされたこと、写真、歴史小説、ニュース映像、漫画、そして（このところ伸張著しい）インターネットなどの電子メディア。そうした無数の断片が入った万華鏡をくるくるまわしながら、わたしたちは自分の生きているこの世界の起源と本質とを説明してくれる理解のパターンをつくっては、またつくりなおす。そうしなが

ら、その世界で自分の占める位置を規定しては、また規定しなおす。（モリス - スズキ 4 頁）

　この「無数の断片が入った万華鏡」とも言える歴史を創り上げてきた多岐にわたる源の中に現代社会は存在することに対し、イシグロは『忘れられた巨人』においてはそれを一度白紙に戻し、最もシンプルでありながら本質的な世界、即ち、神話の世界から出発しようとする。この簡素化されたモチーフは、歴史をただ表面的で基本的に映し出す鏡という役割を担っているだけではなく、歴史の源がより開放的で潜在的に象徴化されたものとして提示することを可能とするのである。ネット上で様々な情報が交差する 21 世紀だからこそ、神話という歴史が創り出された原点に立ち返る必要があるのだ。
　このようなコンテクストの中で、『忘れられた巨人』における健忘症は、歴史が歪められていく最初の段階に起こる病であり、歴史がジレンマを抱えていく原因でもあるのだ。この健忘症に関して、モリス - スズキは、特に植民地主義時代の民族差別や不当な処遇や戦争責任を例にとり、現代にエスカレートしているコメモレーション（記憶の共有化）、謝罪、歴史責任を取り上げて、特に国家の罪を裁くことだけが重要ではないことを強調している。

　　…、歴史の危機はたんに健忘症の問題ではない。むしろ、深いところでおこっているジレンマの反映である。グローバルな移動と、急速に変化する多様なメディアの時代に、過去についての知識を世代から世代にどう伝えるのか？現在の暮らしを過去の出来事とどう結びつけるのか？過去のどの部分を自分の過去であると言い、それを自分のものとすることにどのような意味があるのか？（モリス - スズキ 8 頁）

　この歴史の危機を描くにあたり、過去をどの様に捉えるのか、またどの様に伝えるのか、さらにはその過去にどの様な意味があるのかというジレンマに、イシグロは挑戦していると言えよう。神話の世界を再構築することにより、イシグロはこの歴史のジレンマを解き明かそうとする。現代社会における記憶とは、ホロコーストやヒロシマに代表される様な人類に忘

第7章　暴力のルーツを探る神話再構築

れてはならない傷を残した負の遺産を、それを後世に必ず伝えなければならないという了解のもとで、調査し、さらに再調査して、残していくべき行為である。記憶と忘却の葛藤は、新たな歴史を構築していく義務がある現代人にとって、極めて重大で通らなければならない関門なのである。

　『忘れられた巨人』では、個人の記憶から歴史がいかに構築されなかったかが描かれている。歴史を創りだす集合体としての記憶は、もともとは個人の記憶であるがために、信憑性に欠け、薄れていったり忘れたりする中で構築されるものである。『忘れられた巨人』の中で忘却の淵にいるアクセルとベアトリスは、彼らが出会う様々な人物と共に、否定的で落胆するような記憶に取り憑かれている。1995年に出版されたイシグロの『充たされざる者』に関して、ブライアン・W・シャファー (Brian W. Shaffer) は、主人公がする「超自然的で異常な（"uncanny"）」経験は、この経験が恐怖や戦慄に結びつくというフロイトの論で説明がつくと述べている（89-99頁）。この超自然で異常な体験は、『忘れられた巨人』にぴったりと当てはまる。小説は、家を出た息子を探す旅に出る高齢の夫婦の個人的な旅で始まり終わるのであるが、彼らの語りが主観的で直感的であるが故に、矛盾した恐怖に満ちた感覚や感情が常に表れてくるのだ。彼らの語り自体が矛盾から成り立っており、信憑性に欠ける個人の記憶へと造り替えられていく。

　個人の信憑性に欠ける記憶は、良い記憶ではなく悪い記憶を消し去って来た結果でもある。小説の中で高齢となった夫婦の旅の中で、彼らの問題が次第に明らかになり、また解決していくのであるが、彼らが社会から排除されている状況が過去の記憶を取り戻すことで明らかとなる。しかし、彼らの過去は、村の過去であり、民族の過去であり、その過去は逆に遠退いていっているのである。

　　過去を確かめたければ周囲に問うてみればよい、と思うかもしれない。なぜ尋ねてみないのか、と。だが、それは言うほどやさしいことではない。まず、この村では過去がめったに語り合われない。タブーというのではなく、ただ、過去を語り合うことに意味が見出されない。村人にとって、過去とはしだいに薄れていき、沼地を覆う濃い霧のようになっていくもの。たとえ最近のことであっても、過去についてあれこれ考えるなど思いもよらないこと

だった。(*BG* 12 頁)

　過去は彼ら個人とブリトン人の村人たちに共有されているものである。彼らが村の端に追いやられ、村人たちから排斥され、蝋燭の使用さえも禁じられている生活を送っていることは、彼らが埋めて忘れてしまった過去の闇の部分に関係している。2 人の恵まれない処遇は、村人たちの彼らに対する敵意と嫌悪感に満ちた態度や子供たちからの悪態からもわかるのであるが、それが何故なのか、以前はそうではなかったかということさえも、2 人は忘れているのである。

> この老夫婦は巣穴のような村の外縁に住んでいた。当然、それだけ外界の影響を強く受けたし、夜、村人全員が大広間に集まって火を焚いていても、暖かさのおこぼれに恵まれることが少なかった。昔はもっと火の近くに住んでいたような気がする、とアクセルは思った。それはまだ息子らと一緒だったころではないだろうか…. 。夜明けの前の何もない時刻、ぐっすり眠る妻を横に感じながらベットに横たわるアクセルの心に、しきりにそんな思いが忍び込んできた。その思いは正体不明の喪失感をともない、アクセルの胸をいらだたせて、眠りに戻ることを許さなかった。(*BG* 9 頁)

　記憶の欠落が、その記憶を隠したい、あるいは忘れたいという彼らの思いに基づいているために、生きる意味が最初から曖昧なのである。しかし、そのような状況の中で、しかも何故息子が家を出たかも思い出せないまま、彼らは息子を探しに旅に出ることを決意するのである。
　記憶と忘却の矛盾に関して、イシグロはこの小説が、基本的に「個人的な記憶と葛藤している個人」について書かれており、「何時彼らは過去から身を隠すのか、また何時この過去に対峙してある種の解決に向かうのかということは知らないまま」の葛藤なのだという (G. Wood n.pag.)。失った息子を探す旅は、失った全ての記憶と失った自分自身を探す旅なのだ。
　そして、息子を探す旅が、それまで忘れ去られてきた過去との対峙となるわけであるが、その記憶は過去の過ちと暴力的な行いに充たされたものだということを発見する旅となる。旅の途中で、忘却の原因が霧であり、その霧は雌竜のクエリグ (Querig) が原因だということが次第に明らかに

第 7 章　暴力のルーツを探る神話再構築

なり、記憶の断片がアクセルとベアトリスに戻ってくる。それは、記憶が戻ることを恐れ、戻らないほうが良いのではないかという思いを抱かせることにもなる。

　「たいしたことではないんだ、お姫様。クエリグが死んで霧が晴れ、記憶が戻ってきたとする。戻ってくる記憶には、おまえをがっかりさせるものもあるかもしれない。わたしの悪行を思い出して、私を見る目が変わるかもしれない。それでも、これを約束してほしい。いまこの瞬間におまえの心にあるわたしへの思いを忘れないでほしい。だってな、せっかく記憶が戻ってきても、いまある記憶がそのために押しのけられてしまうんじゃ、霧から記憶を取り戻す意味がないと思う。だから、約束してくれるかい、お姫様。この瞬間、おまえの心にあるわたしを、そのまま心にとどめておいてくれるかい？　霧が晴れたとき、そこに何が見えようと、だ」（*BG* 334 頁）

　このアクセルのベアトリスへの懇願には、未来の予想図が暗示されている。その後アクセルは、アーサー王の甥で元同志の騎士ガウェイン卿（Sir Gawain）に出会い、さらにサクソンの兵士であるウィスタン（Wistan）に出会うことで、徐々に彼らの記憶の中で位置付けられ、最後には、アーサー王の時代の功績とその過失を思い出し、自分たちがなぜ社会的に葬られたかを自覚することになる。

　それは、「何も覚えていない」と逃げるアクセルに、ベアトリスの前でガウェイン卿がその過去を暴露し、アクセルが最後まで回避した記憶が明らかになることで決定的となる。アクセルにとって、記憶こそが自分の中に潜む鬼であり、忘却こそが砦であり、霧こそが味方であったのだ。

　ガウェイン卿とアクセルは、記憶に関して、次のような問答をする。

　「…。思い出せないと貴殿は言う。クエリグの息のせいか。ただ年月が経ったせいか。あるいは、賢者たる僧をも愚か者にするこの風のせいか」
　「そういう記憶には関心がありません、ガウェイン卿。いまのわたしが欲しいのは、妻が語る別の嵐の夜の記憶です」
　「心よりの別れであった、アクセル殿。これも白状しよう。貴殿がアーサー王をののしっているとき、わしの小さな一部も貴殿の声を借りて語っていた。貴殿の仲介で成立したのは偉大な協定であった。何年もよう保たれた。…」
　「あの日まで、法は両者間でよく守られていました、ガウェイン卿」とアク

セルが言った。「あれを破るのは不正義でした」
　「ほう、思い出したのか」
　「神ご自身が裏切られたという記憶です。この記憶だけは、霧にさらに奪われても、わたしは文句を言いません」
　「かつては、わしも霧に奪ってほしいと願ったことがあったが、すぐに真に偉大な王のなさりようというものを理解した。戦がようやく終わった。違うか、アクセル殿？　あの日以来、平和がわしらとともにある、違うか？」(*BG* 353-54頁)

　ガウェイン卿は、おそらくすでに記憶が蘇ったアクセルに、それを認めさせて確認させたい。ガウェイン卿にとってのアクセルの記憶は、最終的に自分がアーサー王を裏切った者であり、アクセルにとっては協定が崩壊してアーサー王が再び戦争を勃発させたことが裏切りであり、それは神の裏切りでもあったという記憶である。その結果訪れた平和は、アクセルにとっては平和ではない。その平和は歪められた過去の記憶として存在する。アクセルにとってのこの記憶は、霧に覆い隠されることなく、深く心の闇の中に隠していたものである。それは、ガウェイン卿が語る話が、正当な記憶として記録され、勝者の歴史を構築していく一方で、アクセルが語る話は、敗者で裏切り者の記憶として記録されること無く、歴史から逸脱していたことによる。

　アクセルが最も恐れている記憶は、上記の会話に示唆されている様に、妻のベアトリスとの負の記憶である。病に苦しみ夫とのつながりを常に求めるベアトリスは、雌竜のクエリグが退治され、忘却の霧が晴れた時に、夫婦間に起こったことを思い出す。

　それは、アクセルにとって「特別に苦痛をもたらす記憶」(*BG* 403頁)である息子の家出である。この息子の家出には2人に責任があることを、最後にアクセルとベアトリスが認め合う。アクセルが浮気をし、その裏切りにショックを受けたベアトリスも他の男性と浮気をした結果、2人の関係が亀裂して、その2人の不和に耐えられなくなった息子が家を出て行き、その直後に国中に広まった疫病で息子は死んでしまったのである。そして、アクセルは、息子の墓に行くことを、ベアトリスに禁じてしまったのであった。

第 7 章　暴力のルーツを探る神話再構築

　忘却の霧の中に紛れて、アクセルは、「復讐を望む小さな部屋を心の中につくって」(*BG* 405 頁)、妻に息子の墓参りをさせず、また自らも墓参りをしなかった。老夫婦が人生最後の望みとして息子に会いに旅に出る決意をするわけだが、ずっと昔に息子は死んでいたのである。ベアトリスが覚えていたことは息子が西の島に渡ったことで、2 人が西に向かったことは初めての息子の墓参りを意味していたのだ。もう 1 つの記憶とは、アクセルとベアトリスに起こった裏切り行為であり、それは高齢になり守ってくれる者が誰もいない弱者となった時、互いに相手を必要とし、最後まで人生を共にしようとしている 2 人が、最も思い出したくないことであった。

　高齢となって社会的弱者となったアクセルとベアトリスが互いを支えあおうとする一見して理想的な関係は、実は家と彼らから去って行った息子によってすでに壊れていたのだ。2 人は互いに裏切りあい、傷つけ合っていたことを思い出す。ベアトリスの病はこの互いの裏切り行為からくる精神的な病でもある。旅に出ると、2 人は他に誰も頼る人間がいないため、2 人の強いつながりで結びついていることと、何が起ころうと愛し合っていることを再確認しようとする。

　しかし、この旅の最初に、彼ら個人の記憶にある愛と憎しみのパラドックスは、彼らの人生の核としてすでに心の奥底に刻み込まれていたのだった。最後に、アクセルとベアトリスが息子はすでに亡くなっていることを認め、それでも 2 人で生き続けるという結論を出すという、皮肉に満ちた衝撃的な結末が待っている。人生における過ちと息子の死は、人生における最悪の記憶となり、その後の彼らの生き方を決定し、忘却の中に閉じ込めてしまう。彼らの旅が終わる時、自分たちの中にある過去の記録を発見し、人生においてこの過去がどのような意味を持つのかということを認識するのだ。

　アクセルとベアトリスの個人の記憶と忘却は、歴史の記憶と忘却へと繋がり、歴史の再構築が行われる。アクセルとベアトリスは、旅の間に、過去の記憶を証明するものに出会い、それを再体験する。彼ら 2 人の秘密と息子の家出は、内的および外的葛藤と災いのアイコンとして最終的に提示される。2 人の不義と息子との確執が忘れられていた様に、アーサー王

が独裁者で、その甥で英雄であるガウェインは大量殺人に関わった残忍な参謀であったことは忘れられていたのである。

　イシグロは、普遍的な悪が繰り返し起こることに警告を発している。即ち、何か起こると、過去になった時点で、「むかし、むかし（"Once upon a time"）」と語られることとなり、悪意に満ちた負の遺産としての過去は、意図的に隠されて、次第に忘れ去られるのだ。小説の中で、霧は忘却あるいは健忘症と同義で用いられているが、神話を解き明かす時に必要な要素の１つである。それは同時に、霧が濃くなったり、あるいは霧が晴れたりすることが、忘却が単なる言い訳であるが故に、忘却の深淵にどっぷりつかったり、記憶の断片が心に浮かんで来たりという流動的なものなのだ。記憶を紐解くことは物理的葛藤とそれに対する精神的な苦悩の原因に直面することなのである。

　そして、このブリトン人とサクソン人の間の戦いとアーサー王の統制は、ブリテン島という枠を超えて、グローバルな世界における歴史構築に反映される。現代社会におけるボーダレスな世界観の中で起こっている様々な大惨事は、忘却の淵に追いやってはならない記憶として留められ、歴史として刻まれるべきなのだ。イシグロはそれを次の様に語っている。

> 小説の舞台をどこか魔法をかけられたような世界に設定すると、それが可能となるのです。どんな社会でも、どんな人でも、忘れられた暴力や破壊の記憶を持っているものです。『忘れられた巨人』では、これらの忘れられた物事を呼び覚ますことによって次の暴力への連鎖が起きるかどうかを問うているのです。あるいはまた、大激動が起こることと引き換えにしても記憶を呼び起こす方が良いのか、それらの記憶を忘れられたままにしておく方が良いのか、ということも問うているのです。（Chang 3 頁）

失われた記憶と対峙することによって真実に向き合うことができるということを、イシグロは『忘れられた巨人』に込めたのではないか。

　私達個人の記憶の中には社会の中に埋もれて忘れられたままで、その忘却が最終的に人間の意識をコントロールする力さえ持ってしまうものもある。そしてそのコントロールによって、歴史が創り出されてしまう。イシグロは、『忘れられた巨人』を描くことで、現代社会に生きる私たちにそ

の危機を悟らせて、警告を発しているのである。

3．虚構と真実の葛藤を紡ぐ神話

　神話が現代文学において大きな役割を果たすようになって久しい。特に第二次世界大戦以降は、様々なスタイルのファンタジー文学が誕生し、ファンタジー文学の研究も盛んになって来た。20世紀初頭においてジェイムズ・ジョイス、ウィリアム・バトラー・イェイツ（William Butler Yeats）、T. Sエリオット（T. S Eliot）などのモダニストたちが、神話と人間の意識や精神とを関連づけて捜索をすることで、20世紀における文学を創り上げたことは周知の事実である（White 6頁）。

　ファンタジー研究の先駆的役割を果たしたロバート・ボイヤー（Robert H. Boyer）とケネス・J・ザホロスキ（Kenneth J. Zahorski）は『すばらしき想像力』（*The Fantastic Imagination*, 1984）の中で、超自然現象や非合理性を含むファンタジーは、実はリアリズムとは表裏一体で補完関係にあると定義している。さらに、トールキンは、リアリズム文学のアンチテーゼから脱却し、人工言語を創り出し、神話や宗教学の専門性を挿入したハイ・ファンタジーを構築した。

　イシグロ自身はインタビューの中で、『ガウェイン卿と緑の騎士』（*Sir Gawain and the Green Knight*）を読み、それが『忘れられた巨人』を書く契機となったと認めている。なぜアーサー王伝説をモチーフにしたかという理由は、一般的に理解されているアーサー王伝説そのものにではなく、「この種の閉じ込められた不思議なイギリス、まだ文明も起こっていない、そんな設定はとても興味深いものになる」と思ったからだと述べている（Alter 11頁）。即ち、神話に、ある意味、限りなくオープンな空間、異次元の世界に、物語を構築する可能性を見出したのではないか。神話が持つ限りなく原点に近い空間を背景に、この様に神話が果たす役割とそのスタイルがイギリス文学の中に確立している点を踏まえた上で、イシグロの『忘れられた巨人』は創作されている。この議論の延長上で、イシグロが創り上げた21世紀のファンタジー文学とは何かを考察することが必要であろう。

　『忘れられた巨人』の中で、繰り返し語られることは、人々が持つ怒り

であり、それがアーサー王のサクソン鎮圧と死後の混乱期において、憎しみと復讐の連鎖となっていることである。この点が、神話というモチーフの中で、イシグロが現代社会の抱える闇を投影させた理由であろう。特に毎日の様にテロへの脅威、人種差別、不条理なヘイト・スピーチが報道され、核兵器、核実験、そして原子力発電所と科学の進歩によって人間を破壊に追い込む現代社会を、イシグロが忘れるはずがない。

アクセルが忘れていることに、アーサー王が最後にサクソンを制圧した時に行った大量殺人がある。それも、残された子供や少年も復讐心にかられ将来は兵士となって自分たちに歯向かうという理由から、赤ん坊さえも殺したということである。サクソンの血を持つものは全て抹殺しようとしたブリトン人は、まるで優生学を正当化して、純血アーリア人以外の者を抹殺しようとしたナチス・ドイツと同じである。

『忘れられた巨人』はブリトン人であるアクセルとベアトリスの息子探しの旅がモチーフとなっているが、同時にサクソン人の若く有能な戦士ウィスタンとまだ12歳の少年エドウィン（Edwin）の旅でもある。いくら旅を続けても息子に会えないアクセルとベアトリスは、その代わりに多くの孤児たちと出会う。ウィスタンとエドウィンも孤児である。彼らは戦争やそれに続く紛争などで親を失った戦争孤児なのだ。この2つの旅が続くにつれて、それぞれ2つの民族の葛藤が世代を経て次第に明らかになっていく。

この4人は旅の途中で様々な困難に立ち向かうことになるが、その最も大きな関門がキリスト教の修道院である。ブリトン人が守るキリスト教の修道院に、その赤ん坊も含む大量の頭蓋骨が収められている埋葬場所があり、まだ記憶の断片しか戻らないアクセルとベアトリスはそこで現実に直面する。自分たちを守ってくれると信じて訪れたキリスト教の修道院から逃れる途中で、アクセルとベアトリスは地下からトンネルを進んで行き広い空間に出る。その暗いトンネルの中で、ベアトリスは足に触れたものが子供だと一瞬にしてわかる。それを否定していたガウェイン卿は、そのすぐ後の大きな空間に出た時に、そこが埋葬地であることを認めざるを得なくなる。なぜなら、そこには数え切れないほどの頭蓋骨が2部屋にわたって埋葬されていたからである。

第7章　暴力のルーツを探る神話再構築

　この過去の時代の埋葬地を見てガウェイン卿は、「わが国土のすべてが同じよ。美しい緑の谷。目に快い春の木立。だが、地面を掘ってみよ。雛菊や金鳳毛(きんぽうげ)の咲くすぐ下から死体が出てくる。キリスト教による埋葬を受けた者だけではないぞ。この土地の下には昔の殺戮の名残がある」(*BG* 221頁)と告白するのだ。それは、自分たちの先祖が、そして自分も含めて戦いに挑んだ者がこの残虐行為に関わったという告白でもある。ハンドラの箱が開けられ、それまで一緒に旅を続けていた4人がブリトン人対サクソン人という対立の中に身を置くことを余儀なくさせられる。

　この子供を含む大虐殺に関しての記憶が現実となってアクセルに蘇ることは、協定の失敗とそれに続く大規模な戦いの存在を認めることである。それは、第一次世界大戦が終結してドイツの敗北が決定的になり、1919年にはヴェルサイユ条約が結ばれたにも関わらず、ドイツではナチズムが台頭し、20年後の1939年にはドイツのポーランド侵攻によって第二次世界大戦が勃発し、2度目の戦いは最悪の惨事をもたらしたことと重なる。ナチス・ドイツは、優生政策に基づき、健全なアーリア民族を脅かす全ての者を抹殺した。そしてポーランド侵攻以降、侵攻する国々で略奪、破壊、性暴力を繰り返し、最終的にホロコーストで大量虐殺を行った。復讐の連鎖で、第二次世界大戦は世界観と人間観を崩しつくしたと言っても過言ではない。

　ブリトン人とサクソン人の戦いに関して、アクセルが尽力した和平協定が破られた理由、そしてその時の殺戮の状況、その殺戮の意味をガウェイン卿が思い出し、雄弁に語る。アーサー王の命による復讐の連鎖を断ち切るために行った子供を含む皆殺し作戦には、ガウェイン卿もアクセルも関わったことである。しかし、アクセルは、「赤ん坊殺し…. それがあの日のわれらだったのだろうか」(*BG* 275頁)と記憶の断片でしかそれを思い出せない。そのアクセルに、ガウェイン卿は、「アクセル殿が心を痛めておられるサクソンの少年たちは、やがて戦士となり、今日倒れた父親の復讐に命を燃やしていたはず、少女らは未来の戦士を身籠ったはず。殺戮の循環は途切れることがなく、復讐への欲望は途絶えることはありません」(*BG* 274頁)と自分たちの行いを正当化しようとする。

　その時、協定が破られたことに対してアクセルは、その無意味さを説

き、次の様に主張した。

> 今日、われわれは戦士も赤ん坊も区別せず、サクソン人を血の海に沈めました。ですが、サクソン人はいたるところにいます。東から船でやってきて、海岸に着き、日々、新しい村を造っています。憎しみの連鎖は途切れるどころか、今日の出来事によって鍛えられ、強化されるでしょう。(*BG* 275 頁)

　記憶を失っているアクセルが、夢の中で、はるか昔に何百人もの敵と戦ったことを思い出す。それは、夢ではなく現実だったことにアクセルが気付いた時には、アクセルが心配していたこと、即ちサクソン人たちの復讐はすでに始まっていた。

　ガウェイン卿を殺害しクエリグを退治したウィスタンは、アクセルとベアトリスに、これから来たるべき世に関して、「これまで遅れていた正義と復讐が、いまや大急ぎでこちらへやってきます」(*BG* 382-83 頁)と説き、「わが軍の兵力は、沼沢地においてさえまだまだ貧弱です。ですが、国土全体を見渡してみてください。谷という谷、川辺という川辺にサクソン人の村があります。どの村にも強い男たちと成長しつつある少年たちがいます」(*BG* 383 頁)と語る。

　アクセルは、自分がかつて予期した通りのことが現実となったことに愕然とするが、それでもウィスタンを説得しようとする。復讐の連鎖は途切れることなく、次の世代に受け継がれていくという記憶と現実の葛藤がここに見られる。

　復讐の連鎖がさらに若い世代に受け継がれていく。宗教と民族を巡る武力抗争は、地域や家族を破壊し、性奴隷や少年兵を生み出す。現代社会の縮図がここに埋め込まれている。母をブリトン人に拉致され性奴隷にされたウィスタンとエドウィンという少年兵が生まれ、復讐へと向かわせることになったのだ。

　少年エドウィンの旅は、少年から大人への旅であり、同時に彼の記憶の中に埋められた母の物語を知る旅であり、少年兵士への道である。まだ 12 歳のエドウィンには、5 歳の時に突然村にやって来た 3 人のブリトン人の元兵士たちに母親がなぜ連れ去られたのか理解できていない。ブリ

第 7 章　暴力のルーツを探る神話再構築

トン人の残虐行為の例として、大量殺人以外に、サクソン人の女性を拉致し、強姦し、性的奴隷として監禁する話が作中に散りばめられている。『忘れられた巨人』の中には、この女性拉致の話が点となって散らされているが、その中心となるのは 12 歳の少年エドウィンであり、彼の視点を中心にその性暴力が物語られる。

　まだ少年で大人に成り切っていないエドウィンには、ある日突然なぜ母親が連れ去られ、なぜその後母親代わりとなった叔母の「醜く歪んだ顔」(*BG* 112 頁) に自分が捕うわれるのか、そして村の長老はそれを、村に狼が 3 匹やってきて、やりたい放題して行った時、立ち向かう男はひとりもいなかったという話として語るのかが理解できない。サクソンの男たちが自分たち弱者に対する略奪、暴行、拉致という現実を隠しておとぎ話にすることにより、それらは被害者側の記憶の中で浄化されそうになる。しかし、ウィスタンとエドウィンが、自分たちの母の隠された秘密を共有する事実が明らかになり、拉致された 15、6 歳の少女に偶然過去に出会ったことを思い出すことで、エドウィンの中に、ある理解が徐々に生れてくる。その理解と少年兵への道が並行して進むのである。

　12 歳で悪鬼に誘拐されて兄を殺され、さらに鬼の傷をつけて帰ってきたためにサクソンの村から追放されることになったエドウィンは、アクセルとベアトリスに託されて、彼に残った鬼の傷の秘密が知られない、またサクソンの迷信から逃れられる遠いブリトン人の村に逃亡する旅に出る。この旅の中で、大人へと成長していくエドウィンに母の声が聞こえてくる。その声は、「わたしのために強くなっておくれ、十二歳なら、ほとんど大人だよ。…　強くなって助けにきて」(*BG* 114 頁) という嘆願に満ちた声だった。

　母はどこかで幸せに暮らしていると思い込んでいたエドウィンが初めて母の拉致に疑問を持つのは、母の助けを求める声が聞こえ、その後、偶然池の近くである少女と出会った時のことを思い出したためである。その少女の話は、母の拉致の話と重なる。突然極めて残忍で乱暴な男 3 人が村にやってきて少女を連れ去り、それ以来、少女は逃亡を繰り返しながらも彼らにまた捕まり、最後には逃げることもあきらめて、彼らと旅をしている。助けようとするエドウィンに、少女は、自分を拉致して引きずり回

しているエドウィンよりも年上の少年たちのことを、「人をぶんなぐるのが大好きな連中」と言って、「あんたが気絶するまで、そこの泥水に頭を突っ込むかもよ」と警告する（*BG* 242 頁）。

　少女は縛られたままわざと放置され、縄をほどこうとしながらも、彼女のその行為自体が無駄なことを語る――「ときどきね、まだわたしがほどけないうちに戻ってくることがあるけど、そんなときも絶対にほどいてくれないの。自分で何とかして両手を自由にできるまで、何も言わずに、ただ見てるの。そこにすわって、股座（またぐら）から悪魔の角を生やしながらいつまでも見てる」（*BG* 244 頁）。自由を奪われ、強姦や性的欲求のはけ口とされている少女は、エドウィンも拉致した男たちと同じ男だと思い最初は警戒するが、自らの体験を語る。それでも少女が置かれた状況をエドウィンは理解できないどころか、拉致された母親が幸せに暮らしていると少女に言う。「どうして幸せになれるのよ。誰かに助けにきてもらいたがってるって思わないの？」と少女に諭されても、「もうほとんど大人でしょ？」と指摘されても（*BG* 244 頁）、少女が涙を流しても、エドウィンにはまだ現実が十分理解できない。

　エドウィンが旅の途中でウィスタンの教えを受けて戦士として教育されていくに従い、エドウィンが大人へと成長する。その過程で、あの少女を思い出す時、彼自身「股座（またぐら）から悪魔の角」が出てくるという様に性への関心に目覚めると同時に、自分自身が戦士として母を男たちから救出しなければならないことを悟っていく。エドウィンはウィスタンへの忠誠を果たせない自分を責めるが、そこには母の呼びかけが続いていた。闘志が沸き上がる中で、エドウィンは母を拉致した若者たちがすっかり粗暴な男になっており、母がそこから逃れようと必死でもがく光景を心の中で見る。エドウィンの中に、押し殺すことができない強い意志が働き、クエリグの打倒ではなく母の救出が最優先であるという思いに駆られる。

　狩人としての本能とウィスタンに鍛えられた戦士としての資質を持つエドウィンに、母の叫びが日に日に強くなる――「わたしのために強くなってくれないの、エドウィン。結局、まだ幼すぎるのかしらね。わたしを助けにきてくれないの、エドウィン。あの日、約束してくれたのに」（*BG* 286 頁）。エドウィンの中で、母の救出が最優先となり苦しむのであるが、

第 7 章　暴力のルーツを探る神話再構築

それをウィスタンに告白した時に、ウィスタンも母を拉致されたことを告白し、2 人の少年期の経験が同じであることがわかる。

「わたしの母も連れていかれた。だから、君の気持はよくわかるよ。わたしも、母が連れ去られたときは子供で、弱かった。戦がつづいていた時代でな、人が殺されたり吊るされたりするのをあんまり見ていたものだから、連中が母に笑いかけてくれたときは嬉しかった。てっきり母をやさしく丁重に扱ってくれるものと思ってな。ばかだった。きっと君もそうだったんじゃないのか、エドウィン。まだ小さくて、男とはどんなことをするものか知らなくて」
（*BG* 312 頁）

このウィスタンの告白を聞いてもエドウィンはまだ母が連れ去られた理由がわからないが、それを「一緒の男たちに意地悪されること」（*BG* 312 頁）としてしか認識できない。それでも、母を連れて行った男たちと対決しようとする意志は変わらず、また母が待っていることも確信している。

歴史上、戦争や内乱が起こる度に、女性の性が暴力の犠牲となってきた。2018 年のノーベル平和賞が、戦争や武力抗争の道具として性暴力が使われていることを根絶するために尽力するコンゴ共和国の医師デニス・ムクウェゲ氏とイラク出身で自らが性奴隷の被害者であるナディア・ムラード氏に贈られた。これは、現代において、いかに性暴力が政治や武力抗争において悪用されているかを示すとともに、大きな警告を発している。イシグロは、この警告を作品の中で行ったのだ。

また、現代において、誘拐されたり洗脳された子供たちが、少年兵として訓練され、自爆テロにも使われている。無力で無知な子供たちを騙し、あるいは脅して、心の隙間に入り込み、絶対服従をさせ、その命さえ奪う社会が、今、目の前にある。その危険性を、イシグロはここで提示する。少年兵エドウィンは、自らも少年兵として訓練を受けたウィスタンによって造られていく。母が性奴隷の犠牲となった 2 人の男性は、少年兵という人生のスタートを切る運命に置かれる。

母が性奴隷の犠牲となったエドウィンに対して、ウィスタンは自分たちの母親たちを連れて行ったブリトン人と同じ血が流れる者たちを憎み、復讐するという考えを植え付ける。そして、洗脳されたエドウィンは、母の

救出には間に合わないが、復讐にはまだ間に合うという結果に至る（*BG* 388頁）。復讐の連鎖は、アクセルとベアトリスが知らないところで、着々と次の世代に受け継がれていっていたのである。

もう1つの復讐の連鎖は、ブリトン人が敵のサクソン人の少年たちを収兵して少年兵として訓練し、その少年たちが兵士となった時に、ブリトン人を裏切ることによって生れていた。ウィスタンは、エドウィンの年頃に、西の果てにある厳重に警護されている砦で、「ブリトン軍の戦士になるために日夜訓練を受けていた」少年20人ほどの1人であったと告白する（*BG* 282頁）。少年兵たちは互いに兄弟のように暮らし、尊敬できる指導者とも出会う。しかし、サクソン人であるが故にいじめにあったことと尊敬できる指導者の裏切りによって、ウィスタンはブリトン人への復讐心に取り憑かれることになる。サクソン人でありながらブリトン人にブリトン人の兵士になるように教育されることは、サクソン人にとって屈辱である。優秀なウィスタンは領主の息子であるブレヌス（Brennus）によっていじめの標的となり、その経験によりウィスタンはブリトン人に対する憎しみを募らせることとなっていた。

少年兵の養成は、旅の間に着々とウィスタンからエドウィンに実践されており、ウィスタンの力が最後に弱まった時にはエドウィンという少年兵が誕生している。ウィスタンは、少年時代の教育の担当者がアクセルであり、当時人格者として尊敬されていたアクセルに尊敬の念を捨て去ることができない。アクセルとの再会で、過去に会ったことがあるという記憶をたどろうとするが、それが「何か重要な記憶につながりそう」（*BG* 141頁）ということしかわからない。アクセルとの旅の間にアクセルの人柄に触れたウィスタンは彼の人間性の深さに心が動くが、復讐心に燃えるウィスタンは、その思いを一掃する。そして、エドウィンに兵士としての資質を見て取るや否や、自分も同じような訓練を受けたと言って、殺し合いの場をわざと見せる（*BG* 159頁）。その結果、エドウィンは、修道院で1人捕らわれたままのウィスタンを救助に向かうまでに成長する。この時点で、ウィスタンのサクソン兵の養成が成功しており、心身ともにたくましい少年兵を造りあげていることになる。

しかし、ウィスタンは、アクセルとベアトリスの寛大さと慈悲深さに触

第 7 章　暴力のルーツを探る神話再構築

れ、またアクセルがかつて志の高い人だったことを思い出し、その影響を受けて自らの意志が弱くなったと言い、2 人を逃すことになる。この結果が、せめてもの救いであり、復讐の連鎖がここで途切れる。

　イギリス社会におけるアーサー王は、伝説を超えて、まるで実在していたかの様に語られることがある。またアーサー王という英雄は時代を超えてイギリスおよびヨーロッパ社会の中に永住権を持っており、現代の歴史や記憶とも大きな関わりを持っている。

　1956 年、ウィンストン・チャーチル（Winston Churchill）は、著書『英語圏の人々の歴史、ブリテンの誕生』（*A History of the English Speaking People, The Birth of Britain*）の中で、アーサー王伝説を次のように正当化している。

> 次の様に明言しようじゃないか。アーサー王と騎士たちが、キリスト教の聖なる炎と世界秩序の主導概念を守り、強靭な精神と肉体を持ち、最上の軍備を備えて、無数の下劣な異教徒の大群を虐殺し、立派な民族の不変の手本を示したのだ。(Finke and Shichtman 1 頁)

チャーチルは、第二次世界大戦の記憶がまだ一般市民には生々しく残っている時代に、戦争に勝ち抜いたイギリスを称え、その功績をアーサー王の功績と比較している。キリスト教の教えを守り世界平和のためには、手段を選ばずに、武力で敵を退治する英雄像をここに掲げているのだ。

　しかし、このアーサー王伝説は、イギリスのナショナリズムを鼓舞すると同時に、第二次世界大戦においてファシズムという最も危険で残虐な思想を掲げたナチス・ドイツにおいても、中世への回顧という形で崇められている。中世を好んだヒトラーは、アーサー王伝説をファシズム思想の中で実現しようとした。

> ヒトラーの中世への理解は、リヒャルト・ワーグナーの影響によるところが多く、ワーグナーのオペラである『パルジファル』は総統講演のテーマでもある。ワーグナーの様に、ヒトラーはアーサー王ロマンスを本来の歴史的時点に置き換えているのである。(Finke and Shichtman 194 頁)。

パルツィバル（Parsifal）はアーサー王伝説の中で最も徳が高いとされる円卓の騎士（パルジファル）で、ワーグナーの *Parsifal* は 1882 年の作である。ヒトラーは、芸術の擁護者でもあったが、その中世回顧は、民族差別と大量殺人によって理想郷を造り出すという恐ろしいロマン主義思想を呼び起こすものだったのだ。アーサー王がサクソン人を鎮圧してブリトン人の世界を構築したように、ヒトラーはアーリア民族の純血に相反するものを全て抹殺してドイツを再構築しようとした。中世の英雄伝説が、20 世紀のファシズム思想の中においても理想的な戦闘精神に置き換えられていることに戦慄を覚える。

　アーサー王伝説の、誤った英雄伝と武勇伝は、誤ったイデオロギーの中で正当化され、記憶を忘却の淵へと追いやり、歴史を歪めることになる。イシグロは、『日の名残り』や『わたしを離さないで』の中で、ナチス・ドイツに代表される全てのテロに対して間接的に批判していると言える。

　原点に戻ると、アーサー王伝説のイギリスは、時間と空間の概念から解放された世界である。書評でも指摘されているように、『忘れられた巨人』には「哲学的な難問」が潜んでおり（Gaiman n. pag）、それを解き明かすことが私たちの使命だと考えられる。神話という異世界と異次元、ある時代をそして自分たちの人生を生き抜いてきた男女の最後の旅、彼らが遭遇する異次元の者たち、そして霧という自然現象を描くことによって、イシグロは人間の内面に深く潜入すると同時に、歴史が持つ闇の部分に到達し、現代社会に起こっている大惨事を読者に呼び起こさせている。『忘れられた巨人』において、イシグロは、神話という普遍的で真っ白なカンバスに、虚構と現実が交差する形で進行している歴史を刻んでいったと言っても過言ではないであろう。

　アーサー王伝説は、全くの異世界ではなく、また民族も架空ではない点から、イシグロの『忘れられた巨人』は、トールキンが創り上げたハイ・ファンタジーとは正確には異なるファンタジーであると言える。しかし、ハイ・ファンタジーに必要な愛、性、結婚などの成人に向けてのテーマが入っている点では、イシグロは意図的にハイ・ファンタジーに取り組んだと言える。同時に、アーサー王伝説が、イギリスの創設期においてブリテン島を舞台にイギリスを代表する王と騎士たちの物語としての国民的伝説

第 7 章　暴力のルーツを探る神話再構築

として君臨するとも言える点が、難しい点だったのではないか。そして、その伝説があまりに広く知られているが故に、それをどのように使いこなすかという点において苦労したとも推測される。さらに、史実的な部分も含まれているため、虚構と現実のパラドックスという点で、最新の注意を払って神話を再構築したと考察できる。

　アーサー王伝説は、ある意味、現実という史実の世界と虚構という文学の世界が融合した世界である。中世から現代にかけて、アーサー王伝説歴史家たちにどのように捉えられてきたかは、「影響力が強いが、実質が無い社会的能記であり、そこには合法的で特殊な形で示された政治的権力と文化的帝国主義に都合が良い意味が付加されることがあり得るもの」（Finke and Schichtman 2 頁）と定義され、通時性ではなく共時性が指摘されていることからも、理解できる。

　この共時的特質が、中世文学の構築に必然であったとすれば、中世文学もまたこの共時性を共有していることになる。イギリスにおける中世文学に関して、次のような指摘がある。

> 最も権威があるキリスト教の歴史の確固とした表象であるだけでなく、神話の影響力が複雑かつ深く感動させる集合である。ブリテン島の中世文学の伝統において、ケルト人、ローマ人、サクソン人、ヴァイキングの神々の声が一つに融合し、一見するとそれは混沌とし複雑に思えるかもしれないが、同時に豊かで疑いない英国の調べを私達に提示してくれる。(Fee ix 頁)

　紀元前 700 年にはケルト人が定住していたブリテン島に、紀元前 55 年にローマのユリウス・カエサルが侵入して以来、ブリテン島はキリスト教化された。ローマ人は先住のケルト人をブリトン人と呼んだが、彼らは後にウェールズ人と呼ばれるようになる。そして 4 世紀から 5 世紀にかけてアングル人、ジュード人と共に、北ドイツ低地で形成されたゲルマン民族のサクソン人がブリテン島に渡ってくるが、その中で、特に、サクソン人はフランク王国に征服され、7 世紀にキリスト教化が進められるまで、キリスト教を絶対受容することなく、独自の伝統的な神々とその祭礼を守り続けた。アングロサクソンのキリスト教化でブリテン島が平穏となった

ころ、北欧のヴァイキングが侵略してきて、キリスト教と対立する文化と価値観をもたらす。これら全ての要素が、イギリス文学の基礎となり、独自の英国の調べ（"British melody"）を創りだしたと言えよう。

　しかし、この英国の調べは、武力による侵略、鎮圧、征服、文化破壊、人間性への抑圧、性暴力、大量殺人という名前をあげてもあげ切れないほどの暴力と抹殺の結果に生まれたものでもある。このような点からアーサー王伝説が、歴史と文学の中で現実と虚構という世界を創り上げながら、大きな可能性を秘めたものであることがわかる。

　アーサー王伝説には、時間は中世であるが、物理的時間を超える人間の精神の流れがある。それは、神話の中に、侵略、略奪、殺戮、暴動、強姦などのあらゆる悪と暴力が潜んでおり、記憶の中に閉じ込められた現実を内包しているが故のことである。神話が現代において語られる時、それはイデオロギーをさらに掛け合わせて理解される。それでも、神話であるが故に、イデオロギーを超えて、愛、性、結婚、人生の流れの存在を確認することができるのだ。

4．忘れられた巨人が住むところ

　最後に、この小説の巨人とは何を表しているのか？　それは、この小説の中で描かれている空間を紐解くことで理解することができる。霧の原因となっているクエリグの死が平和をもたらすと信じていたアクセルに向けて、ウィスタンは次のように言い放つ。

> 「かつて地中に葬られ、忘れられていた巨人が動き出します。遠からず立ち上がるでしょう。そのとき、二つの民族の間に結ばれた友好の絆など、娘らが小さな花の茎で作る結び目ほどの強さもありません。男たちは夜間に隣人の家を焼き、夜明けに木から子供を吊るすでしょう。川は、何日も流れ下って膨らんだ死体とその悪臭であふれます。わが軍は進軍をつづけ、怒りと復讐への渇きによって勢力を拡大しつづけます。」（*BG* 384 頁）

　アーサー王以前、小説の中では、霧の原因である雌竜のクエリグが魔術師のマーリン（Merlin）によって山奥に閉じ込められており、アーサー王の死後、サクソンの謀略を恐れた王がガウェイン卿に託したことがクエリ

第 7 章　暴力のルーツを探る神話再構築

グを守ることとされている。旅の途中、クエリグの毒殺を試みた孤児の少女が毒を仕込んだ山羊をアクセルとベアトリスに託すのであるが、それを「巨人のケルン（"the giant's cairn"）」まで届けようとする。ここで巨人が出てくるわけであるが、小説の中で巨人が出てくるわけではない。それでは、巨人はどこにいるのであろうか、そして何故忘れ去られているのであろうか？

　この忘れられた巨人とは、アーサー王伝説以前、紀元前 3000 年ごろから 1600 年頃にかけて建造されたと想定されている巨石群ストーンヘンジ（Stonehenge）ではないかと思われる。多くの巨石が残るイギリスの中で、ストーンヘンジは、イギリスの南西部の平原に突如出現したかのように並んでいる最も有名な巨石群である。それは、円陣状に並んだ直立巨石とそれを取り囲むように並んだ土塁から成り立っている。

　この後期新石器時代から初期青銅器時代という枠組みは、1960 年代になって正確に年代測定ができるようになって特定されたもので、それぞれの時代に、ブリテン島にやって来た全ての様々な民族によって、その時代を映し出す建造物として何度も再構築されていったと言われている。現在は、コーヴベリーの遺跡と共に 1986 年にユネスコ世界遺産に登録されているだけでなく、イギリス文化遺産としても登録され、ナショナルトラストが中心となって保存している。

　このストーンヘンジは、アーサー王伝説の中で、魔法使いのマーリンが一晩で出現させたと言われている。有名な説である 12 世紀にウェールズ出身の歴史家モンモスのジェフリー・モンマス（Geoffrey of Monmouth）によって書かれた『ブリテン列王史』（*The Historia Regnum Britanniae*）によると、アーサー王の祖父であるアウレリウス・アンブロシウスがサクソン人との戦いで亡くなった首長たちの死を悼むための碑を造るために、アイルランドにもともとあった「石の環」をマーリンに命じて奪って来させて、南西の平原に運んで組み立て直したという（山田　20 頁）。もう 1 つの説は、マーリンが悪魔に命じて、アイルランドの老女の庭から岩を運び出して、たった一晩で平原に移し替えたという（山田　20 頁）。ジェフリーは、マーリンに関して詳しく語っていないにも関わらず、洞察力に優れ、アーサー王との関係を構築し、預言者としての将来を設定

した（Jenkins 61 頁）。ジェフリーのマーリン説は、ウェールズに伝わるMyrddinの物語と一緒になったとも言われている。このジェフリーの説を基に様々な物語が生まれるが、アーサー王とマーリンとの関係を強くし、マーリンをアーサー王の助言者として設定したのはマロリーであると言われている。

『忘れられた巨人』の中で、アクセルとベアトリスが旅の途中で遭遇する老いたガウェイン卿は老馬ホレスに乗って、自分の方に近付いて来る4人を待ち受けているところが、マーリン木立と名付けられた場所である。ガウェイン卿が、クエリグ退治に徐々に近付いて来る一行から自分を守ってくれそうな木立を見つけた時、マーリンの偉業を讃えてこのように語る。

> … マーリン殿！　たいした男だった。一度、この人は死神にすら魔法をかけるのかと思ったが、最後はやはり死神の軍門に下ってしまわれたか。いまは天国におられるのやら、地獄におられるのやら。アクセル殿に言わせれば悪魔の召使だったそうだが、あの方の力は神を喜ばせるためにもよく使われていた。それに、勇気のない方ではなかったことも言っておかねばならぬ。降り注ぐ矢と振り回される斧に身をさらされたことも一度や二度ではない。ここをマーリン木立と命名しようか。この木立の目的はただ一つ。わが時代の偉業を無に帰させようとする者が現れたとき、その者をわしが待ち受ける場所となることだ。五人のうち二人までが雌竜の前に倒れた。だが、マーリン殿はわれらとともにクエリグの尾の届く範囲にとどめられた。（*BG* 337 頁）

ガウェイン卿はアーサー王から受け継いだ巨人のケルン近くに捕らわれているクエリグに、もう一度マーリンの力を欲している。マーリンは、聖女の母と悪魔の父から生まれたとされ、その両方の資質を兼ね備えた魔法使いとされており、アーサー王との関連では円卓の案を造ったとも言われている（Day 51 頁）。

しかし、伝説とは異なり、ストーンヘンジの歴史・文化遺産としての意味は、時代を経て変化し、天文学、度量衡、幾何学、そして考古学の分野で様々な研究が試みられて、20世紀に至っては科学的方法での解明が進められているが、今だ謎である（ヒース 2-4 頁）。一般に、石器時代の神

第7章　暴力のルーツを探る神話再構築

殿か祭壇と理解されているが、中世には様々な空想が付加され、遺跡は略奪と損傷の犠牲となり、また雨風による浸食や崩壊の危機にさらされ、さらには見学者の落書きの被害にも遭い、ついに遺跡として保存する運動が生れてくる。しかし、1960年代後半のカウンターカルチャーの中で、毎年、夏至の碑には、4万人の人々が巨石から昇る朝日を見にストーンヘンジを訪れる（ヒース2頁；山田39頁）。

アーサー王伝説以外に、ブリテン島の空間には、先史時代から多くの巨石があり、『忘れられた巨人』の中の巨人のケルンが持つ意味はさらに深くなる。例えば、北アイルランドには巨人の石道、ジャイアンツ・コーズウェーという4万個の石柱群があり、巨人にまつわる奇石が多く残る。また、コーンウォールの巨人伝説はセントマイケルズ・マウントに残っており、ケルトの文化遺産がブリテン島の南西には多く確認されている。これらの巨石が創り上げる風景は、『忘れられた巨人』で描かれているイギリスの風景とも違うし、またそれ以前のローマ人の遺跡からなる風景とも異なり、ブリテン島の原風景なのだ。つまり、アクセルとベアトリスの旅は、これらの原風景の中を突き進む旅なのである。

小説の中の巨人のケルンは、クエリグの食べ物がよく置かれている場所と知られているため、そこに毒をしこんだ山羊を連れていき、クエリグを退治するというシナリオが語られる。アクセルとベアトリスたちは、親に忘れられて自分たちだけで暮らしている子供たちに遭遇し、そのうちの1人の娘がクエリグ退治の計画を語る。子供たちは、ブロンウェン（Bronwen）に言われた通り、山羊に毒の餅を仕込んでは、鬼たちにそれを与えて実験をしており、最後に残された山羊を巨人のケルンまで連れて行ってほしいとアクセルとベアトリスに嘆願する。

「…..ブロンウェンって不思議な枝を持つ人で、だからまえはとても怖かったんですけど、わたしたちが親に忘れられ、子供だけで暮らしていることを知って哀れんでくれました。だから、お願いです。ご老人方。力を貸してください。今度誰かが来るのなんていつのことになるでしょう。兵隊さんや変な人たちじゃ、来ても怖くて姿を見せられません。お二人こそ、わたしたちが神イエス様にお願いしていた方々なんです」。（*BG* 330頁）

ブロンウェンとはウェールズの中世文学に登場する女性の名前 Branwen から来ていると思われる。荒野の中に放り出された孤児たちが自分たちの力で身を守り、毒殺という方法で両親の復讐をするという物語の中で、巨人のケルンは人々の道しるべとなっているのだ。

　また、ブリテン島には巨人にまつわる伝説が他にも多く存在し、ブリテン島の古名であるアルビオン（Albion）は、ラテン語の albus に由来するとされる説があり、13世紀半ばまでブリテン島を表し、詩にうたわれた別名だと言われている（Barber 3 頁）。アルビオンとは、ブリテン島にやって来たローマ人が、その石灰岩の白い岩と地形から、「白い国」という意味の名前をつけたことに由来するという説が一般に知られている。現在でも残るドーヴァー海峡の白い崖は、White Cliffs of Dover と呼ばれたことから、その色と地形が想像できると言われている。

　また、アルビオンは、ブリトンの伝承の中で、アルビオーン島に住む巨人の名前でもある。伝説では、大地には巨人が住んでいるとされていたが、それは実はエドワード1世がスコットランド征服を試みていたという政治的な意味が含意された結果、この伝説によってブリテン島が1つの政治勢力の元に統一されたことを示しているとも考えられる（Barber 3 頁）。アルビオンもまた、アーサー王伝説と並んで後世の文学に影響を与え、ブレイクの詩の中でも登場している。

　ジェフリーの『列王伝』において述べられている様に、ブルータスが発見する以前は文明も無い野蛮な土地としてしか語られなかったブリテン島に巨石文明が存在し、それらは明らかに人間によって作られたのである。そして、それらの巨石は今でも謎につつまれ、数多くの伝説に語られている。

　イシグロの『忘れられた巨人』における巨人は、様々な神話や伝説に表れる巨石を結合した上で、このアルビオンの伝説が持つパラドックスを基として設定されている。この神話のパラドックスを解読するためには、忘れられた巨人が、忘れられた歴史と記憶を表わす点において中心的な役割を果たしている。

　小説のタイトルに使われている巨人のケルンは碑であり、神話の持つ潜在的で深い闇を示唆しており、この地球上に長く蔓延している悪と結びつ

第 7 章　暴力のルーツを探る神話再構築

いているというパラドックスの象徴である。碑に関して、『忘れられた巨人』の中では次の様に定義されている。

> 悪事の被害者のために立派な碑が建てられることがある。生きている人々は、その碑によって、なされた悪事を記憶にとどめつづける。簡単な木の十字架や石に色を塗っただけの碑もあるし、歴史の裏に隠れたままの碑もあるだろう。いずれも太古より連綿と建てられてきた碑の行列の一部だ。巨人のケルンもその一つかもしれない。たとえば、大昔、戦で大勢の無垢の若者が殺され、その悲劇を忘れないようにと建てられたのかもしれない。それ以外に、この種のものが建てられる理由をあまり思いつかない。平地でなら、何かの勝利や王様を記念して建てられることもあるが、これほど人里離れたこれほどの高い場所で、なぜ重い石を人の背丈よりも高く積み上げたのか。そこにはどんな理由があったのだろう。（*BG* 345 頁）

　巨石は考古学者たちによって常に研究の対象であるにも関わらず、今だにその起源や意味は解明されていない。しかし、未知の過去への限りない憧れと関心がいまだ人類を虜にさせる。同時に、それは、過去の栄光ではなく、過去に犯した過ちや虐殺を記した道しるべなのである。

　現在のイギリスとアイルランドには、有史以前に造られた巨石が多く残っており、考古学者たちが様々な調査を行ってきたが、決定的な起源などを示す証拠はまだ見つかっていない。そして、キリスト教化が進み、近代から現代社会に移行した後も、巨石信仰は衰えることなく、中世には巨石の下に妖精が住む世界があるとか、悪魔の住処があるということが信じられていた。また、『忘れられた巨人』における空間の構築は、全てこの巨人が住むところに集約されていると言える。そして、忘れられた巨人は、私達の心の中に住んでいるのだ。

5．21 世紀の神話回帰

　『忘れられた巨人』には、古代から続く歴史の中を通して、人間の肉体と魂が常に脅かされる様な大惨事や危機的状況に、人類が繰り返し対峙し続けてきたことを、記憶に留めなければならないというイシグロのメッセージが読み取れる。人類が犯してきた決定的な過ちは、実際は何が起こったのか、そしてどんな葛藤に人間が遭遇したのかということを忘れて

は、教訓を生かせず、新たな葛藤に身を置いてきたことである。私達が新聞やインターネットで毎日のように目にする世界中で起きている戦争、テロ事件、大災害に慣れすぎてしまった現代において、イシグロはそれらを決して直接描くことはしない。中世という神話の世界に読者に身を置かせ、その空間と時間の中で、記憶、物語、歴史がいかに不確かで不明瞭かということを体験させている。

　イシグロは常に文学のグローバリズムに貢献してきたと言えるが、それは同時に20世紀後半から21世紀にかけて、世界が大きな局面を迎えることになったという時代性と一致すると言える。『グローバル・コンテクストにおけるカズオ・イシグロ』(*Kazuo Ishiguro in a Global Context*) の序文で、レベッカ・L・ウォーコウィッツ（Rebecca L. Walkowitz）は、「イシグロの作品に見られるグローバルな循環と受容とがどの様な視点で批評されるかということにはどのような差異があるのか」(xii 頁) ということを分析する必要性を説いている。さらに、イシグロを含む現代イギリス作家を批評するにあたり、エミリー・ホートン（Emily Horton）は、彼らが、歴史、科学、文化をグローバルなレベルで関連付けて作用させようと試みていると述べている（217 頁）。今世紀においてグローバルなレベルで危機がより拡大し、より複雑になってきたことに対して、イシグロは作家として現代の読者が直面する事象を避けることはできないと認識している。

　『忘れられた巨人』における忘却の霧を晴らすための旅は、現代社会において歴史を再構築しなければならないという新たな側面を探求する旅である。インターネットを通じて、現代人は数え切れないほどの視覚情報と文章化された情報にアクセスすることができる。しかし、記憶は簡単に忘れ去られ、戦争はまた起きるのだ。

注

　本論は、"Making a 'Once-upon-a-Time' Mythology in Kazuo Ishiguro's *The Buried Giant*" と題して、ICLLL 2016: 18th International Conference on Languages, Literature and Linguistics（Holiday Inn Paris Montparnasse, Paris, France, 24-25

第 7 章　暴力のルーツを探る神話再構築

Oct. 2016) においてポスター発表し、*International Science Index* 10.7 (2016): 2435-2439 に掲載された論文を大幅に加筆修正したものであり、著書『記憶と共生するボーダレス文学』の第 6 章に加筆修正をして転載したものである。

あとがき

　本書は、私がそれまで各駅停車並みの遅さで進めていたイシグロ研究を、イシグロのノーベル賞受賞という学期的な出来事に触発されて、ロケット並みの速度でまとめたものである。イシグロを研究対象として捉えることが長い間できなかったことも原因であるが、同時にアメリカにおけるアジア系作家の研究が、思った以上に深まり、また1980年代から現在に至るまで、新しい作家の声に耳を傾けたり、次々に世に出てくる作品と出会ってきたこともその要因である。アジア系の中で日系作家たちは、明治時代に海を渡った一世の苦難の歴史、彼らに嫁いだ写真花嫁たちのストーリー、そして特に第二次世界大戦中の民族的迫害と強制収容所体験などの過酷な体験や世界観を描いた。それに比べて、イシグロ研究にはそのようなインパクトが無く、イシグロのエリート性の高さと商業的な成功で、逆に面白みがないように思え、私には、特に取り組むべき作家だと認識することができなかった。

　もともと平成26年から30年までの科研の研究テーマである「ボーダレスな知的財産への道：グローバル文化・文学の共生ディスコースを探る」の中で、イシグロや多和田葉子という、日本をバックグラウンドに持ちながらも言語や文化が異なる活動拠点を持つ作家が、現代人を震撼とさせた未曽有のテロ事件や大震災が起こり続ける今世紀に、どのようなメッセージを発信しているかということがあった。特に日本の作家たちが3.11文学といえるものを創り上げていたことに興味を持ち、津島佑子や村上春樹の作品に巡り会うことになる。その前に、欧米の作家を中心とした9.11文学の構築があり、これは津島、村上、そして大江健三郎など日本の作家にも大きな影響を与えていた。そして、それ以前に、日本人の作家には第二次世界大戦の記憶が作品の中に埋め込まれている。何より、広島と長崎

に落とされた原子爆弾の語りとして受け継がれている原爆文学がグラウンド・ゼロ文学として日本にはある。

このように過去の歴史、語り、記憶、そして忘却という悪循環が文学においてどのように捉えられているのかということが大きなテーマであった。そこで、イシグロの作品をもう一度読み直し、自分なりに評価できるのではないかと思うようになる。

津島や村上による9.11と3.11を描いた最新作品を読み、アメリカ現代若手作家による9.11に触発された文学作品を読んでは分析し、その成果が『記憶と共生するボーダレス文学：9.11プレリュードから3.11プロローグへ』という著書となり2018年8月末に出版されることになった。その原稿は2017年の9月に出来上がっており、その中にイシグロに関する章を2つ入れていた。その原稿が出来上がってしばらくしてから、イシグロの全作品をもう一度読み直し、リサーチを行い、1作品を1章としてまとめる構想が出来上がった。特に一般読者のことも考え、作品や参考文献からの引用等は全て日本語訳を用いることにした。そのような中で、イシグロがノーベル文学賞を受賞したのである。その時私は、何か使命感のようなものを感じ、2018年7月末までに一気に本著『カズオ・イシグロに恋して』の原稿を書き上げたのである。

私は2018年9月から2019年9月まで在外研究のために渡英することが決定していたので、何とか出発前に『記憶と共生するボーダレス文学：9.11プレリュードから3.11プロローグへ』を出版し、そして本著の原稿を完成させようと思ったのである。スケジュール的に少々厳しいことは承知していたが、それでも授業や会議、主査を務める若い研究者の博士論文の指導と審査、渡英準備、そして国際学会での発表準備などをこなしながら、2018年8月末に本著の草稿を完成させた。

イシグロにインタビューをすることができればとは思ったが、インタビューに今まで散々答えてきたイシグロには特に尋ねることはないし、ノーベル文学賞受賞後は多忙を極めているであろうから、渡英中もインタビューは無理かもしれないと想定して、本著を先に出版することに決めた。その後で、少し落ち着いたら、イシグロにぜひインタビューしたいと思っている。もちろんその時には本著が世に出ているわけで、日本語で書

かれた本であっても、ある程度の要約を伝えることは可能であろう。その時には、私の論に関して、イシグロがどのように思ったかを聞いてみたいと思う。イシグロは、本著を認めないかもしれない、と考えると少し楽しみである。

ノーベル文学賞受賞後、イシグロは 2018 年 4 月には旭日重光賞を授与され、6 月には英国女王よりナイトの爵位を授与された。さらに、2019 年 4 月 3 日、オックスフォード大学ボドリアン図書館よりボドリー賞（Bodley Medal）を授与されることとなった。そして、在外研究中に、同図書館でリサーチをしていた私も、この授賞式と授賞講演に出席することになったことは光栄なことである。

イシグロに関する参考文献に関しては、直接引用したりしない論文等も含め、できるだけ多くのイシグロに関する研究をリストアップした。

本著は、平成 26 年から平成 30 年科学研究費基盤研究（C）（一般）「ボーダレスな知的財産への道：グローバル文化・文学の共生ディスコースを探る」（課題番号：26370301）の研究成果の一部である。また、第 2 章は、『同志社大学英語英文学研究』99 号（2018 年 3 月）に掲載された論文を、英文引用を邦文に直し、部分的に修正した上で再掲載したものである。第 3 章と 7 章は、『記憶と共生するボーダレス文学：9.11 プレリュードから 3.11 プロローグへ』に収録された 2 章と 7 章を其々、引用を英文から邦文に直し、部分的に修正した上で再掲載したものである。また、第 6 章は、共著『幻想と怪奇の英文学』に収録された「クローン人間創世記――カズオ・イシグロの『わたしを離さないで』」を大幅に書き直したものである。詳しくは各章の注を参考にしていただきたい。公式サイト等の一部の参考文献は、参考文献リストに記載することを省略させていただいた。参考文献リストは *MLA Handbook* 第 8 版を原則とし、Web 情報に関してのみ旧版を参照した。

また、何度も海外出張をし、1 年の在外研究中も、様々な面で支えてくれた家族に感謝の意を表したいと思う。

最後に、本著を出版するにあたり、前作からお世話になった英宝社の編集長下村幸一氏と編集部の方々には、この場をお借りしてお礼を申し上げたいと思います。

参考文献

A. カズオ・イシグロ作品（作品アルファベット順）

An Artist of the Floating World. Farber and Farber, 1986.
　（『浮世の画家』、飛田茂雄訳、早川書房、2006 年。）
The Buried Giant. Farber and Farber, 2015.
　（『忘れられた巨人』、土屋政雄訳、早川書房、2015 年。）
My Twentieth Century Evening and Other Small Breakthroughs. Nobel Lecture delivered in Stockholm on 7 December 2017. Faber & Faber, 2017.
　（『特急二十世紀の夜と、いくつかの小さなブレークスルー：ノーベル文学賞受賞記念講演 2017 年 12 月 7 日ストックホルムにて』、土屋政雄訳、早川書房、2018 年。）
Never Let Me Go. Farber and Farber, 2005.
　（『わたしを離さないで』、土屋政雄訳、早川書房、2008 年。）
Nocturnes: Five Stories of Music and Nightfall. Farber and Farber, 2009.
　（『夜想曲集』、土屋政雄訳、早川書房、2011 年。）
A Pale View of Hills. Farber and Farber, 1982.
　（『遠い山なみの光』、小野寺健訳、早川書房、2001 年。）
The Remains of the Day. Farber and Farber, 1989.
　（『日の名残り』、土屋政雄訳、早川書房、2011 年。）
The Unconsoled. Farber and Farber, 1995.
　（『充たされざる者』、古賀林幸訳、早川書房、2007 年。）
When We Were Orphans. Farber and Farber, 2000.
　（『わたしたちが孤児だったころ』、入江真佐子訳、早川書房、2006 年。）
　（テクストからの引用はカッコ内の頁数のみで示す。引用の翻訳は上記の訳を参照させていただいた。）

B. カズオ・イシグロに関する文献

B-1　英文（著者アルファベット順）

Adelman, Gary. "Doubles on the Rocks: Ishiguro's *The Unconsoled*." *Critique*, vol. 42, no. 2, Winter 2001, pp. 166-79.

Alter, A. "For Kazuo Ishiguro's *The Buried Giant*." Rev. of *The Buried Giant* by Kazuo Ishiguro. *New York Times,* 19 Feb. 2015, n.pag. *NyTimes. com*. Accessed 24 Jan. 2016.
Anastas, Benjamin. "Keeping It Real." Rev. of *When We Were Orphans* by Kazuo Ishiguro. *The Village Voice*, vol. 45, no. 40, 10 Oct. 2000, p.62.
Atwood, Margaret. "Brave New World." *Slate*, 1 April 2001, n.pag. *Slate.com*. Accessed 13 July 2018.
Bain, Alexander M. "International Settlements: Ishiguro, Shanghai, Humanitarianism." *Novel*, vol. 40, no. 3, Summer 2007, pp. 240-63.
Beedham, Matthew. *The Novel of Kazuo Ishiguro*. Palgrave Macmillan, 2010.
Berberich, Christine. "Kazuo Ishiguro's *The Remains of the Day*: Working through England's Traumatic Past as a Critique of Thatcherism." Groes and Lewis pp. 118-30.
Black, Shameem. "Ishiguro's Inhuman Aesthetics." *Modern Fiction Studies*, vol. 55, no.4, Winter 2009, pp. 785-807.
Brandabur, Clare. "*The Unconsoled*: Piano Virtuoso Lost in Vienna." Wong and Yildiz pp.69-78.
Brooke, Allen. "The Damned and the Beautiful." Rev. of *Never Let Me Go* by Kazuo Ishiguro. *The New Leader*, vol. 88, no.2, Mar/Apr 2005, pp.25-27.
Butcher, James. "A Wonderful Donation." Rev. of *Never Let Me Go* by Kazuo Ishiguro. *The Lancet*, vol. 365, no. 9467, 9-15 Apr. 2005, pp.1299-1300.
Carroll, Rachel. "Imitations of Life: Cloning, Heterosexuality and the Human in Kazuo Ishiguro's *Never Let Me Go*." *Journal of Gender Studies*, vol. 19, no.1, Mar. 2010, pp. 59-71.
Chang, Elysha. "A Language that Conceals: an Interview with Kazuo Ishiguro, Author of *The Buried Giant*." An Interview with Kazuo Ishiguro. *Electric Literature, no* 27, Mar. 2015, n.pag. *Electricliterature.com*. Accessed 24 Jan. 2016.
Chaudhuri, Amit. "Unlike Kafka," *London Rev. of Books*, vol. 17, no. 11, 8 June 1995, pp. 30-31.
Cheng, Chu-chueh. *The Margin without Center*. Peter Lang, 2010.
Cooper, Lydia R. "Novelistic Practice and Ethical Philosophy in Kazuo Ishiguro's *The Remains of the Day*." Groes and Lewis pp. 106-117.
Dasgupta, Romit. "Kazuo Ishiguro and 'Imagining Japan.'" Wong and Yildiz pp. 11-22.
Drąg, Wojciech. *Revising Loss: Memory, Trauma and Nostalgia in the Novels of Kazuo Ishiguro*. Cambridge Scholars Publishing, 2014.
Eagleton, Terry. *Holy Terror*. Oxford UP, 2005.
Eatough, Matthew. "The Time that Remains: Organ Donation, Temporal Duration, and *Bildung* in Kazuo Ishiguro's *Never Let Me Go*." *Literature and Medicine*, vol. 29,

no.1, Spring 2011, pp. 132-60.

Fairbanks, A. Harris. "Ontology and Narrative Technique in Kazuo Ishiguro's *The Unconsoled*." *Studies in the Novel*, vol. 45, no. 4, Winter 2013, pp. 603-19.

Freeman, John. "*Never Let Me Go*: A Profile of Kazuo Ishiguro." 2005. Shaffer and Wong pp. 194-98.

Gaiman, Neil. "Here Be Dragons." Rev. of *The Buried Giant* by Kazuo Ishiguro. *New York Times,* 1 Mar. 2015, p. A1, p. 22.

Garland-Thomson Rosemarie. "Eugenic World Building and Disability: The Strange World of Kazuo Ishiguro's *Never Let Me Go*." *The Journal of Medical Humanities,* 2015, pp. 1-13.

Gill, Josie. "Written on the Face: Race and Expression in Kazuo Ishiguro's *Never Let Me Go*." *Modern Fiction Studies*, vol. 60, no. 4, Winter 2014, pp. 844-62.

Godwin, Mike. "Remains of the DNA: How Clones, like the Rest of Us, Justify Their Own Misery." Rev. of *Never Let Me Go* by Kazuo Ishiguro. *Reason,* vol. 37, no. 5, Oct. 2005, pp. 56-59.

Grenier, Cynthia. "The Harvest Season: A Fictional Glimpse of a Brave New World." Rev. of *Never Let Me Go* by Kazuo Ishiguro. *The Weekly Standard*, July 4-July 11, 2005, p. 35.

Griffin, Garbiele. "Science and the Cultural Imaginary: the Case of Kazuo Ishiguro's *Never Let Me Go*." *Textual Practice*, vol.23, no. 4, 2009, pp. 645-63.

Grigsby Bates, Karen. "Interview with Kazuo Ishiguro." Shaffer and Wong pp. 199-203.

Groes, Sebastian. "The New Seriousness: Kazuo Ishiguro in Conversation with Sebantian Groes. Groes and Lewis pp. 247-64.

——. "'Something of a Lost Corner': Kazuo Ishiguro's Landscapes of Memory and East Anglia in *Never Let Me Go*." Groes and Lewis pp. 211-24.

——, and Barry Lewis, eds. *Kazuo Ishiguro: New Critical Visions of the Novels*. Palgrave and MacMillan, 2011.

——, and Sean Matthews, eds. *Kazuo Ishiguro: Contemporary Critical Perspectives*. Continuum, 2009.

Hammond, Meghan Marie. "'I can't even say I made my own mistake': the Ethics of Genre in Kazuo Ishiguro's *The Remains of the Day*." Groes and Lewis 95-105.

Hensher, Phillip. "School of Scandal." Rev. of *Never Let Me Go* by Kazuo Ishiguro. *The Spectator*, vol. 297, no. 92121, 26 Feb. 2005, pp. 32-34.

Horton, Emily. *Contemporary Crisis Fiction: Affect and Ethics in the Modern British Novel*. Palgrave Macmillan, 2014.

Jerng, Mark. "Giving Form to Life: Cloning and Narrative Expectations of the Human." *Partial Answers*, vol. 6, no. 2, 2008, pp. 169-93.

Jervis, Lauren. "Childhood in Action: A Study of Natality's Relationship to Societal

Change in *Never Let Me Go*." *ESC*, vol. 38, nos. 2-3, September/December 2012, pp. 189-205,

Johansen, Emily. "Bureaucracy and Narrative Possibilities in Kazuo Ishiguro's *Never Let Me Go*." *The Journal of Commonwealth Literature*, vol. 5, no. 3, 2016, pp. 416-31.

Kakutani, Michiko. "The Case He Can't Solve: A Detective's Delusions." Rev. of *When We Were Orphans* by Kazuo Ishiguro. *New York Times*, 19 Sep. 2000, p. E7.

———. "An Era Revealed in a Perfect Butler's Imperfections." Rev. of *The Remains of the Day* by Kazuo Ishiguro. *New York Times*, 22 Sep.1989, p. C33.

———. "From Kazuo Ishiguro, A New Annoying Hero." Rev. of *The Unconsoled* by Kazuo Ishiguro. *New York Times*, 17 Oct. 1995, p. C17.

———. "In a Fable of Forgetting, Jousting with Myth." Rev. of *The Buried Giant* by Kazuo Ishiguro. *New York Times*, 24 Feb. 2015, pp. C1, p. 6.

———. "Sealed in a World That's Not as It Seems." Rev. of *Never Let Me Go* by Kazuo Ishiguro. *New York Times*, 4 April 2005, p. E1, p. 8.

Kerr, Sarah. "When We Were Orphans." Rev. of *Never Let Me Go* by Kazuo Ishiguro. *New York Times Book Rev.*, 17 Apr. 2005, p. 16.

Krider, Dylan Otto. "Rooted in a Small Space: An Interview with Kazuo Ishiguro." *The Kenyon Rev.*, vol. 20, no. 2, Spring 1998, pp. 146-54.

Lang, James M. "Public Memory, Private History: Kazuo Ishiguro's *The Remains of the Day*." *Clio*, vol. 29, no. 2, Winter 2000, pp.143-65.

Lemon, Robert. "The Comfort of Strangeness: Correlating the Kafkaesque and the Kafkan in Kazuo Ishiguro's *The Unconsoled*." Gross. *Kafka for the Twenty-First Century,* edited by Stanley Corngold and Ruth V Gross, Camden House, 2011, pp. 207-21.

Lewis, Barry. "The Concertina Effect: Unfolding Kazuo Ishiguro's *Never Let Me Go*." Groes and Lewis pp. 199-210.

———. *Kazuo Ishiguro*. Manchester UP, 2000.

Lochner, Liani. "This is what we're supposed to be doing, isn't it?": Scientific Discourse in Kazuo Ishiguro's *Never Let Me Go*." Groes and Lewis pp. 225-35.

Marchenzie, Suzie. "Between Two Worlds." *Guardian: Weekend*, 25 Mar. 2000, pp.10-11, 13-14, 7.

Matthews, Sean, and Sebastian Groes, ed. *Kazuo Ishiguro: Contemporary Critical Perspectives*. Continuum, 2009.

McCombe, John P. "The End of (Anthony) Eden: Ishiguro's *The Remains of the Day* and Midcentury Anglo-American Tensions." *Twentieth-Century Literature*, vol. 48, no. 1, Spring 2002, pp. 77-99.

McDonald, Keith. "Days of Past Futures: Kazuo Ishiguro's *Never Let Me Go* as 'Speculative Memoir.'" *Biography*, vol. 30, no.1, Winter 2007, pp.74-83.

Menand, Louis. "Something about Kathy." Rev. of *Never Let Me Go* by Kazuo Ishiguro. *The New Yorker*, vol. 81, no. 6, 28 Mar.2005, pp. 78-79.

Miller, Henry K. "Remaining Days." *Sight and Sound*, vol. 21, no. 3, Mar. 2011, pp. 37-38.

Mirsky, Marvin. "Notes on Reading Kazuo Ishiguro's 'Never Let Me Go.'" *Perspectives in Biology and Medicine*, vol. 49, no. 4, Autumn 2006, pp. 628-30.

Montello, Martha. "Novel Perspectives on Bioethics." *The Chronicle of Higher Education*, vol. 51, no. 36, 13 May 2005, pp. 86-88.

O'Kane, Paul. "Lost." *Art Monthly: London*, no. 391, 15 Nov. 2015, pp. 9-12.

O'Neill, Joseph. "New Fiction." *The Atlantic Monthly*, vol. 295, no. 4, May 2005, p. 123.

Passaro, Vince. "New Flash From an Old Isle." *Harper's Magazine*, vol. 291, no. 1745, Oct. 1995, pp. 71-75.

Pérez, Eva M. "'As If Empires were Great and Wonderful Things': A Critical Reassessment of the British Empire during World War Two in Louis de Bernières' *Captain Corelli's Mandolin*, Mark Mills' *The Information of Officer* and Kazuo Ishiguro's *When We Were Orphans*." *Cross/Cultures*, vol. 182, 2015, pp. 217-39, pp.438-39.

Puchner, Martin. "When We Were Clones." *Raritan*, vol. 27, no.4, Spring 2008, pp. 34-49.

Quarrie, Cynthia. "Impossible Inheritance: Filiation and Patrimony in Kazuno Ishiguro's *The Unconsoled*." *Critique*, vol. 55, no. 2, 2014, pp. 138-51.

Query, Patrick R. "*Never Let Me Go* and Horizons of the Novel." *Critique,* vol.56, no. 2, pp. 155-72.

Reitano, Natalie. "The Good Wound: Memory and Community in *The Unconsoled*." *Texas Studies in Literature and Language*, vol. 49, no. 4, Winter 2007, pp. 361-86.

Rich, Kelly. "'Look in the Gutter': Infrastructural Interiority in *Never Let Me Go*." *Modern Fiction Studies*, vol. 61, no. 4, Winter 2015, pp. 631-51.

Ringrose, Christopher. "'In the End It Has to Shatter': the Ironic Doubleness of Kazuo Ishiguro's *When We Were Orphans*." Groes and Lewis pp. 171-83.

Robbins, Bruce. "Cruelty Is Bad: Banality and Proximity in *Never Let Me Go*." *Novel*, vol. 40, no. 3, Summer 2007, pp. 289-302.

———. "Very Busy Just Now: Globalization and Harriedness in Ishiguro's *The Unconsoled*." *Comparative Literature*, vol. 53, no. 4, Fall 2001, pp. 426-41.

Robinson, Richard. "Nowhere in Particular: Kazuo Ishiguro's *The Unconsoled* and Central Europe." *Critical Quarterly*, vol. 48, no. 4, 2006, pp. 107-30.

———. "'To Give a Name, Is That Still to Give?': Footballers and Film Actors in Kazuo Ishiguro's *The Unconsoled*." Matthews and Groes pp. 67-78.

Rollins, Mark. "Caring Is a Gift: Gift Exchange and Commodification in Ishiguro's *Never Let Me Go*." *The CEA Critic*, vol. 77, no. 3, November 2015, pp. 350-56.

Rosen, Gary. "What Would a Clone Say?" *The New York Times Magazine*, 27 Nov. 2005, n.pag. *NyTimes com*. Accessed 20 Dec. 2012.

Rothfork, John. "Zen Comedy in Postcolonial Literature: Kazuo Ishiguro's *The Remains of the Day*." *Mosaic*, vol. 29, no.1, Mar.1996, pp. 79-102.

Ryle, Martin. "Ishiguro's Diptych: Art and Social Democracy in *The Unconsoled* and *Never Let Me Go*." *Boundary 2*, vol. 44, no. 2, 2017, pp. 57-73.

Sawyer, Andy. "Kazuo Ishiguro's *Never Let Me Go* and 'Outsider Science Fiction.'" Groes and Lewis pp. 236-46.

Sayers, Valerie. "Spare Parts." Rev. of *Never Let Me Go* by Kazuo Ishiguro. *Commonweal*, vol. 132, no.13, 15 July 2005, pp. 27-28.

Shaddox, Karl. "Generic Considerations in Ishiguro's *Never Let Me Go*." *Human Rights Quarterly*, no. 35, 2013, pp. 448-69.

Shaffer, Brian W. *Understanding Kazuo Ishiguro*. U of South Carolina P, 1998.

———, and Cynthia F. Wong, eds. *Conversations with Kazuo Ishiguro*. U P of Mississippi, 2008.

Siddhartha, Deb. "Lost Corner." *New Statesman*, 7 Mar. 2015, p. 55.

Sim, Wai-chew. "Kazuo Ishiguro." *Rev. of Contemporary Fiction*, vol. 25, no. 1, Spring 2005, pp. 80-115.

———. *Kazuo Ishiguro*. Routledge, 2010.

Simon, Scott. "The Persistence – And Impermanence – of Memory in 'The Buried Giant.'" Interview with Kazuo Ishiguro. *NPR. Org*. 28 Feb. 2015, n.pag. *NPR.or.* Accessed 24 Jan. 2016.

Snaza, Nathan. "The Failure of Humanizing Education in Kazuo Ishiguro's *Never Let Me Go*." *Lit: Literature Interpretation Theory*, vol. 26, no. 3, 2015, pp. 215-34.

Sonmëz, Margaret J-M. "Place Identity and Detection in *Where We Were Orphans*." Wong and Yildiz pp. 79-90.

Stacy, Ivan. "Complicity in Dystopia: Failures of Witnessing in China Miéville's *The City* and Kazuo Ishiguro's *Never Let Me Go*." *Partial Answers*, vol. 13, no. 2, June 2015, pp. 224-50.

Storrow, Richard F. "Therapeutic Reproduction and Human Dignity." *Law and Literature*, vol. 21, no. 2, Summer 2009, pp. 257-74.

Summers-Bremner, Eluned. "'Poor Creatures': Ishiguro's and Coetzee's Imaginary Animals." *Mosaic*, vol. 39, no. 4, Dec. 2006, pp. 145-60.

Teo, Yugin. *Kazuo Ishiguro and Memory*. Palgrave MacMillan, 2014.

———. "Testimony and the Affirmation of Memory in Kazuo Ishiguro's *Never Let Me Go*." *Critique*, vol.55, no. 2, 2014, pp. 127-37.

Thomas, Louisa. "Lost in Translation: Ishiguro Wants His Fiction To Be Unfilmable.

'Never Granting His Wish.'" *Newsweek*, vol. 156, no.12, 20 Sep. 2010, n.pag. *ProQuest Research Library.* Accessed 20 Dec. 2012.

Tink, James. "The Pieties of the Death Sentence in Kazuo Ishiguro's *Never Let Me Go*." *Parallax*, vol. 22, no. 2, Mar. 2016, pp. 22-36.

Tomkinson, Fiona. "Ishiguro and Heidegger: The Worlds of Art." Wong and Yildiz 59-68.

Toker, Leona, and Daniel Chertoff. "Reader Response and the Recycling of Topoi in Kazuo Ishiguro's *Never Let Me Go*." *Partial Answers*, vol. 6, no.1, 2008, pp. 163-80.

Villar Flor, Carlos. "Unreliable Selves in an Unreliable World: The Multiple Projections of the Hero in Kazuo Ishiguro's *The Unconsoled*." *Journal of English Studies*, vol. 2, no. 2, May 2000, pp. 159-70.

Walkowitz, Rebecca L. Preface: Global Ishiguro. Wong and Yildiz pp. xi-xv.

———. "Unimaginable Largeness: Kazuo Ishiguro, Translation, and the New World Literature." *Novel*, vol. 40, no. 3, Summer 2007, pp. 216-37.

Webley, Alyn. "Shanghaied" into Service: Double Binds in *When We Were Orphans*." Groes and Lewis pp. 184-98.

Westerman, Molly. "Is the Butler Home? Narrative and the Split Subject in *The Remains of the Day*." *Mosaic,* vol. 37, no.3, Sep. 2004, pp. 157-70.

Whitehead, Anne. "Writing with Care: Kazuo Ishiguro's 'Never Let Me Go.'" *Contemporary Literature*, vol. 52, no. 1, Spring 2011, pp. 54-83.

Wong, Cynthia F., and Grace Crummett. 2006. "A Conversation about Life and Art with Kazuo Ishiguro." Shaffer and Wong pp. 204-20.

———. "Like Idealism is to the Intellect: An Interview with Kazuo Ishiguro." *Clio*, vol. 30, no.3, Spring 2001, pp. 309-25.

———. "Kazuo Ishiguro's *The Remains of the Day*." *A Companion to the British and Irish Novel 1945-2000*, edited by Brian W. Shaffer, Blackwell, 2005, pp.493-503.

———. *Writers and Their Work: Kazuo Ishiguro*. Northcote, 2004.

———, and Hülya Yildiz. *Kazuo Ishiguro in a Global Context*. Ashgate, 2015.

Wood, James. "The Human Difference." *The New Republic,* 16 May 2005, pp. 36-39.

Wood, G. "Most Countries Have Got Big Things They've Buried." Rev. of *The Buried Giant* by Kazuo Ishiguro.*Telegaph,* 27 Feb. 2015, n.pag. Theelegraph.com. Accessed 24 Jan. 2016.

Vorda, Allan, ed. *Face to Face: Interviews with Contemporary Novelists*. Rice UP, 1993.

B-2　邦文（著者アルファベット順）

原英一「カズオ・イシグロの文学：マジック・リアリズムと沈黙の語り」、『東京女子大学比較文化研究所紀要』、78号、2017年、41-57頁。

平井杏子『カズオ・イシグロ――境界のない世界』、水声社、2011 年。
――『カズオ・イシグロの長崎』、長崎文献社、2018 年。
イシグロ、カズオ「『忘れられた巨人』刊行記念スペシャル・トーク　過去を思い記憶を語る　カズオ・イシグロ＋杏」、『早稲田文学 [第 10 次]』、第 12 号、2015 年、295-302 頁。
日吉信貴『カズオ・イシグロ入門』、立東社、2017 年。
伊藤盡「生き埋めにされた伝説　ヒストリーとストーリーの狭間のイングランド黎明奇譚」、『ユリイカ』、49 巻 21 号、2017 年 12 月、203-13 頁。
金森修「〈公共性〉の創出と融解　カズオ・イシグロ『わたしを離さないで』」、『現代思想』、39 巻 9 号、2011 年、86-89 頁。
河野真太郎「カズオ・イシグロの始まらない戦後」、『ユリイカ』、49 巻 21 号、2017 年 12 月、95-102 頁。
小室龍之介「信頼できぬは語り手だけか：カズオ・イシグロの『日の名残り』と世界制覇をめぐる英米の攻防」、*Soundings*、43 号、2017 年、41-56 頁。
倉田賢一「『浮世の画家』における抹消された天皇」、『人文研紀要』、82 号、2015 年、95-103 頁。
松岡直美「カズオ・イシグロと上海――租界の孤児」、『国際関係研究』、25 巻、3 号、2004 年、99-109 頁。
大貫隆史「同時代人としてのカズオ・イシグロとレイモンド・ウィリアムズ　多文化主義的リアリズム、そして〈運動〉としてのリアリズム」、『ユリイカ』、49 巻 21 号、2017 年 12 月、103-44 頁。
大谷いづみ「『いのちの教育』：臓器提供を『訓育』する装置？――カズオ・イシグロ『わたしを離さないで』を『豚の P ちゃん』の教育実践とともに読み解く」、『立命館産業社会論集』、47 巻 1 号、2011 年、237-58 頁。
荘中孝之『カズオ・イシグロ――〈日本〉と〈イギリス〉の間から』、春風社、2011 年。
菅野素子「時代の行方を見つめる視点――カズオ・イシグロ *When We Were Orphans* における作者の時代認識」、『人文・自然・人間科学研究』、22 号、2009 年、1-13 頁。
武富利亜「カズオ・イシグロの『遠い山なみの光』における『悲哀の』正体」、*New Perspective*、44 巻 2 号、2013 年秋・冬、28-38 頁。
――「カズオ・イシグロの『わたしたちが孤児だったころ』の意味するもの：バンクスが語らないものと比喩の解釈を中心に」、『日本英語英文学』、23 号、2013 年、29-53 頁。
塚脇由美子「戦争責任の向こうに――カズオ・イシグロの *An Artist of the Floating World*」、『関西英文学研究』、4 号、2010 年、51-68 頁。
臼井雅美「クローン人間創世記――カズオ・イシグロの『わたしを離さないで』」、『幻想と怪奇の英文学』、東雅夫、下楠昌哉編、春風社、2008 年、266-89 頁。
――『記憶と共生するボーダレス文学：9.11 プレリュードから 3.11 プロローグ

へ』、英宝社、2018 年。
矢吹綾「カズオ・イシグロと歴史：『浮世の画家』と『日の名残り』」、『言語文化研究』、32 巻 1 号、2012 年 9 月、239-57 頁。
山口淑子「イシグロのマジック・モードとハイアート」、『異文化の諸相』、33 号、2013 年、17-26 頁。
（＊邦文の参考文献は書誌学的意味で付加したものである。）

C. 関連文献（著者のアルファベット順　日本語訳の場合は、著者の原名のアルファベット順）

C-1：序文

Foley, Malcolm, and J. John Lennon. *Dark Tourism: the Attraction of Death and Disasters*. Thomson Learning, 2000.
Ricoeur, Paul. *Memory, History, and Forgetting*. Translated by Katherine Blamey and David Pellauer, U of Chicago P, 2000.
イーグルトン、テリー『テロリズム――聖なる恐怖』、大橋洋一訳、岩波書店、2011 年。

C-2：第 1 章　越境する記憶―『遠い山なみの光』の光と影

福間良明『焦土の記憶：沖縄・広島・長崎に映る戦後』、新曜社、2011 年。
――．『「戦跡」の戦後史：せめぎあう遺構とモニュメント』、岩波現代全書、2015 年。
橋本泰幸『ジャポニスムと日米の美術教育：濃淡の軌跡』、建帛社、2001 年。
原武史『団地の空間政治学』、NHK 出版、2012 年。
今井けい『現代イギリス女性運動史――ジェンダー平等と階級と平等』、ドメス出版、2016 年。
角田将士『戦前日本における歴史教育内容編成に関する史的研究――自国史と外国史の関連を視点として――』、風間書房、2010 年。
加藤章『戦後歴史教育史論――日本から韓国へ――』、東京書籍株式会社、2013 年。
木村朗、ピーター・カズニック『広島・長崎への原爆投下再考：日米の視点』、乗松聡子訳、法律文化社、2010 年。
木村至聖「第 1 部　都市の記憶を表象する　第 2 章　『長崎』の記憶としての軍艦島を語ることは可能か」、葉柳 45-68 頁。
葉柳和則「序章――青来有一の問いを補助線として」、葉柳 1-18 頁。
――編『長崎――記憶の風景とその表象』、晃洋書房、2017 年。
小林孝吉『原発と原爆の文学―ポスト・フクシマの希望』、菁柿堂、2016 年。
黒古一夫『原爆は文学にどう描かれてきたか』、八朔社、2005 年。
松井圭介『観光戦略としての宗教：長崎の教会群と場所の商品化』、筑波大学出版

会、2013 年。
松竹秀雄『ながさき稲佐ロシア村』、長崎文献社、2009 年。
村井淳志『歴史認識と授業改革』、教育資料出版会、1997 年。
岡田茉莉子、インタビュー伊藤恵里奈「語る――人生の贈り物――映画界の崩壊予期していた夫」、『朝日新聞』、朝刊、2018 年 4 月 1 日、大阪：朝日新聞社、文化・文芸 30 面。
歴史教育者協議会編『アジア太平洋戦争から何を学ぶか』、青木書店、1993 年。
桜井厚「第 1 部　都市の記憶を表象する　第 1 章　出来事と語り、そして他者へと語り継ぐ」、葉柳 19-43 頁。
佐藤伸雄『戦後歴史教育論』、青木書店、1976 年。
四條知恵『浦上の原爆の語り：永井隆からローマ教皇へ』、未來社、2015 年。
太平洋戦争研究会、編著『フォトドキュメント：本土空襲と占領日本』、河出書房新社、2015 年。
高瀬毅『ナガサキ――消えたもう一つの「原爆ドーム」』、文春文庫、2013 年。
豊田真穂『占領下の女性労働改革：保護と平等をめぐって』、勁草書房、2007 年。
トリート、ジョン・W『グラウンド・ゼロを書く：日本文学と原爆』、水島裕雅・成定薫・野坂昭雄監訳、法政大学出版局、2010 年。
上野千鶴子『ナショナリズムとジェンダー』、青土社、1998 年。
横山文野『戦後日本の女性政策』、勁草書房、2002 年。
米田佐代子・大日方純夫・山科三郎、編著『ジェンダー視点から戦後史を読む』、大月書店、2009 年。

C-3：第 2 章　戦争画と共に消去された記憶の再生
　　　　　　―『浮世の画家』における心の闇

Barron, Stephanie. *Exiles and Emigrés: The Flight of European Artists from Hitler*. Harry N. Abrams, 1997.
McCloskey, Barbara. *Artists of World War II*. Greenwood, 2005.
Petropoulos, Jonathan. *The Faustian Bargain: the Art World in Nazi Germany*. Oxford UP, 2000.
Steinweis, Alan E. *Art, Ideology, and Economics in Nazi Germany: the Reich Chambers of Music, Theater, and the Visual Arts*. U of North Carolina P, 1993.
橋本泰幸『ジャポニスムと日米の美術教育：濃淡の軌跡』、建帛社、2001 年。＊(C-2 参照)
原武史『団地の空間政治学』、NHK 出版、2012 年。＊（C-2 参照）
砂盃富男『ゲルニカの悲劇を超えて――二十世紀・戦争と画家たち』、沖積舎、2000 年。
飯田高誉『戦争と芸術：美の恐怖と幻影』、立東舎、2016 年。
針生一郎『戦後美術盛衰史』、東書選書、1979 年。
――他編『戦争と美術　1937-1945』、2007 年、国書刊行会、2016 年。

参考文献

伊藤徹『芸術家たちの精神史：日本近代化を巡る哲学』、ナカニシヤ出版、2015年。
倉沢進『大都市の共同生活：マンション・団地の社会学』、日本評論社、1990年。
溝口郁夫『絵具と戦争：従軍画家たちと戦争画の軌跡』、国書刊行会、2011年。
五十殿利治『非常時のモダニズム：1930年代帝国日本の美術』、東京大学出版、2017年。
小沢朝江、水沼淑子『日本住宅史』、吉川弘文館、2006年。
酒井忠康、橋秀文『描かれたものがたり：美術と文学の共演』、岩波書店、1997年。
佐藤道信『〈日本美術〉誕生：近代日本の「ことば」と戦略』、講談社、1996年。
関楠生『ヒトラーと退廃芸術――退廃芸術展と大ドイツ芸術展』、河出書房新社、1992年。
柴埼信三『絵筆のナショナリズム――フジタと大観の〈戦争〉』、幻戯書房、2011年。
田島奈都子『プロパガンダ・ポスターにみる日本の戦争――135枚が映し出す真実』、勉誠出版、2016年。
勅使川原純『暴力と芸術――ヒトラー、ダリ、カラヴァッジョの生涯』、フィルムアート、2003年。
吉荒夕記『美術館とナショナル・アイデンティティー』、玉川大学出版部、2014年。

C-4：第3章　現代の寓話―『日の名残り』におけるホロコーストとの対峙

Buchanon, Ian, and Bill Mallon. *Historical Dictionary of the Olympic Movement*. Scarecrow Press, 2006.
Feldman, David. *Englishmen and Jews: Social Relations and Political Culture 1840-1914*. Yale UP, 1994.
Garter, Lloyd P. *The Jewish Immigrant in England 1870-1914*. Vallentine Mitchell, 1960.
Inglis, Fred. *Media Theory: An Introduction*. Blackwell, 1990.
United States Holocaust Memorial Museum. "The Nazi Olympics Berlin 1936." *United States Holocaust Memorial Museum Org*, n.pag. Accessed 19 Nov. 2014.
Volz-Lebzelter, Gisela. *Political Anti-Semitism in England 1918-1939*. The British Library Document Supply Center, 1997.
佐藤亘『英国ユダヤ人』、講談社、1995年。
度会好一『ユダヤ人とイギリス帝国』、岩波書店、2007年。

C-5：第4章　アネクドートへの挑戦
　　　―『充たされざる者』における都市が秘めた記憶

Lisi, Clemente A. *A History of the World Cup, 1930-2010*. Scarecrow Press, 2001.

Rous, Sir Stanley. Foreword. *The Sunday Times History of the World Cup,* by Brian Glanville with the Cooperation of FIFA, Times Newspapers Limited, 1973, p. 5.

Tomlinson, Alan, and Christopher Young. "Culture, Politics, and Spectacle in the Global Sports Event—An Introduction." *National Identity and Global Sports Events: Culture, Politics, and Spectacle in the Olympics and the Football World Cup,* edited by Alan Tomlinson and Christopher Young, State U of New York P, 2000, pp.1-14.

安部賢一『複数形のプラハ』、人文書院、2012 年。

明石政紀『第三帝国と音楽』、水声社、1995 年。

バンヴィル、ジョン『プラハ　都市の肖像』、高橋和久訳、DHC、2006 年。

磻田耕治「コラム　スタインウェイ・ピアノ」、伊東信宏編、『ピアノはいつピアノになったのか？』、大阪大学出版会、2007 年、230-33 頁。

福田達夫『ピアニストの思考』、春秋社、1989 年。

グライムズ、ジェイムズ・A『希望のヴァイオリン——ホロコーストを生きぬいた演奏家たち』、宇丹貴代実訳、白水社、2016 年。

橋本勝雄「訳者あとがき」、『プラハの墓地』、エーコ、ウンベルト、東京創元社、2016 年、525-30 頁。

平田達治「中欧の世界とヨーゼフ・ロート—ハプスブルク帝国への憧憬」、『中欧——その変奏』、鳥影社、1998 年、9-32 頁。

石川達夫『黄金のプラハ』、平凡社選書、2000 年。

——「訳者序『想像の共同体』としての中欧——トランスナショナリティーとマージナリティー」、クロウトヴォル、v-xxiii 頁。

アイサコフ、スチュアート『ピアノの歴史』、中村友訳、河出書房新社、2013 年。

伊東信宏「音楽におけるナショナリズム——ラプソディの歴史と第一次世界大戦」、『現代の起点　第一次世界大戦　第 3 巻——精神の変容』、山室信一他編、岩波書店、2014 年、193-213 頁。

——『ピアノはいつピアノになったのか？』、大阪大学出版会、2007 年。

ケイター、マイケル・H『第三帝国と音楽家たち——歪められた音楽』、明石政紀訳、アルファベータ、2003 年。

河野純一『ハプスブルク三都物語』、中公新書 2023、中央公論新社、2009 年。

クロウトヴォル、ヨゼフ『中欧の詩学　歴史の困難』、法政大学出版局、石川達夫訳、2015 年。

小岩信治『ピアノ協奏曲の誕生——19 世紀ヴィルトゥオーソ音楽史』、春秋社、2012 年。

リー、ヘンリー・A『異邦人マーラー』、渡辺裕訳、音楽之友社、1989 年。

増田聡「『クラシック』によるポピュラー音楽の構造支配」、『クラシック音楽の政治学』、青弓社、2005 年、49-82 頁。

松山壽一『音楽と政治——プラハ東独紀行とオペラ談義』、2010 年、北樹出版、2016 年。

参考文献

三谷研爾『世紀転換期のプラハ――モダン都市の空間と文学的表象』、三元社、2010年。

宮本直美『コンサートという文化装置――交響曲とオペラのヨーロッパ近代』、岩波書店、2016年。

水谷驍『ジプシー史再考』、柘植書房新社、2018年。

森下嘉之『近代チェコ住宅社会史――新国家の形成と社会構想』、北海道大学出版会、2013年。

長木誠司『前衛音楽の漂流者たち――もう一つの音楽的近代』、筑摩書房、1993年。

西原稔『ピアノの誕生・増補版』、青弓社、2013年。

大川勇『可能性感覚――中欧におけるもうひとつの精神史』、松籟社、2003年。

奥波一秀『クナッパーツ・ブッシュ――音楽と政治』、2001年、みすず書房、2012年。

大宮真琴『ピアノの歴史――楽器の変遷と音楽家のはなし』、音楽之友社、1994年。

大野和士、長木誠司「対談　いま　20世紀を振り返ることができるのか」、『クラシック音楽の20世紀　第一巻　作曲の20世紀（1）』、音楽之友社、1992年、6-26頁。

プリンチペ、クィリーノ、アンナ・メニケッティ、マルコ・ヴァッローラ『近代音楽の創造者』、蓑田洋子・小畑朋子訳、音楽之友社、1990年。

サイード、エドワード・W『サイード音楽評論2』、二木麻里訳、みすず書房、2012年。

ザルメン、ヴァルター『コンサートの文化史』、上尾信也・綾野公一訳、柏書房、1994年。

椎名亮輔『狂気の西洋音楽史――シュレーバー症例から聞こえてくるもの』、岩波書店、2010年。

清水穣「レクイエムとしてのクラシック音楽」、『クラシック音楽の政治学』、青弓社、2005年、83-108頁。

シュピルマン、ウフティスワフ『ザ・ピアニスト』佐藤泰一訳、春秋社、2000年。

シュテンツル、ユング『世紀末から20世紀音楽へ――アール・ヌゥヴォーとユーゲント様式』、平島正郎・平尾行蔵訳、音楽之友社、1993年。

田辺徹『戦争と政治の時代を耐えた人びと――美術と音楽の戦後断想』、藤原書店、2016年。

田中充子『プラハを歩く』、岩波新書757、岩波書店、2001年。

塚崎今日子「ソ連時代のアネクドート――『アルメニア・ラジオ』シリーズ」、『スラブ・ユーラシア研究報告集』第一巻、11-20頁。

渡辺裕『異邦人マーラー』、音楽之友社、1987年。

――「『クラシック音楽』の新しい問題圏」、『クラシック音楽の政治学』、青弓社、

2005 年、9-48 頁。
ウィナー・ディヴィッド『オレンジの呪縛』、忠鉢信一監修、西竹徹訳、講談社、2008 年。
矢野暢『20 世紀の音楽——意味空間の政治学』、音楽之友社、1985 年。
横井雅子『音楽でめぐる中央ヨーロッパ』、三省堂、1998 年。
吉田仙太郎『現代の名ピアニスト』、白水社、1971 年。

C-6：第 5 章　記憶の裏切り—『わたしたちが孤児だったころ』の不条理な世界
Bickers, Robert A. *Britain in China: Community, Culture, and Colonialism 1900-1949*. Manchester UP, 1999.
Clifford, Nicholas R. *Spoilt Children of Empire: Westerners in Shanghai and the Chinese Revolution of the 1920s*. UP of New England, 1991.
Tiedemann, R. G. "Indigenous Agency, Religious Protectorates, and Chinese Interests: The Expansion of Christianity in Nineteenth-Century China." Ed. Dana L. Robert. *Converting Colonialism: Visions and Realities in Mission History, 1706-1914*, Wm. B. Eerdmans Publishing Co., 2008. pp. 206-41.
淺野純一「上海の歓楽（1920～30 年代）」、追手門学院大学アジア学科編、『上海アラカルト』、和泉書院、2009 年、8-24 頁。
ビッカーズ、ロバート『上海租界興亡史』、本野英一訳、昭和堂、2009 年。
費成康「中国における各国租界の特色」、神奈川大学人文研究所編 234-64 頁。
藤田拓之『居留民の上海——共同租界行政をめぐる日英の協力と対立』、日本経済評論社、2015 年。
葉柳和則「序文」、葉柳、1-18 頁。
――編著『長崎—記憶の風景とその表象』、晃光書房、2017 年。
今井就稔「戦争初期日中両国と上海租界経済」、久保亨、波多野澄雄、西村成雄編『戦争期中国の経済発展と社会変容』、2014 年、181-204 頁。
神奈川大学人文学研究所『中国における日本租界——重慶・漢口・杭州・上海』、御茶の水書房、2006 年。
小島勝、馬供林『上海の日本人社会——戦前の文化・宗教・教育——』、龍谷大学仏教文化研究所、1999 年。
倉橋幸彦『租界上海紙巧図』、好文出版、2013 年。
倉田明子『中国近代開港場とキリスト教——洪仁がみた「洋」社会』、東京大学出版、2014 年。
水野明『東北軍閥政権の研究——張作霖・張学良の対外抵抗と対内統一の軌跡———』、国書刊行会、1994 年。
ＮＨＫ"ドキュメント昭和"取材班『ドキュメント昭和　2　上海共同租界』、角川書店、1986 年。
ポット、ハウクス『上海の歴史——上海租界発達史』、帆足計・濱谷満雄訳、大空社、2002 年。

参考文献

桜井厚「第一部　第1章　出来事と語り、そして他者へ語り継ぐ」、葉柳 19-43 頁。
佐藤公彦『中国の反外国主義とナショナリズム——アヘン戦争から朝鮮戦争まで——』、集広舎、2015年。
太平洋戦争研究会編『フォトドキュメント本土空襲と占領日本』、河出書房新社、2015年。
高綱博文「総論に代えて」、高綱編 1-28 頁。
——編『戦時上海——1937〜45年』、研文出版、2005年。
陳祖恩「日中戦争期における上海日本人学校」、高綱編 273-297 頁。
——「西洋上海と日本人居留民社会」、神奈川大学人文研究所編 201-31 頁。
——『上海に生きた日本人——幕末から敗戦まで』、芦沢知絵他訳、大修館書店、2010年。
鄭健宰『中国の軍閥』、国書刊行会、1997年。
豊岡康文『海賊からみた清朝——十八〜十九世紀の南シナ海』、藤原書店、2016年。
王暁秋『アヘン戦争から辛亥革命——日本人の中国観と中国人の日本観』、小島晋治・中曽根玲子訳、東方書店、1991年。
来新夏編『中国軍閥の興亡——その形成発展と盛衰滅亡』、岩崎富久男訳、光風社出版、1989年。
羅蘇文「近代租界の欧米建築の文化遺産についての試論」、神奈川大学人文学研究所 256-90 頁。
ラインアルター、ヘルムート『フリーメイソンの歴史と思想——「陰謀論」批判の本格的研究——』、増谷英樹・上村敏郎訳・解説、三和書籍、2016年。

C-7：第6章　クローン人間政治学
　　　　　——『わたしを離さないで』における生命倫理の軌跡

Harris, John. Introduction. Ed. John Harris. *Bioethics*. Oxford UP, 2001, pp. 1-24.
Keown, Damien. *Buddhism & Bioethics*. St. Martin's Press, 1995.
Kucrewski, Mark G, and Ronald Polansky. Introduction. *Bioethics: Ancient Themes in Contemporay Issues*, edited by Mark G. Kucrewski and Ronald Polansky, The MIT P, 2000, pp. ix-xiii.
福岡伸一「まえがき」、『ヒューマンボディショップ』、アンドリューキンブレル、福岡伸一訳、化学同人、1995年、3-7頁。
林真理『操作される生命——科学的言説の政治学』、NTT出版、2002年。
鎌田東二「クローンと不老不死」、町田・島薗 55-75 頁。
響堂新『クローン人間』、新潮社、2003年。
町田宗鳳「生命倫理の文明論的展望」、町田・島薗　17-54 頁。
——島薗進編『人間改造論——生命操作は幸福をもたらすのか？』、新曜社、2007年。
松田純「第3章　エンハンスメントと〈人間の弱さ〉の価値」、『エンハンスメン

ト論争——身体・精神の増強と先端科学技術』、上田昌文・渡部麻衣子編訳、評論社、2008 年、183-199 頁。

村上陽一郎『生命を語る視座——先端医療が問いかけること』、NTT 出版、2002 年。

長島良三「解説」、『禁断のクローン人間』、ジャン＝ミッシェル・トリュオン、長島良三訳、新潮社、1993 年、599-602 頁。

クヴァンテ、ミヒャエル『人間の尊厳と人格の自律——生命科学と民主主義的価値』、加藤泰史監訳、法政大学出版局、2015 年。

サンデル、マイケル J『完全な人間を目指さなくてもよい理由——遺伝子操作とエンハンスメントの倫理』、林芳紀・伊吹友秀訳、ナカニシ出版、2010 年。

生命環境倫理ドイツ情報センター編『エンハンスメント——バイオテクノロジーによる人間改造と倫理』、松田純・小椋宗一郎訳、知泉館、2007 年。

島薗進『いのちの始まりの生命倫理——受精卵・クローン胚の作成・利用は認められるか』、春秋社、2006 年。

——「はじめに」、町田・島薗 7-16 頁。

鈴木秀人編『スポーツの国　イギリス』、創文企画、2002 年。

上村芳郎『クローン人間の倫理』、みすず書房、2003 年。

内海和雄『イギリスのスポーツ・フォー・オール——福祉国家のスポーツ政策——』、誠信社、2003 年。

ウートレット、アリシア、安藤泰至・児玉真美『生命倫理学と障害学の対話——障碍者を排除しない生命倫理へ』、生活書院、2014 年。

山中伸弥「ゲノム編集と iPS 細胞——人類の未来のために」『ゲノム編集の衝撃——「神の領域」に迫るテクノロジー』、NHK「ゲノム編集」取材班、NHK 出版、2016 年、003-009 頁。

C-8：第 7 章　暴力のルーツを探る神話再構築
　　　　——『忘れられた巨人』の中に生きる私達

Ashe, Geoffrey. *Mythology of the British Isles*. Methuen London, 1990.
Barber, Richard, ed. *Myths and Legends of the British Isles*. Boydell, 1999.
Day, David. *The Search for King Arthur*. Facts on File, 1995.
Fee, Christopher R., with David A. Leeming. *Gods, Heroes, and Kings: the Battle for Mythic Britain*. Oxford UP, 2001.
Finke, Laurie A., and Martin B. Shichtman. *King Arthur and the Myth of History*. UP of Florida, 2004.
Jenkins, Elizabeth. *The Myth of King Arthur*. Coward, McCann & Geophegan, 1975.
White, John J. *Mythology in the Modern Novel: A Study of Prefigurative Techniques*. Princeton UP, 1971.
ヒース、ロビン『ストーンヘンジ：巨石文明の謎を解く』、桃山まや訳、創元社、2009 年。

参考文献

モーリス - スズキ、テッサ『過去は死なない：メディア・記憶・歴史』、田代泰子訳、岩波書店、2004年。
山田英春『巨石：イギリス・アイルランドの古代を歩く』、早川書房、2006年。

著者紹介

臼井 雅美　1959年神戸市生まれ　博士（文学）
現在、同志社大学文学部・文学研究科教授
神戸女学院大学卒業後、同大学院修士課程修了（文学修士）、ミシガン州立大学修士課程修了（M.A.）、1989年博士課程修了（Ph.D.）。ミシガン州立大学客員研究員を経て、1990年広島大学総合科学部に専任講師として赴任。広島大学助教授、同志社大学文学部助教授を経て、2002年より現職。

著　書
A Passage to Self in Virginia Woolf's Works and Life（2017年）、三部作*Asian /Pacific American Literature I: Fiction, II: Poetry, III: Drama*（2018年）、『記憶と共生するボーダレス文学―9.11プレリュードから3.11プロローグへ』（2018年）。

共　著
Virginia Woolf and War: Fiction, Reality, and Myth（1991年）、*Virginia Woolf Themes and Variations*（1993年）、*Re:Reading, Re: Writing, Re-Teaching Virginia Woolf*（1995年）、『梶 葉』（1999年）、*Asian American Playwrights: A Bio-Bibliographical Critical Sourcebook*（2002年）、*Across the Generations*（2003年）、『表象と生のはざまで―葛藤する米英文学』（2004年）、『アジア系アメリカ文学を学ぶ人のために』（2011年）、*Literatures in English: New Ethnical, Cultural, and Transnational Perspective*（2013年）、*Virginia Woolf and December 1910: Studies in Rhetoric and Context*（2014年）、『幻想と怪奇の英文学』（2014年）、『幻想と怪奇の英文学II－増殖進化編』（2016年）。

共　訳
『質的研究のためのハンドブック』第1巻、第3巻（2002年）。

趣　味
華道、茶道、書道、和裁、ガーデニングなど。

カズオ・イシグロに恋して
Falling in Love with Kazuo Ishiguro

2019年5月15日 印　刷　　　　2019年5月31日 発　行

著　　者 © 臼　井　雅　美
（Masami Usui）

発　行　者　佐々木　元

発　行　所　株式会社　英　宝　社
〒101-0032 東京都千代田区岩本町 2-7-7
TEL 03 (5833) 5870-1 FAX 03 (5833) 5872

ISBN 978-4-269-76022-6 C1023

［製版：伊谷企画／印刷・製本：日本ハイコム株式会社］